마이 폴리스맨

MY POLICEMAN

마이 폴리스맨

베선 로버츠 장편소설 | 민은영 옮김

BETHAN ROBERTS

엘리

브라이턴의 내 모든 친구들,

그중에서도 스튜어트를 위해

일러두기

- 본문 중의 주석은 모두 옮긴이주이다.
- 본문 중의 고딕체는 원서에서 이탤릭체나 대문자로 강조한 부분이다.

차례

1장

피스헤이븐, 1999년 10월

이런 말로 시작할까 생각해봤다. 나는 이제 당신을 죽이고 싶지 않다. 정말로 죽이고 싶지 않으니까. 하지만 당신이 들으면 너무 신파적인 표현이라고 생각할 거라는 판단이 들었다. 당신은 언제나 신파를 싫어했고, 난 이제 당신의 기분을 건드리고 싶지 않다. 그런 상태가 된 사람인데, 삶의 끝자락에 와 있는지도 모르는데.

내가 하려는 일은 이것이다. 모든 것을 제대로 이해할 수 있게끔 글로 쓰는 것. 이건 일종의 고백이며, 따라서 세밀한 사실까지 올바로 기록할 가치가 있다. 다 쓰고 나면 이 이야기를 패트릭 당신에게 읽어줄 계획이다. 이제 당신은 내게 반박할 수 없으니까. 그리고 당신에게 끊임없이 말을 걸라는 권고도 들은 마당이니까. 계속 말을 걸어야 당신이 회복할 가망이 커진다고 의사들은 이야기한다.

당신은 말하는 능력을 거의 잃었고, 그래서 내 집에서 함께 지내면서도 우리는 글로 의사소통을 한다. 그러니까, 플래시카드를 통해서 말이다. 당신은 단어들을 소리 내어 말할 수 없지만 손짓으로 욕구를 표현할 수는 있다. 마실 것, 화장실, 샌드위치. 손가락이 그림에 닿기 전에도 이미 나는 당신이 뭘 원하는지 알지만, 그래도 그냥 가리키게 놔둔다. 주체성을 갖는 편이 당신에게 더 나을 테니까.

참 묘하다. 펜을 들고 종이에 이런 걸 적는 사람이 이제는 나라는 사실이. 이걸 뭐라고 불러야 할까? 일기라고는 할 수 없다. 당신이 언젠가 쓰던 것과 같은 그런 일기는 아니다. 이게 무엇이든, 쓰는 사람은 나이고 당신은 침대에 누워 내 모든 움직임을 바라볼 뿐이다.

당신은 전부터 이쪽 해안 지역을 좋아하지 않았다. 바다 위의 교외 동네라고, 늙은이들이 일몰을 바라보며 죽음을 기다리기 위해 가는 곳이라고 했다. 영국 최고의 바닷가 주거지들이 다 그렇듯 사방이 휑하고, 외롭고, 바람이 휘몰아치는 곳. 1963년의 그 끔찍한 겨울*에는 다들 시베리아라 부르던 동네.

지금도 획일적인 풍광은 여전하지만 전만큼 황량하지는 않고, 예측 가능하다는 점에서 약간의 위안마저 느껴진다. 이곳 피스헤이븐에서는 가도 가도 같은 것만 보인다. 소박한 단층집, 기능에 충실한 정원, 비스듬히 보이는 바다 풍경.

나는 여기로 이사하자는 톰의 계획에 강하게 반대했다. 부동산 중개인은 스위스식 별장이라 부른다지만, 평생을 브라이턴에서 살아온 내가 왜 고작 한 층으로만 지어진 집에서 살고 싶겠는가. 통로도 비좁은 협동조합 매장이며 오래된 기름 냄새에 찌든 조스 피자, 케밥 하우스, 네 곳이나 되는 장례식장, 애니멀 매직이라는 반려동물 가게, "런던에서 교육받은" 직원들이 있다는 세탁소 정도에 만족할 이유가 무엇인가. 카페마다 손님이 꽉꽉 들어차 있고, 상점들에는 내가 필요를 느끼기는커녕 상상조차 못 한 물건들이 즐비하며, 늘 밝고 개방적이고 가끔은 다소 위협적이기도 한 부두가 자리한 브라이턴에서 살다가 왜 저런 소박한 것들에 만족해야 할까?

그래, 난 그게 아주 형편없는 계획이라고 생각했다. 당신이라도 그랬을 것이다. 하지만 톰은 은퇴 후 더 조용하고 작고 안전한 곳에서 살겠다는 결심이 굳건했다. 한편으로는 예전에 경찰로 일하며 관할구역을 바쁘게 순찰하던 시절이 수시로 떠

• 영국 역사상 가장 추운 겨울 중 하나로 기록되었다.

올라 괴로웠을 거라는 생각도 든다. 어쨌거나 피스헤이븐의 단층집에는 분주한 세상을 상기시킬 만한 게 절대로 없으니까. 그래서 우리는 이곳에 살고 있다. 오전 9시 30분이 되기 전에는 거리에 아무도 없고 밤 9시 30분이 지나면 피자 가게 앞에서 담배를 피우는 10대 청소년만 드문드문 보이는 동네에서. 버스 정류장과 협동조합 매장이 엎어지면 코 닿을 곳에 있고, 창밖으로 기다란 잔디밭이 보이며, 회전식 빨래 건조대와 별채 셋(헛간, 차고, 온실)이 있는 방 두 개짜리 단층집에서(스위스식 별장은 아니다, 절대로). 한 가지 장점은 바다 풍경인데, 정말로 비스듬한 전망이라 집 측면에 위치한 침실의 창문에서만 보인다. 난 그 방을 당신에게 내주고 원하는 만큼 실컷 바다를 볼 수 있도록 침대를 배치했다. 이 모든 걸 패트릭 당신에게 주었다. 톰과 나도 그동안 풍경이 좋은 집에서 살아본 적이 없는데 말이다. 전에 당신은 외벽이 섭정양식*으로 마감된 치체스터 테라스 아파트에서 날마다 바다 풍경을 즐겼다. 나는 그곳에 몇 번 가지 않았지만 거기서 내다보이던 풍경을 기억한다. 보크스 철길과 듀크스 마운드의 정원,** 바람 부는 날

---

* 조지 4세가 황태자로서 영국을 섭정하다 나중에 국왕이 되어 통치한 시기 (1811~1830)에 유행한 건축양식.
** 보크스 철길은 1883년에 브라이턴 해변을 따라 놓인 협궤 철도이며, 듀크스 마운드는 그 철도 끝에 자리한 건물로 현재 국가 지정 문화유산이자 유명한 관광 명소다.

에는 물마루가 하얗게 부서지던 방파제, 그리고 물론, 언제나 다르면서도 언제나 똑같은 바다. 이즐링워드 스트리트의 연립 주택에서 살 때 톰과 내가 볼 수 있었던 건 옆집 창문에 비친 우리 모습뿐이었다. 그래도 나는 그곳을 떠나고 싶지 않았다.

　일주일 전 병원에서 이곳으로 온 당신을 톰이 차에서 안아 올려 휠체어에 앉혔을 때, 당신도 내가 본 것들을 그대로 보았을 것이다. 자갈을 섞어 바른 시멘트의 규칙적인 갈색 무늬, 이중유리를 끼운 현관문의 믿을 수 없으리만치 매끈한 플라스틱 표면, 건물을 빙 둘러 자라는 깔끔한 침엽수 울타리. 그 모든 것을 보고 당신도 나처럼 두려움에 진저리쳤겠지. 주택 이름은 또 그게 뭔지. 더 파인스.* 정말이지 안 어울리고 너무나 재미없는 이름이다. 당신 목덜미에서 식은땀이 배어나와 갑자기 셔츠가 불편하게 느껴지진 않았는지 모르겠다. 톰은 휠체어를 밀어 마당길을 올라갔다. 분홍빛이 도는 회색 콘크리트 판돌 하나하나의 규격이 완벽하게 일치한다는 걸 당신은 알아차렸을 것이다. 내가 자물쇠에 열쇠를 넣고 "어서 와요"라고 말했을 때, 당신은 야윈 두 손을 맞잡고 얼굴 근육을 당겨 미소인가 싶은 표정을 지었다.

　베이지색 벽지를 바른 안쪽 현관으로 들어가며 혹시 표백

• '소나무(들)'를 뜻한다.

제 냄새를 맡았을까? 당신이 와서 함께 지낼 수 있도록 준비하면서 사용했던 그 표백제 냄새 밑에 깔린 우리의 콜리 잡종견 월터의 냄새는 알아차렸는지. 액자에 끼워둔 결혼사진을 보고 당신은 살짝 고개를 끄덕였다. 톰은 코블리스에서 산 멋진 양복—값은 당신이 치른—을 입고, 나는 뻣뻣한 베일을 쓴 모습이 담긴 사진. 거실에서, 톰과 나는 톰의 퇴직금을 헐어 새로 산 갈색 벨벳 소파 세트에 앉은 채로, 우리는 다 함께 똑똑 딱딱 울리는 중앙난방장치의 음악을 들었다. 월터는 톰의 발치에서 헐떡이고 있었다. 톰이 말했다. "짐 푸는 건 매리언이 도와줄 거예요." 톰이 자리를 뜨려는 기색에 움찔하던 당신, 톰이 "처리할 일이 좀 있어서요"라고 말하고 문가로 걸어가는 내내 망사 커튼만 바라보던 당신의 모습을 나는 놓치지 않았다.

개가 톰의 뒤를 따라갔다. 당신과 나는 복도를 지나가는 톰의 발소리, 그이가 고리에서 외투를 내리며 부스럭거리는 소리, 주머니에서 열쇠를 찾으며 짤랑거리는 소리, 월터에게 기다리라고 부드럽게 명령하는 목소리를 들었다. 이어 이중유리를 끼운 현관문이 당겨지며 공기가 빨려 들어오는 소리를 마지막으로, 더는 아무 소리도 들리지 않았다. 마침내 내가 당신을 보았을 땐, 그 앙상한 무릎 위에 놓인 손이 바르르 떨리고 있었다. 그 순간 당신은 드디어 톰의 집에서 함께하게 된 삶이 바라던 것과는 다를지도 모르겠다 생각하고 있었을까?

마흔여덟 해. 그만큼이나 거슬러 올라가야 톰을 처음 만난 순간에 닿는다. 아니, 어쩌면 그보다 더 올라가야 할지도 모르 겠다.

당시에 톰은 굉장히 신중한 사람이었다. 톰. 견실하고 가식 없지만, 감수성의 가능성마저 없진 않은 이름. 그는 빌, 레지, 레스, 혹은 토니가 아니었다. 당신은 그이를 토머스라고 부른 적이 있을까? 나는 그러고 싶었다. 가끔 그를 다른 이름으로 부르고 싶은 순간들이 있었다. 토미. 어쩌면 당신은 그를, 팔이 우람하고 진한 금발이 구불구불하던 그 아름다운 청년을 토미 라고 불렀는지도 모르겠다.

나는 그래머 스쿨*에 다닐 때 톰의 여동생을 알게 되었다. 우리 둘 다 2학년이었는데, 그 애가 복도에서 내게 다가와 말

했다. "너 좀 괜찮은 애 같아서 말인데, 나랑 친구 할래?" 그때
까지 우리는 각자 외톨이로 지내고 있었다. 학교의 이상한 의
례나 메아리가 울리는 교실, 또랑또랑하게 이야기하는 다른
여자아이들의 목소리 따위가 온통 당혹스러웠기 때문이다. 나
는 실비에게 내 숙제를 베끼도록 해줬고 실비는 내게 음반을
들려주었다. 냇 킹 콜, 패티 페이지, 페리 코모. 마법에 걸린 어
느 저녁에, 낯선 이를 보게 될지도 몰라요. 우리는 숨죽여 노래 불
렀다. 뜀틀 넘기 시간에, 줄 끝에 선 채 다른 아이들을 모두 먼
저 보내면서. 우리는 아이들의 놀이를 좋아하지 않았다. 실비
에게 잡다한 물건이 많아서 나는 그 집에 가는 게 즐거웠다. 실
비의 어머니는 딸이 푸석푸석한 금발을 지나치게 어른스러운
스타일로 치장하고 다녀도 그냥 내버려두었다. 심지어 앞머리
에 컬을 넣어 이마에 붙이는 걸 도와주기도 했던 것 같다. 당
시에 나는 갈수록 붉어지는 것만 같던 머리를 여전히 한 갈래
로 두껍게 땋아 늘어뜨리고 다녔다. 내가 욱해서 화를 터뜨릴
때마다—한번은 동생 프레드가 고개를 디밀고 있을 때 문을
꽤 세게 닫아버린 적도 있다—아버지는 어머니를 보며 이렇게
말했다. "저 붉은 머리 때문이야." 적갈색 머리는 외가 쪽 유전

• 영국의 공립 중등학교로, 대개 11세에서 14세 정도의 학생을 시험을 통해 선발
해 교육한다.

이었으니까. 패트릭, 당신도 언젠가 나를 붉은 위협이라고 부르지 않았던가? 그 무렵에는 나도 내 머리 색을 좋아하게 되었지만, 어쨌든 이 붉은 머리가 일종의 자기실현적 예언이라는 느낌은 늘 갖고 있었다. 사람들이 내 성미가 불같으리라 짐작하니까 나도 화가 끓어오르면 그냥 폭발시켜버렸다. 물론 자주는 아니었지만, 이따금 문을 쾅 닫거나 사기그릇을 내던지곤 했다. 한번은 후버 진공청소기로 벽을 얼마나 세게 들이받았는지 바닥 몰딩에 금이 갈 정도였다.

패첨에 있는 실비의 집에 처음 초대받아 갔을 때 실비는 작은 복숭아색 스카프를 목에 두르고 있었고, 그걸 보자마자 나도 하나 갖고 싶었다. 거실에는 실비 부모님의 높다란 주류 진열장이 있었는데, 거기엔 검은 별들이 그려진 유리문이 달려 있었다. "다 할부로 산 거야." 실비는 볼 안쪽을 혀로 밀면서 그렇게 말하곤 날 위층으로 안내했다. 스카프를 나도 매보게 해주었고, 매니큐어 병들도 보여주었다. 그중 하나를 열자 배맛 사탕 냄새가 났다. 나는 실비의 말끔한 침대에 앉아 짙은 보라색 매니큐어를 골랐고, 그걸 너무 물어뜯어 뭉툭해진 그 애의 손톱에 발라준 다음 손을 내 얼굴 앞으로 들어 올려 살살 불어주었다. 이어 엄지손가락을 입으로 당겨 매끈한 손톱 표면에 윗입술을 가져다 대고 다 말랐는지 확인했다.

"뭐 하는 거야?" 실비가 날카롭게 웃었다.

나는 그 애의 손을 다시 무릎에 내려놓았다. 실비의 고양이 미드나이트가 와서 내 다리에 몸을 비볐다.

"미안." 내가 말했다.

미드나이트는 기지개를 쭉 켜더니 한층 다급하게 내 발목을 감싸고 돌았다. 나는 귀 뒤를 긁어주려고 팔을 뻗었고, 그렇게 고양이에게 허리를 숙이고 있는 사이 실비의 방문이 열렸다.

"나가." 실비가 지겹다는 듯 말했다. 내게 한 말인가 걱정스러워 얼른 허리를 폈지만 실비는 내 어깨 너머 문 쪽을 노려보고 있었다. 나는 몸을 틀어 거기 서 있는 그를 보았다. 내 손은 목에 두른 실크 스카프로 올라갔다.

"나가, 톰." 실비가 다시 말했다. 이 작은 역할극에서 자신들에게 주어진 역할을 어쩔 수 없이 감내한다는 듯한 말투였다.

문가에 기대어 서 있는 톰은 셔츠를 팔꿈치까지 걷어 올려 팔에 섬세하게 도드라진 근육이 눈에 띄었다. 기껏해야 열다섯 살 정도, 나랑 만 1년 차이도 나지 않을 테지만 이미 어깨가 넓게 벌어졌고 목 아래 빗장뼈 사이는 오목하게 들어가 있었다. 턱 한쪽에 상처가 보였고—놀이용 점토에 찍힌 지문처럼 살짝 눌린 자국—입가에는 냉소가 어려 있었는데 그때도 나는 톰이 일부러 그런다는 것을 알았다. 그런 표정을 지어야 한다고, 그래야 테드 같은 이름이 어울리는 사람처럼 보인다고 생각한 것이다. 하지만 문틀에 기대어 파란 눈으로―쑥 들어간 작은 눈이었다―나를 바라보는 이 소년 때문에 나는 볼이 발갛게 달아오른 나머지 다시금 손을 아래로 뻗어 미드나이트의 칙칙한 귓가 털에 손가락을 묻은 채 바닥만 바라보았다.

"톰! 나가라니까!" 실비의 목소리가 커지자 문이 쾅 닫혔다.

패트릭, 당신도 상상할 수 있겠지. 내가 고양이의 귀에서 손을 떼고 다시 태연히 실비를 볼 수 있기까지 몇 분은 지나야 했으리라는 것을.

그 뒤로 나는 실비와 확고한 우정을 유지하기 위해 최선을 다했다. 때로는 버스를 타고 패첨으로 가서 두 채씩 붙여 지은 주택들이 늘어선 거리를 걷다가 그 집 앞에 멈추고는 실비 방의 환한 창문을 올려다보면서, 나는 실비를 기다리는 거라고 스스로에게 이야기했지만 사실은 온몸이 조여드는 듯한 긴장 속에 톰이 나타나기를 기대했다. 한번은 해가 저물고 손가락과 발가락이 무감각해질 때까지 그 집 모퉁이 벽에 기대앉아 있기도 했다. 그렇게 찌르레기들이 있는 힘껏 노래하는 소리를 듣고 주변 울타리에서 올라오는 눅눅한 냄새를 맡다가 다시 버스를 타고 집에 돌아왔다.

엄마는 창밖을 자주 바라보았다. 음식을 만들 때마다 스토브에 기댄 채 뒷문에 길게 난 조그만 유리창 너머를 바라보았다. 내게 엄마는 늘 그레이비소스를 만드는 사람, 늘 창문을 바라보고 있는 사람이었다. 엄마는 프라이팬 가장자리에 붙은 자잘한 고기 조각이나 연골 찌꺼기를 긁어내며 한없이 그레이비를 젓곤 했다. 그래서 소스가 살짝 덩어리지고 쇠 맛이 났지만, 아빠와 내 남자 형제들은 접시가 넘치도록 덜어 먹었다. 너무 많이 담아 손가락이며 손톱이 온통 그레이비 범벅이 되었고, 엄마가 설거지를 기다리며 담배를 피우는 동안 다들 그걸 쪽쪽 핥았다.

늘 키스를 하고 있었다, 엄마와 아빠는. 보조 부엌에서, 아빠는 한 손으로 엄마의 목 뒤를 움켜쥐고, 엄마는 한 팔로 아빠의 허리를 감아 끌어당긴 채로. 너무 단단히 얽혀 있어서 둘이 어떤 모양새로 붙어 있는지 그때는 잘 알아보지도 못했다. 하지만 그런 부모를 보는 게 워낙 일상이었기에 나는 식탁 앞에 앉아 골이 촘촘한 식탁보 위에 영화 잡지 〈픽처고어〉의 연보를 올려놓고 손으로 턱을 괸 채 어서 끝나기만을 기다렸다. 이상하게도 두 사람은 그렇게 키스를 해대면서도 대화는 별로 하지 않는 것 같았다. 부모님은 우리를 통해 대화했다. 그건 아빠한테 물어봐야 할 거야. 혹은, 엄마는 뭐라고 하시니? 식탁에는 주로 프레드와 해리와 나, 그리고 〈가제트〉를 읽는 아빠가 앉았고, 엄마는 창가에 서서 담배를 피웠다. 엄마는 우리와 함께 식탁에 앉아 식사를 한 적이 없었던 것 같다. 아빠의 아버지인

테일러 할아버지가 오시는 일요일만 빼고. 할아버지는 아빠를 "요 녀석아"라고 불렀고, 식사 시간 내내 의자 밑에 웅크리고 있는 할아버지의 누리끼리한 개 웨스티에게 음식을 주었다. 그러면 엄마는 금세 식탁에서 일어나 다시 담배를 피우고, 접시를 치우고, 보조 부엌 개수대에 사기그릇을 요란하게 쏟아 놓았다. 나를 건조대 앞에 데려다 놓고 그릇을 말리라며 허리에 긴 앞치마를 둘러주기도 했는데, 엄마가 쓰던 거라 너무 길어서 윗부분을 말아 묶어야 했다. 나는 엄마처럼 개수대에 기대어보았다. 가끔 엄마가 옆에 없을 때는 창문 너머 비스듬한 지붕을 얹은 헛간과 방울양배추가 제멋대로 자라는 아빠의 텃밭과 이웃집들 위로 작고 네모나게 열린 하늘 한 조각을 내다보면서 엄마가 무슨 생각을 할지 상상하려 애썼다.

여름방학에는 실비와 함께 블랙록 리도에 자주 갔다. 나는 매번 해변에 앉아 놀면서 돈을 아끼고 싶었지만 실비는 반드시 리도*에 가야 한다고 우겼다. 리도에 가야 남자애들과 어울릴 수 있다는 게 그 이유 중 하나였다. 학창 시절 내내 실비를 쫓아다니는 남자애들이 끊이지 않았던 반면, 내게는 아무도 관심을 보이지 않는 것 같았다. 느끼한 시선을 즐기는 친구를

* 수영장이 딸린 유흥 시설.

바라보며 또 하루를 흘려보내는 것이 나로서는 마뜩잖았지만 반짝반짝 빛나는 창문과 눈부시게 흰 콘크리트와 줄무늬 접의자들로 이루어진 리도는 거부할 수 없으리만치 예뻤고, 그래서 우리는 종종 9펜스씩 내고 수영장 입구의 회전문을 밀고 들어갔다.

어느 날 오후가 특히 선명하게 기억난다. 우리 둘 다 열일곱쯤 되었을 때였다. 실비는 황록색 비키니를, 나는 너무 작아진 빨간색 원피스 수영복을 입고 있었다. 나는 연신 어깨끈을 올리고 가랑이를 당겨 내렸다. 이 무렵 실비에겐 꽤 인상적인 가슴과 예쁜 허리선이 생겼는데, 나는 여전히 옆구리에 물렁살이 남아도는 기다란 직사각형 꼴이었다. 그즈음 단발로 자른 머리 모양은 마음에 들었지만 내 키가 지나치게 큰 것 같았다. 아빠는 내게 구부정하게 숙이고 다니지 말라면서도 늘 굽없는 신발을 신으라는 말 또한 빼먹지 않았다. "여자 코를 올려다보고 싶은 남자는 없어." 그러고서 "안 그래, 필리스?" 하고 물으면 엄마는 말없이 웃기만 했다. 학교에서는 다들 키가 크니 네트볼을 잘할 거라며 나를 떠밀었지만 난 형편없었다. 그저 패스를 기다리는 척하며 가장자리에 서 있을 뿐이었으니까. 공이 내게 오는 일은 없었고, 나는 울타리 너머에서 럭비를 하는 남자애들만 쳐다보았다. 그들의 목소리는 우리와 너무 달랐다. 깊고 단단한, 인생의 다음 단계가 무엇인지 알고 있는 소년들의 자신감이 담긴 음성. 옥스퍼드. 케임브리지. 법률가. 옆 학교는 사립학교였다. 그러니까, 당신이 나온 학교처럼. 거기 남자애들은 내가 아는 애들보다 훨씬 잘생긴 것 같았다. 잘 재단된 재킷 차림에 얼굴 위로 긴 앞머리를 늘어뜨린 채 주머니에 손을 넣고 걷는 그 애들에 비하면 내가 아는 (몇 되지도 않는) 남자애들은 앞만 똑바로 보고 달려드는 느낌이었다. 그 애들에게 신비감이라고는 없었다. 솔직함 그 자체랄까. 그렇다고 내가 앞머리가 긴 그 남자애들과 말이라도 한번 섞어봤다는 건 아니다. 당신도 그런 학교에 다녔지만 그 애들 같지는 않았겠지, 패트릭? 나처럼 당신도 잘 어울리지 못하는 아이였다. 나는 처음부터 그걸 알아보았다.

바다에서 서늘한 바람이 불어와 야외에서 수영하기 좋을 만큼 덥지는 않았지만 해는 밝게 빛났다. 실비와 나는 수건을 깔고 누웠다. 내가 수영복 위에 치마를 입은 채 누워 있는 동안 실비는 제 물건을 내 옆에 한 줄로 깔끔하게 늘어놓았다. 빗, 콤팩트, 카디건. 그러고는 일어서서 실눈을 뜨고 햇빛이 흠뻑 쏟아지는 테라스에 모인 사람들을 둘러보았다. 실비의 입은 언제나 뒤집힌 미소 모양으로 당겨져 있었고, 앞니도 축 처진 윗입술에 맞춰 깎아놓은 듯했다. 나는 눈을 감았다. 눈꺼풀 안쪽에 분홍빛 형체가 어른거리고 실비의 한숨 소리와 목청을 가다듬는 소리가 들렸다. 실비는 내게 말을 걸고 싶은 것이다.

수영장에 누가 있는지, 누가 누구랑 뭘 하고 있는지, 그중 자기가 아는 남자애들은 누군지 말하고 싶은 것이다. 하지만 나는 얼굴에 닿는 온기를, 오후의 햇볕 속에 누워 있으면 찾아오곤 하는 그 아득한 느낌을 즐기고 싶을 뿐이었다.

마침내 그곳에 거의 닿을 듯했다. 눈 뒤쪽에서 피가 진득해지는 느낌, 팔다리가 흐물흐물해지는 느낌이 들었다. 털썩대는 발소리나 남자애들이 다이빙대에서 물에 첨벙 뛰어드는 소리도 나를 일으키지는 못했다. 햇볕에 어깨가 타는 느낌이 드는데도, 나는 콘크리트 바닥에 드러누운 채 젖은 바닥의 텁텁한 냄새와 가끔 사람이 지나갈 때마다 훅 끼쳐 오는 차가운 염소 냄새를 들이마시고 있었다.

그때 볼에 차갑고 축축한 것이 떨어져 눈을 떴다. 처음에는 하늘의 강렬한 흰빛밖에 보이지 않았다. 눈을 깜빡였더니 선명한 분홍색 테두리를 두른 형체가 하나 나타났다. 다시 눈을 깜빡이는데 반가움과 심술이 뒤섞인 실비의 목소리가 들려왔고—"그러는 넌 여기서 뭐 하는데?"—그제야 나는 그게 누구인지 깨달았다.

나는 벌떡 일어나 앉아 손으로 햇빛을 가리고 윗입술 위에 맺힌 땀을 허겁지겁 닦으며 정신을 추슬렀다.

거기에 그가 있었다. 해를 등진 채, 실비를 보고 실실 웃으면서.

"우리한테 물 떨어지잖아!" 실비가 있지도 않은 물방울을 어깨에서 털어내며 말했다.

물론 전에도 실비의 집에서 톰을 보며 감탄한 적이 여러 번이었지만 그렇게까지 드러난 몸을 보는 건 처음이었다. 패트릭, 나는 눈길을 돌리려 했다. 그의 목에서 배꼽까지 미끄러지는 물방울을, 목덜미에 들러붙은 젖은 머리칼을 빤히 쳐다보지 않으려 애썼다. 하지만 원하는 걸 보았을 때 눈을 돌리기가 얼마나 어려운지 당신도 잘 알겠지. 그래서 나는 그의 정강이에, 피부를 뒤덮은 반짝이는 금빛 체모에 시선을 두었다. 그러면서 원피스 수영복의 어깨끈을 매만지는데, 실비가 짐짓 과장스럽게 한숨을 내쉬고는 다시 물었다. "원하는 게 뭐냐고, 톰."

톰은 물기라곤 전혀 없이 햇볕에 얼룩덜룩하게 그을린 우리 둘을 가만히 바라보았다. "물에 안 들어갔어?"

"매리언은 수영 안 해." 실비가 선언하듯 말했다.

"왜 안 해?" 그가 내게 물었다.

거짓말을 할 수도 있었을 것이다. 하지만 그때도 난 뭔가 들키는 게 끔찍하게 두려웠다. 사람들은 결국 다 알아냈다. 게다가 들키고 나면 애초에 그냥 사실을 이야기했을 경우보다 더 힘들어졌다.

입이 바짝 말랐지만 겨우 대답할 수 있었다. "배운 적 없어."

"톰은 바다 수영 클럽에서 활동해." 실비가 자랑인가 싶기까지 한 말투로 전했다.

나는 물에 들어가고 싶은 충동 같은 걸 느낀 적이 없었다. 바다가 늘 곁에 있긴 했다. 도시 언저리에, 끊임없는 소음과 움직임이라는 형태로. 하지만 그렇다고 내가 바다에 들어가야 하는 건 아니잖은가? 그 순간까지는 수영할 줄 모른다는 사실이 조금도 중요해 보이지 않았다. 하지만 이제 나는 수영을 해야 한다는 걸 알았다.

"배우면 좋긴 하겠지." 나는 미소 지으려 애썼다.

"톰이 가르쳐줄 거야, 그렇지, 톰?" 실비는 거절하면 가만 안 두겠다는 듯 그의 눈을 똑바로 바라보았다.

톰은 몸을 부르르 떨더니 실비의 수건을 낚아채 제 허리에 둘렀다.

"가르쳐줄 수 있지." 그는 한 손으로 거칠게 머리를 털고는 실비에게로 돌아서서 말했다. "1실링만 빌려줘."

"로이는 어딨어?" 실비가 물었다.

내가 로이의 이름을 들은 건 그때가 처음이었지만, 수영 수업 얘기는 내팽개친 채 목을 쭉 내밀어 제 오빠의 등 뒤를 살피는 모습으로 보아 실비는 그에게 관심이 있는 게 분명했다.

"다이빙." 톰은 짧게 대답했다. "1실링만 빌려달라고."

"이따 뭐 할 거야?"

"알아서 뭐 하게."

실비는 콤팩트를 열어 잠시 제 얼굴을 살피다가 낮은 목소리로 중얼거렸다. "보나 마나 스포티드 도그에 가겠지."

이 말에 톰이 앞으로 한 발 나서서 손을 내밀며 장난스럽게 동생을 을러댔지만 실비는 몸을 휙 수그려 그의 손을 피했다. 톰이 두르고 있던 수건이 바닥에 떨어졌고 나는 다시 눈길을 돌렸다.

스포티드 도그에 가는 게 뭐가 문제인지 궁금했지만 아무것도 모르는 애로 보이기 싫어서 가만히 있었다.

잠시 정적이 흐른 뒤 실비가 중얼거렸다. "거기 갈 거잖아. 다 알아." 그러곤 수건 귀퉁이를 잡더니 벌떡 일어나 수건을 밧줄처럼 비틀기 시작했다. 톰이 달려들었지만 실비가 너무 빨랐다. 수건 끝자락이 그의 가슴팍을 찰싹 때리며 붉은 자국을 남겼다. 그때 내 눈에는 그 붉은 선이 고동치는 듯 보였지만, 이제 와 생각해보면 정말로 그랬는지 잘 모르겠다. 하지만 당신도 상상할 수 있을 것이다. 여동생이 휘두른 부드러운 면 수건에 맞아 피부에 자국이 난 우리의 아름다운 소년을.

그의 얼굴에 언뜻 스친 노기를 보고 나는 신경이 곤두섰다. 날이 점점 서늘해지면서 일광욕하는 사람들 위로 그림자가 드리우기 시작했다. 톰은 바닥을 내려다보며 마른침을 삼켰다. 실비는 오빠가 어떻게 나올지 몰라 서성이는데, 톰이 별

안간 수건을 낚아챘다. 그가 수건을 정신없이 휘두르자 실비는 휙휙 피하며 깔깔 웃었고 이따금 수건 끝에 찰싹 얻어맞으면 새된 비명을 질러댔지만 대개는 잘 맞지 않았다. 톰은 그새 부드러워져 있었다. 그때도 난 알았다. 그는 일부러 어설프게 움직이면서, 힘과 정확성에서 자신이 한 수 위라는 생각, 당장이라도 세차게 내려칠 수 있다는 가능성만으로 동생을 약 올리고 있었다.

"나한테 1실링 있어." 내가 카디건 주머니를 더듬으며 말했다. 남은 돈은 그게 전부였는데도 톰에게 동전을 내밀었다.

수건을 휘두르던 톰이 움직임을 멈췄다. 숨을 거칠게 몰아쉬고 있었다. 실비는 수건에 맞은 목을 문지르며 중얼거렸다. "깡패 자식."

톰이 손바닥을 내밀자 나는 손가락으로 그의 따뜻한 실갗을 스치며 동전을 내려놓았다.

"고마워." 톰이 말하고는 미소를 지었다. 그러더니 실비에게로 시선을 돌렸다. "괜찮아?"

실비는 어깨를 으쓱였다.

그가 돌아서자 실비는 혀를 쑥 내밀었다.

집에 오는 길에, 나는 손에 남은 금속성 냄새를 들이마셨다. 내 동전의 알싸한 냄새가 이제는 톰의 손가락에서도 나겠지.

국민병역*을 위해 집을 떠나기 직전, 톰은 내게 한 줄기 희망을 주었고 나는 그 희망을 그가 돌아올 때까지, 솔직히 말하면 그 뒤로도 줄곧 붙들고 있었다.

　　12월에 실비의 집에 차를 마시러 갔다. 실비가 우리 집에 오는 일은 드물었는데, 그 이유는 당신도 짐작할 것이다. 실비에게는 혼자 쓰는 방과 휴대용 레코드플레이어와 빔토 음료수가 있었지만 나는 해리와 방을 함께 썼고 집에 음료라곤 차밖에 없었으니까. 그날 실비네 집에서 우리는 슬라이스 햄과 부드러운 흰 빵, 샐러드 크림, 토마토로 샌드위치를 만들어 먹었고, 그다음에는 귤 통조림에 연유를 뿌려 먹었다. 실비의 아버지는 집 앞쪽에 가게를 내고 거기에서 야한 엽서와 아기용 고무젖꼭지 모양 사탕과 유통기한이 지난 과일 젤리, 해초로 옷깃을 장식한 조개껍데기 인형 따위를 팔았다. 이에 더해 신문과 잡지와 셀로판지로 싼 음란한 책도 판매했기에 가게는 '해피 뉴스'라 불렸다. 실비 말로는 『카마수트라』가 매주 다섯 권씩 팔린다는데, 여름이면 그 숫자는 세 배가 되었다. 당시 나는 그저 『카마수트라』가 나로서는 알 수 없는 이유로 금지된 책이라고만 막연히 알고 있었지만 감탄한 척 눈을 크게 뜨고 입

• 제2차 세계대전 후 영국에서는 18세에서 30세 남성을 대상으로 평시 징병제를 실시하다가 1960년대에 중단했다.

모양으로 "진짜?"라고 대꾸했고, 실비는 의기양양하게 고개를 끄덕였다.

우리는 거실에서 음식을 먹었는데, 실비 어머니의 앵무새가 빽빽거리는 소리가 끊임없이 들려왔다. 거실에는 금속 다리가 달린 플라스틱 의자들과 식탁보 없이 행주로 바로 닦아내는 식탁이 있었다. 실비의 어머니는 주황빛이 도는 립스틱을 바른 모습이었고, 내가 앉은 곳에서도 아주머니의 손에 묻은 라벤더 향 청소 세제 냄새가 났다. 아주머니는 극도로 뚱뚱했는데, 늘 샐러드 채소와 오이 조각을 먹거나 블랙커피를 마시는 그분의 모습만 봐온 나에게는 참으로 이상한 일이었다. 겉보기에 그토록 금욕적인 태도에도 불구하고 아주머니의 이목구비는 부푼 얼굴 살 어딘가에서 길을 잃은 것 같았고, 항상 눈에 띄게 치켜올린 거대한 가슴은 거품을 크게 올려 구운 뒤 빵집 진열창에 전시한 초대형 머랭 과자 같았다. 자기 어머니 곁에 있는 톰을 너무 오래 쳐다본 것 같다는 생각이 들면 나는 미시즈 버지스의 그 푹신한 가슴골에 시선을 고정하곤 했다. 사실 거기도 그렇게 빤히 쳐다봐선 안 되었지만 그의 아들을 샅샅이 훑다가 들키는 것보다는 나았다. 나는 톰에게서 올라오는 열기를 느낄 수 있다고 확신했다. 탁자에 올려놓은 맨팔뚝, 그의 살이 방 전체를 덥히는 것 같았다. 톰의 냄새도 맡을 수 있었다(패트릭, 이건 상상이 아니었다). 당신도 기억하는지.

톰에게서는 물론 헤어 오일—그때는 비탈리스 제품을 썼을 텐데—냄새와 소나무 향 탤컴파우더 냄새가 났다. 나중에 알고 보니 톰은 아침마다 셔츠를 입기 전에 이 파우더를 겨드랑이에 듬뿍 뿌렸다. 당시, 당신도 기억하겠지만, 톰의 아버지 같은 남자들은 탤컴파우더를 마땅찮게 여겼다. 지금은 물론 달라졌다. 피스헤이븐의 협동조합 매장에서 젊은 남자들 옆을 지나칠 때면 그들의 머리 모양이 그 시절의 톰과—오일을 매끈하게 발라 생머리라면 도무지 가능하지 않을 형태로 고정하던—얼마나 흡사한지, 나는 그들에게서 풍기는 향수의 인공적인 내음에 당혹스러워진다. 그 젊은 남자들에게선 새 가구 냄새가 나지만 톰에게서는 그런 냄새가 나지 않았으니까. 그의 냄새는 흥미로웠다. 당시에는 남자가 땀 냄새를 가리려고 탤컴파우더를 쓴다는 걸 곱지 않은 시선으로 봤고, 나는 그런 시각이 재미있다고 생각했다. 사실 그건 양쪽 세계의 좋은 것만 취하는 방법이었다. 탤컴파우더의 상쾌한 향이 풍기지만, 아주 가까이 다가가면 그 밑에 깔린 따스하고 진흙 같은 살냄새도 맡게 되니까.

샌드위치를 다 먹자 미시즈 버지스가 분홍색 접시에 통조림 복숭아를 담아 와 나눠주었다. 우리는 말없이 먹었다. 그러다 톰이 입술에서 달콤한 즙을 닦아내고 이렇게 말했다. "오늘 징병 사무소에 갔어요. 자원하려고요. 앞으로 뭘 할지 스스로 선택하기 위해서요." 톰이 접시를 밀어내고 아버지의 얼굴을 쳐다보았다. "다음 주에 입대합니다."

미스터 버지스는 고개를 끄덕이더니 일어서서 손을 내밀었다. 톰도 일어나 아버지의 손가락을 꽉 쥐었다. 두 사람이 전에 악수를 해본 적이 있을까? 자주 하는 행동 같지는 않았다. 두 사람은 맞잡은 두 손을 단호하게 흔든 뒤 이제 뭘 어째야 할지 모르겠다는 듯 주위를 둘러보았다.

"늘 나보다 앞서 나가야 직성이 풀리지." 실비가 내 귀에 대고 식식거리며 말했다.

"입대하면 무슨 일을 하게 되는 거냐?" 미스터 버지스가 여전히 선 채로 눈을 깜빡이며 물었다.

톰이 목청을 가다듬었다. "취사 부대에서 일할 거예요."

두 남자는 서로를 빤히 바라보았고 실비는 킬킬거렸다.

미스터 버지스가 갑자기 자리에 앉았다.

"굉장한 소식 아니야? 우리 한잔할까, 잭?" 미시즈 버지스의 목소리가 높아졌다. 의자를 뒤로 뺄 때 목소리 끝이 갈라지는 것 같기도 했다. "한잔해야겠다, 안 그래? 이런 소식을 들었으니 말이야." 아주머니가 일어서다가 잔을 건드리는 바람에 남아 있던 블랙커피가 식탁에 쏟아졌다. 커피는 흰 플라스틱 위로 퍼지다가 바닥에 깔린 러그로 뚝뚝 떨어졌다.

"투박한 여편네." 미스터 버지스가 웅얼거렸다.

실비는 또 한 번 킬킬거렸다.

넋이 빠진 듯 그때까지도 아버지와 악수한 자세 그대로 팔을 살짝 내민 채 서 있던 톰이 어머니에게 다가갔다. "행주 가져올게요." 그가 어머니 어깨에 손을 얹으며 말했다.

톰이 방에서 나가자 미시즈 버지스는 탁자 주변으로 고개를 돌리며 우리 얼굴을 차례차례 쳐다보았다. "우린 이제 어떡하지?" 아주머니가 말했다. 목소리가 너무 조용해서 나 말고 그 말을 들은 사람이 있을까 싶었다. 아닌 게 아니라 한동안 아무도 대답하지 않았다. 그러다 마침내 미스터 버지스가 한숨을 쉬며 말했다. "취사 부대라잖아. 솜*전투에 나가는 게 아니야, 베릴."

미시즈 버지스는 흑흑 흐느끼더니 거실 밖으로 나가 아들에게로 갔다.

톰의 아버지는 아무 말도 없었다. 톰이 돌아오기를 기다리는 동안 앵무새가 삑삑 빽빽 울어댔다. 부엌에서 톰이 숨죽여 말하는 소리가 들렸고, 나는 그의 어머니가 아들의 팔에 안겨 울고 있는 모습을 상상했다. 나처럼, 톰이 떠난다는 사실에 절망하여.

실비가 내 의자를 발로 찼지만 나는 돌아보지 않고 미스터

---

* 프랑스 북부 지역. 양차 세계대전의 격전지였다.

버지스를 똑바로 바라보며 말했다. "어쨌든 군인들도 밥은 먹어야 하지 않나요?" 차분하고 무감한 목소리였다. 나중에 교실에서 아이가 내게 말대꾸를 할 때, 혹은 톰이 돌아오는 주말은 패트릭 당신과 보낼 차례라고 말할 때도, 나는 그런 목소리를 냈다. "톰은 틀림없이 훌륭한 요리사가 될 거예요."

미스터 버지스는 신경질적인 웃음을 터뜨리더니 의자를 뒤로 밀고 부엌을 향해 고래고래 외쳤다. "젠장, 술 안 가져와?"

톰이 맥주 두 병을 들고 돌아왔다. 그의 아버지가 한 병을 낚아채 톰의 얼굴 앞에 들이대고 말했다. "네 엄마 속이나 뒤집어놓고, 참 잘한다." 그러고서 거실을 나갔는데, 부엌으로 가 아내를 위로하려나 했던 내 예상은 빗나가고 현관문이 쾅 닫히는 소리가 들렸다.

"매리언이 한 얘기 들었어?" 실비가 꽥꽥거리며 묻더니 남은 맥주 한 병을 낚아채 양손 사이에서 굴렸다.

"그건 내 거야." 톰이 병을 다시 빼앗으며 말했다.

"너더러 훌륭한 요리사가 될 거래."

톰은 능숙하게 손목을 꺾어 맥주병의 공기를 빼낸 다음 금속 뚜껑과 병따개를 옆으로 던졌다. 그러곤 낮은 장식장 위에서 유리잔을 하나 가져다가 진한 갈색 에일 반 파인트를 조심스럽게 따랐다. "음," 그가 술잔을 눈앞에 올려 잘 살핀 뒤 두어 모금 꿀꺽꿀꺽 마시고서 말을 이었다. "맞는 말이네." 톰은 손등으로 입을 닦고 나를 똑바로 바라보았다. "이 집에 생각이 있는 사람이 하나라도 있어서 다행이다." 그가 환히 웃어 보였다. "내가 너 수영 가르쳐주기로 하지 않았어?"

　　그날 밤, 나는 두꺼운 검정 표지가 달린 노트에 이렇게 썼다. 그의 미소는 가을 달 같다. 신비로워. 약속으로 가득해. 그 글이 아주 만족스러웠던 기억이 난다. 그 뒤로 저녁마다 노트에 톰을 향한 갈망을 채워 넣었다. 안녕 톰이라고 썼다. 때로는 소중한 톰이라고도 했고 심지어 내 사랑 톰이라고도 썼지만 그런 방종에 너무 자주 빠지지는 않았다. 보통은 내 손으로 쓴 글자가 만들어내는 그의 이름을 보는 기쁨만으로도 충분했으니까. 당시 나는 쉽게 기분이 좋아졌다. 처음으로 누군가를 사랑하게 되면 그 이름만으로 충분한 법이다. 내 손이 톰의 이름을 만들어내는 걸 보는 것만으로도 충분했다. 완전히는 아니고 거의.
　　난 하루 동안 일어난 일들을 터무니없이 자세하게 묘사하곤 했다. 연파랑 눈과 진홍색 하늘 어쩌고저쩌고. 그의 몸에 대해 쓴 적은 없는 것 같다. 실은 내게 가장 강렬한 인상을 남긴 것이 그의 몸인데도. 코 모양이 귀족적이라고(실제로는 약간 납작하게 눌린 모양이었지만), 목소리가 깊은 저음이라고, 그렇게 쓰긴 했을 것이다. 그러니 패트릭, 보다시피 나는 뻔한 사람이었다. 정말로 뻔하기 그지없는.

3년 가까이, 나는 톰에 대한 갈망을 온통 노트에 쏟아놓으며 그가 돌아와 수영을 가르쳐줄 날을 고대했다.

이런 사랑의 열병이 패트릭 당신에겐 조금 우스꽝스러울까? 아마도 그렇지 않겠지. 당신은 욕망에 대해, 그것이 거부당했을 때 어떻게 더 열렬해지는지 누구보다도 잘 알 테니까. 톰이 휴가를 받아 집에 올 때마다 나는 그를 보지 못하고 그리워만 한 것 같은데, 지금 생각해보면 일부러 그러지 않았나 싶다. 진짜 톰을 보는 대신 그가 돌아오기를 기다리고 노트에 그에 대해 쓰는 것이 그를 더 사랑하는 방식이었을까?

톰이 없는 동안 나는 직업을 구해야겠다는 생각을 하게 되었다. 그래머 스쿨 과정이 끝나가고 대입 시험을 치르기 직전에, 교감인 미스 몽크턴과 면담을 한 기억이 난다. 선생님은 내게 미래 계획이 무엇인지 물었다. 학교에서는 여학생들에게 미래 계획을 세우게 하느라 여념이 없었는데, 나는 그것이 학교 담장 안에서만 유효한 몽상이라는 걸 이미 알고 있었다. 밖에 나가면 계획은 무너져버리고, 특히 여자애들이라면 더더욱 그랬다. 흰머리가 드문드문 섞인 빽빽한 곱슬머리를 풀어헤친 미스 몽크턴의 헤어스타일은 단정함을 추구하던 당시의 경향과는 달랐다. 난 선생님이 담배를 피울 거라고 확신했다. 피부가 잘 우린 차 빛깔인 데다 종종 냉소로 일그러지는 입술은 물기 없이 팽팽해 보였기 때문이다. 미스 몽크턴의 사무실에서 난 교사가 되고 싶다고 말했다. 그게 당시 내가 생각해낼 수 있는 유일한 직업이었다. 비서가 되고 싶다는 말보다는 듣기에 나으면서, 예컨대 소설가나 배우가 되겠다는 말처럼 터무니없지는 않았으니까. 혼자서는 소설가와 배우가 되는 상상도 남몰래 해봤지만 말이다.

그걸 누구에게든 인정한 적은 한 번도 없는 것 같다.

어쨌거나, 미스 몽크턴은 펜을 비틀어 뚜껑으로 딸깍거리는 소리를 내며 말했다. "어쩌다 그런 결론에 이른 거니?"

나는 생각해봤다. 이렇게 말할 수는 없었다. 그게 아니면 뭘 할 수 있을지 모르겠어요. 혹은, 곧 결혼할 수 있을 것 같지는 않아서요.

"저는 학교가 좋아요, 선생님." 그 말을 하면서 정말로 그렇다는 걸 깨달았다. 규칙적으로 울리는 종소리가 좋았고, 깨끗이 닦은 칠판과 비밀로 가득한 먼지투성이 책상, 여자애들이 우글대는 긴 복도, 미술 수업 때 풍기는 테레빈유 냄새, 도서관 장서 목록을 손가락으로 스르륵 넘기는 소리도 좋았다. 문득 교실 앞에 서 있는 내 모습을 상상해보았다. 세련된 트위드 스커트 차림에 머리는 깔끔하게 틀어 올리고, 단호하지만 공정한 방식으로 학생들의 존경과 애정을 받는 나를. 그때는 내가 얼마나 고압적일지, 가르치는 일이 내 인생을 어떻게 바꿀

지 전혀 짐작할 수 없었다. 당신도 종종 내게 고압적이라고 얘기했는데 그 말이 맞았다. 교사 노릇이 그런 태도를 심어준다. 나냐, 그들이냐, 그런 문제다. 입장을 정해야 한다. 난 그걸 일찌감치 배웠다.

미스 몽크턴은 예의 비뚤어진 미소를 지어 보였다. "좀 다르지." 선생님이 말했다. "책상 반대편에서는." 그러고는 잠시 멈칫하더니 펜을 내려놓은 채 창문 쪽으로 돌아섰고, 그래서 이젠 나를 마주 보지 않았다. "네 포부에 찬물을 끼얹고 싶진 않아, 테일러. 하지만 가르치는 일에는 막대한 헌신과 상당한 기개가 필요해. 네가 괜찮은 학생이 아니라는 말은 아니야. 그래도 너에겐 사무실에 기반을 둔 직업이 더 잘 맞을 것 같구나. 조금 더 조용한 일 말이야."

나는 선생님의 식어가는 찻잔 위쪽에 묻은 우유의 흔석을 응시했다. 그 찻잔만 빼면 책상은 완전히 텅 비어 있었다.

"그러면 예컨대," 선생님은 다시 내게로 돌아서서 문 위에 걸린 시계에 슬쩍 시선을 준 뒤 말을 이었다. "부모님은 네 생각을 어떻게 받아들이시지? 이 길을 가도록 지원하실 의향은 가지고 계시니?"

엄마와 아빠에게 그런 말을 한 적은 없었다. 애초에 내가 그래머 스쿨에 들어갔다는 사실도 좀처럼 믿지 못한 분들이었다. 합격했다는 말에 아빠는 교복값이 들겠다며 투덜댔고, 엄마는 소파에 앉아 양손에 얼굴을 묻은 채 울어버렸다. 처음에는 대단한 일을 해낸 딸이 자랑스러워 감동의 눈물을 흘린다고 생각해 기뻤는데 좀처럼 울음을 그치지 않기에 무슨 문제가 있느냐고 물었더니 엄마는 이렇게 대답했다. "이제 모든 게 달라질 거야. 너는 우리에게서 멀어질 거야." 그리고 나중에 부모님은 내가 가족과 대화도 없이 혼자 방에 틀어박혀 공부만 한다고 거의 매일 밤 불평했다.

　나는 미스 몽크턴을 바라보며 단언하듯 말했다. "부모님은 저를 전적으로 지지하세요."

풀이 바람에 날리고 파도 소리가 흥분한 숨결인 듯 들리는 이런 가을날 들판 너머 바다를 바라볼 때면, 나도 패트릭 당신처럼 강렬하고 은밀한 감정을 느낀 적이 있다는 사실을 떠올리게 된다. 당신이 그걸 이해해주기를, 그리고 용서할 수 있기를.

1957년 봄. 국민병역을 마친 뒤에도 톰은 곧바로 돌아오지 않고 경찰관이 되기 위한 훈련을 받았다. 나는 경찰이 되는 그를 들뜬 마음으로 자주 떠올렸다. 정말이지 용감하고 어른스러운 일 같았다. 톰을 빼면 내가 아는 이들 중 그런 일을 할 만한 사람은 한 명도 없었다. 우리 집 식구들은 경찰을 다소 꺼림칙하게 여겼다. 엄밀히 말해 적은 아니지만, 뭔가 미지의 영역에 있는 존재랄까. 나는 경찰관이 된 톰이 내 부모님과 다른, 더 대담하고 강건한 삶을 살리라 생각했다.

　나는 치체스터에 있는 사범대학에 다녔고 실비는 로이와 더 내밀한 관계로 발전하는 중이었지만, 우리는 여전히 꽤 자주 만났다. 한번은 실비가 롤러스케이트장에 가자고 해서 갔더니 로이가 자기 정비소 동료인 토니라는 남자애를 데리고 나왔다. 토니는 말을 잘하는 편이 아니었다. 어쨌거나 나한테는 그랬다. 함께 스케이트를 타다가도 자꾸 로이에게 뭐라고 외쳤는데 로이는 거의 돌아보지도 않았다. 오로지 실비의 눈만 쳐다보느라 그랬다. 둘은 서로의 눈 말고는 자기들이 어디로 가고 있는지조차 볼 수 없는 것 같았다. 함께 스케이트를 타는 동안 토니는 내 팔을 잡지 않았고, 나도 몇 번인가 그를 그냥 앞질러 갔다. 스케이트를 타는 내내 나는 톰이 취사 부대에 입대한다고 알린 날 내게 보인 미소를, 윗입술이 치아 위로 사라져버리고 눈꼬리가 처지던 그 얼굴을 생각했다. 쉬면서 콜라를 마실 때도 토니는 나를 향해 웃지 않았다. 학교는 언제까지 다니느냐는 질문에 내가 "계속. 교사가 될 거니까"라고 대답했더니 그는 스케이트를 탄 채 그대로 문을 뚫고 나가고 싶은 사람처럼 입구를 쳐다보았다.

　그러고 얼마 안 있어 어느 화창한 오후 프레스턴 파크에 가서 바람에 사락거리는 예쁜 느릅나무 아래 벤치에 앉았을 때, 실비가 로이와 약혼한다고 말했다. "우린 정말 행복해." 그러면서 실비는 얼핏 은밀한 미소를 내비쳤다. 로이가 널 어떻게 한 거냐고 묻자 실비는 고개를 저으며 다시 같은 미소를 지었다.

우리는 햇빛 속에서 개와 아이들을 데리고 지나가는 사람들만 오랫동안 바라보았다. 어떤 사람들은 로툰다 카페에서 산 아이스크림콘을 들고 있었다. 실비도 나도 아이스크림을 살 돈은 없었다. 실비가 계속 말이 없어서 나는 물었다. "그럼 너희들 어디까지 간 거야?"

실비는 오른쪽 다리를 조급하게 앞뒤로 흔들며 공원을 둘러보았다. "얘기했잖아." 실비가 말했다.

"아니, 얘기 안 했어."

"로이를 사랑해." 실비가 눈을 감은 채 팔을 쭉 펴며 말했다. "정말로 사랑한다고."

나는 그 말을 믿기 힘들었다. 로이는 못생기진 않았지만 쓸데없는 말을 너무 많이 지껄였다. 게다가 왜소했다. 어깨를 보면 가벼운 짐 하나도 질 수 없을 것 같았다.

"넌 이런 마음 몰라서 그래." 실비가 눈을 깜빡였다. "난 로이를 사랑하고 우리는 결혼할 거야."

나는 발밑의 풀만 쳐다봤다. 당연히 이렇게 말할 수는 없었다. "그런 마음 정확히 알아. 난 네 오빠를 사랑하니까." 나라면 내 형제들을 사랑하는 사람이 누구든 비웃어줄 텐데, 실비라고 왜 다를까?

"있지," 실비가 나를 똑바로 바라보며 말을 이었다. "네가 톰에게 반했다는 건 알아. 하지만 그거랑은 달라."

피가 목으로 솟구쳐 귓가까지 올라왔다.

"톰은 좀 달라, 매리언." 실비가 다시 말했다.

잠시 나는 일어나서 가버릴까 생각했다. 하지만 다리가 떨렸고 입은 미소를 띤 채 굳어 있었다.

실비는 커다란 아이스크림콘을 들고 가는 남자애 쪽으로 고갯짓을 해 보였다. "나도 저런 거 먹고 싶다." 실비가 크게 말했다. 남자애가 고개를 틀어 힐끗 쳐다보았지만 실비는 나를 돌아보고는 내 팔을 살짝 꼬집었다. "내가 그렇게 말해서 싫은 건 아니지?"

나는 대답할 수가 없었다. 겨우 고개만 끄덕였던 것 같다. 창피하고 혼란스러워서, 얼른 집으로 돌아가 실비의 말을 제대로 생각해보고만 싶었다. 하지만 감정이 얼굴에 드러났는지, 곧 실비가 내 귀에 대고 속삭였다. "로이 얘기 해줄게."

여전히 난 대답하지 못했지만 실비는 계속 말했다. "사실은 날 만져도 된다고 해줬어."

눈길이 저절로 실비에게로 돌아갔다. 실비는 혀로 입술을 적신 뒤 하늘을 보았다. "이상했어." 실비가 말했다. "별 느낌이 없고 무섭기만 하더라."

나는 실비를 빤히 쳐다보았다. "어디?"

"리젠트 건물 뒤……"

"아니," 내가 말했다. "어디를 만졌냐고."

실비가 잠시 내 얼굴을 유심히 살피더니 농담이 아니란 걸 깨닫고 대답했다. "알잖아. 손을 거기에 넣었어." 실비가 내 허벅지 쪽을 힐끗 내려다보았다. "하지만 내가 그 이상은 결혼할 때까지 기다려야 한다고 했어." 실비는 의자에 앉은 채 뒤로 쭉 기지개를 켰다. "사실 끝까지 가도 상관없긴 한데, 그러면 로이가 나랑 결혼 안 하려고 하지 않겠어?"

그날 밤 잠들기 전에 나는 실비가 한 말을 오래 생각했다. 그 장면을 생각하고 또 생각했다. 우리 둘이 벤치에 앉아 있는데, 실비가 가느다란 다리를 툭툭 차고 한숨을 쉬면서 "사실은 날 만져도 된다고 해줬어"라고 말하는 장면. 나는 실비의 말을 머릿속에서 다시 들어보려고 했다. 또렷이, 분명하게. 톰에 대해 한 말이 무슨 뜻인지 제대로 된 의미를 알아내려 애썼다. 하지만 어떻게 맞춰봐도 잘 이해가 되지 않았다. 어둠 속에서 침대에 누운 채 엄마의 기침 소리와 아빠의 침묵에 귀를 기울이며, 나는 이불을 코까지 끌어 올리고 숨을 내쉬며 생각했다. 실비는 나만큼 톰을 몰라. 그가 어떤 사람인지는 내가 알아.

세인트루크* 학교에서 교사 생활을 시작했다. 실비가 한 말을 머릿속에서 몰아내려고 최선을 다하면서, 내가 성공적으로 교사가 되었다는 말을 듣고 자랑스러워할 톰을 상상하며 사범대학 과정을 마쳤다. 톰이 나를 자랑스러워하리라는 생각에는 아무런 근거가 없었지만 그래도 경찰 훈련을 마치고 돌아오는 그를 상상하는 일은 멈출 수가 없었다. 톰은 한쪽 어깨에 재킷을 아무렇게나 걸치고 휘파람을 불면서 버지스 가족의 집 마당길을 걸어간다. 실비를 안아 올려 빙글 돌리고(내 환상 속에서 오빠와 여동생은 가장 친한 친구니까) 집 안으로 들어가서는 미시즈 버지스의 볼에 입을 맞춘 뒤 세심히 고른 선물

• 기독교 성인 성 루카의 영어식 표기.

을 건넨다(아마도 코티에서 나온 아타르 오브 로즈, 아니면―
더 강렬한―샬리마르 같은 향수). 미스터 버지스는 거실에 서
서 아들의 손을 잡아 흔들고 톰은 기뻐서 얼굴이 발그레해진
다. 그러고 나서야 톰은 찻주전자와 마데이라 케이크가 놓인
식탁에 앉아, 나는 어떻게 지내는지 누구든 아느냐고 묻는다.
실비는 대답한다. "걔 이제 학교 선생님이야, 톰. 넌 그 앨 알아
보지도 못할걸." 그러면 톰은 슬며시 웃으며 고개를 끄덕이고,
차를 마시다가 이번엔 고개를 설레설레 저으며 말한다. "난 늘
알았어. 그 애는 뭔가 좋은 일을 할 수 있을 거라고."

새 직장에 나가는 첫날 아침에 퀸스 파크 로드를 걸어가며
그런 환상에 빠졌다. 팔다리의 핏줄이 펄떡거리는 느낌이 들
고 다리는 금방이라도 푹 꺾일 것 같았지만 땀을 너무 많이 흘
리지 않으려고 최대한 천천히 걸어갔다. 학기가 시작되면 곧
추워지고 비가 올 수도 있다는 생각에 니트 조끼를 덧입고 두
툼한 페어 아일* 카디건도 손에 든 채였다. 사실 그날 아침은
무시무시할 정도로 화창했다. 학교의 높은 종탑 위에서 해가
이글거리며 맹렬한 빛으로 붉은 벽돌을 비추었고, 정문을 지
나치는 동안에는 모든 창문이 눈부신 빛을 내게 되쏘았다.

---

* 스코틀랜드의 섬 페어 아일에서 유래한 무늬 직조 기법에 따라 다양한 무늬로
짠 니트 의류.

아주 일찍 도착한 터라 운동장에는 아이들이 없었다. 여름 몇 주간 학교가 닫혀 있었는데도, 길고 텅 빈 복도로 들어서자마자 달콤한 우유와 분필 가루 냄새가 아이들 땀 냄새와 섞여 훅 끼쳐 왔다. 그 특별하면서도 제 나름의 더러움을 지닌 냄새. 그날부터 나는 매일 머리와 옷에 그 냄새를 묻히고 집에 돌아왔다. 밤에 베개 위에서 머리를 움직이면 교실의 오염이 주위로 풀려 나왔다. 그 냄새를 완전히 받아들일 수는 없었다. 견디는 법은 배웠지만 냄새를 못 느끼게 되지는 않았다. 톰에게서 풍기는 경찰서 냄새와 같았다. 톰은 집으로 돌아오면 곧장 셔츠를 벗고 몸을 구석구석 씻었다. 난 늘 톰의 그런 점이 좋았다. 그런데 패트릭 당신과 있을 때는 셔츠를 그대로 입고 있었을지도 모른다는 생각이 지금 막 떠오른다. 당신은 경찰서의 표백제와 피 냄새를 좋아했을 수도 있겠다고.

그날 아침, 나는 덜덜 떨며 복도 벽에 걸린 커다란 태피스트리 속 세인트루크의 모습을 올려다보았다. 세인트루크가 서 있고 그의 뒤에 황소가 한 마리, 앞에는 당나귀가 한 마리 있었다. 온화한 미소를 짓고 턱수염을 깔끔하게 깎은 그의 모습은 내게 아무런 의미도 없었다. 물론 나는 톰을 생각했다. 톰이라면 턱을 결연한 자세로 들고 있을 거라고, 소매를 걷어 올려 팔근육을 드러낼 거라고. 그러면서 동시에 집으로 달려가버릴 생각도 했다. 점점 빨라지는 걸음으로 복도를 따라 걸어가는

데, 교실 문마다 교사의 이름이 표시되어 있는 것이 보였다. 전부 처음 들어보는 이름, 내가 그런 이름으로 불린다는 건 상상도 할 수 없는 이름들이었다. 미스터 R.A. 코파드(옥스퍼드), 미시즈 T.R. 피코크.

그때 뒤에서 발소리가 나더니 곧이어 목소리가 들렸다. "저, 안녕하세요? 도와드릴까요? 새로 오신 선생님인가요?"

나는 돌아보지 않았다. 그대로 R.A. 코파드라는 이름에 시선을 고정한 채, 복도 끝까지 달려가 정문을 통과한 뒤 도로로 나가는 데 얼마나 걸릴지 헤아리고 있었다.

하지만 그 목소리는 끈질겼다. "저기, 미스 테일러세요?"

20대 후반으로 보이는 여자가 웃으며 내 앞에 서 있었다. 키가 나처럼 컸고, 눈에 확 띌 정도로 새카만 머리카락은 완벽한 직모였다. 머리 모양은, 꼭 누군가가 머리 위에 대접을 엎어 놓고 가장자리 윤곽대로 자른 것 같았다. 아빠가 예전에 내 남자 형제들에게 해준 것처럼. 입술에 선홍색 립스틱을 바른 그 여자가 내 어깨에 손을 올리고 알려주었다. "난 줄리아 하코트예요. 5반." 내가 대답하지 않자 여자는 싱긋 웃으며 이어 말했다. "미스 테일러 맞죠? 그렇죠?"

나는 고개를 끄덕였다. 여자가 또 웃었고 그러자 짧은 코에 주름이 졌다. 피부는 햇볕에 그을렸고, 허리 없이 펑퍼짐하니 다소 유행이 지난 초록색 원피스 차림에 끈으로 묶는 가죽 구두를 신었는데도 어쩐지 경쾌한 분위기가 풍겨 나왔다. 아마도 그 환한 얼굴과 그보다 더 환한 입술 때문이었을 것이다. 대부분의 세인트루크 교사들과 달리 줄리아는 안경을 쓰지 않았다. 나는 가끔 사람들이 안경을 그것이 주는 효과 때문에 쓰는 건 아닐까 생각하기도 했다. 예를 들면 테 너머로 무섭게 쏘아보거나 안경을 휙 벗어 잘못을 저지른 애들 쪽으로 쿡쿡 찔러대는 시늉을 하려고 말이다. 선생이 된 첫해에는 나도 안경을 하나 마련할까 잠시 생각했었다는 걸, 패트릭, 지금 당신에게 털어놓는다.

"유아 학교는 건물 다른 쪽에 있어요." 줄리아가 말했다. "그래서 여기 교실들 문에 선생님 이름이 없는 거고요." 여전히 내 어깨에 손을 올린 채였다. "첫날은 늘 무섭죠. 나도 처음 시작할 땐 엉망이었어요. 하지만 살아남을 거예요." 내가 반응이 없자 줄리아는 내 어깨에서 손을 내리고 말했다. "이쪽이에요. 길을 알려줄게요." 나는 잠시 그대로 선 채 사우스다운스 산길을 산책하는 사람처럼 팔을 흔들며 걷는 줄리아의 모습을 바라보다가 곧 뒤따라갔다.

패트릭, 박물관에 처음 출근한 날 당신도 이런 기분이었을까? 박물관은 사실 다른 사람을 채용하려고 했는데 어떤 행정적 오류가 생겨 임명장을 당신 주소로 보낸 것 같다는 기분? 어쩐지 당신은 안 그랬을 것 같다. 하지만 나는 그런 기분이었다. 그리고 곧 토할 것 같다는 확신이 들었다. 줄리아 하코트는 어떻게 대처할까? 다 큰 여자가 갑자기 얼굴이 허예지고 땀을 흘리더니 반짝반짝 닦은 복도 타일 위에 아침 먹은 걸 다 게워 내고 자신의 깔끔한 구두에 그 토사물이 튀어버린다면?

하지만 나는 토하지 않았다. 대신 미스 하코트를 따라 초등학교를 벗어나 건물 뒤편에 입구가 따로 있는 유아 학교로 갔다.

줄리아가 데려간 교실은 무척 환했는데, 그 장점을 제대로 살리지 못했다는 걸 나는 첫날 바로 알 수 있었다. 길게 난 창문들은 꽃무늬 커튼에 반쯤 가려져 있었다. 커튼에 내려앉은 먼지가 한눈에 보이지는 않았지만 냄새가 느껴졌다. 나무판자를 깐 바닥도 복도만큼 반짝이지 않았다. 교실 앞쪽 칠판에는 다른 선생의 필체가 어른어른 남아 있었다. 왼쪽 맨 꼭대기에 구불구불한 대문자로 "1957년 7월"이라고 쓴 글씨가 살짝 보였다. 칠판 앞에 커다란 책상과 의자가 하나씩 놓여 있었고, 그 옆은 철망 울타리를 두른 보일러 자리였다. 줄지어 늘어선 낮은 아동용 책상 앞에는 모서리가 떨어져 나간 나무 의자들이 있었다. 다시 말해, 암울할 정도로 평범한 곳이었다. 커튼 틈으로 들어오려 애쓰는 햇빛만 빼면.

교실 밖에 있다가 (어서 들어가라는 미스 하코트의 손짓에) 안으로 들어서서야 나의 새 교실에 마련된 특별한 공간이 보였다. 문 뒤쪽 구석, 문구용 수납장 뒷면과 창문 사이의 아늑한 공간에 러그가 깔리고 쿠션도 몇 개 놓여 있었다. 교사 연수 때 가본 교실들에서는 이런 것들을 본 일이 없기에, 학교라는 맥락에 감히 끼어든 그 말랑말랑한 소품들을 마주한 순간 흠칫 뒤로 물러났던 것 같다.

"아, 그렇지." 미스 하코트가 중얼거렸다. "먼저 이 교실을 쓰던 미스 린치가 이야기 시간에 이곳을 활용했을 거예요."

나는 빨간색과 노란색이 섞인 러그를, 그 러그와 어울리는 색깔에 수술 장식까지 달린 볼록한 쿠션들을 한참 바라보았다. 거기서 선생님을 사랑하는 아이들에게 둘러싸인 미스 린치가 『이상한 나라의 앨리스』를 외워 들려주는 모습을 상상했다.

"미스 린치의 교육 방식은 비정통적이었어요. 아주 근사한 쪽으로요. 동의하지 않는 사람들도 있었지만요. 이건 치우는 게 낫겠죠?" 미스 하코트가 웃었다. "관리인에게 치우라고 하면 돼요. 어쨌거나, 다들 책상에 앉는 건 결국 그럴 만한 이유가 있어서겠죠."

나는 마른침을 삼키고 마침내 말을 할 수 있을 만큼 숨을 가다듬었다. "그냥 둘게요." 텅 빈 교실 안에서 내 목소리는 아주 작게 들렸다. 문득 이 공간 전체를 내 말로, 내 목소리로 채워야 하리라는 깨달음이 들었다. 그리고 그 목소리는ㅡ그 순간 확신했는데ㅡ내가 제어할 수 없는 것이었다.

"좋을 대로 하세요." 줄리아가 돌아서며 쾌활하게 말했다. "행운을 빕니다. 쉬는 시간에 만나요." 줄리아는 문을 닫으며 거수경례를 붙였다. 손가락 끝이 앞머리의 뭉툭한 선을 스쳤다.

밖에서 아이들 소리가 들리기 시작했다. 그 소리가 들리지 않게 창문을 전부 닫을까도 생각했지만, 윗입술에서 땀 맛이 났고 그런 더운 날에 창문을 닫을 수는 없었다. 책상에 가방을 올려놓았다. 그랬다가 마음을 바꿔 바닥에 내려놓았다. 손가락 관절을 뚝뚝 꺾다가 손목시계를 확인했다. 8시 45분. 교실 끝에서 끝을 오가며, 수성도료를 바른 벽돌에 시선을 고정한 채, 사범대학에서 들은 조언에 집중하려 애썼다. 학생들 이름을 빨리 외우고 자주 이름을 불러줄 것. 그게 생각나는 전부였다. 문가에 서서 그 위에 걸린 레오나르도 다빈치의 〈수태고지〉 복제화 액자를 쳐다보며 생각했다. 여섯 살짜리 아이들이 저걸 보고 뭘 이해할까? 기껏해야 천사 가브리엘의 근육질 날개를 감탄하며 바라보거나 백합 꽃다발은 왜 그리 초라한지 궁금해하겠지. 내가 그랬듯이. 그리고 성모마리아가 앞으로 겪게 될 일에 대해서는 아마 그 애들도 어린 시절의 나처럼 거의 이해하지 못했을 것이다.

성모마리아 밑에서 문이 열리더니 조그만 남자애가 나타났다. 검은 앞머리가 이마에 찍힌 신발 자국 같아 보였다. "들어가도 돼요?" 아이가 물었다.

내 본능적인 반응은 그럼, 되고말고, 어서 들어와라는 대답으로 아이의 환심을 사는 것이었지만 애써 마음을 추슬렀다. 미스 하코트라면 종이 울리기 전에 아이를 교실로 들일까? 아이가 이런 식으로 내게 말 거는 건 버릇없는 행동 아닌가? 나는 아이를 위아래로 훑으며 의도를 추측해보았다. 신발 자국 같은 검은 머리가 그리 좋은 징조로 느껴지지 않았지만, 아이의 눈빛은 밝았고 발도 문설주 안으로 넘어오지 않은 상태였다.

　"기다려야 해." 나는 대답했다. "종이 울릴 때까지."

　아이가 바닥을 내려다보았다. 이 잠깐의 참담한 순간, 나는 아이가 울지도 모른다고 생각했다. 그런데 그때 아이가 문을 쾅 닫았고, 곧 우당탕 달려가는 발소리가 복도에 울렸다. 아이를 불러 세워야 한다는 걸, 당장 달리기를 멈추고 여기 와서 벌을 받으라고 소리쳐야 한다는 걸 알았다. 그렇지만 나는 그냥 책상으로 걸어가 마음을 진정시키려 애썼다. 마음의 준비를 해야 했다. 칠판지우개를 집어 칠판 구석에 쓰인 "1957년 7월"의 흔적을 지웠다. 책상 서랍을 열고 종이를 꺼냈다. 나중에 필요할지 모르니까. 그러고는 만년필을 점검하기로 했는데, 종이 위로 만년필을 흔들다가 그만 책상에 빛나는 검은 방울들을 흩뿌리고 말았다. 그걸 닦다가 손가락이 까맣게 되었고, 손가락에서 잉크를 닦아내려 하다 보니 손바닥까지 까매졌다. 햇빛에 잉크가 마르길 바라며 창가로 걸어갔다.

운동장에서 노는 아이들의 소음은 책상을 치우고 정돈하는 동안에도 꾸준히 커져서 이제는 온 학교를 집어삼킬 만큼 요란해진 느낌이었다. 양쪽으로 땋은 머리의 한쪽 갈래가 다른 갈래보다 길게 늘어진 어느 여자애가 운동장 구석에 혼자 서 있다가 나와 눈이 마주쳤다. 나는 즉시 창문에서 비켜났다. 내 소심함을 속으로 나무랐다. 나는 선생인데. 시선을 피해야 할 사람은 그 아이인데.

그때 회색 외투 차림에 뿔테 안경을 쓴 남자가 마당으로 들어섰고, 기적이 일어났다. 남자가 호루라기를 불기도 전에 소음은 완전히 멈췄다. 이어 호루라기 소리가 나자 그때까지 어떤 놀이를 하며 신나게 소리를 지르던 아이들, 그리고 정문 옆 나무 아래 뚱하게 서 있던 아이들까지 모두 달려와 나란히 줄을 서서 대형을 이루었다. 운동장의 움직임이 잠시 멈춘 사이 복도에서 다른 교사들의 발소리가 들렸다. 다른 교실의 문이 자신 있게 열렸다 닫히는 소리도. 심지어 어떤 여자가 깔깔 웃으며 "한 시간 반만 지나면 커피 타임이다!" 하고는 문을 부술 듯 쾅 닫는 소리도 들렸다.

나는 일어서서 내 교실 문을 바라보았다. 문이 아주 멀리 있는 느낌이었다. 아이들의 행렬이 점점 가까워지는 동안, 나는 그 광경을 조심스레 바라보며 다가오는 몇 분간 무엇보다 이 거리감을 유지할 수 있기만을 바랐다. 목소리들이 다시 점점 파도처럼 일어나기 시작했지만 "조용히!"라고 고함치는 남자의 목소리에 싹 가라앉았다. 이어 문이 열리고, 교실에 들어갈 수 있게 된 아이들의 신발이 나무 바닥을 스치고 긁는 소리가 났다.

그때 내가 느낀 것을 공황이라 말한다면 옳지 않을 것이다. 앞서 줄리아와 함께 복도에 서 있을 때처럼 땀이 흐르거나 속이 울렁거리지는 않았으니까. 그보다는, 완전히 텅 비어버린 느낌이었다. 앞으로 나아가 아이들을 위해 문을 열어줄 수도, 책상 뒤로 물러날 수도 없었다. 다시 내 목소리에 대해 생각하며 그게 정확히 몸속 어느 위치에 있을까, 들어가서 살펴본다면 어디쯤에서 찾게 될까, 그런 궁금증을 품었다. 꿈을 꾸고 있었는지도 모르고, 잠시 눈을 감은 것 같기도 하다. 다시 눈을 뜨면 모든 게 명확해지고, 목소리도 돌아오고, 몸이 올바른 방향으로 움직여지기를 바라면서.

눈을 떴을 때 처음으로 보인 건 교실 문의 유리판에 눌린 남자애의 볼이었다. 하지만 여전히 몸이 움직여지지 않아서, 결국 문이 밖에서 열리고 신발 자국 소년이 어쩐지 비웃는 기색으로 "이제 들어가도 돼요?" 하고 물었을 땐 안도감마저 들었다.

"들어와." 나는 그렇게 대답하며 칠판 쪽으로 돌아섰다. 아이들이 나타나는 모습을 보지 않기 위해서였다. 나를 바라보며 내게서 의미를, 공정함을, 설명을 구하는 그 작은 몸들! 패트릭, 당신은 상상할 수 있을까? 박물관에서는 관람객을 마주 보며 일하지 않겠지. 하지만 교실에서는 날마다 학생들을 마주 봐야 한다.

아이들이 하나둘 들어오고 속삭이는 소리, 키득키득 웃는 소리, 의자가 바닥에 끌리는 소리가 울리는 동안, 나는 분필을 들어 대학에서 배운 대로 칠판 왼쪽 귀퉁이에 그날의 날짜를 적었다. 그때 무슨 이상한 심리인지 거기 내 이름 대신 톰의 이름을 써도 좋겠다는 생각이 들었다. 그간 나는 밤마다 검은 노트에 그의 이름을 썼다. 톰의 이름은 지면에 모여 때로 기둥이 되고, 벽이 되고, 때로는 나선형 탑이 되기도 했다. 그런 일에 너무나 익숙해진 터라 문득 이런 공적 공간에 대담하게 그의 이름을 쓰는 것도 충분히 가능한, 심지어 아주 분별 있는 행동처럼 느껴졌다. 그랬다면 그 꼬맹이들은 충격에 빠졌으리라. 손을 칠판 앞에 올린 채 서 있는데—나도 어쩔 수가 없었다, 패트릭—웃음이 나왔고, 내가 폭소를 억누르는 동안 교실에 정적이 내려앉았다.

마음을 가라앉히는 동안 잠시 시간이 흐르고, 곧 분필이 칠판에 닿아 글자들을 이루기 시작했다. 듣기 좋게 울리는 그 소리—아주 섬세하면서도 무척이나 단호한 소리—를 내며 나는 대문자로 썼다.

미스 테일러.

나는 물러서서 내 손이 쓴 글씨를 바라보았다. 글자들이 칠판 오른쪽으로 점점 올라가는 모양새가 자기들도 교실에서 도망치고 싶은 것 같았다.

미스 테일러.

─그때부터의 내 이름.

줄줄이 늘어선 그 얼굴들을 똑바로 바라보지 않을 생각이었다. 문 위에 걸린 그림 속 성모에 시선을 고정할 생각이었다. 하지만 아이들이 모두 거기에 있었고, 나를 향한 스물여섯 쌍의 눈을, 각기 완전히 다르지만 똑같이 강렬한 그 눈을 피하기란 불가능했다. 두세 명이 눈에 확 띄었다. 신발 자국 같은 앞머리를 한 남자애는 두 번째 줄 끝에 앉아 히죽히죽 웃고 있었다. 앞줄 한가운데 앉은 여자애는 검은 곱슬머리가 빠글빠글하고 얼굴은 또 어찌나 하얗고 홀쭉한지 잠시 눈을 뗄 수가 없었다. 뒷줄에 앉은 한 여자애는 머리 한쪽에 지저분해 보이는 리본을 매달고 가슴 앞에 팔짱을 단단히 낀 채 주름이 패도록 입을 꼭 다물고 있었다. 그 애는 나와 눈이 마주쳐도─다른 아이들과 달리─시선을 돌리지 않았다. 당장 팔짱을 풀라고 말할까 생각했다가 안 그러는 게 낫겠다고 판단했다. 저런 여자애들을 상대할 시간은 충분하다고. 얼마나 잘못된 생각이었는지. 그 첫날 앨리스 럼볼드의 행동을 지적하지 않은 게 지금도 후회가 된다.

쓰다 보니 뭔가 이상하다. 나는 이 글이 톰과 나의 관계, 그리고 그 관계에 따라붙는 다른 모든 것에 대한 설명이라고 계속 되뇌고 있다. 물론—애초에 이 글의 진짜 핵심인—다른 모든 것에 대해 쓰는 일은 머지않아 훨씬 힘들어지겠지만, 일단은 뜻밖에도 글쓰기가 무척 즐겁다. 학교에서 퇴직한 뒤로 사라져버린 것과 비슷한 종류의 목적의식이 나의 하루를 채운다. 패트릭 당신에게는 흥미롭지 않을지도 모를 온갖 잡다한 얘기까지 전부 쏟아내고 있다. 그래도 상관없다. 나는 모든 것을 기억하고 싶다. 당신을 위해서만이 아니라 나를 위해서도.

글을 쓰고는 있지만, 정말로 당신에게 읽어줄 용기가 생길지는 나도 모르겠다. 애초의 계획은 그랬는데, 다른 모든 것에 가까워질수록 과연 그럴 수 있을까 싶어진다.

오늘 아침에 당신은 유난히 까탈스럽게 굴었다. 우리 둘 다 싫어하는 뉴스쇼 〈오늘 아침〉에서 BBC2의 시트콤 〈세월이 흐르면〉 재방송으로 텔레비전 채널을 바꿨는데도 통 보지 않으려 했다. 데임* 주디 덴치를 안 좋아하는 건가? 난 모두가 데임 주디를 좋아한다고 생각했는데. 고전적인 여배우의 분위기와 다가가서 껴안아도 될 듯한 친근감(이름 끝에 'i'가 붙어서 더더욱 그렇지 않은지)이 어우러진 게 정말이지 매력적이라고 말이다. 아무튼 그런 다음에는 콘플레이크 사건이 일어났다. 갈아서 죽으로 만든 콘플레이크 그릇이 엎어졌고 그걸 본 톰이 크게 쯧 소리를 낸 것이다. 당신이 식탁에 앉아 아침 식사를 하기 힘들다는 건 알고 있었다. 간호사 패멀라가 알려준 대로 특수한 식기를 준비하고 쿠션 여러 개로 몸을 받쳐주었는데도 소용없었다. 사실, 패멀라가 하는 말은 집중해서 듣기가 힘든데, 눈꺼풀에 달린 기다란 못 같은 것들에 정신이 홀려서 그렇다. 20대 후반의 통통한 금발 아가씨가 가짜 속눈썹을 붙인 모습이야 그리 신기할 것도 없지만, 상쾌하리만치 새하얀 제복과 사무적인 태도, 파티에 갈 때나 어울릴 눈은 정말이지

---

* dame. 영국에서 훈장을 받은 여성에게 붙는 직함으로 남성의 '경sir'에 해당한다. 주디 덴치Judi Dench는 〈세월이 흐르면〉에 주연배우로 출연했다.

이상한 조합이다. 패멀라는 자신이 매일 아침과 저녁에 한 시간씩 들를 테니 나더러 이른바 '중간 휴식' 시간을 가지라고 거듭 말한다. 그러나 난 휴식을 취하지 않는다, 패트릭. 그 시간에 이걸 쓰고 있으니까. 어쨌든 당신을 최대한 자주 침대에서 나오게 해줘야 한다면서 '가족 식탁'에 앉아 식사를 해도 좋다고 한 사람도 패멀라였다. 하지만 오늘 아침 스푼을 얼굴로 들어 올리는 당신의 손이 완전히 제멋대로 움직이는 걸 보았다. 나는 팔을 뻗어 당신 손목을 잡아 그 움직임을 멈추게 하고 싶었다. 하지만 스푼이 입술에 닿기 직전 나를 향한 당신의 눈은 읽히지 않는 무언가로 환히 빛났고―그때는 분노라고 생각했는데 지금은 애원 같은 게 아니었나 싶다―그래서 정신이 산란해졌다. 그러다가 휙! 스푼이 날아갔다. 우유와 섞인 콘플레이크 죽이 당신의 허벅지로 줄줄 흐르고 톰의 구두에도 뚝뚝 떨어졌다.

패멀라 얘기로는, 뇌졸중 환자에게 마지막까지 남아 있는 감각이 청각이라고 한다. 당신은 말을 할 수 없지만 청각은 아직 훌륭하다고. 다른 이들의 말을 이해할 수 있는데 자신의 의사를 온전히 전하는 데 필요한 형태로 입을 움직일 수 없다니, 다시 어린아이가 된 기분이겠지. 그런 상태를 당신이 얼마나 오래 견딜 수 있을지 궁금하지만 누구도 그 문제에 대해 제대로 이야기해주지 않는다. "아무도 알 수 없습니다"라는 말은 이제 지긋지긋하다. 의사 선생님, 저이가 언제 일어설 수 있을까요? 아무도 알 수 없습니다. 언제 다시 말을 할 수 있을까요? 아무도 알 수 없습니다. 뇌졸중이 또 올까요? 아무도 알 수 없습니다. 완전히 회복할 순 있을까요? 아무도 알 수 없습니다. 의사와 간호사들 모두 다음 단계—물리치료, 언어치료, 심지어 우울증이 찾아올 수 있다며 심리 상담까지—를 언급하지만 그런 조치들이 실제로 효과를 낼 가능성에 대해 기꺼이 예측하려는 사람은 아무도 없다.

내 느낌에 당신은 여기, 이 지붕 아래에서 회복할 희망이 가장 큰 것 같다.

1957년 9월 말. 이른 아침의 학교 정문, 아직 푸르기보다는 누런 하늘. 종탑 위에서 구름이 갈라지고, 산비둘기들이 괴상한 음정으로 부르는 그리움의 노래가 울려 퍼지고 있었다. 오-우우-우우-오-오. 그리고 내게 돌아온 톰이 벽에 기대어 서 있었다.

그즈음 나는 몇 주간 선생 노릇을 하며 학교의 일과에 꽤 익숙해진 터라, 다리가 더 굳건해지고 호흡도 자연스러워졌다. 하지만 톰을 보자 목소리가 완전히 사라져버렸다.

"매리언?"

톰의 다부진 얼굴과 달빛처럼 하얀 미소, 단단한 맨팔뚝을 그토록 여러 번 상상했는데, 그가 여기 퀸스 파크 테라스에, 내 기억보다는 키가 좀 작지만 더욱 세련된 모습으로 눈앞에 서 있었다. 멀리 떠나 있던 3년 사이 얼굴이 더 홀쭉해졌고 자세는 더 꼿꼿해졌다.

"우연히 널 만날 수도 있겠다고 생각했어. 네가 이곳 교사로 일하기 시작했다고 실비가 말해줬거든."

앨리스 럼볼드가 우리를 밀치고 지나가며 노래하듯 말했다. "안녕하세요, 미스 테일러." 나는 마음을 추스르려 애썼다.

"뛰지 마, 앨리스." 그렇게 앨리스의 어깨에 시선을 고정한 채 톰에게 물었다. "여기서 뭐 해?"

톰이 얼핏 미소를 지었다. "그냥…… 퀸스 파크 주변을 산책하다가 옛날 학교에나 와볼까 했지."

그때도 그 말이 믿기지 않았다. 정말로 그저 나를 보겠다고 여기까지 온 건가? 나를 찾았을까? 그 생각을 하니 숨이 턱 막혔다. 잠시 우리 둘 다 말이 없다가 내 쪽에서 겨우 입을 열었다. "이제 경찰관이네?"

"그래." 톰이 말했다. "순경 버지스, 대령했습니다." 그는 깔깔 웃었지만 자랑스러워한다는 걸 알 수 있었다. "물론, 아직 수습 기간이긴 하지만."

그러곤 나를 위아래로 훑어보았는데, 그 시선은 뻔뻔하게도 꽤나 느긋하게 내게 머물렀다. 나는 책이 든 바구니를 꽉 틀어쥐고 그의 얼굴에 나에 대한 평결이 떠오르기를 기다렸다. 하지만 다시 시선이 마주쳤을 때 톰의 표정은 그대로였다. 침착하고, 약간 폐쇄적인 표정.

"오랜만이야. 많은 게 변했지." 나는 말했다. 칭찬을, 마음에 없는 칭찬이라도 그에게서 끌어내고 싶었다.

"그런가?" 그는 한참 뒤에 덧붙였다. "넌 확실히 변했다." 그러더니, 내 얼굴이 미처 달아오르기도 전에 대뜸 말했다. "자, 그럼 이제 널 보내줘야겠다." 그때 톰이 손목시계를 봤던 것 같지만, 내 기억이 틀릴 수도 있다.

패트릭, 내게는 선택지가 있었다. 재빨리 잘 가라고 인사를 건넨 뒤, 남은 하루 내내 조금이라도 더 같이 있을걸 그랬다고 후회하는 것. 아니면. 아니면, 위험을 감수하는 것. 그에게 뭔가 흥미로운 말을 할 수도 있었다. 톰이 돌아왔고 실체로서 내 앞에 서 있었으니 모험을 걸어볼 만도 했다. 이젠 나도 더 성숙했다고 속으로 되뇌었다. 스무 살이었고, 잘 빗은 붉은 머리는 구불구불 흘러내렸다. 립스틱을 바르고(연한 분홍색이었지만 그래도 립스틱은 립스틱이니까) 허리 아랫부분이 옆으로 살짝 퍼지는 파란 원피스를 입었다. 9월의 따뜻한 날이었다. 날빛이 부드럽고 해는 여전히 여름처럼 빛나는 선물 같았다. 우우-우우우-우우-오-오. 산비둘기들이 울었다. 나는 충분히 위험을 감수할 수 있었다.

그래서 말했다. "수영은 언제 가르쳐줄 거야?"

톰이 그다운 큰 웃음을 터뜨렸다. 그 웃음이 주위의 모든 것을 삼켜버렸다. 학교 운동장에서 노는 아이들의 고함 소리, 산비둘기의 울음. 그가 내 등을 두 번 찰싹 때렸다. 처음 한 번 쳤을 때 나는 휘청거리며 그에게로 고꾸라질 뻔했지만—주변의 공기가 아주 따뜻해지고 비탈리스 냄새가 났다—두 번째에는 똑바로 서서 따라 웃었다.

"잊고 있었네." 톰이 말했다. "아직도 수영 못해?"

"네가 와서 가르쳐주길 기다렸지."

톰이 어쩐지 자신 없게 다시 웃었다. "너야말로 분명 좋은 선생일 거야."

"맞아. 그리고 난 수영을 할 수 있어야 해. 아이들을 감독해야 하니까, 수영장에서."

새빨간 거짓말이었기에 나는 일부러 신경을 써서 톰의 얼굴을 똑바로 쳐다보았다.

톰이 다시, 이번엔 가볍게, 등을 찰싹 때렸다. 초기에 톰이 자주 하던 행동이다. 당시 나는 어깨뼈 사이에 머무는 그 손의 온기에 짜릿함을 느꼈지만, 지금 생각해보면 그건 내게서 어느 정도 거리를 두려는 그 나름의 방식이 아니었나 싶다.

"너 진심이구나."

"그럼."

그는—군 복무 이후 전보다 짧고 덜 빽빽하고 더 정돈된 상태였지만 언제라도 다시 구불구불하게 자라날 조짐을 보이는—머리에 손을 올린 채 대답을 찾는 양 길바닥을 내려다보았다.

"바다에서 시작해도 될까? 사실 초보자에게는 권하지 않는 방식이긴 한데, 요새 날이 워낙 따뜻해서 바다 수영을 안 하기 아깝기도 하고, 염분 때문에 잘 뜨기도 하니까……"

"바다로 해. 언제?"

톰이 다시 나를 위아래로 훑어보았는데, 이번엔 나도 얼굴을 붉히지 않았다.

"토요일 아침 8시 괜찮아? 부두 사이에서 만나자. 아이스크림 가게 앞에서."

나는 고개를 끄덕였다.

톰이 또다시 웃음을 터뜨렸다. "수영복 가져와." 그 말과 함께 그는 길을 따라 걸어가기 시작했다.

토요일 아침에는 일찍 일어났다. 밤새 톰과 함께 파도를 타는 꿈을 꿨다고 말하고 싶지만 그건 사실이 아니다. 무슨 꿈이었는지 기억나지 않는데, 아마도 장소는 학교였겠고, 내가 무엇을 가르쳐야 할지 잊어버렸거나 문구용 수납장에 갇히는 바람에 밖에서 아이들이 무슨 난리를 일으키는지 볼 수 없거나 하는 꿈이었을 것이다. 당시 내 꿈은 모조리 그런 내용이었으니까. 톰과 함께 바다에서 파도를 타며 밀려 나갔다가 돌아오고, 돌아왔다가 다시 밀려 나가는 꿈을 아무리 갈망해도 소용없었다.

어쨌든 그렇게 책상, 분필, 빨대가 꽂힌 판지 우유 뚜껑 따위가 나오는 꿈을 꾸다가 아침 일찍 일어났는데, 창밖을 보니 좋은 날씨를 기약하는 아침은 아니었다. 훈훈했던 9월도 이제 끝자락에 다가서 있었고, 빅토리아 가든스를 지나가며 보니 풀이 젖어 있었다. 물론 아주 일찍 나와서 아직 7시도 채 안 되었을 텐데, 그래서인지 내가 무언가 비밀스러운 일을 하고 있다는 설렘이 더욱 강해졌다. 부모님이 주무실 때 집을 나온 터였고, 어디에 가는지 누구에게도 말하지 않았다. 집을 나와 가족과 학교에서 멀어진 채 보낼 하루가 통째로 앞에 놓여 있었다.

시간을 때우기 위해(아침 8시라는 마법 같은 시간까지는 여전히 40분 넘게 남아 있었으니까) 해안을 따라 걸었다. 팰리스 부두에서 웨스트 부두까지 걸으며 그랜드 호텔을 바라봤는데, 웨딩케이크처럼 새하얀 건물과 벌써 실크해트에 장갑까지 갖추고 밖에 나와 정자세로 서 있는 수위가 그날 아침에는 믿을 수 없을 만큼 평범해 보였다. 호텔 앞을 지날 때 느끼곤 하던 가슴 찌릿함도 없었다. 그 찌릿함은 야자수 화분이 놓이고 푹신한 카펫이 깔린 고요한 방들, 진주 목걸이를 한 여자들이 울리는 조심스러운 호출 종소리 같은 것에 대한 갈망에서 비롯한 느낌이었다(실비아 심스가 나오는 영화들을 보고 호텔을 그런 식으로 상상했던 것 같다). 하지만 그날은 아니었다. 그랜드 호텔이 돈과 쾌락으로 불타며 거기 서 있어도 상관없었다. 내게는 아무런 의미가 없었다. 나는 부두 사이에 있는 아이스크림 가게로 가고 있어서 행복할 뿐이었다. 톰이 나를 위아래로 훑어보고 나의 전부를 눈에 담지 않았던가. 그가 곧 나타날 것 아닌가. 기적적으로 큰 키, 나보다도 더 큰 키에 약간 커크 더글러스를 닮은 모습으로. (아니면 버트 랭커스터? 그 턱선, 그 강렬한 눈빛. 둘 중 누구랑 더 닮았는지 판단할 수가 없었다.) 그때는 실비가 프레스턴 파크의 벤치에서 톰에 대해 했던 말에서도 멀리 벗어나 있었다. 나는 끝이 뾰족하고 가슴을 꼭 죄는 브라를 입고 꽃이 달린 노란 수영 모자를 바구니에 담아 든 채 돌아온 지 얼마 안 된 애인을 만나 은밀한 아침 수영을 즐기러 가는 젊은 여자였다.

그런 생각에 빠져 아이스크림 가게의 삐걱거리는 간판 옆에 서서 바다를 바라보고 있었다. 작은 도전 과제를 정했다. 톰은 팰리스 부두 쪽에서 올 텐데 내가 그 방향을 보지 않을 수 있을까? 나는 바다에 시선을 고정한 채 톰이 포세이돈처럼 물에서 솟아나는 모습을 상상했다. 반신을 해초로 휘감고, 목에는 따개비를 붙이고, 머리카락에는 게 한 마리를 매단 채 물에

서 나와 파도를 떨쳐내면 게가 머리에서 떨어져 멀리 날아간다. 그는 해변의 자갈 위로 소리 없이 스르르 다가와 나를 품에 안은 뒤 어딘지 모르지만 그가 원래 있던 곳으로 데려간다. 그런 생각에 혼자 키득키득 웃기 시작했지만 톰―살아 있고 숨을 쉬고 땅 위를 걷는 진짜 톰―이 나타나자 웃음이 딱 멈췄다. 그는 검은 티셔츠 차림에 어깨에는 색 바랜 갈색 수건을 걸치고 있었다. 나를 보자 짧게 손을 흔들고는 자기가 오던 방향을 가리켰다. "클럽에 가면 탈의실이 있어." 그가 외쳤다. "이쪽이야. 아치 아래로 와." 그러더니 내가 대답도 하기 전에 앞서 가리킨 방향으로 가버렸다.

나는 아이스크림 가게 옆에 그대로 선 채, 포세이돈-톰이 소금과 물고기를 뚝뚝 떨어뜨리며 바다에서 나와 짠물과 함께 저 아래 깊고 어두운 세상의 생물들을 해변에 흩뿌리는 상상을 계속 이어가고 있었다.

톰이 돌아보지도 않은 채 외쳤다. "종일 그러고 있을 거야?" 나는 아치 아래 철문에 도착할 때까지 아무 말도 없이 허둥지둥 그를 뒤쫓았다.

이윽고 그가 돌아서서 나를 보았다. "모자 가져왔지?"

"당연하지."

톰이 자물쇠를 풀고 문을 밀어 열었다. "준비되면 바다로 와. 나 먼저 가 있을게."

나는 안으로 들어갔다. 동굴처럼 눅눅하고 텁텁한 냄새가 났다. 페인트가 벗겨진 천장과 한쪽 벽면을 지나가는 녹슨 배수관이 눈에 들어왔다. 바닥이 축축하니 젖어 있고 공기는 끈적해서 몸서리가 났다. 나는 탈의실 안쪽 벽의 옷걸이에 카디건을 걸고 원피스를 벗었다. 몇 년 전 그날 리도에서 입었던 빨간 수영복과는 작별하고 피터 로빈슨 백화점에서 소용돌이 무늬로 뒤덮인 밝은 녹색 수영복을 새로 산 터였다. 백화점에서 입어봤을 때는 옷이 주는 효과가 상당히 맘에 들었다. 브라의 컵은 고무 느낌이 나는 재질로 모양이 잡혀 있었고 허리에는 짧은 주름치마가 달려 있었다. 하지만 이 동굴 같은 탈의실 벽에는 거울도 없이 이름과 날짜가 적힌 수영 대회 목록만 걸려 있었다(톰이 마지막 대회에서 상을 탔다는 걸 알게 되었다). 나는 머리에 꽃이 달린 모자를 쓴 뒤 입고 온 원피스는 벤치 위에 접어둔 채 수건을 걸치고 밖으로 나갔다.

이제 해는 더 높아졌고 바다는 흐릿하게 반짝이고 있었다. 눈을 가늘게 뜨니 파도 속에서 오르락내리락하는 톰의 머리가 보였다. 그가 바다에서 나오는 모습을 지켜보았다. 그는 얕은 물에 서서 머리칼을 뒤로 휙 젖히고 피부에 온기를 다시 불러오려는 양 허벅지를 위아래로 문질렀다.

나는 몸에 두른 수건을 놓치지 않으려고 꽉 붙잡느라 거의 넘어질 뻔했지만 그럭저럭 샌들 바람으로 해변을 절반쯤 걸어갈 수 있었다. 버석버석 자갈 밟히는 소리가 지금 이 상황이 실제임을, 내게 정말로 일어나고 있는 일임을 일깨워주었다. 나는 바다로, 파란색 줄무늬 트렁크 수영복만 입은 톰에게로 다가가고 있었다.

톰이 나를 맞으러 다가와 자갈 위에서 중심을 잡을 수 있도록 팔꿈치를 잡아주었다.

"모자 예쁘다." 그가 반쯤 놀리는 투로 말하고는 내 샌들을 내려다보았다. "그건 벗어야 할 거야."

"나도 알아." 나도 톰처럼 경쾌하고 장난스러운 목소리를 내려 했다. 그 시절 톰의 목소리에 심각함이라 부를 만한 기색이 묻어나는 경우는 흔치 않았다. 안 그런가, 패트릭? 늘 높낮이가 분명하고 섬세하며 음악적이라고까지 할 수 있는 목소리라(당신도 분명 그렇게 들었을 것이다), 톰이 하는 말은 뭐든 덥석 믿기가 어려울 정도였다. 세월이 흐르며 그의 목소리는 그런 음악적인 특색을 많이 잃었는데, 어느 정도는 당신에게 일어난 일 때문인 것 같기도 하다. 그래도 여전히 가끔은 그의 말 뒤편에서 곧 비어져 나오려는 웃음기가 느껴질 때가 있다.

"좋아, 같이 들어가자. 생각은 너무 많이 하지 마. 나를 꽉 붙잡고. 물에 익숙해지는 정도로만 할 거야. 오늘은 많이 춥지 않네. 사실 꽤 따뜻한 편이지. 1년 중 이맘때가 제일 따뜻하고 바다도 잠잠하니 다 괜찮을 거야. 걱정할 거 전혀 없어. 그리고 여기는 너무 얕아서 얼마간은 걸어서 나가야 돼. 준비됐어?"

톰이 이렇게 길게 말하는 걸 듣기는 처음이었는데, 그 간명하고 전문적인 말투에 나는 약간 놀랐다. 학생들이 책의 다음 문장을 더듬거리지 않고 제대로 읽게끔 유도할 때 내가 쓰는 매끄러운 말투와 흡사했다. 톰은 훌륭한 경찰관이 될 것 같았다. 자신이 상황을 장악하고 있는 듯 이야기하는 재주가 있으니까.

"전에도 해봤어?" 내가 물었다. "사람들에게 수영 가르치는 일 말이야."

"군대에 있을 때 샌드게이트 해변에서. 물에 한 번도 안 들어가본 애들이 있더라고. 그 녀석들 머리 좀 적시게 도와줬지." 톰이 짧게 웃었다.

톰이 장담했던 바와 달리 물은 몹시 차가웠다. 안으로 들어가는 순간 몸 전체가 움츠러들면서 숨이 죄다 빠져나갔다. 돌이 발을 찔렀고, 물이 닿자마자 피가 차갑게 식어 피부에 닭살이 돋고 이가 덜덜 부딪쳤다. 나는 톰의 손가락이 닿은 팔꿈치에 기운을 모으려고 애썼다. 이 접촉만으로도 모든 게 가치 있다고 속으로 말했다.

물론 톰은 차가운 물이나 뾰족한 돌을 신경 쓰는 기색이 전혀 없었다. 허벅지에 찰랑이는 물을 헤치며 멀리 걸어나가는 톰을 보며, 나는 그의 몸이 얼마나 가볍게 움직이는지 생각했다. 톰이 나를 이끌고 가느라 약간 앞에 있어서 그를 제대로 바라볼 기회가 생겼다. 그 덕에 덜덜 떨리는 턱을 겨우 진정시키고, 발걸음을 뗄 때마다 몸을 강타하는 한기 너머로 숨을 내쉴 수 있었다. 파도 속에서 물을 헤치고 가볍게 나아가는 톰이, 그의 맨살이 내 눈을 가득 채웠다. 그리고, 패트릭, 그 화창한 9월의 아침에는 이 모든 것이 눈부시게 빛났다. 그는 여전히 내 팔꿈치를 잡은 채로 가슴까지 찰랑거리는 물을 헤치고 나아갔다. 모든 것이 움직였고, 톰도 움직였다. 그는 원하는 대로 파도와 함께, 혹은 파도를 거슬러 움직였지만, 나는 그 움직임을 너무 늦게 느껴서 겨우 중심만 잡을 뿐이었다.

톰이 뒤돌아보았다. "괜찮아?"

그가 미소를 지었으므로 난 고개를 끄덕였다.

"느낌이 어때?" 그가 물었다.

내가 어떻게, 패트릭, 그 말에 대답할 수 있을까?

"좋아." 나는 말했다. "조금 춥네."

"잘하고 있어. 이제 아주 조금만 수영을 해볼 거야. 너는 날 따라오기만 하면 돼. 어느 정도 깊어지면 훌쩍 뛰어 발을 바닥에서 떼. 내가 몸을 잡아줄게. 그러면 어떤 느낌인지 알 수 있을 거야. 괜찮겠어?"

괜찮겠냐고? 이 질문을 하는 그의 표정이 어찌나 진지한지 웃음을 참기가 힘들었다. 톰이 나를 잡아주겠다는데 싫을리가 있나?

조금 더 걸어나가자 물이 허벅지와 허리를 삼키고 그 얼음 같은 혀가 내 몸 구석구석에 닿았다. 그러다 물이 겨드랑이까지 차올라 입까지 튀면서 입술에 짠맛을 남길 즈음, 톰이 내 배에 손바닥을 대고 밀었다. "바닥에서 발을 떼." 그가 명령했다.

굳이 말할 필요도 없겠지, 패트릭. 나는 배에 닿는 손의 엄청난 힘과 나를 보는 그 바다처럼 푸르고 변화무쌍한 톰의 눈에 완전히 넋이 빠져서 그 명령에 따를 수밖에 없었다. 발을 들었더니 바다의 염분과 흔들리는 물결이 내 몸을 띄워 올렸다. 톰의 손이 안정된 지지대가 되어 나를 떠받쳐주었다. 나는 머리를 파도 위로 내밀려고 애썼고, 한순간 모든 것이 톰의 펼친 손 위에서 완벽한 균형을 이루었다. 그때 톰의 목소리가 들렸다. "잘했어. 수영하고 있는 거나 마찬가지야."

그에게 고개를 끄덕이려고 얼굴을 돌렸다. 톰의 얼굴을 보고 싶었고 내 웃음에 답하는 그의 웃음을 보고 싶었다(자랑스러운 선생! 최고의 학생!). 하지만 그 순간 바닷물이 얼굴로 들이닥쳐 앞을 볼 수가 없었다. 공포에 질려 허둥대다 그의 손을 놓쳐버렸다. 물이 코로 흘러들었고, 나는 뭐든 잡을 만한 것, 의지할 만한 든든한 물체를 찾아 팔과 다리를 격렬하게 버둥거리다가 뭔가 부드럽고 물컹한 게 느껴져—그때도 그게 톰의 사타구니라는 걸 알았다—그걸 발로 밀어내고 겨우 물 밖으로 고개를 내밀어 숨을 한 번 쉬었다. 톰이 뭐라고 외치는 소리가 들리고 곧 다시 물속으로 가라앉으려는데, 그의 팔이 내 허리를 감아 물에서 띄워주어 내 가슴이 그의 얼굴 바로 앞에 놓이게 되었다. 계속 버둥거리며 숨을 헉헉대던 나는 살짝 짜증 섞인 투로 "괜찮아, 내가 잡았잖아" 하는 톰의 목소리를 듣고서야 움직임을 멈추고 그의 어깨에 매달렸다. 꽃 달린 수영 모자가 머리 한쪽에서 떨어져 나간 피부 조각처럼 헐겁게 펄럭였다.

톰이 말없이 나를 물가로 끌고 가 해변에 내려놓았을 때, 나는 그를 쳐다볼 수가 없었다. "잠깐 쉬어." 그가 말했다.

"미안해." 나는 여전히 헐떡이고 있었다.

"호흡을 진정시켜. 그런 다음 다시 해보자."

"다시?" 나는 그를 올려다보았다. "농담하는 거야?"

그가 손가락으로 자기 콧대를 쓸어내렸다. "아니," 톰이 말했다. "농담 아니야. 다시 물에 들어갈 거야."

나는 해변 아래쪽을 바라보았다. 구름이 모여드는 중이었고 날은 전혀 따뜻해지지 않았다.

톰이 손을 내밀었다. "자, 어서." 그가 말했다. "딱 한 번만." 그가 미소를 지었다. "네가 어딘가를 발로 찬 것도 용서해줄게."

내가 어떻게 거부할 수 있을까?

그 뒤로 매주 토요일 우리는 같은 장소에서 만났고, 톰은 내게 수영하는 법을 가르쳐주려 애썼다. 일주일 내내 톰과 함께 바다에 있는 그 시간을 기다렸다. 날이 훨씬 추워졌는데도 내 안에서는 따뜻함이 느껴졌다. 나를 물속에서 계속 움직이게 하는, 몇 번의 팔짓으로 나를 기다리는 그의 팔을 향해 헤엄쳐 가게 하는 가슴속의 열기였다. 내가 일부러 천천히 배웠다고 고백해도 패트릭 당신은 놀라지 않겠지. 날씨가 추워지자 우리는 이제 수영장에서 수업을 이어갈 수밖에 없었다. 그래도 톰은 여전히 날마다 바다 수영을 했지만. 그리고 점차 우리는 대화를 나누게 되었다. 톰은 경찰이 된 이유가 거기는 군대가 아니라서, 다들 톰이 크고 건장하니까 경찰이 되어야 한다고 이야기해서, 그리고 앨런 웨스트* 공장에서 일하는 것보다는 경찰이 나아서라고 했다. 하지만 난 톰이 자기 직업을 자랑스러워하며 그 책임과 함께 위험까지도 즐긴다는 걸 알 수 있었다. 그는 내 직업에도 관심이 있는 것 같았다. 내가 아이들을 어떻게 가르치는지에 대해 많이 물었고, 나는 거부감을 일으키지 않으면서도 똑똑하게 들릴 만한 대답을 하려고 애썼다. 러시아인들이 막 우주로 보낸 개 라이카 얘기를 하면서는 우리 둘 다 개가 너무 불쌍하다고 했다. 톰이 자기도 우주에

• 브라이턴의 대표적인 전기 제품 회사.

가고 싶다고 말한 기억이 나고, 내가 "언젠가 갈 수도 있겠지"
라고 대꾸하자 내 낙천주의가 어이없는지 요란하게 웃어대던
기억도 난다. 이따금 우리는 책 이야기도 했는데, 이 주제에 대
해서는 늘 내 쪽이 더 열성적이었기 때문에 나는 말을 너무 많
이 하지 않으려고 조심했다. 하지만 패트릭 당신은 모를 것이
다. 톰과 그런 얘기를 할 때 얼마나 해방감을 느꼈는지 ─ 얼마
나 대담한 기분마저 들었는지. 지금 내가 문화적 관심이라 부르
는 것들에 대해, 당시의 나는 항상 입을 다물어야 한다고 생각
했다. 그런 얘기를 너무 많이 하는 건 과시이자 제 주제도 모
르고 설치는 짓이라고. 하지만 톰과는 달랐다. 톰 역시 그런 것
들에 관심이 많아서 더 많이 듣고 싶어했다. 우리 둘 다 이러
한 다른 세계를 갈망했고, 당시 내게는 톰이 새롭고도 아직은
막연한 어떤 모험의 동반자가 될 수 있을 듯 여겨졌다.

　　언젠가 둘 다 수건을 둘러쓰고 수영장 옆을 따라 탈의실로
걸어가는데, 톰이 갑자기 물었다. "미술은 어때?"

　　나는 미술에 대해 조금은 알고 있었다. 고등학교 때 미술
A 레벨* 시험을 치렀고, 특히 드가를 비롯해 인상파 화가와 몇
몇 이탈리아 화가를 좋아했다. 그래서 나는 말했다. "좋아해."

　　"난 미술관에 자주 가."

---

* 영국의 대입 준비생들이 치르는 과목별 상급 시험.

톰이 짬 날 때—수영 말고—뭘 하는지 내게 말한 건 그때가 처음이었다.

"미술에 정말로 관심이 생길 것 같아." 그가 말을 이었다. "전에는 그림을 본 적도 없었거든? 그런 걸 뭐 하러 봤겠어?"

나는 빙긋 웃었다.

"그런데 지금은 보러 다녀. 그리고 그림에서 뭔가 보인다는 생각이 들어. 뭔가 특별한 것."

우리는 탈의실 앞에 도착했다. 차가운 물이 등을 따라 뚝뚝 떨어지면서 몸이 덜덜 떨리기 시작했다.

"멍청한 얘기 같지?" 그가 물었다.

"아니, 멋진 얘기 같은데."

톰이 활짝 웃었다. "너는 그렇게 생각할 줄 알았어. 거기 정말 대단한 곳이야. 별의별 그림들이 다 있어. 너도 좋아할 것 같아."

우리의 첫 데이트가 미술관 관람이 되려는 걸까? 완벽한 장소는 아니지만 출발로는 괜찮지, 나는 생각했다. 그래서 환하게 웃으며 수영 모자를 벗고는 좀 유혹적으로 보이지 않을까 싶은 방식으로 머리를 흔들어 털었다. "가보고 싶네."

"지난주에 본 그림이 있는데, 온통 바다만 그린 웅장한 작품이었어. 그 안에 뛰어들 수도 있겠다 싶더라. 정말로 풍덩 뛰어들어 파도를 타고 헤엄치는 거야."

"굉장할 것 같아."

"조각상이나 수채화도 있는데 난 그것들은 그렇게까지 좋지 않았고, 또 그리다 만 것 같지만 원래 그런 의도로 그렸나 싶은 소묘 작품도 있고…… 하여간 다양하더라."

이제 이가 딱딱 마주칠 정도로 떨렸지만 나는 계속 미소를 짓고 있었다. 같이 가자는 말이 나올 거라고 확신하면서.

톰이 웃으면서 내 어깨를 찰싹 때렸다. "미안, 매리언. 너 춥구나. 옷 입게 얼른 보내줘야겠다." 그러곤 손가락으로 제 젖은 머리칼을 문지르며 물었다. "다음 토요일에도 같은 시간?"

매주 이런 식이었다, 패트릭. 대화를 나눈 뒤─그때는 우리가 대화를 곧잘 했으니까─톰이 시내로 사라지면, 춥고 젖은 채 혼자가 된 내게 남는 것은 앨비언 힐을 터덜터덜 올라가는 귀갓길, 그리고 가족들과 보내는 주말뿐이었다. 토요일 밤이나 일요일 오후에 실비와 영화관에 갈 때도 있었지만 실비의 시간은 대부분 로이가 차지했다. 나는 주말 대부분을 깃털 이불 위에서 책을 읽거나 다음 주 수업을 준비하며 보냈다. 종종 창틀에 걸터앉아 우리의 작은 마당을 내다보며 물속에서 톰이 날 잡아줄 때의 느낌을 다시 떠올리기도 했고, 가끔은 이웃의 커튼 틈으로 짜릿한 장면을 훔쳐보며 그 모든 일이 도대체 언제쯤 시작되려나 궁금해하기도 했다.

몇 달 뒤 실비와 로이가 결혼식 날짜를 알렸다. 실비는 내게 신부 들러리가 되어달라고 했다. 나한테는 나이 많은 최고참 들러리가 어울린다며 프레드가 놀려대는데도, 난 그 행사가 기다려졌다. 오후 내내 톰과 함께 있을 수 있을 테니까.

아무도 속도위반 결혼이라는 말을 입에 올리지 않았고 나도 그에 대해 실비에게 들은 바가 없지만, 다들 결혼을 이렇게 서두르는 걸 보니 분명 실비가 아이를 가진 거라고 생각했다. 나 역시 로이가 그런 이유로 올세인츠 성당의 제단으로 끌려 나왔으리라 짐작했다. 딱딱한 미소로 굳어버린 미스터 버지스의 적갈색 얼굴도 많은 것을 암시했다. 게다가 실비와 내가 자주 이야기했던 근사한 3층 케이크와 포마뉴 와인이 나오는 연회 대신, 피로연은 버지스 가족의 집에서 열렸고 소시지 롤과 순한 에일 맥주가 나왔다.

패트릭, 신부 들러리 드레스를 입은 나를 봤다면 당신은 웃음을 터뜨렸을 것이다. 실비가 나보다 작은 사촌에게서 빌린 옷이라 치마가 겨우 무릎을 스칠 만큼 짧았다. 몸통은 또 얼마나 꽉 조이는지 플레이텍스 거들을 입고 나서야 등의 지퍼를 올릴 수 있었다. 옷은 아몬드 사탕에서나 볼 법한 흐린 녹색에, 소재가 무엇인지 모르겠지만 성당에서 실비의 뒤를 따라 걸을 땐 부드럽게 버석거리는 소리가 났다. 양단으로 지은 드레스 차림에 짧은 베일을 쓴 실비는 아주 유약해 보였다.

머리는 백색에 가까운 금발이었고 소문이야 어떻든 허리가 굵어진 기미는 없었다. 실비는 몹시 추웠을 것이다. 11월 초였고, 한기가 찌를 듯 매서웠다. 우리는 둘 다 갈색이 도는 국화로 만든 작은 꽃다발을 들었다.

성당의 통로를 걸어가면서 톰을 보았다. 신도석 앞쪽에 등을 꼿꼿이 세우고 앉아 천장을 응시하고 있었다. 수영복이 아니라 회색 플란넬 양복을 입은 그의 모습이 어쩐지 낯설었는데, 내가 그 뻣뻣한 목깃과 넥타이 너머의 맨살을 보았다고 생각하니 웃음이 비어져 나왔다. 나는 그를 바라보며 속으로 되뇌었다. 우리 차례야. 다음은 우리 차례야. 그러자 갑자기 모든 게 눈에 그려졌다. 내가 성당으로 들어서면 제단에서 나를 기다리던 톰이 희미한 미소를 띠며 어깨 너머로 돌아본다. 문으로 쏟아져 들어오는 햇빛을 받은 내 붉은 머리는 타오르는 듯하다. 뭐 하느라 이렇게 늦었어? 그가 놀리듯 물으면 나는 대답한다. 최고로 좋은 것들은 기다릴 가치가 있지.

톰이 나를 보았다. 나는 재빨리 눈길을 돌려 땀으로 흥건한 미스터 버지스의 목덜미만 쳐다보려 애썼다.

결혼식에서 모두가 취했지만 로이만큼 취한 사람은 많지 않았다. 로이는 취기를 잘 숨기는 사람이 아니었다. 그는 실비의 거실 벽에 놓인 낮은 장식장에 기댄 채 커다란 웨딩케이크

조각을 퍼먹으면서 새로 생긴 장인을 빤히 쳐다보았다. 방금 전 미스터 버지스의 미동도 없는 등에 대고 "나 좀 괴롭히지 마세요, 아저씨!"라고 소리친 뒤 장식장 앞으로 가서 케이크를 입에 욱여넣은 참이었다. 이제 거실 안은 조용했고, 미스터 버지스가 모자와 코트를 챙기는 동안 아무도 움직이지 않았다. 그는 문가에 서서 침착한 목소리로 말했다. "네놈이 저 더러운 내 딸을 데리고 나갈 때까지 이 집에 돌아오지 않겠다."

실비는 위층으로 달려 올라갔고, 작은 주먹으로 케이크를 으스러뜨리는 로이에게 모든 시선이 향했다. 톰이 토미 스틸의 레코드를 전축에 올린 뒤 "술 더 드실 분?" 하고 외칠 때 나는 실비의 방으로 갔다.

실비의 요란한 흐느낌과 거친 숨소리가 들려왔지만, 막상 문을 열고 들어가보니 놀랍게도 실비는 침대에 엎드려 주먹으로 매트리스를 내려치는 대신 속옷만 남기고 옷을 다 벗은 채 양손으로 배를 감싸고 거울 앞에 서 있었다. 분홍색 팬티는 엉덩이 부분이 살짝 느슨했지만 브라는 인상적일 만큼 불룩했다. 실비는 표현력이 풍부한 제 어머니의 가슴을 물려받았다.

거울 속에서 나와 눈이 마주치자 실비는 요란하게 코를 훌쩍였다.

"괜찮아?" 내가 어깨에 손을 올리며 물었다.

실비는 흐느낌을 억누르느라 턱을 바르르 떨며 내 눈길을 외면했다.

"아빠 말은 신경 쓰지 마. 감정이 복받쳐 그러시는 거야. 오늘 딸을 잃었잖아."

실비는 다시 한번 훌쩍거리며 어깨를 늘어뜨렸다. 나는 우는 그 애의 팔을 쓰다듬었다. 한참 뒤에 실비가 말했다. "넌 참 좋겠다."

"뭐가?"

"교사라서. 무슨 말을 해야 할지 알아서."

그 말에 나는 깜짝 놀랐다. 실비와 나는 내 직업에 대해 깊이 얘기해본 적이 없었다. 우리의 화제는 대부분 로이, 아니면 같이 본 영화, 아니면 실비가 산 레코드 정도였다. 내가 학교에 출근하면서부터 우리가 전보다 덜 만나게 된 것이 어쩌면 내가 더 바빠졌거나 실비가 로이를 만나느라 시간이 없어서만은 아니었는지도 모르겠다. 집에서도 마찬가지였다. 다른 가족들이 교직에 대해 전혀 몰랐기에 나는 학교나 내 커리어에 대해서 이야기하기가 불편했다. 사실 '커리어'라는 말을 쓰는 것조차 두려웠다. 내 부모님과 형제들에게 교사들은 적이었다. 모두 학교생활을 싫어했고, 내가 그래머 스쿨에서 좋은 성적을 받아 오면 다소 얼떨떨해하면서도 말없이 기뻐해주긴 했지만, 교사가 되겠다고 결정했을 땐 다들 충격에 빠져 할 말을 잃었다. 나는 부모님이 경멸하는 유형, 즉 과시하기를 좋아하는 콧대 높은 사람은 절대로 되고 싶지 않았다. 그래서 대체로 내 일과에 대해 말을 아꼈다.

"나도 무슨 말을 해야 할지 항상 아는 건 아니야, 실비."

실비가 어깨를 으쓱였다. "그래도 머지않아 따로 나가 살 집을 구할 수 있을 거잖아, 안 그래? 넌 돈도 꽤 버니까."

맞는 말이었다. 나는 돈을 모으기 시작했고 어딘가에 방을 하나 빌릴 수 있겠다는 생각도 해봤다. 구릉지와 더 가까운 브라이턴 북쪽 대로변이라든가, 심지어 호브의 해안가도 괜찮겠다고. 하지만 혼자 산다는 생각이 달갑지만은 않았다. 그땐 여자가 혼자서 살지 않았으니까. 다른 방법이 없다면 몰라도.

"너랑 로이도 따로 살 집을 갖게 되잖아."

"나는 혼자이고 싶어." 실비가 훌쩍였다. "젠장, 내 마음대로 좀 할 수 있게 말이야."

그 말이 진심 같지가 않아서, 나는 부드러운 목소리로 말했다. "하지만 넌 이제 로이와 함께하잖아. 가족을 이루는 거야. 그게 혼자보다 훨씬 낫지."

실비는 내게서 돌아서더니 침대로 가 앉았다. "손수건 있니?" 그 애가 물었고 나는 내 손수건을 건네주었다. 실비가 요란하게 코를 풀었다. 나는 옆에 앉아서 실비가 결혼반지를 뺐다가 다시 끼는 모습을 지켜보았다. 로이의 것과 쌍을 이루는, 진한 금색의 두꺼운 반지였다. 나는 그 반지 때문에 좀 놀랐었는데, 로이가 도무지 장신구를 착용할 남자 같아 보이지 않아서였다.

"매리언." 실비가 말했다. "너한테 할 말이 있어." 내게 가까이 기대며 실비가 속삭였다. "나 거짓말했다."

"거짓말?"

"아기는 태어나지 않을 거야. 그이한테 거짓말했어. 다른 사람들한테도."

나는 무슨 말인지 이해하지 못하고 그저 실비만 빤히 쳐다보았다.

"로이랑 끝까지 갔거든. 하지만 임신한 건 아니야." 실비가 손으로 입을 가리곤 갑자기 새된 웃음을 터뜨렸다. "웃기지?"

나는 입을 벌려 케이크를 잔뜩 쑤셔 넣던 로이, 롤러스케이트장에서 실비를 열심히 밀어주던 로이, 어떤 이야기를 해야 재미있고 어떤 건 재미없는지 구분하지 못하는 로이를 생각했다. 어쩌면 그렇게 속속들이 바보 같을까.

나는 실비의 배를 보았다. "그러니까, 여기 아무것도……?"

"아무것도 없어. 뭐, 내장은 있겠지."

곧 나도 키득키득 웃기 시작했다. 실비는 너무 크게 웃지 않으려고 손을 꽉 깨물었지만 이내 우리 둘 다 서로를 움켜잡은 채 침대에서 뒹굴며 웃음을 억누르느라 온몸을 부들부들 떨고 있었다.

실비가 내 손수건으로 제 얼굴을 닦더니 크게 숨을 쉬었다. "거짓말할 생각은 아니었는데 다른 방법이 생각나질 않더라." 실비가 말했다. "끔찍한 잘못이야, 그치?"

"그렇게 끔찍하진 않아."

실비가 금발 머리칼을 귀 뒤에 끼우고 다시, 이번에는 좀 힘없이 키득키득 웃었다. 그러다 내 눈을 똑바로 바라봤다. "매리언, 그이에게 어떻게 말하지?"

실비의 강렬한 눈빛, 조금 전에 터뜨린 발작적인 웃음, 그리고 앞서 마신 흑맥주 때문에 좀 무모해졌는지, 패트릭, 나는 이렇게 대답했다. "유산했다고 해. 로이는 모를 테니까. 조금만 기다렸다가 잃었다고 말해. 늘 일어나는 일이잖아."

실비가 고개를 끄덕였다. "그렇지. 그것도 괜찮은 생각이다."

"로이는 절대 모를 거야." 나는 실비의 손을 꼭 맞잡고 되풀이했다. "아무도 모를 거야."

"우리 둘만 알겠지." 실비가 말했다.

톰이 내게 담배를 권했다. "실비는 괜찮아?" 그가 물었다.

오후가 저물며 사위가 어두워지고 있었다. 버지스 가족의 어둑한 뜰 뒤편, 세모꼴로 내려오는 담쟁이넝쿨 밑에서, 나는 석탄 창고에 기대어 서고 톰은 뒤집은 양동이 위에 앉아 있었다.

"실비는 괜찮아." 나는 담배 연기를 빨아들이고 시간을 잠시 잊게 해주는 아찔한 기운이 나타나기를 기다렸다. 바로 얼마 전부터 담배를 피우기 시작한 참이었다. 어차피 교무실에 들어가려면 담배 연기의 장막을 헤치고 지나가야 하는 데다, 전부터 아버지가 피우는 시니어 서비스 냄새를 좋아하기도 했다. 톰이 피우는 플레이어스 웨이츠는 그만큼 강하지 않았지만 첫 효과가 나타나자 정신이 또렷해졌고, 나는 그의 눈에 집중했다. 톰이 나를 보고 웃었다. "넌 참 좋은 친구야."

"최근에는 자주 못 만났어. 약혼한 다음에는." 약혼이라는 단어에 내 얼굴이 붉어졌고, 그래서 하늘이 어둑해지고 담쟁이가 그늘을 드리워 다행이라는 생각이 들었다. 톰에게서 아무런 대답이 없기에 나는 더 밀어붙였다. "우리 둘이서 만나기 시작하고 나서는."

우리가 "둘이서 만나고" 있는 건 아니었다. 전혀. 하지만 톰은 반박하지 않았다. 오히려 고개를 끄덕이며 연기를 내뿜었다.

집 안에서 문을 쾅 닫는 소리가 들리더니 누군가 뒤편으로 고개를 내밀고 소리쳤다. "신랑 신부가 이제 간대!"

"우리도 배웅해야겠다." 내가 말했다.

그러고 일어서는데 톰이 내 옆구리에 손을 얹었다.

물론 전에도 톰이 내 몸에 손을 댄 적은 있었지만 이번에는 꼭 그래야 할 이유가 없었다. 수영을 가르치는 시간이 아니었으니까. 내 몸에 손을 댈 필요가 없는데도 그러는 건 그렇게 하고 싶기 때문이라고 나는 판단했다. 그 뒤 몇 달간 내가 보인 행동은 다른 무엇보다도 바로 이 손길로 인해 생긴 확신 때문이었다, 패트릭. 그 손길이 아몬드 사탕 같은 녹색의 원피스를 통과해 내 옆구리로 곧바로 전해졌다. 사람들은 사랑이 번 갯불과 같다고들 하지만, 이건 달랐다. 이 감정은 몸 전체로 퍼지는 따뜻한 물과 같았다.

"네가 누굴 좀 만나보면 좋겠는데." 톰이 말했다. "그 사람을 어떻게 생각할지 알고 싶어."

내가 바라던 말이 아니었다. 나는 아무 말도 바라지 않았다. 사실 나는 키스를 바랐다.

톰이 내 옆구리에 얹었던 손을 내리고 일어섰다.

"누군데?" 내가 물었다.

"친구." 그가 말했다. "둘이 비슷한 면이 있을 거라는 생각이 들어."

배 속이 차가운 납덩이로 변했다. 다른 여자.

"우리 가서 배웅해야 하는데……"

"그 남자는 미술관에서 일해."

남성을 지칭하는 명사를 듣는 순간 내려앉은 안도감을 감추기 위해 나는 담배를 길게 빨아들였다.

"꼭 만나야 하는 건 아니야." 톰이 덧붙였다. "네가 결정해."

"만나고 싶어." 나는 말했다. 담배 연기를 내뿜는데 눈에 물기가 고였다.

우리는 서로의 얼굴을 바라보았다. "괜찮아?" 그가 물었다.

"괜찮아. 완전히 괜찮아. 어서 들어가자."

집 안으로 들어가려고 돌아서는데 톰이 다시 내 옆구리에 손을 얹고 허리를 굽히더니 입술로 내 볼을 가볍게 스쳤다. "좋아." 그가 말했다. "귀여운 매리언." 그러고는 안으로 성큼성큼 걸어 들어갔고, 나는 어둠 속에 홀로 선 채 그가 내 살갗에 남긴 촉촉한 자국을 손가락으로 쓰다듬었다.

오늘 아침에는 진전이 있었다. 틀림없다. 당신이, 몇 주 만에 처음으로, 내가 이해할 수 있는 말을 했다.

당신 몸을 씻기던 중이었다. 패멀라가 오지 않는 토요일과 일요일 아침이면 늘 하듯이. 패멀라는 주말에 다른 사람을 보내겠다고 했지만 내가 알아서 하겠다며 거절했다. 언제나 그러듯 나는 가장 부드러운 플란넬 헝겊과 가장 좋은 비누를 썼다. 협동조합 매장에서 파는 값싼 흰 비누가 아니라 바닐라 향이 풍기는 그 호박색 비누는 당신의 침상 목욕에 쓰는 오래된 설거지통 가장자리에 크림 같은 거품을 남긴다. 나는 세인트 루크 학교 시절 미술 시간에 입던 흠집 많은 비닐 앞치마를 걸치고 이불을 당신 허리까지 젖힌 뒤 파자마 상의를 벗긴다(당신은 목깃과 가슴 주머니와 소맷부리의 구불구불한 파이핑 장식까지 완벽히 갖춘 파란 줄무늬 파자마 상의를 입는, 아마 세상에 몇 남지 않은 남자들 중 하나일 것이다). 그러곤 이제부터 해야 할 일에 대해 양해를 구한다

나는 필요한 순간에, 아니 그 어떤 순간에도 시선을 피하지 않을 생각이다. 눈길을 돌리지 않을 것이다. 더 이상은 아니다. 하지만 내가 파자마 바지를 벗길 때 당신은 절대로 나를 보지 않는다. 당신의 체면을 지켜주느라 하반신 위에 이불을 덮은 채로 바짓부리를 잡아 휙 빼낸 적도 있다(악간 마술 묘기 같기도 한데, 이불 아래를 더듬거리다가 짠! ― 파자마 바지를 온전한 모양 그대로 꺼내는 것이다). 하여간 그렇게 목욕 수건을 손에 쥐고 당신 몸의 더러운 곳을 찾아낸다.

그러는 내내 나는 말을 한다 ― 오늘 아침엔 바다가 계속 잿빛이고 뜰이 지저분하다는 얘길 했고, 또 간밤에 톰과 내가 텔레비전에서 뭘 봤는지도 이야기했다. 그러다 보면 이불이 축축해진다. 당신의 눈이 꽉 감기고, 당신의 축 늘어진 얼굴은 더욱 늘어진다. 하지만 난 괴로워하지 않는다. 이 광경에도, 손에 닿는 그 따뜻하고 축 처진 음낭의 감촉에도, 겨드랑이의 주름진 살에서 올라오는 찝찌름한 냄새에도 괴로워하지 않는다. 패트릭, 나는 그 모든 것에서 위안을 느낀다. 내가 당신을 즐겁게 보살핀다는 사실에, 당신이 크게 까탈 부리지 않고 내가 이 일을 하도록 내버려둔다는 사실에, 마크스 앤드 스펜서에서 나온

퓨어 인덜전스 라인의 목욕 수건으로 당신 몸 구석구석을 문질러 깨끗이 씻어준 다음 뿌예진 물을 하수구에 버리는 이 일을 할 수 있다는 사실에 위안을 느낀다. 나는 손을 떨지 않은 채, 심장박동을 유지한 채, 다시는 입을 벌릴 수 없겠다 싶을 정도로 턱을 꽉 다물지도 않은 채 이 모든 일을 해낸다.

그것 역시 진전이다.

그리고 오늘 아침에 나는 보상을 받았다. 목욕 수건을 마지막으로 비틀어 짜고 있는데 당신이 "엄 어" 비슷하게 들리는 소리를 냈다. 처음에는 평소처럼 모호한 표현이리라 생각하고 흘려들었다―날 용서하길, 패트릭. 뇌졸중을 겪은 뒤로 당신은 말을 할 수 없게 되어 기껏해야 신음밖에 낼 수 없으니까. 내가 느끼기에, 당신은 이해받지 못하는 수모를 겪으니 침묵하기를 선택한 것 같았다. 예전의 당신은 인상적일 정도로 명확하게―매력적이고 온화하면서도 박식하게―말하는 사람이었기 때문에 나는 그러한 희생에 경탄마저 느꼈다.

하지만 내가 틀렸다. 오른쪽 얼굴은 여전히 심하게 처져서 약간 개를 닮은 인상이었지만, 오늘 아침 당신은 모든 기력을 끌어모아 입의 움직임에 맞추어 목소리를 냈다.

그런데도 나는 당신이 만들어내는 소리를, 이제는 "옴 어이"로 바뀐 그 소리를 무시했다. 창문을 살짝 올려 밤새 퀴퀴해진 냄새를 내보내고 마침내 돌아섰을 때 당신은 베개에서 나를 올려다보고 있었다. 아직 물기가 마르지 않은 맨살의 가슴은 푹 꺼졌고 얼굴은 고통으로 비틀린 채로 당신이 다시 그 소리를 냈다. 하지만 이번에 나는 그 말을 이해할 것 같았다.

나는 침대에 앉아 당신 어깨를 앞으로 당겨 축 늘어진 상체를 내 몸으로 받친 채 베개를 끌어다 등 뒤에 똑바로 세워놓은 다음 당신을 다시 둥지로 되돌려놓았다.

"새 윗도리를 가져올게요."

하지만 당신은 기다릴 수 없었다. 마음속 절박함을 모조리 끌어내 이번에는 훨씬 분명하게 뱉어낸 그 말을 나는 알아들었다. "톰은 어디?"

나는 당신이 내 표정을 볼 수 없도록 서랍장으로 다가가 깨끗한 파자마 윗도리를 찾았다. 그러고는 소매에 팔을 끼우게 돕고 단추를 잠가주었다. 그 모든 일을 패트릭, 당신의 얼굴을 보지 않은 채로 했다. 눈길을 돌려야 했다. 당신이 그 말을 계속 되풀이했으니까. "톰은 어디 톰은 어디 톰은 어디 톰은 어디 톰은 어디." 매번 조금씩 더 조용히, 더 느리게 목소리를 내는 당신에게 난 대답해줄 말이 없었다.

마침내 내가 입을 열었다. "다시 말을 하다니 정말 다행이에요, 패트릭. 톰이 무척 자랑스러워할 거예요." 그러곤 둘이 마실 차를 우렸다. 우리는 말없이 함께 차를 마셨다. 녹초가 된 당신은, 이불 밑 하체는 아직 맨몸인 채, 빨대 위로 고개를 축 늘어뜨렸고, 나는 네모난 잿빛 창문을 바라보며 눈을 깜빡였다.

내가 그곳에 간 게 처음이라는 걸 당신은 분명 알았을 것이다. 그 전까지 난 브라이턴 미술·박물관에 들어갈 이유가 없었다. 생각해보면 놀랍기도 하다. 바로 얼마 전에 세인트루크 유아 학교의 교사가 된 사람이 미술관에도 가본 적이 없다니.

톰과 함께 유리가 끼워진 육중한 문을 밀고 들어갔을 때, 나는 그곳이 정육점과 그다지 다를 게 없다고 생각했다. 수많은 초록색 타일 때문이었다. 보기만 해도 화창하고 산뜻한 기분이 드는 브라이턴 수영장의 청록에 가까운 초록이 아니라 이끼 같은 진초록 타일이었다. 그리고 화려한 모자이크 바닥과 광택을 낸 마호가니 계단, 더하여 박제된 전시물들이 담긴 번뜩이는 장식장들 때문이기도 했다. 그렇다, 비밀스러운 세상이었다. 남자의 세상이군, 나는 생각했다. 정육점처럼 말이야. 여자가 들어올 수는 있지만 뒤편 커튼 너머에서 자르고 분류하는 일을 맡은 이들은 모두 남자인 곳. 그래서 언짢았다는 건 아니다. 다만 치마가 풍성한 연보라색 새 원피스와 굽이 살짝 있는 구두를 택한 것이 후회되었다. 12월 중순이라 인도에 살얼음이 끼어 있었다는 점도 그렇지만, 보아하니 보통은 박물관에 옷을 잘 차려입고 오지 않는 것 같았으니까. 대부분이 갈색 서지 직물이나 남색 모직 옷 차림이었고, 공간은 전체적으로 어두컴컴하고 심각하고 조용했다. 모자이크 바닥에서 거슬리게 또각거리는 내 구두 소리가 마치 동전이 흩어지듯 벽에 메아리쳤다.

게다가 그 신발 때문에 내 키가 톰과 거의 같아졌다는 점도 톰에게 기분 좋은 일은 아니었을 것이다. 계단을 올라갈 때 톰이 살짝 앞서갔는데, 그의 너른 어깨에 스포츠 재킷의 솔기가 팽팽하게 당겨졌다. 체구가 큰 사람치고 톰은 발걸음이 가볍다. 계단 꼭대기에서는 거구의 경비원이 깜빡 졸고 있었다. 재킷 앞섶이 열려 안에 맨 노란색 물방울무늬 멜빵이 보였다. 우리가 지나가자 경비원이 고개를 벌떡 들고 "어서오세요!" 외친 뒤 마른침을 꿀꺽 삼키며 눈을 껌뻑였다. 톰은 늘 사람들의 말에 대답하는 사람이니 분명 답인사를 건넸겠지만 나는 그저 히죽 웃기만 했을 것이다.

톰은 당신에 대해 미리 다 얘기해주었다. 박물관으로 가는 길에도 패트릭 헤이즐우드가 어떤 사람인지 다시 설명을 들어야 했다. 브라이턴 미술·박물관의 서양미술 담당 학예사이고, 우리와 마찬가지로 현실적인 사람이며, 상냥하고 평범하며 거드름이나 꾸밈이 없지만 교육을 많이 받아 아는 것이 많고 교양이 풍부하다는 것. 그 말을 너무 많이 들은 나머지 나는 오히려 당신이 톰의 설명과는 정반대되는 사람일 거라고 생각했다. 당신을 머릿속에서 그려보면 세인트루크 학교 음악 선생의―

작고 뾰족한 얼굴을 중심으로 오동통한 귓불이 양옆에 도드라진—얼굴이 떠올랐다. 그 음악 선생, 미스터 리드는 정말로 딱 음악가처럼 생겨서 볼 때마다 감탄이 나왔다. 스리피스 양복에 회중시계를 갖추고, 그 가느다란 손가락은 종종 당장이라도 오케스트라 지휘를 시작하려는 듯 무언가를 가리키고 있었다.

우리는 계단 꼭대기 난간에 기대어 그곳을 둘러보았다. 이미 여러 번 와본 톰은 내게 이것저것 열심히 알려주려 했다. "봐." 톰이 말했다. "저거 유명한 그림이야." 나는 눈을 가늘게 뜨고 들여다보았다. "음, 유명한 화가가 그렸어." 톰은 그렇게 말하면서도 이름은 알려주지 않았다. 나는 채근하지 않았다. 당시 나는 무슨 이유로든 그를 채근하는 일이 없었다. 그건 어두컴컴한 그림이었는데—모든 게 검은색에 가깝고 물감은 먼지가 낀 느낌이었다—잠시 들여다보니 한쪽 구석에서 뻗어 나온 흰 손이 보였다. "〈라자로의 부활〉이야." 톰의 말에 나는 고개를 끄덕이며 그에게 미소를 지어 보였다. 그가 그림 제목을 안다는 사실이 자랑스러웠고, 내가 좋은 인상을 받았다는 사실을 그에게 알리고 싶었다. 그런데 늘 강건해 보이던 그의 얼굴—그 넓은 콧대, 그 침착한 눈빛—이 어딘가 좀 부드러워진 듯했다. 목이 불그스레해졌고 입술은 바짝 말라 벌어져 있었다.

"우리가 좀 일찍 왔네." 그가 두꺼운 손목시계를 보며 말했다. 그가 군대에 갈 때 아버지에게 선물받은 시계였다.

"그 사람이 좀 신경 쓰이려나?"

"아, 아니야." 톰이 말했다. "전혀 신경 안 쓸걸."

바로 그때 신경 쓰는 사람은 바로 톰이라는 걸 깨달았다. 나랑 만날 때 그는 늘 시간을 칼같이 지켰다.

나는 로비를 내려다보다가 계단 옆 구석에 종이 반죽으로 만든 듯한 커다랗고 울긋불긋한 고양이가 있는 것을 발견했다. 처음에 입구로 들어올 때 어떻게 못 봤는지 모르겠지만, 당연히 그런 장소에서 보게 되리라 예상할 만한 물건은 아니었다. 아마 팰리스 부두에 있었다면 더 편안해 보였으리라. 지금도 나는 그 히죽거리는 웃음과 약에 취한 듯한 눈이 싫다. 어린 여자아이 하나가 고양이의 배에 난 구멍에 반 페니짜리 동전을 넣곤 양손을 넓게 벌리고서 무슨 일인가 일어나기를 기다렸다. 나는 그쪽을 가리키며 톰을 쿡쿡 찔렀다. "저게 뭐야?"

톰이 웃었다. "예쁘지 않아? 돈을 넣으면 배에 불이 들어오고 가르랑 소리를 내."

여자애는 여전히 기다렸고, 나도 기다렸다.

"아무 일도 안 일어나는데." 내가 지적했다. "저게 왜 박물관에 있는 거야? 축제 마당에 있어야 하는 거 아닌가?"

톰은 살짝 어리둥절한 표정을 짓다가 그다운 너털웃음을 웃었다. 눈을 꼭 감은 채 짧게 세 번 터뜨리는 트럼펫 소리 같은 웃음. "기다려 봐, 귀여운 매리언." 그가 말했다. 나는 가슴속

피가 따뜻해지는 느낌이었다.

"그 사람이 우리가 오는 걸 알고는 있어?" 아니라면 곧이라도 짜증을 낼 기세로 내가 물었다. 학교의 크리스마스 방학이 막 시작된 참이었고 톰도 하루 휴가를 낸 터였다. 그 시간에 직장에서 벗어나 할 수 있는 다른 일이 수없이 많았다.

"당연하지. 그가 우리를 초대했어. 말했잖아."

"정말로 그 사람을 만나게 되리라곤 생각 못 했어."

"왜 못 했어?" 톰은 다시 시계를 쳐다보며 얼굴을 찡그렸다.

"네가 그 사람 얘기를 너무 많이 하기도 했고…… 모르겠어."

"약속 시간 됐다." 톰이 말했다. "좀 늦네."

하지만 나는 하던 말을 끝낼 생각이었다. "그래서, 진짜로 존재하는 사람이 아닐지도 모른다고 생각했나 봐." 나는 웃음을 터뜨렸다. "진짜라고 하기엔 너무 대단하잖아. 꼭 오즈의 마법사처럼."

톰이 다시 시계를 쳐다봤다.

"그 사람이 몇 시라고 했는데?" 내가 물었다.

"12시."

내 시계를 봤더니 12시까지 아직 2분이 남아 있었다. 나는 톰의 눈을 마주 보고 미소로 안심시키고 싶었지만 그의 눈은 줄곧 이곳저곳 훑고 있었다. 다른 관람객은 저마다 특정한 전시물에 집중한 채 고개를 갸웃하거나 손으로 턱을 괴고 바라보는 중이었다. 우리만 아무것도 보지 않은 채 거기 서 있었다.

"아직 12시 안 됐어." 내가 조심스럽게 말했다.

톰이 목으로 이상한 소리를 냈다. 태평하게 "응" 하려 했으나 우는소리처럼 나와버린 어떤 소리.

그러다가, 내 옆에 있던 그가 앞으로 나서며 손을 올렸다.

고개를 들어보니 거기 당신이 있었다. 크지도 작지도 않은 키. 30대 중반. 빳빳하게 다린 흰 셔츠. 잘 맞는 남색 조끼. 좀 길다 싶지만 잘 관리된 검은 곱슬머리. 빽빽한 턱수염과 분홍빛 도는 볼과 넓은 이마가 돋보이는 깔끔한 얼굴. 당신은 웃음기 없이 깊이 몰두한 표정으로 톰을 보고 있었다. 그곳의 다른 사람들이 전시물을 감상할 때와 같은 방식으로, 그윽하게 톰을 바라보았다.

당신은 빠르게 앞으로 걸어 나왔고, 마음먹은 곳에 다다라 톰의 손을 움켜쥐고 나서야 입가에 미소를 띠었다. 잘 재단된 조끼를 입고 빽빽한 턱수염을 기른 사람, 1500년부터 1900년까지의 서양미술을 담당하는 사람의 것이라기엔 놀라울 정도로 소년 같은 미소였다. 마치 엘비스 프레슬리의 웃음을 보고 연구한 듯 한쪽 입가를 위로 당긴 은은한 미소. 그때 그런 생각을 하며 그 엉뚱함에 키득키득 웃을 뻔했던 기억이 난다.

"톰, 왔구나."

당신과 힘차게 악수를 나누면서, 톰은 고개를 푹 수그렸다. 톰이 그러는 모습을 본 건 처음이었다. 나와 마주할 땐 늘 얼굴을 빳빳이 들고 눈을 똑바로 바라보았으니까.

"우리가 너무 일찍 왔어요." 톰이 말했다.

"전혀 아니야."

악수가 좀 길다 싶게 이어진 뒤 톰이 손을 뺐고 두 사람 다 눈길을 돌렸다. 하지만 먼저 정신을 차린 쪽은 당신이었다. 처음으로 나를 마주한 순간 좀 전의 소년 같던 미소가 더 크고 직업적인 미소로 바뀌었고, 당신은 말했다. "친구를 데려왔구나."

톰이 목을 가다듬었다. "패트릭, 이쪽은 매리언 테일러. 매리언은 교사예요. 세인트루크 초등학교에서 일해요. 매리언, 여긴 패트릭 헤이즐우드."

나는 당신의 차갑고 부드러운 손가락을 잠시 잡았고 당신은 내 눈을 똑바로 바라보았다.

"반가워요. 점심 먹으러 갈까요?"

"우리가 늘 가는 곳이야." 톰이 클락 타워 카페의 문을 잡아주며 말했다.

내게는 두 가지 사실이 무척 놀라웠다. 첫째, 당신과 톰에게 "늘 가는" 곳이 있다는 점, 그리고 둘째로, 그게 클락 타워 카페라는 점. 나는 그곳을 내 오빠 해리가 일터로 가기 전에 가끔 들러 차를 마시는 곳으로 알고 있었다. 해리는 그곳이 아늑하다고, 차가 어찌나 진한지 치아의 법랑질뿐 아니라 식도의 내피까지 벗겨낼 것 같다고 했었다. 하지만 나는 그곳에 가본 적이 없었다. 노스 스트리트를 따라 걸어오는 동안 나는 당신이 흰 식탁보와 두꺼운 냅킨을 갖춘 식당으로 우리를 데려가 여러 종류의 구이 요리에 레드 와인을 마시자고 하겠거니 상상했다. 어쩌면 올드 십 호텔의 레스토랑에 갈지도 모른다고.

하지만 우린 클락 타워 카페의 기름진 공기 속에 들어와 있었다. 당신의 세련된 양복은 구제 군용 트렌치코트와 회색 방수 외투들 사이에서 이글거리는 봉화처럼 눈에 띄었고, 굽 있는 내 구두도 박물관에서만큼이나 이상해 보였다. 카페 안에 나 말고 다른 여자는 분홍색 앞치마를 두른 카운터 너머의 젊은 종업원과 머리에 헤어 롤러를 매달고 그물망까지 쓴 채 머그잔 위로 웅크리고 있는 구석 자리의 나이 든 여자뿐이었다. 카운터에 줄을 서서 담배를 피우며 기다리는 남자들의 얼굴이 커다란 찻주전자에서 나오는 훈김으로 번들거렸다. 테이블에서 대화를 나누는 사람은 거의 없었다. 대부분 음식을 먹거나 신문을 읽었다. 대화하기에 좋은 곳은 아니었다. 적어도 당신들이 나눌 거라고 내가 상상했던 그런 종류는 대화는.

우리는 메뉴판에 붙은 플라스틱 글자들을 올려다보았다.

파이와 으깬 감자와 그레이비

파이와 감자튀김과 콩

소시지와 콩과 달걀

소시지와 콩과 감자튀김

스팸과 튀김과 콩

스포티드 딕* 커스터드

애플 서프라이즈**

차 커피 보브릴*** 스쿼시****

바로 밑에는 손으로 쓴 안내판이 붙어 있었다. 우리 식당은 최고의 마가린만을 사용합니다.

"두 사람은 앉아 있어. 내가 주문할게." 톰이 창가의 빈 테이블을 가리키며 말했다. 그곳에는 아직 더러운 접시들이 가득한 데다 엎질러진 찻물까지 고여 있었다.

당신은 톰을 만류했고, 그래서 톰과 내가 자리에 앉아 당신을 지켜보았다. 당신은 내내 그 반듯한 미소를 머금고 줄을 서서 앞으로 이동한 뒤 카운터 너머의 여자에게 "정말로 고마워

• 말린 과일을 넣은 케이크 디저트.
•• 사과를 넣어 구운 빵.
••• 소고기 육즙으로 만든 음료.
•••• 농축 과일 음료.

요"라고 말했고, 그러자 여자는 키득거리는 웃음으로 답했다.

톰이 테이블 밑에서 무릎을 위아래로 흔들고 있던 탓에 우리가 앉은 긴 벤치가 진동했다. 당신은 맞은편 의자에 앉아 무릎 위에 광택이 도는 종이 냅킨을 올려놓았다.

우리는 제각각 김이 오르는 파이와 으깬 감자 요리를 먹었는데, 보기에는 끔찍했지만—감자를 뒤덮은 그레이비소스가 접시 밖으로 흘러내렸다—맛은 좋았다.

"꼭 학교 급식 같죠?" 당신이 말했다. "학교 다닐 땐 싫어했다는 점만 다를 뿐."

톰이 크게 웃음을 터뜨렸다.

"말해봐요, 매리언. 톰이랑은 어떻게 알게 됐어요?"

"아, 우리는 오래된 친구 사이예요." 나는 대답했다.

당신은 열심히 파이를 먹고 있는 톰에게 흘낏 시선을 던졌다.

"톰이 수영을 가르쳐주고 있다고 들었어요."

그 말에 기분이 환해졌다. 톰이 내 얘기를 했다는 뜻이었다. "썩 훌륭한 학생은 아니에요."

당신은 빙긋 웃을 뿐 아무 말 없이 입을 닦았다.

"매리언도 미술에 관심이 꽤 많아요." 톰이 말했다. "안 그래, 매리언?"

"학생들에게 미술도 가르쳐요?" 당신이 물었다.

"아, 아니요. 가장 나이 많은 아이가 겨우 일곱 살인걸요."

"미술을 배우기에 너무 어린 나이 같은 건 없어요." 당신은 미소를 지으며 부드럽게 말을 이었다. "난 요새 모든 연령대의 어린이를 대상으로 미술 감상을 위한 특별한 오후 행사를 열자고 박물관 실세들을 설득하고 있어요. 그들은 망설이는데—짐작하겠지만 다들 구닥다리거든요—그래도 결국은 받아들이지 않을까요? 어릴 때 끌어들이면 평생 고객이 된다, 뭐 그런 생각을 하겠죠."

당신에게서는 뭔가 아주 비싼 향이 났다. 당신이 테이블에 팔꿈치를 올리자 그 향기가 내게로 풍겼다. 막 깎은 나무처럼 아름다운 향기. "아, 미안해요." 당신이 말했다. "점심 먹는 자리에서 일 얘기를 하면 안 되는데. 학생들 얘기 좀 해줘요, 매리언. 제일 좋아하는 아이는 누구죠?"

이야기 시간이면 나를 지그시 올려다보는 캐럴라인 미어스가 즉시 떠올라 나는 말했다. "미술 수업을 받으면 좋을 만한 여자애가 하나 있긴 한데요……"

"아이들이 전부 매리언을 좋아할 것 같아요. 이렇게 젊고 아름다운 선생님이 있으면 참 신나겠죠. 안 그래, 톰?"

톰은 창문에 맺힌 물방울이 흘러내리는 모습을 보고 있었다. "신나겠죠." 그가 똑같은 말로 대꾸했다.

"그리고 톰은 정말 멋진 경찰관이 되겠죠?" 당신이 말했다.

"사실 나로서는 경찰관들이 썩 미덥지 않지만, 그래도 톰이 경찰로 있으면 밤에 더 마음 편히 잘 수 있을 것 같아요. 네가 공부하고 있는 책이 뭐라고 했지, 톰? 제목이 정말 기가 막혔는데.『부랑자와 절도범』이었나······?"

"『용의자와 무뢰한』." 톰이 대답했다. "그렇게 가볍게 생각하지 마요. 심각한 내용이라고요." 톰은 웃고 있었고 얼굴이 환히 빛났다. "하지만 정말로 좋은 책은『안면 식별 안내서』예요. 굉장히 흥미로워요."

"매리언의 얼굴에서는 뭘 기억할 수 있을까, 톰? 매리언을 식별해야 한다면 말이야."

톰은 잠시 나를 바라보았다. "아는 사람은 좀 어려운데······"

"뭘 기억할 것 같아, 톰?" 나는 물었다. 듣고 싶어 안달을 내면 안 된다는 걸 알면서도 어쩔 수 없었다. 그런 내 마음을 패트릭 당신도 알았을 것이다.

톰이 나를 보며 철저히 탐색하는 시늉을 했다. "아마도······ 주근깨일 것 같네요."

내 손이 코로 올라갔다.

당신은 가볍게 웃었다. "아주 섬세한 주근깨이긴 하지."

나는 여전히 코를 잡고 있었다.

"그리고 네 예쁜 붉은 머리." 톰이 미안한 표정으로 나를 보며 덧붙였다. "그걸 기억할 것 같아."

식당을 나올 때 당신은 내가 코트 입는 걸 거들며 중얼거렸다. "머리카락이 정말로 눈길을 사로잡는군요."

그날 내가 당신을 어떻게 느꼈는지, 그동안 많은 일이 있었기에 지금 정확히 기억하기는 어렵다. 하지만 그때는 당신을 좋아했던 것 같다. 당신은 박물관과 관련한 아이디어를 열정적으로 쏟아놓았다—박물관이 모든 이들을 환영하는 개방적인 곳, 당신의 표현을 가져오자면 민주적인 곳이 되었으면 한다고. 새로운 관객을 끌어들이기 위해 점심시간 콘서트 시리즈를 기획 중이었고, 미술관에 학생들을 데려와 스스로 작품을 만들게 하겠다는 의지가 확고했다. 내가 그 계획에 도움을 줄 수 있으리라는 생각도 내비쳤다. 내게 교육제도의 운영 방식을 바꿀 권한이라도 있는 것처럼. 당신 때문에 나도 내가 그런 일을 할 수 있다고 믿을 뻔했다. 당시 나는 아이들 여럿이 모여 일으킬 수 있는 소음과 무질서를 당신은 잘 모른다고 확신했다. 그런데도 톰과 나는 홀린 듯 당신의 이야기를 들었다. 카페 안의 다른 남자들이 당신을 쳐다보거나 당신 목소리가 가끔 띠는 깊은 울림에 고개를 쭉 빼고 돌아보면 당신은 그저 빙긋 웃고 나서 하던 말을 계속했다. 태도가 흠잡을 데 없고 사람을 겉모습으로 판단하지 않는 이 패트릭 헤이즐우드에게 악감정을 품는 사람은 있을 수 없다고 확신하면서. 그게 톰이 초기에 내게 한 말이었다. 그는 상대의 겉모습을 보고 함부로 판단하지 않아. 그러기에 당신은 너무나 품위 있는 사람이었다.

난 당신을 꽤 좋아했다. 그리고 톰도 당신을 좋아했다. 톰이 당신 말에 귀를 기울이는 모습을 보고 당신을 좋아한다는 걸 알았다. 둘이 있을 땐 늘 그러지 않았을까 싶다. 당신이 말을 하면 톰은 완전히 집중했다. 핵심적인 말이나 손짓을 하나라도 놓칠까 봐 두려운 듯 엄청나게 집중했다. 당신의 말을 전부 꿀꺽꿀꺽 삼키고 있다는 걸 알 수 있었다.

점심을 먹고 당신과 헤어져 박물관 입구에 나란히 서 있는데, 톰이 내 어깨를 툭 쳤다. "재밌지 않아?" 그가 말했다. "이 모든 걸 네가 시작했어, 매리언."

"모든 거라니?"

톰은 갑자기 수줍어하는 기색이었다. "들으면 웃을 거야."

"안 웃을게."

톰이 주머니에 손을 찔러 넣었다. "그러니까, 이런 식의 자기 계발 말이야. 난 늘 미술과 책이나 다른 여러 주제에 대해 너랑 얘기하는 게 좋았어. 너는 교사이기도 하니까. 그런데 이제는 패트릭도 나를 도와주잖아."

"널 도와줘?"

"내 정신을 향상할 수 있게."

그 뒤로 몇 달간 우리는 셋이 곧잘 어울려 다녔다. 당신과 톰이 얼마나 자주 둘이서만 따로 만났는지는 잘 모르겠다―경찰 업무 일정에 따라 일주일에 한두 번쯤 되었겠지. 그리고, 자기 계발에 대해 톰이 한 말은 사실이었다. 당신은 우리의 무지를 절대로 비웃지 않았고 늘 호기심을 자극했다. 당신과 함께 우리는 브라이턴 돔에 가서 엘가의 첼로협주곡을 들었고, 게이어티 극장에서 프랑스 영화를 봤고(나는 대체로 싫어했다. 수많은 아름답고 불행한 사람들이 서로 아무 말도 안 하니까), 또 로열 극장에서 연극 〈보리를 넣은 닭고기 수프〉도 봤다. 우리는 당신 덕분에 미국 시도 읽게 되었다―당신은 E. E. 커밍스를 좋아했지만 톰도 나도 거기까지 나아가지는 못했다.

1월의 어느 저녁, 당신은 우리를 런던에 데려가 〈카르멘〉을 보여주었다. 우리에게 오페라를 반드시 소개하고 싶어했던 당신은 이 욕망과 배반과 살인의 이야기가 첫 감상 작품으로 좋을 거라고 여겼다. 톰은 여동생 결혼식 때 입었던 양복 차림이었고 나는 오페라를 보러 갈 땐 반드시 장갑이 있어야 한다는 생각으로 특별히 장만한 흰 장갑을 낀 기억이 난다. 장갑이 잘 맞지 않는지 손가락이 레이온 직물에 짓눌리는 듯해 자꾸만 손을 오므렸다. 몹시 추운 밤이었는데도 손바닥에서 땀이 났다. 언제나 그랬듯 기차에서 당신과 톰은 돈 이야기를 했다. 우리가 어디를 가든 당신은 늘 자신이 경비를 부담하겠다고 주장했고, 그러면 톰은 요란하게 만류하며 일어나 푼돈을 찾아 주머니를 뒤졌다. 가끔 당신은 톰이 돈을 내게 두기도 했지만 그럴 때면 입꼬리를 늘어뜨린 채 이마를 조급하게 닦아대곤 했다. "이걸 내가 내야 한다는 건 상식이야, 톰, 정말로……"

이번에도 톰은 아직 수습 기간이긴 하지만 정규직으로 취직을 했으니 자신과 내 몫의 경비만이라도 내야겠다고 주장했다. 나는 이 대화에 끼어들어봐야 소용없다는 걸 알았기에 장갑을 만지작거리며 창밖으로 스쳐 가는 헤이워즈 히스만 바라보고 있었다. 처음에 당신은 웃음과 농담으로("나한테 빚졌다고 치는 건 어때? 장부에 달아두자고") 어물쩍 넘어가려 했지만 톰이 가만있지 않았다. 재킷 주머니에서 지갑을 꺼내 지폐를 세기 시작한 것이다. "얼마예요, 패트릭?"

당신이 도로 넣으라고, 우스꽝스럽게 굴지 말라고 하는데도 톰은 당신 얼굴 앞에 대고 돈을 흔들며 말했다. "이건 내게 해줘요. 딱 한 번만이라도."

결국 당신이 목소리를 높였다. "이봐, 표 한 장 가격이 거의 7파운드야. 그러니까 이제 그 웃기는 것 좀 치우고 조용히 해줄래?"

톰이 내게, 자랑스럽게, 주급이 대략 10파운드쯤 된다고 말했었기 때문에, 나는 당연히 그가 아무 대꾸도 할 수 없으리라는 걸 알았다.

목적지까지 나머지 구간을 우리는 말없이 앉아서 갔다. 톰은 지폐를 둥글게 뭉쳐 움켜쥔 손을 무릎 위에 놓은 채 자꾸만 들썩거렸다. 당신은 지나가는 들판을 내다보고 있었는데, 처음에는 노기로 번뜩이던 눈빛이 나중에는 후회로 불안해졌다. 기차가 빅토리아역에 들어설 즈음, 당신은 톰이 조금만 움직여도 힐끗거렸지만 톰은 당신의 눈길을 거부했다.

역에서 우리는 군중을 뚫고 저벅저벅 바삐 걸음을 옮겼다. 톰의 뒤를 따라가던 당신은 손에 든 우산을 비틀며 막 사과를 할 것처럼 아랫입술을 핥다가 그만두었다. 지하철역으로 내려가는 계단에서 당신은 내 어깨에 손을 올리고 낮은 목소리로 말했다. "내가 다 망쳐버린 거죠?"

나는 당신을 보았다. 아래로 축 쳐진 입꼬리와 두려움에 번뜩이는 눈빛을 보고 나는 딱딱하게 대꾸했다. "바보같이 굴지 마세요." 그런 뒤 계속 걸으며 톰의 팔을 향해 손을 뻗었다.

내게 런던의 첫인상은 소음과 매연과 검댕이 다였다. 시간이 조금 흐른 뒤에야 런던의 아름다움을 알아볼 수 있었다. 햇빛 속에서 수피를 벗겨내는 플라타너스들, 지하철 플랫폼을 휩쓸고 지나가는 공기, 찻잔이 달그락거리고 쇠가 쇠에 부딪치는 소리로 요란한 커피 바, 후미진 곳에 자리 잡은 대영박물관과 무화과 잎으로 몸을 가린 그곳의 다비드상.

셋이서 함께 걸어가는 동안 상점 진열창에 비친 모습을 보며 내가 당신보다 더 커서 민망했던 기억이 난다. 굽 있는 신발까지 신은 탓에 더욱 키 차이가 났다. 당신 옆에서는 너무 크고 흐느적거려 부담스러워 보이는 나였지만, 톰 옆에 있으면 장신이 거의 눈에 띄지 않았다. 약간 남자 같은 여자가 아니라 조각상처럼 당당한 사람으로 통할 수 있었다.

오페라를 볼 땐 옆자리에 앉은 톰의 몸에 신경이 쏠려 무대에 온전히 집중하지 못하고 딴생각에 빠졌다. 당신은 내가 가운데 앉아야 한다고 우겼다("두 가시덩굴 사이의 장미 한 송이"라고 말하면서). 이따금 당신 쪽을 흘끔흘끔 쳐다보았지만 당신은 무대에서 한 번도 눈을 떼지 않았다. 난 내가 오페라를 싫어할 줄 알았다. 이상한 음악이 나오는 무언극처럼 과도한 흥분으로 가득해 보였으니까. 하지만 카르멘이 "L'amour est un oiseau rebelle que nul ne peut apprivoiser(사랑은 길들지 않는 새, 그 무엇도 길들이지 못하지)"라고 노래할 때 내 몸 전체가 붕 떠오르는 것 같았는데, 마지막의 그 끔찍하고도 경이로운 장면에서 톰이 팔을 뻗어 내 손을 잡았다. 오케스트라의 연주가 휘몰아치고 카르멘이 쓰러져 죽는 순간 어둠 속에서 톰의 손은 내 손 위에 있었다. 공연이 끝나자 패트릭 당신은 일어서서 박수를 치고 브라보를 외치며 흥분에 들떠 펄쩍펄쩍 뛰었고, 톰과 나도 감동으로 열광하며 합세했다.

'부자연스러운 행위'라는 말을 처음 들었던 때를 생각하고 있다. 믿기 힘들겠지만 나는 그 말을 세인트루크의 교무실에서 처음 들었다. 미스터 R.A. 코파드 문학 석사(옥스퍼드)—나는 리처드라 부르고 그의 친구들은 디키라 부르는 이—가 한 말이었다. 그가 갈색 꽃무늬 컵으로 커피를 마시다가 안경을 벗어놓고 그 위에 한 손을 살짝 올린 뒤 12반의 미시즈 브렌다 화이트레이디 쪽으로 몸을 숙이며 얼굴을 찌푸렸다. "그래요?"라고 미시즈 화이트레이디가 묻자, 그는 고개를 끄덕였다. "부자연스러운 행위라고, 〈아거스〉에 나왔어요. 7면에. 가엾은 헨리." 미시즈 화이트레이디가 눈을 껌뻑이며 흥분한 숨을 흡 들이켰다. "아내가 안됐죠. 가엾은 힐다."

 그들은 다시 연습 문제집으로 돌아가 여백에 빨간색으로

체크나 가위 표시를 힘차게 적어 넣었다. 내게는 아무 말도 하지 않았는데 놀라운 일도 아니었다. 난 교무실 구석에 있었고, 투명 인간이나 마찬가지일 만큼 지위도 낮았으니까. 학교에서 일하기 시작한 지 몇 달쯤 지난 그 무렵까지도 교무실엔 내 의자조차 없었다. 톰은 경찰서에서도 마찬가지라고 말했다. 어딘가에 보이지 않는 실로 '주인'의 이름을 수놓았나 싶은 의자들이 있다고─그래서 거기에는 아무도 앉지 않는 것 같다고. 문가에 쿠션이 너덜너덜하고 다리가 건들거리는 의자 몇 개가 있었다. 누구나 앉을 수 있는, 다시 말해 가장 신참인 교사들이 앉는 자리였다. '평범한' 의자를 차지하려면 다른 교사가 은퇴하거나 죽기를 기다려야 하는 건가 싶었다. 미시즈 화이트레이디는 자기가 늘 앉는 의자에 자주색 난초가 수놓인 쿠션까지 놓아두었는데, 그 태도가 어찌나 당당한지 다른 사람들은 거기 엉덩이를 들이밀 엄두도 내지 못했다.

이런 생각을 하게 된 건 간밤에 40년 전에 꾸었던 꿈을, 그때만큼이나 생생하게 다시 꾸었기 때문이다. 톰과 나는 테이블 밑에 있었다. 이번에는 세인트루크의 교실에 있는 내 책상이라는 점만 빼면 모든 게 똑같았다. 톰의 몸이 나를 내리누르고, 그의 거대한 허벅지는 내 허벅지 위에 놓여 있었다. 그의 어깨가 마치 배의 밑바닥처럼 내 위에서 구부러졌다 펴지기를 반복했다. 그리고 나는 마침내 그의 일부가 되었다. 우리 사이에는 공기가 지나갈 틈도 없었다.

그런데 이 글을 쓰며 나는 문득 깨닫는다. 그동안 줄곧 나를 불안하게 한 것이 어쩌면 내 안에 있는 무엇이었는지도 모르겠다고. 나의 부자연스러운 행위. 톰을 향한 나의 감정을 미스터 코파드와 미시즈 화이트레이디가 알았다면 그들은 뭐라고 말했을까? 그를 입안에 넣고 그의 구석구석을 실컷 맛보고 싶어했다는 걸 그들이 알았다면 뭐라고 했을까? 당시의 나는 젊은 여자가 그런 욕망을 품는 것이 부자연스러운 일이라고 생각했다. 실비도 로이가 다리 사이를 만졌을 때 두려움 외에는 별다른 느낌이 없었다고 말하지 않았나? 내 부모는 종종 보조 부엌에서 서로 끌어안고 긴 키스를 나눴지만, 그런 어머니조차 아버지의 손이 가지 말아야 할 곳에 닿으면 철썩 쳐내곤 했다. "지금은 성가시게 하지 마, 빌." 이렇게 말하며 어머니는 소파에서 멀찍이 물러앉았다. "지금은 안 돼, 여보."

하지만 나는 모든 것을 원했고, 당장 갖기를 원했다.

1958년 2월. 학교에서 나는 온종일 보일러에 최대한 바짝 붙어 있었다. 운동장에서는 아이들에게 계속 움직이라고 소리쳤다. 제대로 된 외투를 입은 아이들이 별로 없었고, 추위 때문에 다들 무릎이 허옜다.

엄마와 아빠는 톰의 이름을 입에 올리기 시작했다. 부모님께 박물관에 간 일이나 런던 여행을 비롯해 우리의 모든 나들이에 대해 얘기하면서도 우리 둘 말고 다른 사람이 있었다는 말은 하지 않은 터였다. "함께 춤추러는 안 가니?" 엄마가 물었다. "톰이 아직 리젠트에는 안 데려갔어?"

하지만 톰은 처음부터 춤추는 걸 싫어한다고 내게 말했었고, 나는 우리가 함께하는 일이 다르기에 특별하다고 믿었다. 우리는 다른 커플들과 같지 않다고. 우리는 서로에 대해 알아가는 중이라고. 제대로 된 대화를 하고 있다고. 게다가 막 스물한 살이 되고 보니 주크박스나 자이브 같은 10대들의 놀이를 즐기기엔 나이가 좀 많다는 생각도 들었다.

어느 금요일 저녁, 나에 대한 톰의 의중을 묻는 무언의 질문이 맴도는 집으로 돌아가기 싫어서, 나는 늦게까지 교실에 남아 아이들의 학습지를 만들었다. 영국의 왕과 왕비에 대해 배우는 수업을 진행하던 중이었는데, 참 따분한 주제라는 생각이 들었다. 차라리 스푸트니크 인공위성이라든가 원자폭탄이라든가, 그 밖에 아이들이 조금이라도 흥미를 느낄 만한 다른 주제를 택할걸 그랬다고 후회했다. 하지만 당시 나는 미숙해서 교장이 어떻게 생각할까 걱정이 되었고, 그래서 택한 것이 결국 왕과 왕비였다. 가장 단순한 단어들조차 쉽게 읽어내지 못하는 아이들도 많았지만, 캐럴라인 미어스처럼 벌써 구두점의 기초 원리를 이해하기 시작한 애들도 있었다. 난 비교

적 쉬운 문제를 내고 빈칸을 넓게 남겨 아이들이 원하는 만큼 장황하게 답을 쓰거나 그림으로 그릴 수 있게 했다. 헨리 8세의 아내는 몇 명이었나요? 런던탑을 그림으로 그려볼까요? 기타 등등.

보일러가 꺼져버리고 내가 있는 교실 구석까지 싸늘해지자 나는 추위를 막으려고 목과 어깨에 스카프를 두르고 방울 달린 털모자도 썼다. 나는 늘 이 시간대의 교실이 좋았다. 아이들과 다른 교사들이 모두 집으로 돌아가면 책상을 정리하고 칠판을 닦고 책 읽는 자리에 놓인 쿠션을 정돈하며 새로운 아침을 준비하곤 했다. 펜이 종이에 긁히는 소리 말고는 온전한 침묵과 고요함이 자리했고, 바깥의 햇빛이 사라지는 동안 교실 전체가 부드러워지는 것 같았다. 내가 활기차고 정돈된 사람이며 수업을 잘 통제하는 교사, 앞으로 수행할 업무에 완전히 준비된 교사가 되었다는 흡족한 기분이 들었다. 먼지와 고요에 싸여 책상에 홀로 앉아 있는 그런 순간이면 아이들이 나를 좋아한다는 확신이 들었다. 어쩌면 몇몇 아이들은 나를 사랑하기까지 할 거라고 생각했다. 어쨌든 종일 아이들이 얌전히 굴지 않았던가. 그리고 이제는 매일 하루를 아주 성공적인 이야기 시간으로 마무리하고 있지 않은가. 내가 『물속 아이』의 일부분을 크게 읽어주면 아이들은 러그 위에서 나를 둘러싼 채 책상다리를 하고 앉아 들었다. 물론 어떤 애들은(앨리스 럼볼드도 그중 하나였다) 연신 꼼지락대며 서로의 머리를 땋아

주거나 제 손가락의 사마귀를 뜯기도 했지만(그레고리 실코크가 떠오른다), 다른 아이들은 분명 내 이야기에 사로잡혀 입을 벌리고 눈을 휘둥그레 뜬 채로 열심히 들었다. 캐럴라인 미어스는 내 발치에 자리를 잡고, 너무나 들어가고 싶은 왕국의 열쇠를 내가 쥐고 있는 양 나를 올려다보았다.

"집에 갈 시간 아니에요?"

나는 펄쩍 뛰었다. 줄리아 하코트가 문가에 서서 손목시계를 들여다보고 있었다. "조심하지 않으면 안에 갇힐 수도 있어요. 선생님은 모르겠지만 나는 칠판과 함께 밤을 새우는 게 그리 즐겁진 않을 것 같은데."

"곧 가려고요. 몇 가지 일을 마무리하는 중이에요."

나는 줄리아의 반응을 예상했다. 금요일 밤이잖아요. 남자 친구랑 영화 보러 갈 준비 안 해요?

하지만 줄리아는 그저 고개를 끄덕이며 말했다. "정말 너무 춥죠?"

방울 모자가 떠올라 손이 머리로 휙 올라갔다.

"잘 생각했어요." 줄리아가 말을 이었다. "겨울이 되면 이곳은 꼭 식품 저장고 같아요. 난 가끔 뜨거운 물병을 의자 쿠션 밑에 슬쩍 넣어둔다니까요."

줄리아가 활짝 웃었다. 나는 펜을 내려놓았다. 잡담을 나누지 않고는 떠날 생각이 없어 보였다.

줄리아는 교무실에 자기 의자를 가진 특권적 지위를 누리고 있었다. 누구에게나 상냥하지만 보아하니 나처럼 점심을 혼자 먹을 때가 많았는데, 그럴 땐 책에서 거의 눈을 떼지 않은 채로 사과를 조심스럽게 깨물곤 했다. 수줍음이 많아서는 아니었다. 늘 남자 교사들을—심지어 미스터 코파드까지도—똑바로 쳐다보며 말했고, 구릉지대 견학을 조직하는 책임도 맡고 있었으니까. 몇 킬로미터를 쉬지 않고 아이들을 걸리며, 날씨가 어떻든 이게 가장 재미있는 일이라고 생각하게 하는 능력으로 유명했다.

나는 학습지를 차곡차곡 모으기 시작했다. "시간이 이렇게 된 줄 몰랐어요." 내가 말했다. "어서 가는 게 좋겠네요."

"선생님 사는 데가 어디였더라?" 줄리아가 물었다. 내가 전에 말한 적이 있기라도 한 양.

"그리 멀지 않아요."

줄리아가 미소를 지으며 교실로 들어왔다. 밝은 녹색 모직 케이프 차림에 부드러운 가죽으로 만든 비싸 보이는 서류 가방을 들었는데, 나는 바구니 대신 저런 게 있으면 훨씬 좋겠다고 생각했다. "그럼, 함께 이 날씨에 맞서볼까요?"

"일하기는 좀 어때요?" 퀸스 파크 로드를 힘차게 걸으며 줄리아가 물었다. "첫날 만났을 땐 과연 선생님이 잘 버텨낼지 모르겠더라고요. 완전히 겁에 질린 모습이었거든요."

"실제로 겁에 질려 있었어요." 나는 말했다. "선생님 신발에
토할지도 모른다고 생각했죠."

줄리아가 걸음을 멈추더니 웃음기 없이 내 얼굴을 쳐다보
았다. 작별 인사를 건네고 다른 방향으로 갈 것 같더니, 오히려
가까이 다가서서 진지하게 말했다. "그랬다면 재앙이었겠죠.
내 최고의 교육용 신발이거든요. 아이들에게 내가 가는 중이
라고 경고하기 위해 굽에다 금속판을 붙였어요. 난 그걸 발굽
이라고 부르죠."

어떻게 반응해야 할지 잠시 혼란스러웠다. 하지만 곧 줄리
아가 고개를 뒤로 젖히고 반듯한 치아를 온통 내보이며 요란
하게 웃음을 터뜨렸고, 그제야 나는 웃어도 된다는 걸 알았다.

"효과가 있어요?" 내가 물었다.

"뭐가?"

"발굽요."

"확실하죠. 교실에 도착할 때쯤이면 아이들이 죽은 듯이
조용해져 있거든요. 밟고 지나가도 끽소리 안 낼걸요."

"저도 그런 신발이 있으면 좋겠네요."

"애들이 말썽이죠?"

"그렇진 않아요." 나는 잠시 멈췄다가 말했다. "앨리스 럼볼
드가 좀……"

"골칫거리군요?"

가늘게 뜬 줄리아의 눈이 빛났다. 내게 또 한 번 웃어보라고 부추기고 있었다. 그래서 웃었다.

"앨리스 때문에라도 정말 발굽이 필요하겠어요." 줄리아가 결론을 내렸다.

우리 집이 있는 거리 모퉁이에 이르자 줄리아는 내 팔을 꽉 쥐고 말했다. "다음에 또 같이 퇴근해요."

봄이 다가오며 나는 점점 조급해졌다. 톰은 내 볼에 입을 맞췄고, 손을 잡았고, 대개는 당신과 함께였지만 매주 적어도 한 번은 만났다. 하지만 이젠 그걸로 충분하지 않았다. 어머니가 자꾸만 일깨웠듯이, 난 아직 너무 늦지 않았으니까. 아직은.

과거에는 그 끔찍한 순간을 정확히 언제라고들 생각했는지 잘 모르겠다. 정확히 언제 여자가 선반 위에 남은 재고품이 된다고 판단했는지. 그런 생각을 할 때마다 내 머릿속에는 째깍째깍 흘러가는 오래된 시계가 떠올랐다. 학교 다닐 때 알던 여자애들 중 많은 수가 이미 결혼해 살고 있었다. 나는 아직 몇 년쯤 여유가 있었지만, 주의하지 않으면 다른 선생들이 줄리아를 보는 눈빛으로 나를 보게 되리라는 걸 알 수 있었다. 혼자 사는 여자, 스스로 먹고살기 위해 일해야 하고, 책을 너무 많이 읽고, 토요일에는 바지 차림으로, 아이의 손이나 유아차

대신 쇼핑 카트 손잡이를 쥔 채 어서 가려고 서두르는 기색 없이 장을 보는 여자. 사실 서둘러 가야 할 곳도 없는 여자.

지금은 믿기 힘든 얘기라는 걸 안다. 그리고 당시에 나도 커리어 우먼이라는 환상의 동물이 존재한다는 소문은 분명 들어봤을 것이다(1960년이 코앞이었다, 젠장). 하지만 난 그들을 인정하지 않았고, 그런 여자가 되고 싶다는 생각 또한 털끝만큼도 없었다. 그래서 교실 앞에 서서 아이들에게 지하 세계의 페르세포네* 이야기를 들려주었을 때 내 마음속에서는 공포가 올라왔다. 아이들에게 딸과 함께 다시 봄을 불러들이는 데메테르를 그리라고 한 뒤 운동장에 있는 헐벗은 나무들을 내다보았다. 핏줄 같은 가지들이 잿빛 하늘을 배경으로 검게 보였고, 그때 나는 생각했다. 이런 기다림은 이제 그만.

그리고 변화가 일어났다.

토요일 밤, 톰이 나를 데리러 집으로 오고 있었다. 이것이 첫 번째 변화였다. 대개 우리는 영화관이나 극장에서 만났는데 이날은 톰이 집으로 오겠다고 했다. 엄마와 아빠에게는 말

---

* 그리스신화에서 주신 제우스와 땅의 여신 데메테르의 딸이다. 페르세포네가 저승의 신 하데스의 눈에 들어 지하 세계로 납치된 뒤 슬픔에 젖은 데메테르가 딸을 찾아 헤맬 때 온 세상이 가뭄으로 황폐해졌다가 딸을 찾아오자 다시 봄이 왔다는 이야기가 전한다.

하지 않았다. 말하면 어떤 일이 벌어질지 알았으니까. 엄마는 온종일 집을 청소하고, 샌드위치를 만들고, 가장 좋은 원피스 중에서도 어떤 것을 입을지 고민하고, 내게 온갖 질문을 퍼부어댔을 것이다. 아빠는 아무 말 없이 하루 종일 톰에게 쏟아낼 질문들을 준비했을 테고.

오후 내내 나는 방에서 책을 읽는 척했다. 언제라도 입을 수 있게 문 안쪽에 걸어둔 연한 파란색 모조 실크 원피스는 모든 가능성으로 가득 차 있는 듯했다. 앙고라가 섞인 파란색 작은 카디건도 준비해두었는데, 그건 내가 만져본 가장 부드러운 옷이었다. 근사한 속옷 종류—새틴 소재의 브라나 프릴이 달린 팬티나 레이스 캐미솔 따위—는 가진 게 거의 없어서 아쉽게도 특별히 매혹적인 걸 고를 수 없었다. 나는 톰이 다시 한번 키스한다면 곧장 피터 로빈슨 백화점에 가서 검은색 속옷, 의미를 드러내는 속옷을 사겠다고 결심했다. 내가 톰의 애인이 되게 해주는 속옷을.

톰이 온다는 걸 알리려고 아래층으로 내려가다 말기를 여러 번 되풀이했다. 톰이 나를 데리러 온다는 사실을 알리는 것과 비밀로 남겨두는 것 중 어느 쪽이 더 즐거울지 결론을 내릴 수가 없었다.

나는 6시 55분까지 겨우 기다리다가 부모님 침실의 창가로 가 톰이 오는지 살피기 시작했다. 오래 기다릴 필요는 없었다. 정각까지 몇 분 남지 않았을 때 톰이 시계를 보면서 나타났다. 그는 보통 큰 걸음으로 가볍게 튀어 오르듯 걷지만 이날은 꾸물꾸물 미적거렸고, 창문 앞을 지날 땐 안쪽을 흘낏 바라보았다. 그래도 부드럽게 흐르는 느낌으로 걸어오는 그를 보면서, 나는 움켜쥔 커튼을 얼굴에 대고 퀴퀴한 냄새를 들이마시며 마음을 진정시켰다.

그러고서 다시 창밖을 내다보았다. 내심 톰이 고개를 들어자신을 훔쳐보는 나를 봐줬으면 싶기도 했지만, 그는 재킷을 추스르고는 현관의 노커로 손을 뻗었다. 갑자기 그가 제복을 입었더라면 좋았겠다는 생각이 들었다. 부모님이 문을 열었는데 거기에 경찰관이 서 있다면.

엄마의 거울에 비쳐보니 내 볼이 불그레했다. 거울 속 파란 원피스가 불빛을 받아 나를 되비추었고, 나는 내 모습을 향해 미소를 지었다. 준비는 끝났다. 톰이 여기 왔다.

계단참으로 나왔을 때 아빠가 문을 열어주는 소리가 들리더니 곧 이런 대화가 이어졌다.

아빠: (기침하면서) 안녕하시오, 어떻게 오셨소?

톰: (경쾌하고 정중한 목소리로 모든 음절을 신중히 발음하며) 매리언 있습니까?

아빠: (잠시 멈칫했다가 살짝 크게) 그런데 누구신지?

톰: 죄송합니다. 먼저 말씀을 드렸어야 했는데. 저는 톰 버

지스입니다. 매리언의 친구예요. 미스터 테일러시죠?

아빠: (이번엔 오래 멈칫했다가 고함을 지르며) 필리스! 매리언! 톰이 왔어! 톰이라고! 들어오게, 들어와. (다시 위층에 대고 소리치며) 톰이 왔다니까!

나는 아래쪽에서 톰과 아빠가 나를 보고 있다는 걸 의식하며 천천히 계단을 내려갔다.

잠시 모두 아무 말 없이 서로를 바라봤고 이내 아빠가 우리를 거실로 안내했다. 크리스마스 때, 혹은 아빠의 고상한 척하는 누이 마조리가 서리Surrey에서 내려올 때만 사용하는 곳이었다. 광택제와 석탄 냄새가 나는 그곳은 무척이나 싸늘했다.

"필리스!" 아빠가 외쳤다. 톰과 잠시 얼굴을 마주했는데 그의 눈에서 불안이 엿보였다. 방이 그렇게 싸늘한데도 이마가 땀으로 번들거렸다.

"실비의 오빠라고?" 아빠가 말했다.

"맞습니다."

"경찰관이 됐다고 매리언이 그러더군."

"유감스럽게도 그렇습니다." 톰이 대답했다.

"유감스럽기는. 이 집에선 그럴 필요 없어." 아빠가 플로어 스탠드를 켜며 말하고는 톰을 슬쩍 쳐다봤다. "어서 앉게나. 그러고 있으니 내가 불안하네."

톰이 소파 쿠션 가장자리에 엉거주춤 앉았다.

"우리가 매리언더러 자네를 데려와 함께 차를 마시자고 계속 말했는데 얘가 말을 듣지 않더군. 그래도 이제 이렇게 왔구먼."

"우리 이제 나가야 돼, 아빠. 영화 시간에 늦겠어."

"필리스!" 아빠는 우리가 나가지 못하게 문가에 서서는 말을 이었다. "먼저 엄마한테 톰을 인사시켜야지. 자네를 만나고 싶어서 계속 기다렸네, 톰. 매리언이 너무 오래 기다리게 했어."

톰이 고개를 끄덕이며 빙긋 웃었고, 그때 엄마가 립스틱을 바른 모습으로 헤어스프레이 냄새를 풍기며 들어왔다.

톰이 서서 손을 내밀자 엄마는 손을 잡고 그의 얼굴을 응시했다. "드디어," 엄마가 말했다. "이렇게 왔군."

"이렇게 왔어." 아빠가 그대로 따라 말한 뒤 모두의 시선이 톰을 향하자 톰이 갑자기 크게 웃음을 터뜨렸다. 잠시 아무도 그 웃음에 반응하지 않았고 아빠의 눈썹이 찌푸려지기 시작했으나, 그때 엄마가 깔깔 웃었다. 우리가 자주 듣지 못하던 고음의 낭랑한 웃음소리였다.

"이렇게 왔습니다." 톰이 말하자 엄마는 조금 더 웃었다.

"너무 멋있고 훤칠하지 않아, 빌?" 엄마가 말했다. "분명 훌륭한 경찰관일 거야."

"아직 제대로 시작했다고 할 수도 없어요, 미시즈 테일러."

"자네에게 잡히면 아무도 도망칠 수 없겠지? 게다가 수영도 잘한다며?" 엄마가 눈을 크게 뜨고 나를 봤다. "매리언이 너무 오래 자네를 감춰뒀어."

그러고선 톰의 가슴을 장난스레 두드리려나 싶었는데, 대신 엄마는 내 팔을 토닥거리며 톰을 수줍게 쳐다보았고 그러자 톰이 또 웃었다.

"우리 이제 가야 해." 내가 다시 말했다.

거리로 나와 둘이 걸으면서도, 톰 버지스 같은 남자가 딸 옆에 있다는 사실을 도무지 못 믿겠다는 듯 엄마와 아빠가 우리를 줄곧 바라보고 있다는 걸 나는 알 수 있었다.

톰이 잠시 걸음을 멈추고 우리 둘의 담배에 불을 붙였다. "부모님이 좋게 봐주신 것 같네, 그렇지?" 그가 성냥을 흔들며 말했다.

나는 기쁨에 겨워 담배를 한 모금 빨고 극적으로 내뱉었다. "그렇게 생각해?" 내가 천진난만하게 물었다.

우리는 함께 웃었다. 그랜드 퍼레이드 대로가 시내로 향하는 사람들로 북적이기 시작했다. 나는 톰의 손을 잡고 아스토리아 극장까지 그대로 걸어갔다. 평소 우리가 당신과 만나는 곳에 다가갈 때까지 꼭 잡은 손을 놓지 않았다. 하지만 그곳에 당신은 보이지 않았고, 톰은 계속 걸어갈 뿐이었다.

"패트릭 안 만나?" 내가 뒤로 처지며 물었다.

"안 만나."

"다른 데서 보기로 했어?"

한 남자가 톰의 어깨를 치며 우리를 밀고 지나갔다. "조심해요!" 톰이 소리치자 그 남자가―톰보다 어리고 앞머리에 기름을 잔뜩 바른, 사실상 소년이―돌아서서 무섭게 노려봤다. 톰이 굳건히 선 채로 마주 노려보자 소년은 담배 끝을 도로에 탁탁 털어내고 어깨를 으쓱이더니 계속 걸어갔다.

"이번 주말에 패트릭은 런던에 갔어." 톰이 말했다.

이제 우리는 파빌리언* 근처에 도착했다. 지붕의 작은 탑들이 검푸른 하늘 속에서 크림색으로 빛났다. 패트릭 당신이 런던에 집을 가지고 있다는 건 알았지만 거기서 주말을 보내는 건 처음 있는 일이었다. 당신은 주말마다 늘 우리와 함께였으니까.

톰이 무슨 말을 하는지 깨닫자 미소가 절로 떠올랐다. 단둘이서 오붓하게. 당신 없이.

"우리 술 마시러 가자!" 나는 톰을 킹 앤드 퀸 안으로 이끌었다. 보통의 젊은 커플이 토요일 밤에 하는 일을 꼭 해봐야겠다고 단단히 결심했고, 그래서 다른 생각이 있다는 톰의 말도 못 들은 척했다. 어쨌거나 거긴 너무 시끄러웠다. 바 근처에 서

• 18세기 말 조지 4세의 해변 별장으로 지어진 왕궁.

서 손에 든 음료를 들여다보는데 주크박스에서 쿵쿵거리는 음악이 터져 나왔다. 사람들이 몰려들어 우리를 밀쳐댔다. 나는 밤새도록 거기 있고 싶었다. 옆에 선 톰의 온기를 느끼고, 파인트 잔에 든 순한 맥주를 입으로 가져가는 그의 팔 근육을 바라보면서.

진 토닉을 몇 모금 마시지도 않았는데 톰이 내게 몸을 기울이며 말했다. "우리 다른 데로 갈까? 내가―"

"나 아직 덜 마셨는데." 나는 반대했다. "아, 실비는 어떻게 지내?" 패트릭, 나는 우리 대화의 주제를 당신에게서 멀리 떨어뜨리고 싶었다. 당신이 왜 런던에 있는지, 거기서 뭘 하고 있는지 알고 싶지 않았다.

톰이 맥주를 다 마시고 잔을 바에 내려놓았다. "가자." 그가 말했다. "여기서는 대화를 할 수가 없겠어."

나는 술집 밖으로 걸어 나가는 톰을 지켜보았다. 뒤돌아 나를 보지도, 문가에서 나를 부르지도 않았다. 그냥 자기가 원하는 것을 확실히 말하고 가버린 것이다. 나는 남은 진 토닉을 꿀꺽꿀꺽 삼켰다. 알코올의 차가운 기운이 팔다리로 빠르게 퍼져갔다.

밖으로 나가 톰을 볼 때까지도 내가 얼마나 화가 나 있는지 깨닫지 못했다. 하지만 한순간 모든 것이 꽉 조여들면서 호흡이 빨라졌다. 팔이 뻣뻣해지고 손이 뒤로 당겨지는 느낌과 함께, 입을 벌려 소리를 지르지 않으면 그를 세게 치겠다는 생각이 들었다. 그래서 양쪽 발로 보도에 단단히 버티고 서서 소리를 질렀다. "빌어먹을, 도대체 뭐가 문제야?"

톰이 놀라서 빛나는 눈으로 나를 빤히 바라보았다.

"우린 술 한잔도 못 해? 보통 커플처럼?"

톰이 거리 위아래를 훑었다. 지나가는 사람들이 나를 보며 '하여간 빨간 머리들이란'이라고 생각하리라는 걸 알았지만 신경 쓰기에는 이미 늦은 시점이었다.

"매리언―"

"난 너랑 단둘이 있고 싶었을 뿐이야! 그게 그렇게 무리한 요구야? 다른 사람들은 다 잘해내잖아!"

긴 침묵이 내려앉았다. 팔이 여전히 뻣뻣해도 손은 풀려 있었다. 사과해야 한다는 걸 알았지만 입을 열면 흐느낌이 흘러나올 것 같아 두려웠다.

그때 톰이 한 걸음 다가와 양손으로 내 머리를 붙잡고 입술에 키스했다.

지금 돌아보면 이런 생각이 든다. 톰은 그저 나를 조용히 시키려고 그랬을까? 사람들 앞에서 더 망신당하지 않도록? 어쨌거나 그는 경찰관이었으니까. 아직 수습 기간이었고, 아마 그 지역의 우범자들은 그를 전혀 두려워하지 않았겠지만. 하지만 그때는 이런 생각이 머릿속에 떠오르지 않았다. 내 입술에 얹힌 톰의 입술 감촉에 너무 놀라서—너무 갑작스럽고 너무 다급해서—아무 생각도 할 수가 없었다. 그리고 패트릭, 그런 느낌을 경험한 것만으로 안도감이 밀려왔다. 다들 하는 말마따나 키스로 녹아내리는 느낌. 정말로 녹아내리는 것 같았으니까. 모든 걸 놓아버리는 느낌. 타인의 살의 감각에 나를 내맡기는 느낌.

그 뒤로는 거의 아무 말도 오가지 않았다. 우리는 서로의 허리에 팔을 두른 채 바다에서 불어오는 바람을 맞으며 해안가를 함께 산책했다. 어둠 속에서도 파도의 하얀 물마루가 올라와 둥글게 말렸다가 흩어지는 모습이 보였다. 오토바이를 탄 남자애들이 머린 드라이브를 질주하며 한 번씩 우리 곁을 휙 지나가 톰을 더 꽉 껴안을 구실을 만들어주었다. 우리가 어디로 가는지 나는 알지 못했다. 어느 방향인지조차 가늠해보지 않았다. 이 저녁에 톰과 함께 걷고 있다는 것만으로 충분했다. 우리는 해변에 뒤집어둔 고기잡이배들을 지나친 뒤 부두의 눈부신 조명에서 멀어져 캠프 타운 쪽으로 걸었다. 톰은 다시 키스하지 않았지만 나는 걸으면서 가끔 그의 어깨에 머리를 기댔다. 그때는 패트릭 당신에게도 아주 너그러워진 기분이었다. 어쩌면 당신이 우리끼리 단둘이만 있을 수 있도록 일부러 자리를 피해주었는지 모르겠다고도 생각했다. 매리언을 멋진 곳에 데려가, 그렇게 말했을 거라고. 그리고 제발 좀 키스를 하란 말이야!

어디로 가는지 신경 쓰지 않은 채 한참 걷다 보니 어느덧 치체스터 테라스에 와 있었다. 넓은 보도는 조용하고 텅 비어 있었다. 그곳은 당신이 떠난 뒤로도 그다지 변하지 않아서 여전히 고요하고 고급스러운 거리다. 보도에서 멀찍이 물러난 자리에 광택 나는 현관문들이 늘어서 있고, 각각의 문 앞에는 튼튼한 도리스식 기둥 한 쌍과 흑백 타일을 붙인 계단 한 벌이 놓여 있다. 그 거리에서는 현관문에 달린 황동 노커가 모두 똑같이 생겼고 하나같이 반짝인다. 모든 건물의 전면이 빛나는 회칠로 완전한 흰색을 띠며, 난간들은 깨진 곳 하나 없이 반듯하다. 긴 창문들은 가로등과 가끔씩 지나가는 자동차의 불빛을 말끔하게 되비친다. 치체스터 테라스는 웅장하지만 절제된 분위기라 서식스 스퀘어나 루이스 크레센트와 같은 오만함은 찾아볼 수 없다.

톰이 걸음을 멈추고 주머니를 뒤졌다.

"여기는……"

톰이 고개를 끄덕였다. "패트릭의 집이야." 톰이 내 얼굴 앞에 열쇠 꾸러미를 흔들며 짧게 웃고는 계단을 훌쩍 뛰어올라 당신의 집 현관에 닿았다.

나도 따라 올라가는데, 구두가 타일에 부딪쳐 경쾌하고 듣기 좋은 또각 소리가 났다. 톰이 문을 열자 그 거대한 문이 두꺼운 카펫 위로 밀려나면서 복도가 나왔다. 진한 황색 바탕에 금색의 세 갈래 이파리 무늬가 있는 복도 벽지와 위층으로 통하는 계단에 깔린 빨간 카펫이 보였다.

"톰, 뭐 하는 거야?"

톰이 입술에 손가락을 대고 위층으로 올라오라고 손짓했다. 그는 3층 계단참에서 잠깐 멈추더니 열쇠 꾸러미를 더듬거렸다. 우리 맞은편의 흰색 문 옆에 금색 테두리를 두른 작은 명판이 붙어 있었다. P. F. 헤이즐우드. 당신의 집으로 들어가는 문. 우리는 그 문 밖에 서 있었고 톰에게 열쇠가 있었다.

그때쯤 내 입은 바짝 마르고 심장은 가슴을 퉁퉁 두드리고 있었다. "톰." 다시 불러봤지만 그는 이미 문을 열었고, 우리는 당신 아파트 안으로 들어갔다.

톰이 불을 켜지도 않고 문을 닫기에 잠시 나는 당신이 안에 있는 모양이라고, 톰이 "놀랐죠!" 하고 외치면 눈을 껌뻑거리며 복도로 나올 거라고 생각했다. 물론 당신은 놀라겠지만 곧 마음을 가라앉혀 평소의 품위 있는 모습으로 돌아가서는 술을 내주며 우리를 환대할 거라고. 그런 다음 새벽까지 이런 저런 이야기를 할 테고, 우리는 각기 다른 의자에 앉아서 감탄하며 듣고 있을 거라고. 하지만 톰의 숨소리 말고는 아무런 소리도 나지 않았다. 나는 어둠 속에 서 있었다. 톰이 다가오는 것을 느끼자 피부에 소름이 돋았다.

"패트릭은 여기 없는 거지?" 내가 속삭였다.

"없어." 톰이 말했다. "우리뿐이야."

톰이 처음으로 키스했을 때는 입을 세게 밀착해 그의 치아가 느껴질 정도였는데 이번에는 입술이 무척 부드러웠다. 내가 그의 목을 감싸려고 팔을 막 내미는 순간 톰이 뒤로 물러나 불을 켰다.

그의 파란 눈은 무척이나 깊고 진지했다. 거기 당신 집 복도에서, 그는 어느 때보다 오래 나를 쳐다보았고, 나는 그 강렬한 눈빛을 한껏 받아들였다. 패트릭, 나는 그 눈빛을 받으며 거기 누워 잠들고 싶었다.

그때 톰이 활짝 웃었다. "집 구경을 좀 해야지." 그가 말했다. "이리 와, 내가 안내할게."

나는 조금 멍한 상태로 그를 따라갔다. 그 눈빛, 그 키스 때문에 여전히 몸 전체가 약에 취한 느낌이었다. 그래도 그때 당신 아파트가 무척 따뜻했다는 건 기억난다. 그 옛날에도 이미 중앙난방 설비를 갖춘 집이어서 나는 코트와 앙고라 카디건을 벗어야 했다. 웅웅거리다가 이따금씩 탁탁 소리를 내는 라디에이터가 델 정도로 뜨거웠다.

제일 먼저 가본 곳은 당연히 거대한 거실이었다. 내 교실보다도 큰 규모에, 창문들은 바닥에서 천장까지 길게 나 있었다. 톰이 이리저리 뛰어다니며 커다란 탁상등을 전부 켜자 모든 것이 부드러운 윤곽을 드러냈다. 구석에 자리한 피아노, 쿠션이 잔뜩 놓인 체스터필드 소파. 크림색 벽은 그림들로 가득했는데 그중 몇 점에는 따로 조명까지 설치되어 있었다. 회색 대리석 벽난로가 있었고, 샹들리에에는 크리스털 방울 대신 유리로 된 꽃잎들이 매달려 색색으로 빛났다. 그리고(톰은 이걸 과장된 몸짓으로 소개했다) 텔레비전.

"톰." 나는 심각한 목소리를 내려고 노력하며 말했다. "이게 다 무슨 일인지 내게 설명해야 할 거야."

"정말 굉장하지 않아?" 톰이 스포츠 재킷을 벗어 안락의자 위에 던졌다. "없는 게 없다고."

놀라고 신기해하는 모습이 어린애 같았다. "모든 게 있다니까!" 그가 다시 텔레비전 쪽을 가리켰다.

"그게 패트릭의 물건이라는 게 난 놀라운데." 내가 말했어. "그런 물건에 반대할 사람 같았거든."

"패트릭은 변화를 따라잡는 게 중요하다고 생각해."

"그래도 ITV˚는 안 보겠지."

화면 위아래로 호두나무 틀의 소용돌이무늬가 돋보이는 멋진 텔레비전이었다.

˚ 1955년에 공영방송 BBC의 독점을 깨며 출범한 상업방송국.

"어떻게 네가 열쇠를 갖고 있는 거야?" 내가 물었다.

"우리 술 마실까?" 그러고서 톰은 당신의 칵테일 장식장을 열어 겹겹이 놓인 잔들과 술병들을 보여주었다. "진?" 그가 물었다. "위스키? 브랜디? 코냑?"

"톰, 우리 지금 여기서 뭐 하고 있는 거야?"

"아니면 마티니는 어때?"

나는 얼굴을 찌푸렸다.

"이봐, 매리언. 선생님처럼 굴지 말고 브랜디라도 좀 마셔." 톰이 내게 잔을 내밀었다. "여기 정말 좋지 않아? 싫다고는 못 하겠지."

그가 어찌나 환히 웃는지 나도 따를 수밖에 없었다. 우리는 소파에 함께 앉아 당신의 쿠션에 푹 파묻혀 깔깔 웃었다. 그러다 소파 가장자리에 겨우 균형을 잡고 앉은 나는 톰을 가만히 바라보았다. "얘기해봐." 내가 말했다. "지금 뭐가 어떻게 되어가는 건데?"

톰이 한숨을 쉬었다. "괜찮아. 정말이야. 패트릭은 런던에 있고, 자기가 없을 때 이곳에 와 있어도 된다고 늘 말했으니까……."

"여기 자주 와?"

"당연하지." 그는 잔 속의 술을 쭉 들이켜며 말했다. "그러니까, 가끔."

잠시 둘 다 말이 없었다. 나는 마시던 브랜디 잔을 당신의 낮은 탁자 위, 한데 쌓인 미술 잡지들 옆에 내려놓았다.

"그 열쇠들, 그건 네 거야?"

톰이 고개를 끄덕였다.

"얼마나 자주 여기—"

"매리언." 그가 내게 몸을 기울여 머리카락에 입을 맞췄다. "네가 여기 있어서 정말 기뻐. 그리고 괜찮아, 날 믿어. 패트릭도 우리가 여기 오길 원할 거야."

그의 목소리에 기묘한, 그답지 않은 무언가 과장된 태도가 있었는데, 그때 나는 그가 긴장한 탓이리라 생각했다. 긴 창문에 비친 우리의 모습을 얼핏 보니 고상한 물건들과 고급 가구에 둘러싸여 토요일 밤에 함께 술을 즐기는 세련된 젊은 커플처럼 보였다. 이 모든 일이 잘못된 장소에서 잘못된 사람들에게 일어나고 있다는 느낌을 무시하려 애쓰며 나는 술잔을 재빨리 비우고 톰에게 말했다. "아파트 더 보여줘."

그는 나를 부엌으로 데려갔다. 향신료 선반이 있었던 게 기억난다—그런 물건을 그때 처음 봤으니까. 개수대 두 개와 건조대가 있었고, 벽은 연녹색 타일로 마감되어 있었다. 톰은 쉴 새 없이 이것저것 가리켰다. 그가 커다란 냉장고의 위쪽 문을 열더니 "냉동고야" 하고 말했다. "이런 게 있으면 정말 좋지 않겠어?"

나는 그렇겠다고 대답했다.

"패트릭은 말이야, 요리를 굉장히 잘해."

내가 놀란 기색을 내비치자 톰은 당신의 찬장을 모두 열어 내용물을 증거로 보여주었다. 구리 프라이팬, 도기 냄비와 함께 강철 식도 한 세트가 있었는데 그중 칼날이 곡선으로 휜 칼 하나는 메잘루나라고 부른다고 톰이 알려주었고, 그것 말고도 올리브유와 와인 식초 병들, 그리고 선반에는 엘리자베스 데이비드가 쓴 요리책이 있었다.

"너도 요리를 하잖아." 내가 말했다. "취사 부대에 있었고."

"패트릭처럼 하지는 못하지. 내가 만드는 건 기껏해야 파이와 으깬 감자 정도야."

"난 파이랑 으깬 감자 좋아해."

"소박한 취향이네." 톰이 활짝 웃었다. "학교 선생님치곤."

"맞아." 나는 냉장고 문을 열며 말했다. "피시 앤드 칩스 한 봉지면 충분하지. 여기엔 뭐가 있어?"

"먹을 걸 좀 놔두겠다고 했는데. 배고파?" 톰이 나를 지나쳐 빵가루를 입힌 닭고기가 담긴 접시에 손을 뻗었다. "좀 먹을래?" 그는 날개를 하나 집어 뼈에 붙은 고기를 뜯어 먹었다. "맛있네." 그가 번들거리는 입술을 하고는 접시를 내게 내밀었다.

"그래야 해?" 나는 물었지만 이미 손은 닭다리 위에 가 있었다.

톰의 말이 맞았다. 맛있었다. 빵가루는 가볍고 바삭했고 고기는 풍미가 진하고 기름졌다.

"바로 이거지!" 톰의 눈빛이 여전히 거칠었다. 닭고기 조각을 연달아 삼키며 그는 당신 부엌의 우아함이나 당신 닭고기의 훌륭한 맛, 당신 브랜디의 섬세함에 대해 감탄을 늘어놓았다. "이거 다 먹자." 톰이 말했다. 그렇게 우리는 당신의 부엌에서서 당신의 음식을 먹어 치우고 당신의 술을 마시고 기름진 손가락을 빨면서 킬킬대고 웃었다.

나중에 톰이 내 손을 잡고 다른 방으로 데려갔다. 술을 몇 잔 마신 상태라 나는 몸이 움직이는데도 주변 공간이 따라오지 않는 듯한 이상한 감각을 경험했다. 패트릭, 우리는 당신의 침실로 가지 않았다. (거기로 갔다고 말할 수 있다면 정말로 좋겠지만.) 우리는 예비 침실로 갔다. 싱글 침대에 앵초 무늬 이불이 덮인 작고 하얀 방. 좁은 벽난로 위에 평범한 거울이 걸려 있고 옷장도 하나 있었는데, 우리가 방을 가로질러 걸어가자 텅 빈 옷장 안에 걸린 옷걸이들이 서로 부딪쳐 짤그랑거렸다. 평범하고 실용적인 방.

우리는 여전히 손을 잡은 채 침대 옆에 서 있었다. 둘 다 감히 침대를 똑바로 보지 못했다. 톰의 얼굴은 무척 창백하고 심각했다. 눈빛은 더 이상 거칠지 않았다. 나는 해변에서의 톰을 떠올리며 그가 물속에서 얼마나 건장하고 건강하고 쾌활했는지 생각했다. 그를 포세이돈으로 상상했던 게 기억나 그 말을 할 뻔했지만 그의 눈빛에 어린 무언가가 내 말을 막았다.

"자." 그가 말했다.

"자."

"술 좀 더 마실래?"

"아니, 괜찮아."

나는 덜덜 떨기 시작했다.

"추워?" 톰이 내게 팔을 두르며 물었다. "늦었네. 혹시 집에 가고 싶으면……"

"가고 싶지 않아."

그가 내 머리카락에 입을 맞췄다. 내 볼을 스치는 그의 손가락은 떨리고 있었다. 나는 돌아서서 그를 마주 보았고, 우리의 코끝이 서로 닿았다.

"매리언." 그가 속삭였다. "난 이런 걸 해본 적이 없어."

그 말에 나는 너무 놀랐다. 혹시 경험이 없어 미숙한 나를 배려하느라 아무것도 모르는 척하는 게 아닐까 싶기까지 했다. 군대에 있는 동안 당연히 누군가가 있지 않았을까?

지금 이 글을 쓰며 내게 자신의 약점을 고백하는 톰을 떠올리니 다시 한번 마음에 사랑이 차오른다. 내게 말하지 않은 다른 진실이 있긴 했지만, 어쨌든 자신의 미숙함을 과감히 인정한다는 건 대단한 일이었다.

물론 나는 그의 고백에 어떻게 반응해야 할지 알 수 없었고, 우리는 그렇게 코를 맞댄 채 함께 얼어붙기라도 한 양 아주 오래 서 있었던 것 같다.

결국 내가 침대에 앉아 다리를 꼬고 말했다. "괜찮아. 우리가 꼭 뭔가를 해야 하는 건 아니잖아?" 물론 톰이 그 말에 자극받아 행동하기를 기대하긴 했다.

그러나 톰은 주머니에 손을 넣고 창가로 걸어가 바깥의 어둠을 응시했다.

"술을 더 해도 좋고." 내가 조심스럽게 덧붙였다.

침묵.

"정말 즐거운 시간이었어."

침묵.

"브랜디 한 잔 더?"

침묵.

나는 한숨을 쉬었다. "좀 늦은 것 같다. 집에 가야겠어."

그때 톰이 나를 향해 돌아섰다. 입술을 깨물고, 곧 눈물을 쏟을 것 같은 표정으로.

"도대체 왜 그래?" 나는 물었다. 톰은 대답 대신 내 옆에 무릎을 꿇더니 내 허리를 꽉 끌어안고 가슴에 머리를 기댔다. 너무 세게 밀어붙여 뒤쪽의 침대로 무너질 것 같았지만 나는 겨우 몸을 세워 지탱했다.

"톰," 내가 말했다. "문제가 뭐야?"

하지만 그는 아무 말도 하지 않았다. 나는 그의 머리를 가슴에 안고 머리칼을 쓰다듬었다. 내 손가락이 그 아름다운 곱슬머리를 휘감고 두피까지 파고들었다.

사실은, 패트릭, 내 마음 한구석에선 그의 머리를 뿌리째 끌어당겨 침대에 내던진 뒤 셔츠를 벗겨내고 그의 몸 위로 달려들고 싶다는 욕망이 일었다. 하지만 그대로 가만히 있었다.

톰이 꿇었던 무릎을 들고 쪼그려 앉았다. 불그스름하게 상기된 얼굴에, 눈은 빛나고 있었다. "네게 좋은 시간이 되었으면 했어." 그가 말했다.

"좋아. 정말로 좋아."

다시 한번 긴 침묵이 흘렀다.

"그리고 알려주고 싶었어…… 내 마음을."

"어떤 마음인데, 톰?"

"네가 내 아내가 되었으면 좋겠어." 그가 말했다.

2장

1957년 9월 29일

왜 다시 쓸까? 모든 행동에 주의해야 한다는 걸 아는데. 종이 위에 내 욕망을 밝히는 건 미친 짓이라는 걸 아는데. 온 동네를 샅샅이 훑고 다니며 누군가 조금만 이상해도 주민들 모두가 알 수 있게 소리 질러 폭로해버리는 마귀 같은 인간들이 있는데. (지난주에 길버트 하딩이 그 섬뜩한 롤스로이스를 타고 가다 창밖으로 자전거를 탄 어떤 불쌍한 청년에게 소리를 꽥 지르는 걸 봤다. 나는 웃어야 할지 울어야 할지 알 수가 없었다.)

왜 다시 쓸까? 오늘은 사정이 달라졌으니까. 모든 것이 변했다고 할 수도 있으니까. 그래서 이렇게 일기를 쓴다. 무분별

한 짓을 하고 있다는 의미다. 하지만 이번 일에 대해서는 입을 다물 수가 없다. 이름을 특정하진 않겠지만—그 정도로 무모하진 않으니까—그래도 이건 쓸 생각이다. 누군가를 만났다는 것.

왜 다시 쓸까? 서른넷의 패트릭 헤이즐우드는 포기하지 않았으니까.

내 생각에 그는 정말이지 완벽하다. 이상적이기까지 하다. 그의 육체에 대해서만 하는 말이 아니다. (그 또한 이상적이긴 하지만.)

내 연애는—몇 번 되지도 않고 그나마도 변변치 못했지만—대체로 복잡하다. 섣불리 나아가지 못하는, 어쩌면 망설이는 연애랄까. 찰리 같은 사람들은 어쩌면 그렇게도 지독하게 태평한지 도저히 알 수가 없다. 미트 랙*에서 만나는 남자들도 제 나름대로 매력이 있지만, 모든 게 다 너무—문란하다고는 하지 않겠다, 그런 뜻이 아니니까—너무 순간적이다. 아름답게, 끔찍하리만치 순간적이다.

다 쓰고 나면 태워야겠다. 종이 위에 스스로를 솔직히 드러내는 건 그렇다 쳐도 그 종이를 아무 데나 두어서 다른 사람들이 눈으로 집어삼키게 하는 일이 생겨선 안 된다.

• 사람들이 성관계 상대를 찾아 모이는 곳.

그 일은 보도에 앉아 있던 중년의 여자 때문에 일어났다. 나는 머린 퍼레이드를 따라 걷고 있었다. 밝고 따뜻한 늦여름의 아침. 날짜: 화요일. 시간: 대략 7시 30분. 내게는 이른 시간이었지만 밀린 서류 작업이 좀 있어서 박물관에 가는 길이었다. 혼자 조용한 시간을 즐기며 길을 거니는 게 참 좋아서 날마다 한 시간쯤 일찍 일어나야겠다고 결심하던 참이었는데, 차 한 대가―크림색 포드였다고 확신한다―어느 자전거의 바퀴를 건드렸다. 그저 살짝. 잠깐의 시차를 두고 자전거가 비틀거리는가 싶더니, 그 위에 있던 사람이 다리가 바퀴에 얽힌 채로 손을 쫙 펴고 보도에 넘어졌다. 차는 개의치 않고 계속 달려갔고 나는 사고를 당한 여자에게로 황급히 걸어갔다.

내가 곁으로 다가갈 즈음엔 여자가 연석 위로 올라앉던 중이라 심하게 다치지는 않았다는 걸 알 수 있었다. 40대로 보이는 여자였는데, 자전거 바구니와 핸들에 그물, 종이, 캔버스 천 따위로 만들어진 다양한 가방들이 담기고 걸린 것을 보니 균형을 잃은 것도 놀라운 일은 아니라는 생각이 들었다. 나는 여자의 어깨에 손을 얹고 괜찮은지 물었다.

"어때 보이는데요?" 여자가 빽 소리를 질렀다. 나는 한 걸음 물러섰다. 여자의 목소리에는 독기가 서려 있었다.

"많이 놀라셨겠죠, 당연히."

"화가 난 거예요. 저 개자식이 나를 치고 갔잖아요."

여자는 보기에 안쓰러울 정도였다. 안경은 기울었고 모자도 삐딱하게 틀어져 있었다.

"일어서실 수 있겠어요?"

여자의 입이 일그러졌다. "경찰이 와야 해요. 경찰이 와야 한다고, 지금!"

여자가 원하는 대로 해주는 수밖에 없는 듯해 나는 블룸즈버리 플레이스 모퉁이에 있는 가장 가까운 파출소로 달려갔다. 거기서 사람을 불러내 어느 친절한 경찰관에게 여자를 맡기고 내 길을 갈 생각이었다.

나는 원래 경찰관들을 잘 견디지 못한다. 그들의 난폭한 태도와 두꺼운 모직 제복 속에 구겨 넣은 땅딸막한 몸, 머리에 눌러쓴, 검은 잼 병처럼 생긴 우스꽝스러운 헬멧. 나폴레옹에서 일어난 사건, 어느 청년의 얼굴이 뼈가 드러나도록 반쯤 잘려 나간 그 사건에 대해 담당 경찰관이 뭐라고 했던가. 염병할 팬지* 놈, 운 좋게도 다른 곳은 안 잘렸네. 정확히 그렇게 표현했던 것 같다.

그래서 나는 경찰관과 대면하는 일이 그리 달갑지 않았다. 그들이 사람을 평가하듯 위아래로 뜯어보고, 내 목소리를 듣

* 여성적인 남자, 동성애자 남자를 비하하여 부르는 말.

자마자 눈썹을 치올리고, 내가 미소를 지으면 주먹을 움켜쥐고, 내 몸가짐을 보고 싸늘하게 굳어버리더라도 상처받지 말자고 마음을 단단히 먹었다.

하지만 파출소에 가까워졌을 때 그곳에서 걸어 나온 젊은 남자는 무척, 무척 달랐다. 곧바로 알 수 있었다. 일단은 꽤 키가 컸고 어깨는 온 세상의 무게를 짊어질 수 있을 듯 보이면서도 선이 섬세했다. 육중한 느낌은 전혀 없었다. 대영박물관에 있는, 팔이 부러진 멋진 그리스 남자가 곧바로 떠올랐다. 빛이 날 정도로 아름답고 힘찬 모습, 지중해의 따스함을 풀풀 풍기는 (그러면서도 영국적인 주변 환경에 완벽하게 섞여드는) 그 모습! 이 남자도 그랬다. 그 끔찍한 제복을 입은 모습마저 경쾌했고, 거친 검은 모직 재킷 속에서 펄떡이는 생명력이 단번에 드러났다.

우리는 잠시 서로를 바라보았다. 그의 입매는 진지했으며 나는 하려던 말을 모두 잊어버렸다.

"안녕하세요." 그가 말했을 때, 나는 원하는 게 무엇이었는지 기억해내려 애쓰고 있었다. 애초에 왜 경찰관을 찾아왔는지.

마침내 내가 더듬더듬 입을 뗐다. "도움이 필요합니다, 경관님."

정확히 그렇게 말했다. 그리고 정말이지 그 말은 진심이었다. 도와달라는 간청, 보호를 구하는 외침. 그러고 보니 학교에서 찰리와 처음 친해졌을 때가 생각난다. 나는 찰리가 아이들의 괴롭힘을 멈추도록 도와줄 수 있으리라는 생각에 절박한 마음으로 그를 찾아갔다. 그러자 찰리는 상관하지 않는 법을 알려주었다. 그의 태도에는 어딘지 굉장히 태연한 분위기, 사람들을 물러나게 하는 분위기가 있었는데―"좆 까" 분위기라는 게 본인의 표현―나는 그런 점을 늘 좋아했다. 좋아했고, 나도 그럴 수 있기를 바랐다.

"사고가 있었습니다." 내가 말을 이었다. "어느 여자분이 자전거에서 넘어졌어요. 심각한 사고는 아니지만―"

"어딘지 알려주세요." 젊은 사람인데도 아주 유능하게 들리는 말투였다. 그는 대단히 힘차고 의연하게 걸음을 옮기며 살짝 찌푸린 얼굴로 필요한 모든 질문을 던졌다. 내가 유일한 목격자인지, 무엇을 보았는지, 차종은 무엇이었는지, 운전자를 잠깐이라도 보았는지.

나는 그의 큰 걸음을 쫓아가며, 필요한 정보를 모두 주고 싶어 최선을 다해 질문에 답했다.

그곳에 도착했을 때, 여자는 여전히 보도 위에 앉아 있었지만 가방들을 주위에 가져다 놓을 만큼의 기력은 회복했다는 걸 알 수 있었다. 나의 순경님을 보자마자 여자의 태도는 완전히 바뀌었다. 갑자기 얼굴 가득 미소를 띠었다. 입술을 새로 핥고 불타는 눈으로 올려다보며 자기는 아주 괜찮다고, 정말 고맙다고 했다.

"아, 아니에요, 경관님, 오해가 좀 있었네요." 여자가 내 쪽은 쳐다보지도 않은 채 말했다. "차가 아주 가까이 오긴 했지만 날 치지는 않았어요. 내 발이 페달에서 미끄러진 거예요—이 신발 때문에." 그러면서 여자는 자신의 낡은 검정 구두를 할리우드의 무도화라도 되는 양 보여주었다. "얼이 좀 빠지긴 했죠. 아시잖아요, 경관님, 이른 아침이라……"

여자는 그렇게 한껏 들뜬 참새처럼 끝도 없이 재잘거렸다. 나의 순경님은 고개를 끄덕였고 여자가 헛소리를 지껄여대는데도 태연한 표정을 유지했다.

여자의 흥분이 가라앉자 그가 물었다. "그럼 치인 건 아니군요?"

"전혀 아니에요."

"지금은 괜찮으십니까?"

"아주 팔팔하죠."

여자가 일으켜달라는 뜻으로 그에게 손을 내밀었다. 그는 여전히 무표정한 얼굴로 여자를 일으켜주었다.

"만나서 정말 반가웠어요, 경관님." 여자는 이제 자전거에 올라타며 온 영국이 환해지도록 미소를 지었다.

나의 순경님이 여자에게 미소를 하사했다. "조심해서 가십시오." 그가 말했고, 우리는 그 자리에 선 채 여자가 자전거를 타고 멀어지는 모습을 바라보았다.

그가 내게 돌아서더니, 내가 뭐라 해명을 시작하기도 전에 말했다. "약간 이상한 아주머니네요, 그렇죠?" 그러고는 어렴풋이 웃었다. 보통은 젊은 순경들이 수습 기간 동안 싹 다 지워 없애버리도록 강요받는 건가 싶은, 그런 종류의 웃음이었다.

그는 내가 한 말을 전적으로 믿어주었다. 그 여자가 아니라 나를 믿었다. 그리고 내 앞에서 그 여자 흉을 볼 정도로 나를 이미 신뢰하고 있었다.

나는 웃었다. "그렇게 큰 사고는 아니었지만……"

"큰 사고인 경우는 흔치 않습니다, 선생님."

나는 손을 내밀었다. "패트릭 헤이즐우드입니다."

망설임. 그는 내가 내민 손가락을 물끄러미 바라보았다. 경찰 규정상 일반 시민과의 모든 신체 접촉이—강제적인 접촉 외에는—금지되어 있는 것인지, 잠시 의구심이 들었다.

그러다 그가 내 손을 맞잡고 자기 이름을 알려주었다.

"대처가 아주 훌륭했다는 말씀을 꼭 드리고 싶네요." 내가 조심스럽게 말했다.

놀랍게도 그의 얼굴이 살짝 붉어졌다. 어마어마한 감동.

"감사합니다, 미스터 헤이즐우드."

그 호칭에 움찔했지만, 안 지 얼마 되지도 않았는데 친근하게 이름만 부르자고 할 수는 없었다.

"이런 일들을 꽤 많이 겪으시겠어요? 까다로운 사람들 말이에요."

"더러 있죠." 잠시 멈추었다가 그가 덧붙였다. "그리 많지는 않았어요. 저는 새내기라서요. 경찰이 된 지 몇 주밖에 안 됐거든요."

다시금 나는 그의 즉각적이고 절대적인 신뢰에 감동했다. 그는 다른 경찰관들과 다르다. 한 번도 나를 평가하는 시선으로 빤히 보지 않았다. 내 목소리를 듣고도 안색이 바뀌지 않았다. 마음을 닫아버리지 않았다. 그는 열린 사람이었다. 줄곧 열려 있었다.

그는 도움 감사하다고 말하고는 돌아서서 갔다.

그게 2주 전이었다.

그 사건 아닌 사건이 벌어진 다음 날 나는 다시 그 파출소 앞을 지나갔다. 그는 보이지 않았다. 그래도 마음이 들떴다. 박물관의 여직원들이 모두 내 기분에 대해 한마디씩 했다. 오늘 참 유쾌해 보이시네요, 미스터 H. 정말 그랬다. 가는 곳마다 휘파람으로 비제의 아리아를 부르고 다녔다. 나는 알았다. 바로 그거였다. 그냥 알았다. 단지 시간문제라는 것을. 신중하게 잘 대처하면 된다는 것을. 서두르면 안 된다는 것을. 그에게 겁을 주어 쫓아버리면 안 된다는 것을. 우리는 친구가 될 수 있다는 것을 알았다. 그가 원하는 무언가를 내가 줄 수 있다는 것을 알았다. 내게는 오래갈 게임이다. 더 빠르고 안전한 쾌락을 원한다면 아가일 호텔로 가면 된다. 혹은 (그런 일은 없어야겠지만) 스포티드 도그에 가도 된다. 그런 곳들을 싫어하는 건 아니다. 나를 우울하게 하는 건 경쟁이다. 돈 많은 소수자들이 한데 모여 서로를 흘깃거리고, 저녁 한때를 위해 자리를 잡고, 문으로 걸어 들어오는 아무나 손에 넣으려 드는 곳. 아, 물론 즐거움도 있다. (특히 한 사람, 폼페이에서 막 도착한 선원이 기억난다. 눈이 나른하고 허벅지가 거대했던.) 하지만 내가 원하는 건…… 음, 그건 사실 아주 간단하다. 난 그 이상을 원한다.

그래서. 둘째 날. 벌링턴 스트리트에서 그를 얼핏 보았지만 너무 멀리 있어서 달리지 않고는 그에게 갈 수 없었다. 나는 달리지 않을 작정이었다. 그래도 휘파람은 불었다─아마도 조금 나직하게. 마음이 들떠 올랐다─아마도 너무 높지는 않게.

셋째 날. 그가 파출소에서 나오고 있었다. 그를 따라잡으려고 조금 서두르기는 했어도 달릴 수는 없었다. 한참 동안 뒤에서─대략 90미터 정도 뒤처진 채─걸으며, 거리를 성큼성큼 걸어가는 그의 늘씬한 허리와 마치 내게 윙크를 건네듯 언뜻언뜻 드러나는 흰 팔목을 바라보았다. 큰 소리로 부르는 건 무신경한 짓이었을 것이다. 그가 달가워하지 않았을 것이다. 하지만 정말로 더 빨리 걸을 수는 없었다. 어쨌거나 그는 경찰관이다. 누군가에게 미행당하는 걸 유쾌하게 받아들이지 않겠지.

그래서 그를 놓아주었다. 기다림으로 얼룩진 주말이 내 앞에 놓여 있었다. 경찰관들은 보통 사람들과 일과가 다르다는 사실을 나는 당연히 잊고 있었다. 그래서 신문을 사려고 나갔다가 세인트조지스 로드에서 그와 마주쳤을 땐 전혀 마음의 준비가 되어 있지 않았다. 요일: 토요일. 시간: 11시 30분 전후. 햇빛이 화사한 9월 초의 훈훈한 날. 그는 보도 가장자리에서 내 쪽으로 걸어오고 있었다. 제복을 본 순간 피가 솟구쳤다. 일주일 내내 경찰 제복만 보면 몸이 뜨거워졌다. 매우 위험한 태도.

내 생각은 이랬다. 그가 있는 쪽을 흘낏 바라본다. 내가 보는데도 그가 나를 보지 않는다면 끝이다. 그에게 맡기는 것이다. 그는 내 시선에 답할 수도 있고, 계속 걸어갈 수도 있다. 오랜 경험을 통해 이것이 가장 안전한 방법임을 알게 되었다. 말썽은 굳이 불러들이지 않으면 찾아오지 않는다. 그리고 경찰관의 시선을 끄는 것은 극도로 위험한 짓이다.

그래서 나는 그를 흘낏 바라보았다. 그리고 그는 나를 똑바로 쳐다보았다.

"안녕하세요, 미스터 헤이즐우드." 그가 말했다.

거리에 서서 온화한 날씨에 대해 몇 마디 인사말을 나누는 동안, 나는 낭언히 활짝 웃고 있었다. 그의 목소리는 겸쾌하다. 음조가 높지 않지만 경찰 특유의 심각한 목소리도 아니다. 낮고 섬세하다. 아주 좋은 파이프 담배의 연기처럼.

"오늘 아침은 아직 조용한가요?" 내가 묻자 그는 고개를 끄덕였다.

"자전거 여자분 이후로 다른 문제는 없었고요?"

그가 살짝 웃으며 고개를 저었다.

"지금이 그 직업의 가장 좋은 순간인 모양이네요." 나는 대화를 더 끌기 위해 그렇게 말했다. "모든 것이 순조롭고, 그래서 거리를 순찰하기만 하면 되는 때 말이에요."

그가 갑자기 진지한 표정으로 내 눈을 바라보았다. "오, 아뇨. 사실 전 사건이 필요해요. 사건을 맡지 않으면 아무도 저를 진지하게 여기지 않거든요."

그는 진중한 젊은이가 되려고 노력하는 것 같다. 좋은 인상을 주려는 열의, 옳은 말을 하려는 갈망이 있다. 그 환한 웃음, 제복 너머에 감지되는 그 약동하는 생명력과는 전혀 어울리지 않는다.

그는 잠시 말이 없다가 내게 물었다. "그런데 하시는 일이…… 어떤 쪽입니까?"

그는 사랑스러운 브라이턴 억양으로 말한다. 상류층의 말투와는 아주 거리가 먼데, 내 앞에서 억양을 전혀 바꾸지 않는다.

"박물관에서 일해요. 거기 미술관. 그림도 조금 그리고요."

그의 눈이 번쩍 빛났다. "화가세요?"

"그런 셈이죠. 하지만 경관님 일만큼 흥미롭진 않아요. 평화를 지키고, 거리의 안전을 유지하고, 범죄자들과 맞서는……"

그는 또다시 잠깐 말이 없더니 웃음을 터뜨렸다. "농담을 하시는군요."

"아뇨. 아주 진지해요." 내가 얼굴을 똑바로 바라보자 그는 시선을 돌리더니 순찰을 계속해야 한다는 뜻으로 무슨 말인가를 중얼거렸다. 우리는 헤어졌다.

구름이 내려앉았다. 내가 선을 넘었나, 말을 너무 많이 했나, 너무 입에 발린 소리를 했나, 너무 열의를 보였나, 하루 종일 걱정했다. 일요일에는 비가 내렸다. 나는 오랫동안 창밖의 칙칙한 회색 바다를 내다보며 나의 순경님을 잃었다는 생각에 맥이 빠져 지냈다.

나는 한번 침울해지면 끝이 없다. 학창 시절부터 그랬다.

월요일. 여섯째 날. 허탕. 캠프 타운을 가로질러 걸어갈 땐 어떤 종류의 제복도 내 마음을 어지럽히지 못하게끔 고개를 푹 숙이고 있었다.

화요일. 일곱째 날. 세인트조지스 로드를 따라 걷는데 뒤에서 빠르고 신중한 발소리가 들렸다. 본능적으로 도로 건너편으로 피하려다가 목소리가 들려 걸음을 멈췄다.

"안녕하세요, 미스디 헤이즐우드."

파이프 담배 연기 같은 목소리, 틀림없었다. 나는 너무 놀라 곧바로 휙 돌아서서 말했다. "제발, 패트릭이라고 불러요."

다시 그 환한 웃음, 경찰관이 지을 리 없는 웃음이 떠올랐다. 살짝 홍조를 띤 볼. 열심히 집중하는 태도.

바로 그 웃음 때문에 나는 한발 더 나아갔다. "경관님과 마주치기를 바랐어요." 나는 그의 옆에서 걷기 시작했다. "진행 중인 작업이 있는데, 보통 사람들의 모습을 담는 거죠. 식료품점 주인, 집배원, 농부, 상점 점원, 경찰관, 그런 식으로요."

그는 아무 말도 하지 않았다. 그의 넓은 보폭을 따라잡기 위해 발을 빠르게 놀려야 했지만, 우리의 걸음은 이제 거의 속도를 맞추고 있었다.

"그리고 경관님은 완벽한 모델이고요." 전개가 너무 빠르다는 건 알았지만 일단 시작하고 나니 말을 멈출 수가 없었다. "적당한 대상을 골라, 그러니까 경관님처럼 말이죠, 실물을 모델로 습작을 그린 다음 과거의 인물화들과 비교하는 작업이에요. 브라이턴의 보통 사람들. 그게 박물관에 필요한, 우리에게 필요한 작품이죠. 그렇게 생각하지 않아요? 고루하고 젠체하는 유명인들이 아닌 현실의 사람들 말이에요."

한쪽으로 기울인 머리를 보니 주의 깊게 듣고 있다는 걸 알 수 있었다.

"나는 그런 게 박물관에 있으면 좋겠다고 생각하거든요. 전시 작품으로요. 더 많은 사람…… 그러니까 더 평범한 사람들을 박물관으로 끌어들이려는 제 계획의 일부죠. 그들이 사람들을, 그러니까 자신과 비슷한 사람들을 본다면 박물관에 더 자주 오고 싶어할 거예요."

그는 걸음을 멈추고 나를 똑바로 쳐다보았다. "제가 뭘 해야 하죠?"

나는 숨을 내쉬었다. "별것 없어요. 경관님은 그냥 앉아 있고, 내가 그리는 거죠. 원한다면 박물관에서. 몇 시간만 내주면 돼요." 나는 밋밋한 표정을 지으려고 애썼다. 다른 뜻은 전혀 없는 표정. 심지어 무심하게 손을 내젓기까지 했다. "물론 원하는 대로 해요. 난 그냥 전에 경관님과 우연히 만난 적이 있어서……"

그때 그가 헬멧을 벗었고 나는 처음으로 그의 머리칼을, 머리칼과 우아한 두상을 보았다. 그 모습에 중심을 잃고 쓰러질 뻔했다. 온통 곱슬거리는 그의 머리칼은 짧게 잘랐는데도 생명력으로 가득했다. 그 흉측한 모자에 움푹 눌린 자국이 머리 주위를 빙 두르고 있었다. 그는 그 자국을 지우려는 듯 머리 뒤를 문지르곤 다시 헬멧을 썼다.

"음," 그가 입을 열었다. "모델을 해달라는 부탁을 받은 적은 한 번도 없어서요."

그때 나는 두려웠다. 그가 나를 꿰뚫어 보고 완전히 마음을 닫아버릴까 봐.

하지만 그는 짧게 웃은 뒤 이렇게 물었다. "제 그림이 박물관에 걸릴까요?"

"음, 아마도, 그렇죠……"

"할게요. 네. 못 할 이유가 없죠."

우리는 악수를 나누고—그의 크고 서늘한 손—날짜를 정한 뒤 헤어졌다.

헤어져서 걸어갈 때 휘파람이 절로 나왔지만 자제해야 했다. 그러다 어깨 너머로 돌아볼 뻔했지만(한심한 인간!) 그것도 자제해야 했다.

남은 하루 내내, "네"라고 대답하던 내 순경님의 목소리 말고는 아무 소리도 들리지 않았다.

1957년 9월 30일

아주 늦은 시간, 잠은 오지 않고. 나를 뒤쫓는 어두운 생각—나쁜 생각. 지난 일기에 쓴 글을 태워버릴까 몇 번이나 생각했다. 그럴 수는 없다. 내가 종이에 적은 글이 아니라면 무엇이 그를 현실로 만든단 말인가? 나 말고 아무도 알지 못한다면 그의 존재가, 내 감정이 실재한다고 어떻게 확신할 수 있단 말인가?

이런 글쓰기는 나쁜 습관이다. 진짜 삶의 열악한 대체물일 때가 많다는 생각. 매년 나는 정리의 날을 정해 모두 태운다. 마이클의 편지까지 다 태웠다. 그러고서 지금은 후회한다.

나의 순경님을 만난 뒤로, 다시는 그 어두운 방에 끌려가지 않겠다고 그 어느 때보다 더 굳게 마음을 다진다. 마이클을 잃은 지 5년, 이제는 그곳에 머무르는 사치를 나 자신에게 절대로 허락하지 않겠다.

나의 순경님은 마이클과 전혀 다르다. 그것이 내가 사랑하는 그의 여러 특징들 가운데 하나다. 나의 순경님을 생각하면 떠오르는 단어는 빛과 기쁨이다.

나는 그 어두운 방으로 돌아가지 않겠다. 일이 도움이 되었다. 꾸준하고 규칙적인 일. 그림도 훌륭한 해법이다. 거부를 받아들일 수 있고, 좋은 아이디어가 떠오르기를 몇 주 동안 기다릴 수 있고, 조금이라도 그럴듯한 작품이 나올 때까지 끝없이 쌓여가는 쓰레기 더미를 감당할 수만 있다면. 아니다. 필요한 것은 규칙적인 직장 업무다. 작은 과제들. 작은 보상들.

물론 그래서 나의 순경님은 아주 위험하다. 아무리 빛과 기쁨이더라도.

예전에 우리는, 마이클과 나는, 춤을 추었다. 수요일 밤마다. 내가 준비를 도맡았다. 불을 피웠다. 저녁 식사를 준비했다 (마이클은 크림과 버터가 들어간 건 뭐든 좋아했다. 온갖 프랑스 소스들―화이트 와인 소스에 재운 가자미, 랑드 크림을 얹은 닭고기 그라탱―그리고 마무리로는, 시간 여유가 좀 있다면, 생테밀리옹 초콜릿 푸딩). 레드 와인 한 병. 깨끗한 새 시트, 꺼내놓은 새 수건. 새로 다림질한 양복. 그리고 음악. 마이 클이 사랑한 그 모든 감상적 마법. 시작은 카루소(내가 싫어하는 성악가였지만 마이클을 위해 참았다). 그다음은 세라 본이 노래하는 〈더 니어니스 오브 유〉. 우리는 몇 시간이고 부둥켜 안은 채 결혼한 커플처럼 러그 위에서 이리저리 움직였고, 나는 마이클의 뜨거운 볼을 내 볼에 느꼈다. 나도 안다, 그 수요 일들은 사치였음을. 그에게도, 나에게도. 나는 마이클이 좋아하는 버터 가득한 음식들을 (비록 나는 먹고 나면 속이 뒤집혔지만) 그를 위해 만들었고, 〈대니 보이〉를 흥얼흥얼 따라 불렀으며, 그러면 마이클은 보답으로 내 팔에 안겨 춤을 추었다. 음반이 전부 돌아가고 양초가 다 타서 촛농으로 고이고 난 뒤에야 나는 여기 내 거실에서 천천히 그의 옷을 벗겼고, 우리는 숨소리만 빼면 완전한 적막 속에서 알몸으로 다시 춤을 추었다.

하지만 그건 아주 오래된 일이다.

그는 너무 젊다.

내가 늙진 않았다는 건 안다. 게다가 정말이지 나의 순경님을 생각하면 다시 소년으로 돌아간 느낌이다. 부모님의 런던 집 난간에서 고개를 쭉 빼고 옆집에 배달 온 정육점 소년을 훔쳐보던 아홉 살의 나로. 그 정육점 소년의 무릎 때문이었다. 두껍지만 섬세한 모양에 딱지가 앉고 오싹할 정도로 벌건 무륵. 한번은 그 아이가 나를 자전거 뒷자리에 태우고 상점가까지 내처 달렸다. 나는 페달을 밟을 때마다 오르락내리락하는 작은 엉덩이를 보며 안장을 꼭 붙든 채 부들부들 떨었다. 떨긴 했지만 평생 어느 때보다 더 강해지고 힘이 세진 느낌이었다.

잘 들어라. 정육점 소년들아.

이번 경우에는 내 나이가 이점이라고 스스로 다독인다. 나는 경험이 많다. 전문직 종사자다. 내가 절대로 해선 안 되는 짓은 푸근하고 자상한 연상처럼 구는 것이다. 돈을 뿌리며 젊은 건달을 달고 다니는 늙은 요부 행세 말이다. 그게 내게 일어나고 있는 일일까? 내가 그렇게 되고 있나?

이제 자야겠다.

1957년 10월 1일

오전 7시.

오늘 아침에는 기분이 나아졌다. 아침을 먹으며 이 글을 쓴다. 오늘 그가 온다. 나의 순경님은 무사히 살아 있고, 오늘 박물관으로 나를 만나러 온다.

지나치게 열의를 보여선 안 된다. 직업적 거리를 유지하는 것이 중요하다. 적어도 당분간은.

직장에서 나는 신사로 알려져 있다. 그들이 나더러 예술적이라고 할 때 거기에 어떤 악의가 있다는 생각은 들지 않는다. 대부분이 젊은 축에 속하는 여성들이며 그중 많은 이들이 내 사적인 삶보다 더 나은 관심사들을 가졌다는 점도 도움이 된다. 조용하고 충직하며 수수께끼 같은 미스 버터스―나는 재키라고 부르는 그이―는 나와 가까운 측근이다. 그리고 수석 학예사 더글러스 휴턴은…… 글쎄. 기혼. 두 자녀가 있으며 딸은 로딘 스쿨에 다닌다. 호브 로터리클럽 회원. 하지만 존 슬레이터 얘기로는, 피터하우스 칼리지*에 다니던 시절의 휴턴은 확실한 탐미주의자였단다. 어쨌거나. 그러거나 말거나, 그는 나의 소수자성에 대해 아는 눈치를 단 한 번도 내비친 적이 없다. 완전히 공적이고 명확한 의사소통을 빼면 우리 사이엔 눈빛 한 번 오가지 않았다.

나의 순경님이 오면 아래층 출입구 홀에서 점심시간 콘서트 시리즈를―모든 이들에게 무료로―제공하려는 내 기획에 대해 들려줄 생각이다. 붐비는 점심시간의 처치 스트리트로 흘러나가는 음악. 모차르트보다 더 난해한 음악은 선곡하면 안 된다는 걸 알고는 있지만 재즈는 어떨까 고민 중이라고 말해야겠다. 사람들은 서서 음악을 듣다가 박물관으로 들어올 엄두를 낼 것이고, 그렇게 우리의 소장 미술품을 보게 될지도 모른다. 나는 사람들 앞에서 기꺼이 연주할 만한 음악가들을 많이 안다. 그리고, 홀에 의자 몇 개 놓는 데 돈이 들면 얼마나 들겠는가? 하지만 박물관 실세들의 저항이 있다(이 점을 강조해야

• 케임브리지 대학을 구성하는 여러 학교 중 하나.

지). 박물관은 '평온한 장소'여야 한다는 것이 휴턴의 생각이다.

"여기는 도서관이 아닙니다. 수석 학예사님." 최근 이 주제로 의견을 나누었을 때 나는 이렇게 지적했다. 우리는 월례 회의를 마친 뒤 차를 마시는 중이었다.

그가 눈썹을 치올리고 찻잔 안을 들여다보았다. "그래? 예술을 위한, 예술품을 위한 일종의 도서관이 아니라고? 미적 사물들을 가지런히 정리해 대중에게 보여주는 곳이 아니라고?" 그는 의기양양하게 차를 휘젓더니 티스푼으로 찻잔 옆을 가볍게 두드렸다.

"좋은 표현이네요." 나는 수긍했다. "전 단지 이곳이 반드시 조용할 필요는 없다는 뜻으로 말씀드린 겁니다. 여기가 예배 공간도 아니고⋯⋯"

"그래?" 그가 다시 말했다. "신성을 모독할 의도는 없네, 헤이즐우드. 하지만 미적 사물들은 숭배를 위해 존재하는 것 아닌가? 이 박물관은 일상의 시련에서 벗어날 잠깐의 휴식을 제공하는 곳 아닌가? 평온과 성찰을 추구하는 이들은 여기에서 그것을 찾을 수 있겠지. 예배당과도 조금은 닮았다는 생각 안 드나?"

예배당만큼 숨 막히는 곳은 아니지, 나는 생각했다. 이곳이 하는 일이 무엇이든, 비난과 저주는 포함되지 않으니까.

"전적으로 맞는 말씀입니다. 하지만 제 관심사는 박물관의 대중적 호응을 높이는 겁니다. 보통은 그런 경험을 추구하지 않을 사람들에게 더 가까이, 심지어 매력적으로 다가가자는 거죠."

휴턴이 목구멍에서 낮게 그르렁거리는 소리를 냈다. "아주 감탄스럽군, 헤이즐우드. 맞아. 우리 모두 동의해, 분명히. 하지만 기억하게. 말을 물가로 끌고 갈 수는 있지만 억지로 물을 마시게 할 수는 없어. 음?"

계획을 좀 변경해야겠다. 휴턴이 찬성하든 말든 상관없다. 그리고 나의 순경님에게 그 점에 대해 꼭 말해줘야지.

오후 7시.

비가 오면 박물관은 바빠진다. 오늘은 처치 스트리트를 따라 생긴 물길이 자동차 타이어와 자전거 바퀴에 거세게 갈라지면서 신발을 적시고 스타킹에 물을 튀긴다. 그래서 사람들은 축축하니 번들거리는 얼굴을 하고 목깃은 비에 젖어 거뭇해진 채로 피난처를 찾아 들어온다. 그들은 뻑뻑한 문을 밀고 들어와 옷을 털고 김이 오르는 선반에 우산을 쑤셔 넣은 뒤 마른 곳을 찾아간다. 그러곤 바닥 타일에 물을 뚝뚝 흘리고 선 채 전시물을 흘깃대면서도 한쪽 눈으로는 줄곧 창문을 주시하며 날씨가 바뀌기를 기대한다.

위층에서 나는 기다리고 있었다. 작년 겨울에 사무실에 가

스히터를 설치했다. 이 우중충한 날 조금이나마 활기가 돌도록 그걸 켤까 생각하다가 불필요하다고 판단했다. 사무실이면 족하다. 충분히 강한 인상을 줄 것이다. 마호가니 책상, 회전의자, 거리가 내다보이는 커다란 창문. 구석 안락의자에 놓인 서류를 치워 그가 앉을 자리를 마련했고, 재키에게는 4시 30분에 차를 내오라고 미리 지시해두었다. 쌓여 있는 서신을 처리하느라 한동안 바빴지만, 대체로는 창유리에 흘러내리는 비를 바라보며 시간을 보냈다. 자주 시계를 확인했다. 하지만 특별한 행동 계획은 없었다. 나의 순경님에게 무슨 말을 할지 생각이 나지 않았다. 어떻게든 우리 관계의 출발은 순조로울 테고 앞길이 뚜렷이 보일 거라 믿었다. 그가 여기 이 방에 들어와 내 앞에 있으면 모든 것이 괜찮아질 거라고.

정확히 4시에 안내 데스크의 버넌이 전화를 걸어 나의 순경님이 도착했다고 알렸다. 올려보낼까요? 그를 곧장 내 사무실로 불러 다른 직원들의 관심을 피하는 게 가장 합리적이라는 사실을 알면서도 나는 아니라고 대답했다. 내가 내려가서 맞이하겠다고.

음, 과시를 좀 하고 싶었다. 그에게 이곳을 보여주고 싶었다. 길게 펼쳐진 계단을 함께 오르고 싶었다.

제복을 입지 않은 그를 몇 초가 걸려서야 찾아냈다. 그는 홀에 있는 거대한 고양이를 신기한 듯 바라보고 있었다. 가슴에 팔짱을 끼고 허리를 똑바로 세운 모습으로. 은색 단추와 높은 헬멧이 없으니 훨씬 어려 보였다. 그가 더욱 좋아졌다. 부드러운 (그리고 어깨가 젖은) 스포츠 재킷, 밝은색 바지, 노타이. 드러난 목덜미. 비에 젖어 번들거리는 머리칼. 어찌나 어려 보이는지 내가 지독한 실수를 저질렀다는 아찔한 느낌이 들었다. 무슨 핑계든 만들어내 그를 돌려보내야겠다는 생각이 들 정도였다. 그는 너무 어렸다. 너무 여렸다. 그리고 정말이지 너무나 아름다웠다.

그런 생각을 하며 맨 아래 계단에 서서, 거대한 고양이를 유심히 바라보는 그를 잠시 지켜보았다.

"동전을 넣으면 가르랑 소리를 내요." 내가 다가가며 말했다. 사무적인 분위기로 손을 내밀자 그는 망설임 없이 내 손을 맞잡았다. 나는 곧바로 마음을 바꿨다. 실수가 아니었다. 그를 돌려보내는 일은 절대로 있을 수 없었다.

"와줘서 정말 고마워요." 나는 말했다. "여기 와본 적 있어요?"

"아니요. 그러니까, 아닌 것 같긴 한데……"

나는 손을 내저었다. "왜 오겠어요, 이런 퀴퀴하고 고리타분한 곳에. 하지만 내겐 집과 같은 곳이죠."

그가 내 뒤에서 위층으로 따라올 때 나는 계단을 한 번에 두 단씩 뛰어 올라가고 싶은 마음을 억눌러야 했다.

"아주 아름다운 전시품들이 있긴 하지만, 시간이 별로 없을 것 같으니……"

"시간 많습니다." 그가 말했다. "평일에는 주로 오전 근무거든요. 6시에 시작해서 3시에 끝나죠."

뭘 보여줄 것인가? 여기가 대영박물관도 아니고. 그에게 좋은 인상을 주되 지나치게 부풀리고 싶지는 않았다. 나의 순경님에게 난해하거나 어떤 식으로든 이상한 작품 말고, 예쁜 걸 보여줘야겠다고 마음먹었다.

"특별히 보고 싶은 작품 있어요?" 2층에 올라왔을 때 내가 물었다.

그는 코 한쪽을 긁적이며 어깨를 으쓱였다. "미술에 대해 잘 몰라서요."

"알아야 하는 건 아니죠. 그게 바로 미술의 멋진 점입니다. 감상은 반응하는 일이에요. 말하자면, 느끼는 일이죠. 지식과는 별 관련이 없어요."

나는 그를 수채화와 판화 전시실로 이끌었다. 조명이 어두침침한 잿빛을 띠었고, 유리 케이스에 코가 닿을 듯 작품을 들여다보는 노신사 한 명을 빼면 그곳에는 우리밖에 없었다.

"막연히 생각했던 거랑은 다르네요." 그가 활짝 웃었다. 예술 작품들 바로 근처라 목소리가 낮아져 있었다. 다들 그런다. 사람들이 박물관에 들어오면 달라진다는 사실이 내겐 큰 기쁨이자 수수께끼다. 실제로 경외감을 느껴서인지, 아니면 그저 박물관의 규칙에 대한 맹목적 존중 때문인지는 모르겠다. 이유야 무엇이든, 그들의 목소리는 조용해지고 걸음걸이는 느려지고 웃음소리는 억눌린다. 어떤 몰입이 일어난다. 사람들이 박물관에 오면 자기 안으로 이끌려 들어가면서도 주위를 더욱 의식하게 된다고 나는 늘 생각해왔다. 나의 순경님도 다르지 않았다.

"어디서 얻은 생각?" 내가 뒤로 살짝 물러나 마주 웃으며 마찬가지로 목소리를 낮추어 물었다. "학교에서? 신문에서?"

"그냥 일반적인 생각이죠."

나는 전시실 소장품 중 내가 가장 좋아하는 터너의 스케치를 보여주었다. 물론 온통 부서지는 파도와 요동치는 물거품뿐이지만, 터너의 화풍 그대로 섬세한 작품.

그는 고개를 끄덕였다. "정말…… 생명력이 넘치네요. 그렇지 않아요?" 그는 이제 거의 속삭이고 있었다. 노신사는 나가고 우리뿐이었다. 얼굴이 붉게 달아오르는 것을 보니 나의 순경님이 내 앞에서 자신의 의견을 내놓느라 어떤 위험을 감수했는지 짐작할 수 있었다.

"바로 그거예요." 나도 공모자처럼 속삭였다. "전적으로 옳은 말입니다."

사무실에 들어온 그는 내 사진들을 유심히 보며 서성였다.

"이거 선생님이세요?" 그는 머턴 칼리지˙ 앞에서 햇빛에 눈을 찡그린 나를 찍은 사진을 가리키고 있었다. 마이클이 찍은 사진이라 책상 맞은편 벽에 걸어두었다. 그의 그림자가 전경에 살짝 보인다. 그 사진을 볼 때마다 눈에 들어오는 것은 잘 맞지 않는 하운드투스 체크 재킷을 걸치고 어색하게 서 있는, 약간 마르고 머리카락이 지나치게 많고 턱이 살짝 뒤로 들어간 내 모습이 아니라, 자신이 아끼는 카메라를 들고 내게 좀 성의 있게 포즈를 잡으라고 말하던 마이클, 그 유연한 몸의 힘줄 하나하나까지 필름에 나를 포착하는 그 순간에 집중하던 마이클이다. 아직 우리가 연인이 되기 전이었고, 그 사진에는 앞으로 생길 일에 대한 약간의 약속―그리고 위험―이 담겨 있다.

나는 나의 순경님 뒤에 선 채 이 모든 생각에 잠겨 있다가 대답했다. "나예요. 다른 인생 속의 나."

그는 내게서 몇 발짝 멀어지더니 살짝 헛기침을 했다.

"어서," 내가 말했다. "자리에 앉아요."

"서 있어도 괜찮습니다." 그는 양손을 앞으로 맞잡고 있었다.

잠시 정적. 나는 지독한 실수를 저질렀는지도 모른다는 두려움을 다시 한번 억눌렀다. 책상 뒤편에 앉았다. 가볍게 헛기

˙옥스퍼드 대학을 구성하는 여러 학교 중 하나.

침을 했다. 서류를 정리하는 척했다. 그러고는 버저를 눌러 재키에게 차를 갖다달라고 말했고, 우리는 서로 시선을 피한 채 기다렸다.

"와줘서 정말로 고마워요." 내가 말하자 그는 고개를 끄덕였다. 다시 권해보았다. "정말로 좀 앉지 않겠어요?"

그는 뒤에 있는 의자를 보고 살짝 한숨을 내쉬더니 마침내 자리에 앉았다. 재키가 차를 가지고 들어와 우리는 아무 말 없이 그가 차 두 잔을 따르는 모습을 지켜보았다. 나의 순경님에게 흘낏 시선을 던진 뒤 나를 보는 재키의 긴 얼굴은 완벽하게 무표정했다. 내가 박물관에 온 이래 줄곧 내 비서로 일해온 재키는 그동안 내 사적 관계에 대해 어떤 관심도 내비친 적이 없다. 내가 딱 좋아하는 태도다. 오늘도 여느 날과 같았다. 아무런 질문도 하지 않았고, 궁금한 기색도 내비치지 않았다. 재키는 빠져나온 머리카락 한 올 없고 립스틱도 빈틈없이 바른 깔끔한 외모를 유지하며 조용히 효율적으로 일한다. 소문을 듣자니 몇 년 전 결핵이 유행했을 때 연인을 잃었고 그 뒤로 결혼을 하지 않았다고 한다. 가끔 그가 다른 여직원들과 웃는 소리가 들릴 때가 있는데 그 웃음에는 나를 약간 불안하게 하는 기운이 있다. 라디오의 잡음과 다르지 않은 소음. 나와는 농담을 거의 나누지 않는다. 그는 최근 안경테 양쪽 날개 부분에 작은 모조 다이아몬드 장식이 박힌 새 안경을 샀다. 그것을 쓰면 화려한 요부와 교장 선생님 사이 어디쯤 속해 있는 듯한 이상한 분위기가 난다.

재키가 손수레 위로 허리를 숙이는 순간 나의 순경님 얼굴을 살펴보았는데, 그는 재키의 움직임을 주시하고 있지 않았다.

재키가 나가고 우리 둘 다 찻잔을 들었을 때 나는 긴 이야기를 시작했다. 나는 내가 지어낸 이 가상의 프로젝트에 대해 설명하면서 나의 순경님을 똑바로 보지 않아도 되도록 창밖을 응시했다. "초상화 작업에 대해 조금 더 알고 싶을 거예요." 그렇게 말문을 연 뒤 '민주적'이라든가 '새로운 관점'이라든가 '전망' 같은 단어들을 써가며 오랫동안 장황하게 내 계획을 설명했다. 그러는 내내 그를 바라볼 엄두조차 내지 못했다. 무엇보다 그가 그 건장한 몸을 낡은 쿠션에 느긋이 풀어놓았으면 했고, 그래서 내 이야기가 그를 편하게 해주기를 바라며 계속 지껄이기만 했다. 어쩌면 그가 지루해서 굴복하기를 바랐는지도 모르겠다.

내 말이 끝나고 잠시 침묵이 흐른 뒤, 그가 찻잔을 내려놓고서 입을 열었다. "전 그림 모델을 해본 적이 없어요."

그때 나는 그에게 눈길을 돌려 그 환한 웃음과 부드럽게 열린 셔츠 깃과 의자 등받이 커버에 놓인 머리칼을 보았다. 나는 말했다. "별것 아니에요. 움직이지 않고 가만히 있기만 하면 돼요."

"언제 시작하죠?"

이런 열의를 보이리라고는 기대하지 않았는데. 실제 작업을 시작하기까지 몇 번쯤 더 만나야 하리라고 생각했다. 약간의 준비 기간이 필요할 거라고. 아직 화구도 가져오지 않았다.

"이미 시작했어요." 나는 말했다.

그는 어리둥절한 표정이었다.

"친분을 맺는 것도 과정의 한 부분이거든요. 한동안은 스케치를 시작하지 않을 겁니다. 그에 앞서 관계를 형성하는 게 중요해요. 서로를 조금 알아야죠. 그래야 경관님의 성격을 그림으로 표현할 수 있을 테고……" 이런 식의 설득이 통할지 의문스러워 잠시 말을 멈췄다. "경관님을 잘 모르면 그림으로 그릴 수 없다는 얘깁니다. 이해하시겠어요?"

그가 창문 쪽을 힐끗 바라보았다. "그러면 오늘은 그림을 안 그린다는 건가요?"

"그렇죠."

"조금…… 이상하네요."

그가 나를 똑바로 보았고, 나는 시선을 피하지 않았다.

"표준적인 절차예요." 나는 말했다. 그러곤 미소와 함께 덧붙였다. "음, 어쨌든 내 절차는 그래요." 그의 얼굴에 떠오른 놀란 표정을 보고 나는 어떻든 계속 밀고 나가는 것이 최선임을 감지했다. "말해봐요. 순경으로 일하는 거 마음에 들어요?"

176

"이것도 절차의 일부인가요?" 그는 피식 웃으며 자리에서 뒤척였다.

"말하자면 그렇죠."

그가 짧게 웃음을 터뜨렸다. "네, 뭐. 그런 것 같습니다. 좋은 직업이죠. 다른 대부분의 직업보다 나아요."

나는 종이 한 장을 꺼냈다. 사무적인 분위기를 풍기기 위해 연필도 잡았다.

"제가 뭔가 하고 있다는 걸 알 수 있어서 좋아요." 그가 말을 이었다. "국민을 위해서요. 사람들을 보호하는 것 말이에요."

나는 종이에 보호라고 적은 뒤 고개를 들지 않은 채로 물었다. "그 외에는 뭘 해요?"

"그 외에?"

"직업적인 업무 외에."

"아." 그가 잠시 생각했다. "수영해요. 바다 수영 클럽에서."

어깨가 그렇게 멋진 이유를 알 것 같았다. "이런 계절에도?"

"1년 내내 날마다 합니다." 그는 소박한 긍지를 드러내며 단언하듯 말했다. 나는 긍지라고 썼다.

"바다 수영을 잘하려면 뭐가 필요할까요?"

그의 대답에는 망설임이 없었다. "물을 사랑해야죠. 물속에 있는 게 좋아야 돼요."

그의 팔이 파도를 가르는 모습, 다리에 해초가 감겨 있는 모습을 상상했다. 나는 사랑이라고 적었다. 이어 그 단어 옆에 줄을 긋고 물이라고 적었다.

"그런데요, 미스터 헤이즐우드―"

"패트릭이라고 불러요."

"뭐 좀 여쭤봐도 될까요?" 그가 앉은 자리에서 앞으로 몸을 기울였다.

나는 연필을 내려놓았다. "뭐든지."

"혹시 선생님은 그런…… 종류의……" 그가 양손을 마주 잡고 비틀었다.

"뭐라고요?"

"그러니까, 현대적인 화가에 속하시나요?"

웃음이 터질 뻔했다. "무슨 뜻인지 잘 모르겠는데……"

"음, 말씀드렸듯이 전 미술에 대해 잘 모르지만, 제 말은 그러니까, 날 그린다면 그림이 나와 비슷하게 나오겠죠? 예를 들면, 새로 생긴 고층 건물이라든가, 뭐 그런 것처럼 보이진 않겠죠?"

이번엔 정말로 웃음이 터졌다. 어쩔 수가 없었다. "장담해요." 나는 말했다. "난 절대로 경관님을 고층 건물처럼 보이게 그릴 수 없어요."

그는 약간 불쾌한 듯 보였다. "알겠습니다. 그냥 확인한 거예요. 혹시 몰라서."

"그럼요, 확인해야죠."

그가 손목시계를 쳐다보았다.

"다음 주 같은 시간?" 나는 물었다.

그가 고개를 끄덕였다. 문가에서 그는 나를 돌아보며 말했다. "고마워요, 패트릭."

내 이름을 부르는 그의 목소리가 지금도 들리는 듯하다. 소리를 입은 내 이름을 생전 처음 들은 것만 같았다.

다음 주 같은 시간.

너무도 멀게만 느껴지는 시간.

1957년 10월 3일

그가 다녀가고 이틀째, 나는 벌써 조급해져서 제정신이 이
니나. 오늘 재키가 갑자기 물었다. "그 젊은 남자는 누구였어
요?"

이른 오후였고 재키는 최근 휴턴과 했던 회의의 의사록을
내게 건네는 중이었다. 그는 눈 한 번 깜빡이지 않고 자연스럽
게 질문을 던졌다. 하지만 전에 본 적 없는 표정—순수한 호기
심—이 얼굴에 드러났다. 모조 다이아몬드가 박힌 안경테에
눈이 가려져 있어도 볼 수 있었다.

질문을 피하는 건 불길에 기름을 붓는 꼴이다. 그래서 대
답했다. "그림 모델이에요."

재키는 옆구리에 손을 올린 채 더 자세한 설명을 기다렸다.

"초상화를 그릴 계획이에요. 새로 시작한 작업인데, 이 도시의 평범한 사람들을 그리는 거죠."

재키가 고개를 끄덕이고는 잠시 가만히 있다가 물었다. "그러면 평범한 사람이겠네요?"

재키는 염탐 중이었다. 다른 여직원들이 여태 그에 대해 쑥덕거리고 있었던 것이다. 나에 대해서도. 물론 그랬겠지. 먹이 한 조각 던져주자, 나는 생각했다. 어서 쫓아버리자.

"경찰관이에요." 나는 말했다.

잠시 재키가 머릿속에서 이 정보를 처리하는 동안 침묵이 흘렀다. 나는 반쯤 돌아서서 그만 나가라는 의미로 전화 수화기를 들었다. 하지만 재키는 알아차리지 못했다.

"경찰관처럼 생기지 않았던데요." 그가 말했다.

나는 못 들은 척 다이얼을 돌리기 시작했다.

마침내 재키가 나가고, 나는 수화기를 내려놓은 뒤 가만히 앉아 울렁이는 가슴을 진정시켰다. 걱정할 것 없어. 나는 속으로 말했다. 자연스러운 호기심일 뿐이야. 그 사람이 누군지 여직원들이 궁금해하는 건 당연해. 처음 보는 잘생긴 젊은 남자. 박물관에 그런 사람들이 많이 찾아오지는 않잖아. 아무튼. 숨기는 건 하나도 없어. 업무니까. 그리고 재키는 충직해. 재키는 신중해. 수수께끼 같지만 믿을 만해.

그래도. 가슴속에서 피가 몰아치며 쿵쿵거린다. 이럴 때가 자주 있다. 병원에도 가봤다. 랭글랜드. 그는 호의적인 의사로 알려져 있다. 어느 수준까지는 호의적이라는 얘기다. 심리 분석에 열의가 대단한 것 같다. 나는 그에게 설명했다. 밤에, 잠을 자려고 애쓸 때 종종 그럽니다. 침대에 가만히 누워 있으면 마치 눈에 보이는 것 같아요, 이 근육 덩어리가 가슴속에서 펄떡펄떡 뛰는 게 말이죠. 랭글랜드는 지극히 자연스러운 현상이라고 말한다. 아니, 자연스럽기까지 한 건 아니더라도 흔한 일이라고. 그는 이걸 이소성 박동이라고 부른다. 놀라우리만치 흔하죠. 그는 말한다. 때로 박동의 방향이 반대로 뒤집혀 심장이 울리는 걸 의식하게 되는 겁니다. 그가 시연도 해주었다. "심장이 두-둥 하는 게 아니라," (그는 책상을 손으로 두드렸다) "둥-두 하고 고동치는 거죠. 걱정하실 것 없어요." "아," 나는 말했다. "박동이 약강격 음보가 아니라 강약격 음보를 이룬다는 뜻이군요." 그는 이 풀이를 마음에 들어하는 것 같았다. "정확해요." 그가 환히 웃었다.

증상에 이름이 붙고 나니 별것 아니라고 넘기기가 좀 쉬워졌으나 무시하기는 여전히 어렵다. 강약격의 내 심장.

심장이 진정될 때까지 책상에 앉아 있었다. 그런 다음 그곳에서 나왔다. 사무실을 나와 긴 전시관을 가로지르고 계단을 내려가 돈 먹는 고양이를 지나쳐 거리로 나섰다.

나를 불러 세우는 사람이 아무도 없는 게 놀라웠다. 저벅저벅 걸어가는데 단 한 사람도 내 쪽을 보지 않았다. 바깥에서는 비가 보슬보슬 내리고 바람이 불고 있었다. 눅눅하고 짭짤한 공기가 스틴 광장을 가로질러 내게 들이쳤다. 부두에서 쇠가 부딪치는 소리가 이쪽저쪽으로 울려 퍼졌다. 세인트제임스스트리트를 건넜다. 하늘은 갈색을 띠었어도 박물관에서 나오니 공기가 신선했다. 발걸음을 재촉했다. 어디로 가고 있는지는 알았으나 거기 도착해 무엇을 할지는 알지 못했다. 상관없었다. 아무런 소란 없이 사무실을 빠져나왔다는 사실에 의기양양해져서 계속 걸어갔다. 심장 소리가 정상으로 돌아와 마음이 놓였다. 두-둥. 두-둥. 두-둥. 이상하거나 빨라지는 느낌은 없었다. 가슴에서 머리로 솟구치는 요동도, 귀에서 피가 고동치는 느낌도 없었다. 꾸준한 박동, 그리고 파출소를 향한 꾸준한 걸음.

비가 점점 거세졌다. 외투와 우산 없이 나온 터라 무릎이 축축했다. 목깃도 젖었다. 하지만 피부에 닿는 비의 느낌을 기꺼이 즐겼다. 한 걸음 내디딜 때마다 그에게 가까워지고 있었다. 나 자신을 설명하거나 핑계를 댈 필요는 없었다. 그저 그를 봐야 했다.

마지막으로 나를 이런 상태에 몰아넣은 사람은 마이클이었다. 난 그를 보고 싶어 안달이 난 나머지 무슨 짓이든 할 수 있을 것만 같았다. 관습, 다른 사람들의 생각, 법, 그 모든 것이 욕망 앞에서, 사랑하는 사람에게 다가가려는 충동 앞에서는 가소롭게만 느껴진다. 열락의 상태. 하지만 덧없다, 이 기분은. 머지않아, 자신이 책상 앞에 있어야 할 시간에 흠뻑 젖은 채로 빗속을 걷고 있다는 걸 깨닫게 된다. 아이들을 데리고 가는 여자들은 외투도 모자도 없이 한낮의 상점가를 걷고 있는 독신남을 의심스러운 눈빛으로 바라보며 거칠게 밀치고 지나간다. 버스 정류장을 향해 급히 걸음을 옮기는 나이 든 부부들은 우산을 들고 돌진한다. 그러면 이런 생각이 든다. 그가 거기에 있다 한들 무슨 말을 할 수 있을까? 물론 그 순간에는, 무슨 짓이든 할 수 있을 것만 같은 그 열락의 순간에는, 말이 필요 없다. 둘은 그저 서로의 품에 뛰어들고 그는 마침내 모든 것을—모든 것을—이해한다. 하지만 그런 기분이 잦아들기 시작할 때, 어떤 여자가 실례합니다 말하긴 했지만 어쨌든 발을 밟았을 때, 세인즈버리의 상점 진열창에 반사된 제 모습을 얼핏 보았는데 거기 젊음의 첫물을 지나 보낸 남자가 정신 나간 눈빛으로 입을 벌린 채 비를 흩뿌리며 이쪽을 마주하고 있을 때, 그땐 결국 무슨 말이든 필요하다는 것을 깨닫는다.

그에게 무슨 말이든 해야 했다면 나는 뭐라고 말했을까? 그 시간에 쫄딱 젖은 모습으로 그가 일하는 파출소에 온 행동에 어떤 핑계를 갖다 붙일 수 있었을까? 보고 싶어서 더는 기다릴 수가 없었어요? 아니면, 급히 예비 스케치를 좀 해야겠어요? 괴팍한 예술가 카드를 써먹을 수도 있었을 것이다. 하지만 그건 좀 더 난감한 순간을 위해 남겨두는 편이 나을지도 모른다.

그래서 나는 돌아섰다. 그런 다음 다시 방향을 바꾸어 집으로 향했다. 집에 도착해서는 재키에게 전화를 걸어 몸이 좋지 않다고 말했다. 신문을 사러 나왔는데(박물관이 한가한 오후에 그러는 경우가 없지는 않다) 갑자기 속이 심하게 울렁거렸다. 남은 하루는 침대에 누워 쉬다가 내일 사무실로 복귀하겠다. 찾아오는 사람들이 있으면 내일 얘기하자고 말해달라. 재키는 놀란 기색을 내비치지 않았다. 질문도 하지 않았다. 좋아, 충직한 재키, 나는 생각했다. 난 뭘 걱정했던 거야?

커튼을 닫았다. 난방을 켰다. 아파트 안이 춥지는 않았지만 어떤 온기든 필요한 느낌이었다. 젖은 옷을 벗었다. 싫어하는 파자마를 입고 침대로 기어들었다. 파란 줄무늬 플란넬 파자마. 알몸으로 침대에 누워 있는 것보다는 낫기에 그걸 입었다. 알몸으로 누우면 혼자라는 사실만 절감하게 된다. 알몸이면 시트 말고는 피부에 닿는 것이 없다. 플란넬이라도 피부에 닿으면 한 겹의 보호막이 되어준다.

울음이 나올 것 같았지만 울지 않았다. 사지가 무겁고 머릿속이 뿌연 상태로 누워 있었다. 마이클을 생각하진 않았다. 바보처럼 헛것을 좇아 거리를 허둥지둥 걷던 나를 생각하지도 않았다. 그저 떨림이 멈출 때까지 몸을 떨다가 잠이 들었다. 오후 내내 잤다. 초저녁에 일어나 이걸 썼다.

이제 다시 자야겠다.

1957년 10월 4일

금요일 저녁에 이 글을 쓰고 있다. 무척 흡족한 날.

어제는 잠시 나약해졌지만, 오늘은 화요일까지의 긴 기다림을 받아들이기로 했다. 그런데 이럴 수가. 4시 30분. 휴턴과의 무시무시하게 지루했던 회의가 끝나고 미술관 제1전시실을 가로질러 걸어가면서, 막연히 차와 커스터드 크림 비스킷을 먹어야겠다고, 그리고 보다 구체적으로는 화요일까지 사흘밖에 안 남았다고 생각하던 중이었다.

그때였다. 틀림없는 그의 어깨선. 나의 순경님이 거기 서서 머리를 한쪽으로 기울인 채 우리 박물관이 요새 임시 대여 전시 중인, 그저 그런 시슬레 그림을 바라보고 있었다. 제복 없이(전과 똑같은 재킷). 황홀할 정도로 생생하게 살아 숨 쉬는 실물로서 여기 이 박물관에. 지난 며칠간 그를 너무 많이 생각해서인지, 나는 영화 속 여자아이가 눈앞의 광경을 믿을 수 없을 때 그러는 것처럼 손으로 눈을 비볐다.

나는 다가갔다. 그가 돌아서서 나를 똑바로 바라보더니 이내 바닥을 쳐다봤다. 약간 수줍어하면서. 마치 무언가를 들킨 것처럼. 둥-두, 내 강약격 심장이 고동쳤다.

"오늘 관할구역 순찰은 끝?" 내가 물었다.

그가 고개를 끄덕였다. "다시 한번 둘러보려고 왔어요. 내 얼굴이 어떤 것들과 경쟁해야 하는지 확인할 겸."

"위로 올라갈까요? 막 차를 마시려던 참이었는데."

그는 다시 바닥을 쳐다봤다. "폐 끼치고 싶지 않습니다."

"폐라뇨." 나는 이미 사무실을 향해 앞장서고 있었다.

그를 안으로 들이며, 차를 내오겠다는 재키에게 고개만 끄덕여 보이고 관심 가득한 시선은 무시해버렸다. 그는 안락의자에 앉았다. 나는 책상 가장자리에 걸터앉았다. "그래서, 흥미로운 그림이 있던가요?"

그는 망설임 없이 대답했다. "네. 여자를 그린 그림인데요, 옷을 안 입고 바위 위에 앉아 있는데 다리는 염소처럼……"

"〈사티로스〉. 프랑스 유파예요."

"상당히 흥미롭던데요."

"왜 그랬을까요?"

그가 다시 바닥을 보았다. "음, 염소 다리를 가진 여자는 없으니까?"

나는 빙긋 웃었다. "신화적 존재예요…… 고대 그리스에서 유래한. 그 여자는 사티로스라고 불리는데 반만 인간이고……"

"네. 하지만 그런 건 다 핑계 아닌가요?"

"핑계?"

"미술 말이에요. 그냥 보고 싶어서 대는 핑계…… 그러니까, 사람의 나체, 여자의 나체를 보려고요."

이번에는 바닥을 보지 않았다. 나를 강렬하게 바라보는 그의 작은 눈이 너무나 밝은 파란색이라 오히려 내가 눈길을 돌려야 했다.

"아." 나는 소맷부리를 정돈했다. "음, 미술이 인간의 형상에―신체에―집착하는 건 사실이에요. 때로는 육체의 아름다움을 예찬한다고 말할 수도 있겠죠. 남자의 육체건 여자의 육체건……"

나는 그를 슬쩍 보았지만 하필 이 순간 재키가 차를 담은 손수레를 끌고 들어왔다. 수선화 같은 노란색에 허리를 꽉 조인 원피스를 입었다. 색을 맞춘 노란 신발. 노란 구슬 목걸이. 그 효과는 거의 눈이 부실 정도였다. 이 금빛 광경을, 나의 순경님이 관심이라 풀이될 만한 눈빛으로 바라보는 것을 나는 보았다. 그런데 그가 다시 나를 보더니 예의 어렴풋한 웃음을 어딘지 은밀하게 지어 보였다.

우리의 눈빛이 오가는 모습을 보지 못한 채 재키가 말했다. "또 뵙네요. 반갑습니다, 미스터……"

그가 이름을 말했다. 재키는 그에게 차를 건넸다. "초상화 작업을 하시죠?"

그의 볼이 불그레해졌다. "네."

차 받침을 잡은 채 잠시 동작을 멈춘 모양새가, 재키는 뭔가 더 캐물을 준비를 하는 것 같았다.

나는 일어나서 문을 열어 잡고 있었다. "고마워요, 재키."

재키가 딱딱한 미소를 지은 채 손수레를 밀고 나갔다.

"미안해요."

그는 고개를 끄덕이며 차를 마셨다. "하시던 말씀은?"

"내가 무슨 말을 했죠?"

"나체 말입니다."

"아, 그렇지." 나는 다시 책상 모서리에 걸터앉았다. "그래요. 혹시 정말로 관심이 있으면 내가 아주 매력적인 예시 작품을 보여줄게요."

"지금요?"

"시간이 있다면."

"좋습니다." 그가 두 번째 비스킷을 먹으며 말했다. 그는 급하게, 심지어 시끄럽게 먹었다. 입을 살짝 벌린 채로. 한껏 즐기며. 그에게 접시를 내밀었다. "먹고 싶은 만큼 먹어요." 내가 말했다. "그런 다음 뭘 좀 보여줄게."

폐관까지는 30분쯤 남아 있었다. 나는 곧장 본론으로 들어가기로 마음먹었다. 우리는 말없이 나란히 걸었고, 잠시 뒤 내가 말했다. "무례하게 굴 생각은 없지만, 좀 이례적인 경우 아닌가요? 경찰관이 미술에 관심을 둔다는 것 말입니다. 동료들 중에도 그런 사람이 있나요?"

그가 갑자기 웃음을 터뜨렸다. 크고 거리낌 없는 그 웃음이 전시장 안에 울려 퍼졌다. "그럴 리가요." 그가 말했다.

"안타깝네요."

그는 어깨를 으쓱였다. "경찰서에서는 미술을 좋아한다고 하면 무른 사람으로 봐요. 더 나쁘게 볼 수도 있고."

서로를 바라보는 눈빛. 장담하는데, 그의 눈은 웃고 있었다.

"음, 그게 일반적인 시각이겠죠······"

"제 주변에 미술 좋아하는 사람은 딱 한 명뿐이에요."

"누구죠?"

"아는 여자요. 친구. 사실 학교 선생님이에요. 하지만 책에 관심이 더 많죠. 그래도 우리는, 그러니까, 토론을 하곤 하는

데……."

"미술에 대해?"

"온갖 주제에 대해서요. 제가 그 친구에게 수영을 가르치고 있거든요." 그가 또 한 번, 이번에는 더 부드럽게 웃었다. "그런데 구제불능이에요. 실력이 늘지를 않아요."

당연히 그렇겠지, 나는 생각했다.

나는 계속 걸어 그를 조각 전시실로 이끌었다. "친구"라고 그는 말했다. 사소한 발견. 겁에 질릴 만한 일은 아니다. 그 여자에 대해 말할 때 얼굴빛이 전혀 변하지 않았다. 내 시선을 한 번도 피하지 않았다. 친구라면 감당할 수 있다. 친구. 여자 친구. 연인. 약혼자. 전부 감당할 수 있다. 이미 경험도 있다. 마이클에게도 여자 친구가 있지 않았나. 둔한 계집애. 늘 마이클에게 샌드위치를 먹였다. 제 나름대로 귀엽긴 했지만.

심지어 아내. 나는 아내까지도 감당할 수 있을 것 같다. 아내들은 집에 있고, 그게 그들의 장점이다. 집에 있고, 말이 없고, 남편이 나가는 뒷모습을 보면 좋아한다. 대개는.

애인. 그건 감당할 수 없다. 애인은 다르다.

"이 작품은," 나는 말했다. "〈이카로스〉예요. 앨프리드 길버트의 작품이죠. 주형으로 제작했고, 현재 다른 미술관에서 대여해 와 전시하는 중이에요."

거기 그가 있었다. 날개를 투우사의 케이프처럼 펼치고,

무화과 이파리로 몸을 가리지도 않은 채로. 내게 가장 인상적인 점은 그 날개에 대한 이카로스의 믿음이다. 쓸모없고 부서지기 쉬운, 팔에 찬 쇠고랑 두 개로 몸에 연결된 날개. 그런데도 그는 어떤 망토를 걸치면 투명 인간이 될 거라고 믿는 어린아이처럼 그 날개를 믿는다. 젊은이다운 근육질 몸을 가진 그는 엉덩이를 한쪽으로 틀고 다리 하나를 굽힌 채 서서 빛나는 가슴으로 위쪽의 스포트라이트를 반사한다. 목에서 사타구니로 흐르는 곡선이 섬세하다. 그는 수줍은 듯 아래를 내려다보며 바위 위에 홀로 서 있다. 그는 진지하면서도 터무니없다. 그리고 아름답다.

나의 순경님과 함께 이카로스 앞에 서서 내가 물었다. "이 이야기 알아요?"

그는 나를 곁눈으로 흘깃 보았다.

"유감스럽게도 다시 그리스신화예요. 이카로스와 그의 아버지 다이달로스는 깃털과 밀랍으로 만든 날개를 이용해 감금된 곳에서 탈출했어요. 하지만 이카로스는 아버지의 충고를 어기고 태양과 너무 가까운 곳까지 날아갔고 날개가 녹아버려―음, 그다음은 상상할 수 있겠죠. 학교 다니는 아이들에게 너무 큰 야망을 품지 말라는 경고로 자주 들려주는 이야기입니다. 아버지의 말을 잘 들어야 한다는 생각을 심어주려는 의도도 있겠고요."

그는 허리를 숙이고 유리 진열장에 숨을 내뿜으며 그 너머를 바라보았다. 그가 사방으로 움직이며 모든 각도에서 소년의 동상을 살피는 동안, 나는 뒤로 물러선 채 그의 모습을 지켜보았다. 우리는 유리에 비친 서로의 반영을 바라보았고, 우리의 얼굴은 길버트의 금색 이카로스와 함께 겹쳐지고 비틀렸다.

나는 그에게 말하고 싶었다. 나도 수영 못해. 나도 가르쳐줘. 너와 함께 파도를 가르는 법을 가르쳐줘.

하지만 말하지 않았다. 대신 낼 수 있는 가장 밝은 목소리로 말했다. "여기에 한번 데려오지 그래요?"

"누굴요?"

내가 바랐던 바로 그 반응.

"친구 말이에요. 학교 선생님."

"아, 매리언." 이름조차 학교 선생답다. 두꺼운 스타킹과 그보다 더 두꺼운 안경이 떠오른다. "데려와요."

"박물관을 관람하라고요?"

"그리고 나도 만나고."

그가 허리를 쭉 폈다. 목에 손을 올리고 얼굴을 찌푸렸다. "매리언도 이 작업에 참여했으면 하시는 거예요?"

나는 빙긋 웃었다. 벌써 그는 자기 자리를 빼앗길까 봐 걱정하고 있었다. "어쩌면." 내가 말했다. "하지만 첫 모델은 경관님이죠. 일단 그 작업이 어떻게 되는지를 먼저 보자고요. 예정

대로 오는 거죠?"

"화요일."

"화요일." 그러고서 충동적으로 덧붙였다. "장소를 바꿔도 괜찮을까요? 내 사무실에는 공간이 부족해서. 필요한 도구들도 없고요." 주머니에서 명함을 꺼내 내밀었다. "대신 여기서 만날 수 있어요. 시간은 조금 더 늦어야 할 테고. 7시 30분 어때요?"

그가 명함을 보았다. "여기가 화실인가요?"

"네. 내가 사는 곳이기도 하고."

그는 명함을 뒤집어서 살펴보다가 재킷 주머니에 넣었다. "좋습니다." 그는 웃고 있었지만 그 미소가 내 아파트로 온다는 생각에 기뻐서인지, 그를 거기로 끌어들이려는 내 농간이 우스워서인지, 아니면 그저 쑥스러워서인지는 알 수 없었다.

그래도. 그는 주머니에 내 명함을 가지고 있다. 그리고 만남은 화요일이다.

1957년 10월 5일

끔찍한 숙취에 시달리는 아침. 늦게 일어나 여태 앉아 커피를 마시고, 토스트를 먹고, 숙취가 사라지기를 바라며 애거사 크리스티를 다시 읽었다. 아직은 사라지지 않았다.

간밤에 일기를 쓴 뒤 아가일에 가기로 마음먹었다. 화요일을 기다리며 또 한 번의 긴 저녁을 보낼 생각을 하니 심란하기도 해서. 하지만 내가 이뤄낸 성과에 가슴이 벅차올랐던 것 또한 사실이다. 그 청년이 여기로, 내 아파트로 온다. 그가 동의했다. 혼자 올 것이다, 화요일 저녁에. 우리는 함께 이카로스를 봤고, 그는 내게 은밀한 미소를 지었으며, 곧 이곳에 온다.

그래서 아가일에 가도 괜찮겠다 싶었다. 우울하고 외로

울 때 그런 곳에 가면 좋지 않다. 기분이 더욱 비참해지고, 거기서 혼자 나올 때는 특히 더 그렇다. 하지만 낙관적인 기분일 때는…… 음, 그러면 아가일에 가야 한다. 그곳은 가능성의 장소니까.

그곳에 아주 오랫동안 가지 않았다. 몇 년 전 학예사로 취직한 뒤로는 굉장히 신중하게 행동해야 했다. 사실, 내가 신중하지 않은 적이 있기나 했나. 확실히 마이클과 나는 함께 외출하는 일이 극히 드물었다. 수요일 밤이 우리가 온전히 함께 보내는 유일한 밤이라 굳이 그를 밖으로 데리고 나가 다른 이들과 함께 나누며 귀한 시간을 허비할 생각은 들지 않았다. 낮에 그의 방에 찾아간 적도 종종 있었지만 마이클은 집주인 여자가 의심할지도 모른다며 8시 전에는 내보내려 했다.

하지만 아가일 앞은 지나가기만 해도 위험하다. 그곳 문을 바라보는 내 모습을 재키가 보면 어떡할 것인가. 휴턴이 본다면? 박물관 여직원 중 누구 하나라도 본다면? 물론 정말로 술집에 가는 사람들은 주의하는 법을 익힌다. 예컨대, 어두워진 뒤에 갈 것, 혼자 갈 것, 거리를 걸으며 누구와도 눈을 마주치지 않을 것, 사는 곳과 너무 가까운 술집에는 들어가지 말 것. 바로 그래서 나는 찰리와 함께하는 런던의 밤을 좋아한다. 그곳 거리에서는 익명으로 남기가 훨씬 쉽다. 국제적인 분위기를 풍기긴 해도, 어쨌든 브라이턴은 작은 도시다.

축축하고 훈훈하며 하늘에는 별도 별로 없는 음울한 밤이었다. 비가 와서 반가웠다. 가장 큰 우산 밑에 숨을 핑계가 생기니까. 해안가를 따라 걸으며 팰리스 부두를 지난 뒤 도심을 피해 킹스 로드를 건너갔다. 빠르지만 급하지는 않은 발걸음으로. 고개를 숙인 채 미들 스트리트로 들어섰다. 다행히 9시 30분에 가까운 시각이라 거리는 꽤 조용했다. 모두가 술을 들이켜느라 바빴다.

나는 ("아가일 호텔"이라고 적힌 작은 금색 명판 하나만 붙은) 검은 문으로 슬쩍 들어가 이런 곳에서 늘 쓰는 이름으로 서명을 하고 외투를 벗은 뒤 젖은 우산을 우산꽂이에 넣은 다음 바 안으로 들어갔다.

촛불. 지나치게 열기를 뿜는 장작불. 가죽 안락의자들. 피아노 앞에 앉은 동양인 청년이 연주하는 〈스토미 웨더〉. 싱가포르의 래플스 호텔에서 연주하던 친구라나. 그리고 진, 지방시 향수, 먼지와 장미의 냄새. 바에는 항상 신선한 장미가 있다. 어젯밤에는 연노란색의 매우 섬세한 장미였다.

나는 동시에 여러 남자들의 시선에 평가당할 때의 오래되고 익숙한 느낌을 즉시 의식했다. 쾌락과 고통 사이에서 절묘하게 균형을 잡은 그 느낌. 그들 모두가 고개를 돌리고 날 쳐다봤다는 게 아니라—아가일은 그 정도로 노골적인 곳이 아니다—내 존재가 주목을 받았다는 뜻이다. 미리 외모도 잘 단장했다. 나오기 전에 턱수염을 다듬고, 머리카락에 오일도 좀 바르고, 가장 잘 재단된 재킷(저민 스트리트에서 산 회색빛 재킷)을 입었으니 잘 준비되어 있던 셈이다. 몸을 탄탄하게 유지하기 위해 아침마다 건강 체조도 한다. 적어도 그런 면에서는 군대가 도움이 되었다. 그리고, 아직은 흰머리가 없다. 이 문제에 집착한 적은 없지만 그래도 점검을 게을리하지 않는다. 나는 잘 준비되어 있었다. 내 생각엔 꽤 우아해 보였다. 나는—이는 이미 내 머릿속에서 기이한 현실성을 띠기 시작한 생각이었는데—대담하고도 새로운 초상화 작업에 곧 착수할 화가였다.

바에 다가갔다. 의식적으로 누구의 시선도 마주하지 않았다. 그렇게 할 수 있으려면 손에 술 한 잔을 들고 있어야 한다. 양쪽 다 미스 브라운이라 불리는 두 바텐더는 언제나처럼 바 뒤편의 등받이 없는 높은 의자에 앉아 있었다. 젊은 쪽이—이제는 분명 예순 가까이 되었을 텐데—매출을 관리한다. 더 나이 든 이는 신사들을 맞이하고 술을 따라준다. 목선이 높은 레이스 블라우스를 입고 길고 가느다란 시가를 피우던 나이 든 미스 브라운이 내 이름을 기억해내며 인사를 건넸다.

"자, 우리 손님 오늘 기분은 좀 어떠신가요?"

"아, 그럭저럭 견딜 만합니다."

"나처럼, 딱 나처럼." 그가 따뜻하게 웃었다. "다시 오셔서 정말 기뻐요. 우리 청년 중 누가 와서 주문을 받을 거예요."

　나이 든 미스 브라운은 고객들 사이에서 쪽지를 전하는 역할로 유명하다. 쪽지를 바 위로 미끄러뜨리면 미스 브라운이 그걸 받을 신사에게 전달한다. 만일 상대가 그날 밤 오지 않을 경우엔 장식장 맨 아랫단의 크렘 드 카카오 병 뒤에 보관한다. 그 병 뒤에는 늘 새 쪽지가 몇 장씩 보관되어 있다. 말은 오가지 않는다. 얼마간의 잔돈과 함께 쪽지를 건네기만 하면 된다.

　아가일 공작부인이라는 예명을 쓰는 청년에게 드라이 마티니 한 잔을 주문하고 그의 안내를 받아 묵직한 커튼을 친 돌출 창가의 테이블에 앉았다. 청년의 얼굴은 파우더 가루로 덮여 있었으며, 그의 빨간 재킷은 늘 그렇듯 몸에 꽉 끼고 멋있는 군복 같은 분위기를 풍겼다. 마티니를 몇 모금 마시고 긴장이 풀리자 실내를 둘러보았다. 아는 얼굴이 몇 있었다. 눈부시게 하얀 셔츠와 고동색 조끼 차림에 금팔찌를 여러 개 차고서 바에 앉아 있는 버니 워터스는 여느 때처럼 멋스러웠다. 나를 알아본 그가 고개를 살짝 끄덕이며 잔을 들어 올려, 나도 같은 행동으로 응답했다. 어느 새해에 그가 아주 잘생긴 청년과 함께 폭스트롯을 추며 홀을 휘젓고 다니는 모습을 본 적이 있다. 그들 말고 춤을 추는 사람은 아무도 없었다. 하지만 지금은 정말로 그런 일이 있었는지 싶다. 머리색이 짙은 멀끔한 두 남자가 이곳에서 미끄러지듯 춤을 추고, 모두가 탄복하며 그들을 의식하면서도 아무도 굳이 아는 척할 필요를 느끼지 않았다. 우아한 순간이었다. 그 순간이 아름답다고, 진귀하다고, 그에 대해 굳이 말하지는 말자고 모두가 말없이 동의했다. 우리는 그것이 세상에서 가장 평범한 일인 양 행동했다. 나중에 들으니 버니는 퀸 오브 클럽스가 음식 판매 허가를 얻지 못했다는 명목상의 이유로 불시 단속을 받았을 때 거기 있었다고 한다. 그는 언론이나 직장과 관련한 온갖 잡음을 어떻게든 모면했고 기소도 피할 수 있었다. 다른 이들은 그만큼 운이 좋지 않았다.

내 테이블에서 그리 멀지 않은 곳에는 앤서니 B.가 있었다. 찰리가 런던으로 이사하기 전해에 그와 짧은 연애를 했다고 알고 있다. 찰리는 그를 앤턴이라고 불렀다. 그는 변함없이 점잖은 모습이다. 흰머리가 조금 늘어난 듯했고 〈타임스〉를 읽으며 자꾸만 문 쪽을 흘끔거렸지만, 어느 신사 클럽에 있더라도 능숙하게 처신할 것이다. 여전히 볼은 불그스름하다. 아주 점잖은 남자의 불그스름한 볼은 어딘지 매력적인 구석이 있다. 어쩌면 잔이 넘쳐흐를지도 모른다는 암시. 감정을 늘 억제하고만 있지는 못한다는, 그 통제된 외양 아래 많은 피가, 결국은 흘러나올 피가 흐르고 있다는 암시.

나는 학교를 졸업한 뒤로 얼굴을 붉힌 적이 없는 것 같다. 학창 시절에는 붉은 얼굴이 고통의 원인이었다. 차갑고 축축한 풀밭이 있어. 찰리는 내게 말하곤 했다. 그걸 생각해. 거기에 눕는다고. 효과는 없었다. 어느 체육 선생은 나를 "분홍색 얼뜨기"라고 불렀다. 어서, 헤이즐우드. 좀 세게 쳐봐. 평생 분홍색 얼뜨기로 살 순 없잖아, 응? 세상에, 그 사람이 정말 싫었다. 땀이 범벅된 그의 커다란 얼굴에 염산을 끼얹는 꿈을 꾸기도 했다.

드라이 마티니를 한 잔 더 주문했다.

10시쯤 젊은 남자가 들어왔다. 짧고 거친 갈색 머리가 마치 펠트 직물 같아 보였다. 홀쭉한 얼굴에 탄탄하고 단정한 작은 몸. 그가 문가에 멈춰서 담배에 불을 붙이고 바를 향해 성큼성큼 걸음을 옮길 땐 모두가 들썩였다. 그는 내가 그랬듯이 눈을 내리깐 채 걸었다. 사람들이 자신을 보게 한 다음 그들을 쳐다보겠다는 것이다.

이 젊은 남자는 여유를 부렸다. 나이 든 미스 브라운이 권하는 자리를 사양하고 똑바로 서 있었다. 아주 작은 잔술을 주문했는데, 나는 그게 참 귀엽다고 생각했다. 그는 계속 담배를 피우며 바 뒤편 거울에 비친 제 모습을 바라보았다.

나의 순경님은 저렇게 행동하지 않을 것이다. 미소를 짓고, 고개를 끄덕이고, 낯선 사람에게도 따뜻하게 인사하고, 주변에 관심을 보일 것이다. 나는 그 장면을 머릿속에 그려보았다. 우리 둘이 함께 들어와 외투의 빗물을 털어낸다. 나이 든 미스 브라운이 우리에게 그럭저럭 견딜 만한 기분인지 물으면 우리는 그보다는 좋다고, 고맙다고 인사한 뒤 의미 있는 미소를 나누고 늘 앉는 자리로 간다. 모든 시선이 우리에게, 멋진 젊은이와 잘생긴 신사에게로 쏠린다. 우리는 함께 본 영화나 쇼에 대해 이야기를 나눈다. 나가려고 일어설 땐 어깨에 손을 올린다―내가 나의 순경님 어깨에, 가볍지만 확실한 손짓으로. 그 의미는 이렇다. 어서 가자, 달링, 시간이 늦었어, 집에 가서 자자.

하지만 그는 이런 곳에 발을 들여놓지 않을 것이다. 지금쯤이면 경찰 풍기단속반의 날강도들과도 말을 텄을 테고, 그러니 틀림없이 이곳에 대해 들어보기는 했으리라. 하지만 여러 징후들이 그가 분별 있는 젊은이임을 말해준다. 다르게 행동할 수 있는. 저항할 수 있는. (나는 지금 너무 들떠서, 숙취에 시달리면서도 믿을 수 없을 만큼, 순진하다 싶을 만큼 낙관적이다.)

드라이 마티니를 한 잔 더 주문했다.

그러다 생각했다. 안 될 게 뭐야? 바에 있는 젊은이에게 술을 산 사람은 아직 없었고, 그는 빈 잔을 들여다보고 있었다. 그래서 나는 그의 옆으로 갔다. 너무 가깝지는 않게. 몸은 그를 등지고 실내를 향하도록.

"뭐 마셔요?" 내가 물었다. 음, 무슨 말로든 시작은 해야 하니까.

그가 망설임 없이 대답했다. "스카치." 나는 공작부인을 불러 스카치 더블을 주문했고 우리는 함께 나이 든 미스 브라운이 술을 따르는 모습을 지켜보았다.

그는 위스키를 받으며 고맙다고 말하더니 반 잔을 한 번에 들이켰다. 내 쪽은 쳐다보지도 않았다.

"밖에 아직도 비 오나요?" 나는 더 애써봤다.

그가 잔을 비웠다. "엄청 쏟아져요. 젠장 신발이 다 젖었네."

나는 그에게 술을 한 잔 더 주문해주었다. "벽난로 근처 자리로 갈래요? 얼른 몸을 말려야죠."

그때 그가 나를 쳐다보았다. 큰 눈. 창백한 얼굴에 서린 어쩐지 해쓱하고 굶주린 분위기. 젊지만 파삭 부서질 듯한 느낌. 그가 따라오리라 확신하고 나는 다른 말 없이 내 테이블로 돌아가 앉았다.

어찌 되든 나의 순경님은 화요일에 온다, 나는 생각했다. 내 아파트로 온다. 그동안 이걸 즐겨도 된다. 결과야 어떻든.

그가 내 자리로 오기까지는 아주 조금밖에 걸리지 않았다. 그에게 의자를 불가 가까이—내게 가까이—옮기라고 극구 권했다. 그는 내 말대로 했고, 이어 긴 침묵이 흘렀다. 이번엔 담배를 권했다. 그가 담배를 잡자마자 공작부인이 불을 들고 다가들었다. 나는 그 청년이 담배를 피우는 모습을 지켜보았다. 그는 영화를 보고 배우의 동작을 그대로 따라 하며 방법을 배우는 사람처럼 천천히 담배를 들어 입으로 가져갔다. 눈을 가늘게 뜬다. 볼을 쭉 빨아들인다. 몇 초간 숨을 멈췄다가 연기를 불어낸다. 그가 다시 손을 입가로 가져갈 때 그의 손목에 어린 멍 자국이 보였다.

그가 어떻게 여기에 왔는지, 이곳이 적당한 곳이라고 누가 알려줬는지 궁금했다. 재킷은 살짝 닳은 듯 보였지만 코가 뾰족한 부츠는 새것이었다. 그는 사실 그레이하운드에 가야 했다. 누군가 잘못 알려준 것이다. 아니 어쩌면—오래전에 내가 그랬듯이—용기가 완전히 바닥나서 상스러운 소문이 도는 곳들 중 아무 데나 골라 들어온 것인지도 모른다.

"그래, 이런 막장에는 무슨 일로 왔어요?" 내가 물었다. (그즈음엔 술기운이 꽤 돌았다.)

그는 어깨를 으쓱였다.

"한 잔 더 시켜줄게요." 나는 공작부인에게 고갯짓을 했다. 그는 바에 기대어 서서 우리를 유심히 관찰하고 있었다.

공작부인이 새로 주문한 술과 함께 깨끗한 재떨이를 가져와 연신 흘끔대며 테이블에 놓고 간 뒤 나는 청년에게 조금 더 가까이 다가앉았다. "여기서 본 적이 없는 분 같은데."

"나도 그쪽 본 적 없어요."

맞는 말이지.

"여기 자주 온 건 아니지만요." 그가 덧붙였다.

"꽤 괜찮은 곳이에요. 다른 술집들보다 낫죠."

"나도 알아요."

아마도 드라이 마티니를 너무 많이 마셔서 그랬는지 갑자기 인내심이 사라졌다. 청년은 지루한 듯 보였다. 그가 원하는 건 제 돈 주고 살 수 없는 술뿐이었다. 내게는 조금도 관심이 없었다.

나는 일어섰다. 몸이 조금 흔들거리는 느낌이 들었다.

"가려고요?"

"시간이 좀 늦어서……"

그가 나를 올려다보았다. "이야기나 더 나눌까요…… 다른 곳에서?"

뻔뻔하기 그지없군, 정말로.

"블랙 라이언으로 와요." 나는 담배를 비벼 끄며 말했다. "10분 후에."

나는 술값과 함께 공작부인에게 입이 떡 벌어질 정도로 후한 팁을 남기고 그곳을 나왔다. 길을 건너 블랙 라이언으로 이어지는 좁은 골목에 들어설 때는 완전히 차분해진 상태였다. 비는 그쳐 있었다. 나는 술기운에 가벼워진 발걸음으로 우산을 빙빙 돌리며 걸었다. 빠르게 걷는데도 힘든 줄 몰랐고 어쩌면 〈스토미 웨더〉를 휘파람으로 불었는지도 모르겠다.

시골 주택처럼 생긴 그 술집으로 이어지는 계단을 아무런 망설임 없이 내려가기 시작했다. 나를 쳐다보는 사람이 있는지 확인하려 주위를 둘러보지도 않았다. 나는 이런 식의 만남에 별로 익숙지 못하다. 물론 그런 순간들이 있긴 했다. 특히 마이클과 확실한 관계가 되기 전에. 하지만 그 뒤로는 어떤 남자의 육체와도 접촉이 없다시피 했다. 어젯밤에는 그게 얼마나 필요한지 갑자기 깨달았다. 내가 그걸 얼마나 그리워했는지.

그때 목깃을 세운 세련된 트위드 코트 차림의 키 큰 남자가 계단을 올라오기 시작했다. 그가 내 옆을 지나치며 중얼거렸다. "염병할 호모."

물론 처음 있는 일은 아니었다. 분명히 마지막도 아닐 것이다. 하지만 나는 충격을 받았다. 충격과 함께, 갈구하던 내 몸도 차갑게 식었다. 마티니를 너무 많이 마셔서. 비가 그쳐서. 나의 순경님이 화요일에 올 거라서. 이 청년과 좋은 시간을 보내고, 빌어먹을, 이번만은 끝까지 갈 수 있을 거라 믿을 만큼 내가 어리석어서.

계단을 반쯤 내려가다 멈춰 선 채 차가운 타일 벽에 몸을 기댔다. 소변과 소독약과 정액 냄새가 아래쪽 술집에서 올라왔다. 계속 내려갈 수도 있었다. 여전히 그 청년을 안고 그가 나의 순경님이라고 상상할 수도 있었다. 그의 거친 갈색 머리칼을 만지며 부드러운 금색 곱슬머리라고 상상할 수도 있었다.

하지만 내 강약격 심장이 저항했다. 그래서 그곳을 나와 택시를 타고 집에 돌아왔다.

이상하다. 지금은 정말로 거기에 갔다는 사실이 주는 만족감만이 남아 있다. 겁을 먹었지만 그래도 처음에는 아가일에, 그다음에는 블랙 라이언에도 갔다. 마이클 이후로는 거의 해낼 수 없던 두 가지 일이다. 그리고, 지금 숙취가 이렇게 끔찍해도 내 기분은 놀라울 정도로 경쾌하다.

이제 이틀만 지나면……

1957년 10월 8일

요일: 화요일. 시간: 저녁 7시 30분.

나는 창가에 서서 그를 기다리고 있다. 아파트 안은 빈틈없이 깨끗하게 정리했다. 바깥의 컴컴한 바다는 잔잔하다.

둥-두, 심장이 고동친다.

주류 장식장을 열어두고, 〈아트 앤드 아티스트〉 최신 호는 소파 탁자 위에 올려놓고, 욕실이 티 없이 깨끗한지 확인했다. 일주일에 한 번 오는 파출부 미시즈 건은 시력이 좀 나빠지지 않았나 싶다. 예전에 쓰던 이젤을 꺼내 먼지를 털어 예비 침실에 놓고, 팔레트와 물감 몇 개, 잼 병에 꽂은 팔레트나이프와 붓 따위도 준비했다. 화실이라기엔 여전히 너무 깔끔해 보이는 방이지만—진공청소기로 청소한 카펫, 빳빳한 침구로 정돈한 침대 등등—아마도 이곳이 그가 보는 최초의 화실일 테니 그다지 많은 것을 기대하지는 않을 것이다.

마이클의 사진을 치울까 생각했다가 그냥 두었다. 음악을 좀 틀까도 싶었지만 너무 과하다고 판단했다.

오늘 저녁부터 날씨가 상당히 쌀쌀해져서 난방을 켰고 나는 셔츠 차림이다. 내 목을 자꾸만 만지고 있다. 혹시라도 내 순경님의 손이 닿을 것에 대비하듯이. 아니면 그의 입술이든지.

하지만 그런 생각은 하지 말아야 한다.

주류 장식장으로 가서 큰 잔에 진을 따른 다음 다시 창가에 서서 얼음이 술에 녹아드는 소리를 듣는다. 이웃집 고양이가 내 창틀로 슬그머니 다가와 기대에 찬 눈으로 나를 바라본다. 하지만 오늘은 들이지 않을 것이다. 오늘 밤에는.

기다리고 있자니 예전의 수요일들이 떠오른다. 마이클이 오기 전 준비하는—요리하고 아파트를 정돈하고 나 자신을 정돈하는—시간이 적어도 잠깐은 만남 그 자체보다 더 황홀했다. 그것이 앞으로 있을 일에 대한 기대였다는 걸 안다. 때로 나는 그와 함께 잠자리에 들었다가 마이클이 잠들면 한밤중에 일어나 우리가 어질러놓은 것들을 바라보았다. 더러운 접시. 빈 와인 잔. 바닥에 흩어진 우리의 옷. 재떨이의 담배꽁초. 낮은 장식장 위에 재킷 없이 그대로 놓인 음반들. 그러면 그 저녁이 처음부터 다시 시작되도록 그것들을 모두 제자리에 돌려놓고 싶어 좀이 쑤셨다. 전부 제자리로 돌려놓으면, 날이 밝기 전 마이클이 잠에서 깨어 내가 준비되어 있음을 알 거라고 생각했다. 그를 기다리고 있다는 것을, 기대하고 있다는 것을. 그러면 다음 날 밤에도 남아 있기로 할지 모른다고. 그다음 날, 또 그다음 날, 또 그다음 날도.

초인종이 울린다. 나는 술잔을 내려놓고 손가락으로 머리를 정리한다. 숨을 한 번 쉰다. 아래층으로 내려가 현관으로 간다.

그는 제복을 입지 않았고 그래서 다행스럽다. 저녁 6시가 지난 시각에 남자 혼자서 내 문 앞에 찾아오는 것만으로도 충분히 위험하다. 하지만 그가 손에 든 가방을 내게 흔들어 보인다. "제복이에요. 이걸 입었으면 좋겠다고 생각하실 것 같아서. 초상화를 위해서요."

그는 살짝 얼굴을 붉히며 발판을 내려다본다. 나는 들어오라고 손짓한다. 그는 나를 따라서 (고맙게도 아무도 없는) 계단을 올라 아파트로 들어온다. 그의 부츠가 바닥에 닿아 삐걱거리는 소리가 난다.

"같이할래요?" 잔을 들어 올리는데 손이 떨린다.

그는 맥주가 있다면 맥주로 하겠다고 말한다. 내일 아침 6시까지는 비번이라고. 장식장에 있는 유일한 페일 에일 한 병을 따면서 그를 슬쩍 쳐다본다. 나의 순경님은 내 러그 위에서 눈부시리만치 꼿꼿한 자세로 서 있고, 샹들리에의 불빛이 그의 금빛 곱슬머리에 반사된다. 그는 입을 살짝 벌린 채 주위를 둘러본다. 내가 새로 수집해 벽난로 위에 자랑스럽게 걸어놓은 유화ㅡ탄탄한 상체의 맨살을 드러낸 젊은 남자의 초상화, 필포트의 작품ㅡ에 잠시 시선을 준 뒤 창가로 걸어간다.

나는 그에게 술잔을 건넨다. "경치가 훌륭하죠?" 멍청한 소리다. 우리 모습의 반영 말고는 보이는 게 별로 없다. 하지만 그는 그렇다고 대답하고, 우리는 둘 다 말없이 실눈을 뜬 채 검은 하늘을 내다본다. 이제 그의 냄새를 맡을 수 있다. 학창시절을 떠올리게 하는 석탄산 향이 어렴풋이 나는데ㅡ의심할 여지 없는 경찰서의 냄새ㅡ거기에 소나무 향 탤컴파우더 냄새도 살짝 섞여 있다.

그가 너무 불안하지 않도록 내가 계속 말을 해야 한다는 건 알지만, 할 말이 하나도 생각나지 않는다. 마침내 그가 여기 내 옆에 서 있다. 숨소리가 들린다. 그가 너무 가까이에 있어서 머리가 어질어질하다. 그의 향기에, 숨결에, 술을 벌컥벌컥 들이켜는 그 모습에.

"미스터 헤이즐우드ㅡ"

"패트릭이라고 불러요."

"옷을 갈아입을까요? 어서 시작해야 하지 않나요?"

그가 예비 침실로 들어올 때, 헬멧은 손에 들려 있지만 다른 모든 것은 제자리에 있다. 검은 모직 재킷. 단단히 맨 타이. 은색 버클이 달린 벨트. 가슴 주머니와 맨 위 단추 사이에 걸쳐 있는 호루라기 줄. 광택을 낸 어깨의 번호표. 빛나는 부츠. 아파트에 경찰관이 와 있으니 기이한 흥분이 느껴진다. 수줍은 모습에도 불구하고, 위험한 인물. 하지만 어렴풋이 우스꽝스럽기도 한 인물.

나는 그에게 멋지다고 말한 뒤 창가에 둔 의자에 앉게 한다. 그 옆에 강한 조명을 배치하고 배경으로는 오래된 초록색 식탁보를 커튼레일에 매달아두었다. 그에게 모자를 무릎 위에 놓고 시선은 내 오른쪽 어깨 너머, 방 한쪽 구석에 두라고 지시한다.

나는 등받이 없는 의자에 앉아 스케치북을 무릎에 얹은 다음 연필을 손에 쥔다. 방 안은 아주 조용하다. 잠시 나는 (사실 몇 년 동안 쓰지 않은) 스케치북의 깨끗한 면을 찾고 적당한 연필을 고르느라 분주하다. 그러다 이제 마음껏, 노골적으로, 원한다면 몇 시간이고 그를 볼 수 있다고 생각하니 온몸이 얼어붙는다.

할 수가 없다. 고개를 들어 그를 바라볼 수가 없다. 내 심장은 아무런 제약 없이 펼쳐질 이 쾌락의 무게에 미친 듯이 날

뛴다. 나는 연필과 종이를 떨어뜨리고, 그의 앞에서 바닥에 쭈 그린 채 절박하게 물건들을 줍는다.

"괜찮아요?" 그가 묻는다. 그의 목소리는 경쾌하면서도 심 각하다. 나는 숨을 내쉰다. 다시 한번 의자 위에 앉는다. 마음 을 가라앉힌다.

"다 괜찮아요." 나는 말한다.

작업이 시작된다.

이상하다. 처음에는 그를 잠깐씩 겨우 훔쳐보기만 할 수 있을 뿐이다. 너무 기뻐서 웃음이 터질까 봐 걱정스럽다. 그의 젊음, 그가 뿜어내는 광채, 붉어지는 볼, 흥미를 띤 채 반짝이 는 눈 때문에 웃음이 터질지도 모른다. 앉아서 가지런히 모은 허벅지 때문에. 곧게 편 그 아름다운 어깨 때문에. 아니, 이런 상태로는 울음이 터져버릴지도 모른다.

나는 정신을 차리려고 애쓴다. 이 그림 작업을 매우 진지하 게 여기고 있다고 스스로 믿어야 한다는 것을 깨닫는다. 그래 야만 마음 놓고 그를 찬찬히 뜯어볼 수 있다. 그를 내부로부터 보려고 노력해야 한다. 예전의 미술 선생님이 늘 말하지 않았 나. 사과를 내부로부터 바라봐. 그래야만 사과를 그릴 수 있어.

나는 연필을 얼굴 앞으로 올려 실눈을 뜬 채 비율을 잰다. 눈에서 코로, 또 입으로. 턱에서 어깨로, 또 허리로. 종이 위에 각 지점을 표시한다. 눈썹의 밝은 색깔에 주목한다. 콧대에는 작은 사마귀가 있다. 콧구멍은 우아한 각도를 이룬다. 입매가 또렷하다. 윗입술이 아랫입술보다 살짝 더 도톰하다(이 시점에 나는 집중을 잃을 뻔한다). 아래턱은 살짝 갈라졌다.

스케치를 하다 보니 실제로 작업에 꽤 몰입하게 된다. 속삭임 같은 연필 소리가 마음을 차분하게 가라앉힌다. 그래서 그가 이렇게 입을 열었을 땐 흠칫 놀라고 만다. "경찰관이 선생님 방에 와 앉아 있을 거라는 생각은 절대로 못 하셨겠죠?"

나는 더듬거리지 않는다. 가볍게 선을 그리고 집중을 유지하려 애쓰며 작업을 이어간다.

"경관님도 화가의 화실에 올 거라는 생각은 절대로 못 했겠고요." 나는 그렇게 받아치며 침착한 대응에 흡족해한다.

그가 가볍게 웃는다. "했을 수도 있고, 아닐 수도 있죠."

나는 그를 본다. 물론 자신이 어떻게 생겼는지 그가 모르는 없음을 깨닫는다. 젊지만 자신이 지닌 힘을 어느 정도는 알 것이다.

"하지만 정말로 저는 미술이나 그런 방면에 항상 관심이 있었어요." 그가 말한다. 자랑스러움이 담긴 목소리지만 그 태도가 어쩐지 소년 같다. 매력적이다. 그는 내게 자신을 증명하려 한다.

그때 한 가지 생각이 스친다. 내가 가만히 있으면 그가 계속 말을 하겠구나. 그가 속을 다 드러내겠구나. 창문에 식탁보가 걸려 있고 전등이 그의 몸을 비추는 이 조용한 방에서, 내 눈은 그를 바라보되 목소리는 침묵한다면, 그는 자기가 원하는 사람이 될 수 있다. 교양 있는 경찰관.

"물론 다른 경찰관들은 미술에 전혀 관심이 없어요. 거들먹거리는 짓이라고 생각하죠. 하지만 저는, 음, 그 안에 뭔가 있다고 생각해요. 그렇지 않나요? 원한다면 느낄 수 있는 것. 그 안에 다 있어요. 처음 볼 때와는 달라지죠."

그는 점점 더 상기된다. 관자놀이 부근의 머리칼이 땀에 젖어 진해진다.

"제 말은, 사실 전 교육을 그리 많이 받지 못했어요 — 신新중등학교°에서 목공예랑 전문 제도製圖 정도나 배웠죠. 그리고 군대에서는, 하, 모차르트니 뭐니 그런 음악 한 소절만 흥얼거려도 다들 달려들어 가루로 만들어버려요. 하지만 이제 저는 자유로운 몸이잖아요? 제가 마음먹은 대로 할 수 있죠."

"그렇죠." 나는 동의한다. "맞아요."

"물론 선생님은, 이렇게 말해도 될지 모르겠지만, 유리한 점이 많겠죠. 그런 환경에 태어났으니까. 문학, 음악, 그림……"

나는 그리기를 멈춘다. "어느 정도는 맞아요. 하지만 주변

° 그래머 스쿨에 다니지 않는 11~16세 학생들을 위한 학교로, 실업교육에 중점을 두었다.

사람들 모두가 그런 것들을 좋게 생각하진 않았어요." 우선은 내 아버지. 그리고 학교의 사감이었던 스파이서 영감. 언젠가 영감이 내게 말했다. 영문학은 남자가 공부할 과목이 아니야, 헤이즐우드. 소설이라니. 그건 여자대학에서나 배우는 거 아니야? "내가 다니던 학교도 경관님이 다니던 학교만큼이나 교양 없는 사람들로 가득했을걸요." 나는 말한다.

잠시 침묵이 흐른다. 나는 다시 그림을 그리기 시작한다.

"하지만 경관님 말대로," 나는 이야기를 이어간다. "이제 그들에게 보여주면 되죠. 그들이 틀렸다는 걸 보여줄 수 있잖아요."

"선생님이 그러신 것처럼." 그가 말한다.

우리의 눈길이 마주친다.

천천히 나는 연필을 내려놓는다. "오늘은 이만하죠."

"다 된 건가요?"

"몇 주 걸릴 거예요. 어쩌면 그보다 더 오래. 오늘은 그냥 예비 스케치만 했어요."

그는 고개를 끄덕이고 시계를 확인한다. "그럼 끝난 거죠?"

갑자기 그가 내 아파트에 있다는 사실을 견딜 수가 없다. 가식을 더 오래 유지할 수가 없다. 미술과 학교교육과 젊은 경찰관으로서 마주하는 시련이며 고난에 대해 계속 잡담을 나눌 수는 없다. 그를 만져야만 할 것이다. 하지만 그가 외면한다는 생각을 하니 너무 두렵고, 그래서 나는 침착함을 되찾기도 전에 말을 내뱉는다. "끝났어요. 다음 주 같은 시간?" 말이 급히 쏟아져 나온다. 그의 눈을 똑바로 볼 수가 없다.

"좋습니다." 그가 대답하고 약간 어리둥절한 표정으로 일어선다. "좋아요."

나는 말을 꺼내자마자 다시 주워 담고 싶다. 그의 팔을 붙들어 내게로 끌어당기고 싶다. 하지만 그는 제복 재킷을 가방에 쑤셔 넣은 뒤 외투를 걸쳐 입으며 거실로 가고 있다. 문 앞에서 배웅할 때 그가 웃으며 말한다. "감사합니다." 나는 멍청하게 고개를 끄덕인다.

1957년 10월 13일

　일요일, 조용하고 점잖은 분위기 때문에 내가 늘 싫어했던 일요일은 가족을 방문하기에 걸맞은 날 같다. 그래서 오늘 어머니에게 가려고 고드스톤행 기차를 탔다. 갈 때마다 어머니는 조금씩 말수가 더 줄어 있다. 혼자된 어머니가 마음에 걸려 자꾸 잊어버리지만, 사실 어머니는 혼자가 아니다. 어머니를 위해 모든 것을 해주는 니나가 있다. 늘 있었고 앞으로도 있을 것이다. 어머니를 자주 찾아가는 시슬리 이모와 버트럼 삼촌도 있다.

　하지만 어머니는 집 밖으로 나가지 않은 지 3년쯤 되었다. 이곳은 변함없이 깨끗하고 밝지만, 집 안에는 생기가 모조리 빠져나간 퀴퀴한 분위기가 감돈다. 다른 이유보다도 바로 그것 때문에 이곳에 더 자주 오지 않게 된다.

점심 무렵 벽돌이 깔린 긴 진입로를 따라 올라가며 완벽하게 모양을 다듬은 쥐똥나무를 지나고, 자갈이 깔린 마당길도 지나갔다. 예전에 나는 이 자갈길에 서서 집 한쪽 벽에 대고 오줌을 갈겼다. 높은 부엌 창 아래 바로 그 자리에서 아버지가 이웃집의 미시즈 드루이트에게 키스했다는 사실을 알았기 때문이었다. 그곳에서 아버지는 그 여자에게 키스했고, 어머니는 다 알면서도 입을 다물었다. 아버지의 배반이라는 주제에 대해 언제나 그랬듯이. 미시즈 드루이트는 매년 크리스마스 때마다 우리 집에 와서 다진 고기 파이에 니나가 만든 럼 펀치를 마셨고, 어머니는 매년 크리스마스 때마다 그 여자에게 냅킨을 건네며 관심사라고는 오로지 럭비와 증권시장뿐인 혐오스러운 두 아들의 건강에 대해 물었다. 언젠가 그런 대화들을 옆에서 듣고, 나는 우리 집의 그 벽을 내 오줌의 정교한 무늬로 장식하기로 했다.

어머니의 집에는 가구가 빽빽이 들어차 있다. 아버지가 돌아가신 뒤로 어머니는 힐스에서 가구를 주문한다. 전부 현대적인 스타일이다. 내리닫이문이 달린 연한 물푸레 원목 장식장, 검은 유리 상판에 철제 다리가 달린 소파 테이블, 하얗고 거대한 구체가 전등갓 역할을 하는 플로어 스탠드. 튜터 왕조

220

양식을 완벽히 흉내 내어 납으로 무늬를 넣은 창틀까지 완벽하게 갖춘 이 흉측한 30년대 구조물과 어울리는 물건은 하나도 없다. 어머니에게 더 관리하기 편한 곳으로 옮기라고 얼마나 설득했는지 모른다. 심지어 내 집과 가까운 아파트로 이사하라는(그런 일이 정말로 일어나서는 절대로 안 되겠지만) 말까지 했다. 어머니에겐 루이스 크레센트에 집을 구할 충분한 자금이 있을 것이다. 안전한 거리를 유지하기 위해서는 브런즈윅 테라스가 더 낫겠지만.

부엌을 통해 집으로 들어가니, 니나가 라디오를 크게 틀어 놓은 채 치즈 토스트를 그릴에 넣고 있었다. 뒤에서 살금살금 다가가 팔을 살짝 꼬집자 니나가 펄쩍 튀어 올랐다.

"너구나!"

"잘 지냈어요, 니나?"

"어쩜 이렇게 사람을 놀라게 해……" 니나는 나를 보며 눈을 몇 번 깜빡이고 숨을 고른 뒤 요란한 라디오 음량을 줄였다. 니나도 이제는 50대쯤 되었을 것이다. 내가 어렸을 때도 그랬듯이 머리는 여전히 새카맣게 염색한 단발이다. 놀란 잿빛 눈과 조심스러운 미소도 그때와 똑같다.

"어머니가 오늘은 좀 멍하시네."

"전기충격요법은 시도해봤어요? 효과가 굉장하다고 들었는데."

니나는 웃었다. "넌 항상 지나치게 똑똑했지. 토스트 좀 만들어줄까?"

"다른 건 없어요?"

"오는 줄 몰라서—어머니가 말씀 안 하셨거든."

"내가 말 안 했어요."

잠시 침묵이 흘렀다. 니나가 시계를 보았다. "베이컨 달걀 요리?"

"최고." 니나와 있으면 늘 초등학생의 말투가 나온다.

그릇장 위에 놓인 과일 바구니에서 바나나를 하나 집어 식탁에 앉아 먹으며 니나가 요리하는 모습을 지켜보았다. 니나에게 베이컨 달걀 요리는 그저 베이컨과 달걀만을 뜻하지 않는다. 구운 토마토와 튀긴 빵, 때로는 맵게 양념한 양의 콩팥 요리까지 곁들여진다.

"들어가서 어머니 뵈어야지?"

"좀 있다가. 어머니가 멍하시다는 건 무슨 뜻이에요?"

"알잖아. 평소랑 달라."

"편찮으신가?"

니나는 베이컨 세 장을 아주 조심스럽게 프라이팬에 놓았다. "네가 좀 자주 와야 돼. 엄마가 보고 싶어하셔."

"바빴어요."

니나는 토마토 두 개를 반으로 잘라 그릴에 넣었다. 잠시 침묵이 흐르고 그가 입을 열었다. "닥터 샤이어즈 말로는 괜찮대. 나이가 드셔서 그럴 뿐이라고."

"의사가 왔었어요?"

"의사는 괜찮대."

"의사가 언제 왔는데요?"

"지난주에." 니나는 달걀 두 개를 깨서 한 방울도 흘리지 않고 프라이팬에 얹었다. "튀긴 빵은?"

"없어도 돼요. 어머니는 왜 나한테 말씀 안 하셨지? 니나는 왜 아무 말도 안 했어요?"

"어머니가 수선 피우지 말라고 하셔서."

"이해가 안 되네. 뭐가 잘못된 거지?"

니나는 접시에 음식을 담은 뒤 내 눈을 똑바로 보았다. "일이 있었어, 패트릭. 몇 주 전에. 둘이서 스크래블 게임을 하고 있는데 어머니가 그러시는 거야. '니나, 글자가 안 보여.' 그러고는 겁에 질려 어쩔 줄 모르시더라고."

나는 아무런 반응도 못 한 채 니나를 빤히 바라보았다.

"난 그냥 어머니가 전날 술을 좀 많이 드셔서 그런가 보다 생각했지." 니나가 말을 이었다. "와인을 좋아하시잖아. 그런데 그런 일이 또 일어났어, 어제. 이번에는 신문이었고. '글자가 온통 흐릿해' 하시더라고. 인쇄가 좀 이상하게 됐다고 말씀드렸는데, 내 말을 믿지 않으시는 것 같더라."

"의사를 다시 불러야겠어요. 내가 전화할게요, 이따 오후에."

나를 바라보는 니나의 눈에 눈물이 고였다. "그래주면 좋겠구나. 이제 점심 먹어." 니나가 말했다. "다 식겠다."

온실에 있는 어머니에게 치즈 토스트를 가져갔다. 해가 온실의 집기를 따뜻하게 데웠고, 문가에 있는 커다란 양치식물 화분에서는 흙냄새가 풍겼다. 어머니는 고리버들 의자에 앉아 잠들어 있었다—고개를 아래로 떨구지는 않았지만 잠든 게 분명한 각도로 머리를 기대고 있었다. 어머니가 미동도 없기에, 나는 잠시 서서 뜰을 바라보았다. 아직 지지 않은 장미가 있었고 말라비틀어진 자주색 국화도 좀 보였지만 전반적인 인상은 황량했다. 내가 열여섯 살 때 이사해 온 집이라 나는 이곳에 큰 애착을 느끼지 않는다. 이 집은 경솔하게도 자기 양복점에서 일하는 여자를 임신시킨 사건 이후 다시 시작해보고자 했던 아버지 나름의 해법이었다. 어머니는 일주일 내내 울었고, 아버지는 속죄의 의미로 서리로 돌아가겠다는 어머니의 뜻을 받아들인 것이다.

어머니가 뒤척였다. 내 한숨 소리가 잠을 방해한 모양이었다.

"트리키."

"안녕, 어머니."

내가 허리를 숙여 어머니의 머리칼에 입을 맞추었다. 어머니는 손으로 내 볼을 감쌌다. "밥은 먹었니?"

"어머니가 좀 멍하시다고 니나가 그러던데요."

어머니는 쯧 하고 혀를 차며 내 볼을 놓아주었다. "어디 네모습 좀 보자."

나는 뜰을 등지고 어머니 앞에 섰다.

어머니가 허리를 펴고 앉았다. 예순다섯 나이치고는 피부가 팽팽하고 초록색 눈도 맑다. 머리 꼭대기로 말아 올린 머리 또한 칙칙한 회색일지언정 숱은 아직 풍성하다. 어머니는 언제나 그렇듯 루비 목걸이를 하고 있었다. 교회에서 예배를 본 뒤 친구나 이웃과 점심을 먹고 술을 마시는 일요일마다 꺼내 착용하는 장신구였다. 예전에는 그런 모임들이 죄다 싫었는데 이 순간에는 불현듯 가슴이 찌릿해지며 진에 탄 얼음이 쨍그랑대는 소리, 양고기 구이 냄새, 거실에서 대화하는 사람들의 중얼거림 같은 것들이 문득 그리워졌다. 이제는 니나와 함께 먹는 치즈 토스트가 전부다.

"좋아 보이네." 어머니가 말했다. "아주 오랜만에 좋아 보여. 내 생각이 맞니?"

"어머니는 늘 맞아요."

어머니는 그 말을 무시했다. "널 보니 정말 좋구나."

나는 점심 쟁반을 어머니 앞에 있는 탁자에 놓았다.

"어머니, 니나 말로는 오늘 좀 멍하시다고……"

어머니는 손을 얼굴 앞으로 올려 휘저었다. "트리키, 애야. 네가 보기에도 내가 멍한 것 같니?"

"아뇨, 어머니. 아주 초롱초롱해 보여요."

"다행이구나. 요새 그 고약한 브라이턴에는 별일 없니? 넌 얌전히 잘 지내고?"

"절대 아니죠."

어머니의 특기인 사악한 미소가 떠올랐다. "아주 좋구나. 한잔하면서 다 얘기해봐."

"점심부터 드세요. 그런 다음 닥터 샤이어즈에게 왕진을 요청할 거예요."

어머니가 눈을 깜빡거렸다. "엉뚱한 짓 하지 마."

"그동안 어떤 일이 있었는지 들었어요. 그래서 의사가 와서 진찰해주면 좋겠어요."

"완전히 시간 낭비야. 의사도 이미 왔다 갔고." 목소리가 조용했다. 어머니는 내 시선을 외면하며 뜰을 내다보고 있었다.

"의사가 뭐라는데요?"

"흔한 병이야. 노화라는 병. 다 생길 수 있는 일이야. 점점 더 자주 그러겠지."

"그런 말 마세요."

"트리키, 애야, 그건 사실이야."

"다시 그런 일이 생기면 내게 전화해요. 곧바로." 나는 어머니의 손을 잡았다. 꽉 붙들었다. "알았죠?"

어머니도 내 손가락을 꼭 쥐었다. "정 그렇다면."

"고마워요."

"그럼 이제 술을 마시자. 레드 와인 한 잔 없이 치즈 토스트를 어떻게 먹겠니?"

그 얘기는 그쯤에서 마무리되었다. 이후 몇 시간 동안 나는 어머니를 즐겁게 해주기 위해 휴턴과 충돌한 일, 재키를 다루는 방식, 심지어 자전거 타던 여자의 이야기까지 늘어놓았다. 비록 그 사건에서 나의 순경님의 역할은 아주 작게 축소해서 말했지만.

어머니는 내게 나의 소수자성에 대해 한 번도 언급한 적이 없고, 나도 어머니에게 그런 얘기를 한 일이 없다. 앞으로도 우리 둘 다 그 화제를 꺼내는 일은 없을 것 같지만 어머니가 막연하고 무의식적인 방식으로나마 내 상황을 이해하고 있다는 느낌이 든다. 예컨대 어머니는 언제 참한 여자를 집에 데려와 만나게 해주겠냐고 물은 적이 단 한 번도 없다. 내가 스물한 살일 때, 해마다 내 결혼 여부에 관해 묻던 미시즈 드루이트의 질문을 어머니가 한마디 말로 쳐내는 걸 엿들은 적이 있다. "트리키는 타고난 성향이 달라요."

전적으로 동감.

1957년 10월 14일

　내가 익히 아는바, 휴턴이 내 사무실 문가에 그 반짝이는 대머리를 들이밀고 "오찬 어떤가, 헤이즐우드? 이스트 스트리트로 갈까?" 하고 지저귀면 곧 골치 아픈 일이 생긴다는 뜻이다. 둘이서 마지막으로 오찬을 함께했을 때 그는 내게 국내 화가의 수채화 작품을 더 많이 전시하라고 요구했다. 나는 동의했지만 여태 그 요구를 애써 무시해온 참이다.

　이스트 스트리트 다이닝 룸, 더없이 휴턴다운 곳이다. 커다란 흰 접시, 은제 그레이비소스 그릇, 늙수그레한 얼굴에 부서질 듯한 미소를 띤 웨이터들은 서빙을 서두르는 법이 없으며, 음식은 온통 삶은 요리뿐이다. 하지만 와인은 그런대로 괜찮고 푸딩은 훌륭하다. 구스베리 파이, 당밀 스펀지 푸딩, 스포티드 딕, 그런 종류를 잘 만든다.

별다른 응대도 받지 못한 채 한참을 기다렸다가 우리는 마침내 주요리를 먹었다(약간 질긴 서식스 양갈비에, 보아하니 통조림 감자를 붓고 파슬리 몇 가닥을 얹은 게 분명한 곁들임). 그런 뒤에야 휴턴은 학생들을 위한 오후의 미술 감상 행사를 승인하기로 했다고 밝혔다. 하지만 어떤 이유가 있어도 점심시간 콘서트 기획에는 동의할 수 없다고. "우리는 청각이 아니라 시각 분야에서 일하잖나." 그가 지적하며 세 잔째 레드 와인을 비웠다.

나도 두어 잔 마신 뒤라 그에게 맞섰다. "그게 중요합니까? 청각 지향적인 사람들을 시각 쪽으로 끌어오는 방법이 될 거예요."

그는 천천히 고개를 끄덕이며 한숨을 쉬었다. 나 같은 사람은 정확히 이런 식으로 저항하리라 이미 예상했으며, 그에 어떻게 대응할지 완전히 대비했기 때문에 사실은 내 반응이 반갑다는 투였다. "내 생각엔 말이야, 헤이즐우드, 자네 일은 우리 유럽 미술 컬렉션의 우수성이 유지되도록 힘쓰는 거야. 대중을 박물관으로 끌어들이는 길은 음악을 이용한 술책이 아니라 컬렉션의 우수성이라고." 그는 잠시 멈춘 뒤 덧붙였다. "푸딩은 건너뛰어도 될까? 내가 시간이 좀 빠듯해서."

나는 말하고 싶었다. 이 경험을 그나마 가치 있게 해줄 유일한 것이 바로 푸딩이라고. 하지만 물론 대답을 요구하는 질문이 아니었다. 휴턴은 계산서를 요청했다. 그러고는 지갑을 만지작거리며 다음과 같은 연설을 늘어놓았다. "자네 같은 개혁가들은 늘 너무 멀리 나가. 내 말을 받아들이고 이쯤에서 잠시 덮어두기로 하자고. 새로운 아이디어를 재빠르게 적용시키면야 아주 좋겠지만, 너무 큰 요구는 우선 주변이 안정적으로 정착된 다음으로 미뤄야겠지. 알겠나?"

나는 알았다고 대답했다. 그리고 이 박물관에서 일한 지 4년이 되어가는데 그 정도면 꽤 안정적으로 정착했다고 느껴도 되지 않나 생각한다는 말도 덧붙였다.

"아직 멀었어." 그가 손을 흔들며 말했다. "나는 20년째인데, 이사진은 아직도 나를 신참으로 여긴다고. 동료들이 나를 현실적으로 파악할 기회를 주려면 시간이 좀 걸린다네."

나는 더 구체적으로 말해달라고 매우 정중하게 요구했다.

그는 손목시계를 쳐다보았다. "지금 이 얘기를 꺼낼 생각은 아니었지만"—그리고 나는 우리의 점심이 실은 내내 이 얘기를 향하고 있었음을 알아챘다—"일전에 미스 버터스와 대화를 하다가 내가 전혀 모르는 어떤 프로젝트에 대한 얘기를 들었네. 좀 별난 프로젝트였는데. 이 도시에 사는 보통 사람들의 초상화와 관련된 작업이라고 미스 버터스가 말하더군."

재키. 도대체 재키는 휴턴의 사무실에서 뭘 하고 있었던 걸까?

"아, 물론 나는 사무실 여직원들의 실없는 소리에 귀를 기울이진 않아. 그런 말들을 흘려버리려는 사람이 적어도 한 명은 있다고……"

나는 때맞춰 소리 내어 웃었다.

"……하지만 이번 경우에는 내 귀가, 뭐랄까, 쫑긋해지더군." 그의 선명한 파란색 눈이 흔들림 없이 나를 바라보았다. "그래서 부탁하네, 헤이즐우드. 부디 박물관의 절차를 준수해주게. 새로운 프로젝트는 전부 내 승인을 받아야 하고, 내가 적절하다고 생각하는 경우엔 다시 이사진의 승인을 받아야 해. 적절한 통로를 거쳐야 한다고. 그러지 않는다면 혼란이 들끓겠지. 알겠나?"

당신은 절차를 무시한 적 없어요? 나는 묻고 싶었다. 케임브리지에서 탐미주의자로 살 때? 그러면서 머릿속에서 그려보았다. 케임브리지강을 떠가는 펀트 위에서 한쪽 무릎을 세워 턱을 받치고 앉은 신비로운 분위기의 검은 머리 청년 휴턴을. 그는 탐미주의를 끝까지 밀고 가봤을까? 아니면 좌파 정치나 외국 음식처럼 그의 탐미주의도 한때의 불장난에 불과했을까? 대학 시절에 실험해보다가 직업을 가진 어른 남자라는 현실 세계에 들어선 순간 곧바로 버려야 했던 무언가였을까?

"자, 이제 박물관까지 다시 걸어가며 그 초상화인지 뭔지에 대해 다 얘기해보게."

거리로 나온 뒤 나는 재키가 뭔가 오해를 한 것 같다고 주장했다. "지금은 그저 구상일 뿐입니다. 행동에 옮긴 건 전혀 없어요."

"음, 이제 뭔가를 구상하거든 제발 나한테 말하라고, 사무실 여직원이 아니라. 알겠나? 젠장, 나도 모르는 일을 자네 비서 미스 버터스에게 들으면 난처하단 말이야."

그때 아주 아름다운 일이 일어났다. 우리가 노스 스트리트를 건널 때 아가일 공작부인이 백조처럼 유유자적하게 지나간 것이다. 그야말로 한 마리 백조 같았다. 하늘하늘한 흰색 스카프. 몸에 꼭 맞는 크림색 재킷과 바지. 석양과 같은 색깔의 구두와 그에 어울리는 립스틱. 내 심장이 요란하게 둥-두, 하고 울렸지만 두려워할 필요는 없었다. 공작부인은 나를 곁눈질조차 하지 않았다. 거리에서 손님을 만나면 큰 소리로 아는 척할 사람을 아가일이 고용할 리가 없다는 걸 알았어야 했다.

누군가가 날카롭게 중얼거렸다. "빌어먹을 호모." 보도에서 키득키득 웃는 여자들도 보였다. 평일 점심시간의 노스 스트리트가 연애 상대를 찾아 거리를 누비기에 최적의 장소는 아닐 것이다. 하지만 공작부인은 나이 들고 있었고 — 대낮의 강한 빛에 보니 눈꼬리의 주름이 또렷했다 — 이제 더는 개의치 않는 듯했다. 문득 그에게 달려가고 싶어 몸이 근질거렸다. 손에 입을 맞추고 당신은 어떤 군인보다도 용감하다고 말해주고 싶었다. 영국의 바닷가 도시에서, 비록 그 도시가 브라이턴이기는 하지만, 그렇게 진하게 화장한 모습으로 다닐 수 있는 그 용기.

공작부인의 등장에 휴턴이 잠시 입을 다물었고, 나는 그가 이 일이 일어나지 않은 양 반응하리라 예상했다. 확실히 그는 빠르게 걷고 있었다. 공작부인이 방금 하늘하늘 휘젓고 간 공기의 오염을 피하려는 듯이. 하지만 그는 말했다. "저 친구도 어쩔 수 없겠지. 그래도 저렇게 야단스러울 필요는 없잖아. 저런 행동으로 무슨 이득을 얻는지, 난 그걸 이해할 수가 없어. 내 말은, 여자들은 정말 어여쁜 존재잖나. 저렇게 소란을 일으키면 여성들에게 누가 된다고. 그렇게 생각 안 하나?" 그러면서 나를 똑바로 바라보았지만 정작 그의 얼굴은 혼란이라고 풀이할 수밖에 없는 감정으로 흐릿했다.

나는 충동적으로─며칠 전 밤에 내 집에 온 나의 순경님 때문인지, 나를 찍어 누르려는 휴턴에 대한 반감 때문인지, 어쩌면 공작부인의 훌륭한 모범을 보고 자극받은 객기 때문인지 모르겠지만─이렇게 대답했다. "저는 신경 쓰지 않으려고 노력하는 편입니다. 어쨌거나 모든 여성이 어여쁘지는 않죠. 흡사 남자처럼 생긴 여자들도 있는데, 그런 여자들을 보고는 아무도 깜짝 놀라지 않잖아요?”

그런 뒤 박물관으로 돌아올 때까지 휴턴은 내내 대답을 찾고 있는 듯한 느낌이었다. 그는 어떤 대답도 찾지 못했고, 우리는 말없이 박물관으로 들어갔다.

사무실 앞에서 재키가 무언가를 예상하는 듯한 표정으로 나를 올려다보았다. 나는 이야기 좀 하자고 말했는데, 짜증이 복받쳐 그를 미스 버터스라고 부를 뻔했다.

재키는 내 책상 맞은편 의자에 앉았다. 나는 이런 처지가 된 나 자신이 싫어서 잠시 서성거렸다. 질책이 필요하다는 건 분명했다. 휴턴이 나를 질책했고, 이제는 내가 재키를 질책해야 했다. 하지만 재키는 누굴 질책할 것인가? 자신의 반려견? 언젠가 퀸스 파크에서 재키가 코커스패니얼종의 개한테 막대기를 던져주는 모습을 본 적이 있다. 그는 환하게 웃고 있었고, 개가 발 앞으로 막대기를 물어 오자 무릎을 꿇고 칭찬하며 자신의 어깨에 앞발을 올려 얼굴 구석구석을 핥게 해주는 그 태도에는 무엇에도 구속되지 않은 듯 분방한 분위기가 깃들어 있었다. 그 순간 재키는 아름답기까지 했다. 자유로웠다.

하릴없이 목청을 가다듬고 있는데 재키가 입을 열었다. “미스터 헤이즐우드, 제가 문제를 일으켰다면 정말 죄송해요.”

재키는 치맛자락을 틀어쥐고—이번에도 노란색으로 통

일한 예의 정장 차림이었다―무릎 아래로 잡아 내리면서 발을 들썩거렸다. "미스터 휴턴과 함께 점심 드시는 시간이 너무 길어지길래, 이건 대개 무슨 문제가 있다는 뜻인데 싶더라고요." 재키가 눈을 크게 떴다. "그러다 얼마 전에 제가 미스터 휴턴에게 초상화 프로젝트 얘기를 한 기억이 났고, 그 말을 듣고 그분이 너무 이상한 표정을 지으셨던 게 마음에 걸려서…… 그래서 혹시 제가 경솔하게 나선 건 아닌가 생각했어요."

나는 정확히 무슨 말을 했냐고 물었다.

"정말 별 얘기 아니었어요."

나는 책상 가장자리에 걸터앉았다. 미소 띤 얼굴로 자애롭게 내려다봄으로써 막강해 보이지만 본질적으로는 위협적이지 않은 분위기를 낼 생각이었다. 하지만 "그래도 무슨 말인가 했겠죠"라고 말할 때 내 얼굴이 어떤 표정을 띠었는지 그 누가 알랴. 아마도 완전한 공포였겠지.

"학예사님이 뭔가 새로운 일을 꾸미는지 물으셨어요. 딱 그 표현을 쓰셨던 것 같아요. 하지만 그건 그냥…… 잡담이었어요. 미스터 휴턴이 가끔 제게 이것저것 물으시거든요."

"묻는다고요?"

"학예사님이 퇴근하신 뒤에요. 여기 오셔서 제게 이것저것 물어보세요."

"어떤 걸?"

"좀 우스운 것들요." 재키가 수줍게 눈썹을 파닥이며 바닥을 내려다보았지만 나는 여전히 그 의미를 파악할 수 없었다.

"말하자면," 그가 다시 말했다. "수다를 떨어요."

수다? 어이가 없어서 괴성이 터져 나오려 했다. 휴턴이 수다를? 그러다 어떤 생각이 떠올랐다. "혹시 휴턴이 여기 와서 당신에게 치근거린다는 뜻이에요?"

재키가 키득거린다고밖에 묘사할 수 없는 소리를 냈다. "그렇게 표현하는 것도 가능하겠네요."

너무나 명확하게 상황이 그려졌다. 휴턴이 재키의 어깨 너머로 몸을 숙이고 아직 채 마르지도 않은 카본지 복사본 다발을 더듬거리는 모습. 재키가 눈꼬리가 치켜 올라간 그 안경을 벗고 그의 뜨거운 손에 숨을 내뿜는 모습. 나는 더없이 당혹스러웠다. 너무 당혹스러워서 할 말이 없었다.

긴 침묵이 흘렀다. 그러다 재키가 지껄이기 시작했다. "심각한 일은 전혀 없었어요, 미스터 헤이즐우드. 그분은 유부남이시잖아요. 그냥 좀 재미있게 노닥거린 정도예요."

"내가 듣기엔 전혀 재미있을 것 같지 않은데요."

"화내지 마세요, 미스터 헤이즐우드. 제가 문제를 일으켰다면 정말로 죄송해요."

"문제 일으키지 않았어요." 나는 단언했다. "하지만 휴턴과 그…… 수다를 떨 때 내 초상화 프로젝트에 대해 다시는 언급

236

하지 않았으면 좋겠습니다. 아직 초기 단계일 뿐이라 다른 사람이 알아야 할 이유가 없어요."

"많이 얘기하진 않았어요."

"잘했네요."

"그 잘생긴 경찰이 들렀던 것만 말했죠. 그 외엔 얘기한 거 없어요."

분명 나는 움찔하지 않으려고 애썼다. 재키가 다시 치마를 정돈했다. 그렇게 세심히 외모를 가꾸는 사람이 손톱은 어찌나 물어뜯는지 생살이 드러날 지경이었다. 나는 그 우둘투둘한 손톱을 응시하며 겨우 말했다. "좋아요. 이 프로젝트는 내가 준비되었을 때 미스터 휴턴에게 보고하는 게 가장 좋겠어요."

"이해합니다."

나는 그만 가보라고 말했다. 문가에서 재키가 다시 말했다. "이해합니다, 미스터 헤이즐우드. 아무 말도 하지 않을게요." 그러고는 방에서 나갔다.

집에 돌아온 지금, 마이클이 살던 집의 주인 여자를 생각하고 있다. 미시즈 에즈미 오언스, 과부. 아래층에 살았고, 아무런 질문도 하지 않았고, 가난한 사람들에게 기부할 양말을 끊임없이 뜨고 있었고, 금요일마다 마이클에게 생선 파이를 만들어주었는데, 그는 파이가 아주 맛있다고 자신 있게 칭찬했다. 그분은 신중함의 전형이라고 마이클은 늘 말했다. 에즈미 아주머니는 전쟁 통에 이런저런 일을 목격한 뒤로 그 무엇에도 충격을 받지 않았다. 마이클이 곁에 있어주는 대신 그는 침묵을 선물했다. 내가 자주 찾아온다는 점을 의식했을 테고 마이클이 수요일 밤마다 집에 들어오지 않는 이유를 짐작했을 텐데도 말이다.

하지만 나는 마이클에게 그 편지들을 보낸 사람이 누구일까 자주 생각해본다. 마이클은 우리가 아는 사람은 아니라고, 동성애자들을 협박해 아마도 넉넉한 돈벌이를 하고 있을 전문적인 무리일 거라고 말했다. 첫 번째 편지는 간단명료하기 그지없었다. P 로디스 위드 렌트에서 너를 봤다. 침묵을 원하면 금요일까지 5파운드를 보내라. 주소는 웨스트호브에 있는 어느 집이었다. 우리는 정당한 분노를 느꼈고, 그래서 일요일 오후에 더듬더듬 그곳을 찾아갔다. 아무런 계획도 없었고 우리가 무슨 일을 하고 있는지 감도 잡지 못한 상태였다. 문 앞을 몇 번이나 지나치고서야 그 집이 텅 비어 있다는 사실을 깨달았다. 그 비어 있음이 갑자기 내게 상황의 심각성을 일깨웠다. 그것은 정체불명의 위협이었다. 우리가 싸우기는커녕 볼 수조차 없는 것이었다. 우리는 말없이 집으로 돌아왔다. 내가 만류했지만 마이클은 돈을 보냈다. 그에게 다른 선택의 여지가 없음을 알면서도 내가 반대의 목소리가 되어야 한다고 느꼈다. 마이클은 그 문제에 대해 더 이상 얘기하지 말자고 했다.

몇 주 뒤 나는 그의 아파트에서 또 다른 편지를 발견했고 이번에는 침묵의 대가가 두 배로 늘어나 있었다. 첫 번째 편지를 받은 지 두 달도 지나지 않아 마이클은 스스로 목숨을 끊었다.

그래서 나는 가끔 미시즈 에즈미 오언스와 그의 신중함에 의문을 품는다. 마이클의 장례식에서 그는 굉장히 비싸 보이는 모피 숄을 둘렀다. 그리고 세입자가 죽었다고 저렇게까지 괴로울까 싶게 행동했다.

1957년 10월 15일

어머니 문제로 마음이 몹시 산란했디. 일요일 밤에는 뜬눈으로 침대에 누워 어머니가 사실 날이 얼마 남지 않은 게 분명하다고, 돌아가실 때를 대비해야 한다고 생각했다. 하지만 월요일에는, 그 정도까지는 아니더라도 어머니가 오래 앓게 될지 모르니 내가 간호를 할 수 있게끔 브라이턴으로 모셔 와야 한다는 생각이 들었다. 박물관에서 퇴근하는 길에 큐비트 앤드 웨스트 부동산 창문에 붙은 광고를 확인하며 내 집 근처에 아파트를 구할 수 있을지 살펴보았다. 그러다가 오늘 아침에는 어머니가 생존에 강한 유형이니 내 개입이 필요해질 때까지 족히 몇 년은 버틸 수 있으리라 생각하게 되었다. 하지만 의지를 보여주기 위해서라도 여기로 오시라고 권유는 해야겠다고 마음먹었다. 그리고 오늘 저녁, 진 토닉을 들고 앉아 그런 뜻을 담은 편지를 쓰고 있는데 아래층 현관 초인종이 울렸다.

다음 주 같은 시간. 나는 빙긋 웃었다. 어머니의 병 때문에 심란해하면서도 물론 그를 기다리고 있었고, 예비 침실도 정리해두었다. 하지만 지난번에 그렇게 별안간 돌려보냈음에도 나의 순경님이 다시 오리라 예상하고 있었다는 사실은 초인종이 울린 순간에야 비로소 인정할 수 있었다.

나는 잠시 앉아 그가 온다는 기대감을 음미했다. 여유를 부렸고, 심지어 지금까지 적은 글을 읽어보기까지 했다. 어머니께. 서두는 이렇게 시작되었다. 제가 너무 간섭한다거나 어머니의 건강 때문에 겁에 질려 허둥댄다고 생각하지 않았으면 좋겠어요. 물론 나는 둘 다 하고 있었다.

그때 초인종이 다시 울렸다. 이번에는 길고 조급한 떨림소리였다. 그가 돌아왔다. 내가 돌려보냈는데도 돌아왔다. 모든 것이 달라졌다는 뜻이다. 이제는 그의 결정이었다. 밀어붙이는 쪽은 내가 아니라 그였다. 밖에 내 집 초인종을 다시 누르는 그가 있었다. 나는 남은 진을 꿀꺽 마시고 아래층으로 내려가 그를 들였다.

나를 보자마자 처음으로 한 말은, "너무 일찍 왔나요?"

"전혀 아니에요." 나는 시계를 보지도 않고 대답했다. "딱

맞춰 왔어요." 나는 그를 위층으로, 이어 아파트 안으로 안내했다. 주체할 수 없이 통통 튀는 발걸음을 보이지 않으려고 그의 뒤에서 걸었다.

그는 검은 스웨터에 청바지 차림으로, 이번에도 경찰 제복을 가지고 왔다. 우리는 응접실에 들어가 러그 위에 함께 섰다. 놀랍게도 그가 내게 살짝 미소를 지었다. 처음에 내가 생각했던 만큼 초조하지 않은 듯했다. 잠시 모든 것이 너무나 간단해 보였다. 여기 내 아파트로 돌아온 그가 있다. 다른 무엇이 중요한가? 나의 순경님이 여기 왔고, 미소를 짓고 있다.

"좋아요. 그럼," 그가 말했다. "시작할까요?" 새로운 자신감, 새로운 결의가 목소리에서 느껴졌다.

"그래야겠죠."

그가 돌아서서 예비 침실로 들어가 등 뒤로 문을 닫았다. 문 너머에서 그가 옷을 벗고 있다는 사실을 너무 깊이 생각하지 않으려 애쓰며 그에게 맥주를 갖다주려고 부엌으로 들어갔다. 복도의 거울 앞을 지나며 내 모습을 확인할 땐 음흉한 미소를 억제할 수가 없었다.

"준비됐습니다." 그가 '화실' 문을 열며 외쳤다. 거기 그가 있었다. 나를 위해 옷을 갖춰 입고 작업이 시작되기를 기다리고 있었다.

그림 작업을 마친 뒤 우리는 응접실로 갔고 나는 그에게 술을 한 잔 더 주었다.

맥주를 마셔서 긴장이 풀린 모양이었다. 그는 벨트의 버클을 풀고 재킷을 벗어 안락의자 등받이에 걸쳐놓은 뒤, 권하지도 않았는데 체스터필드 소파에 털썩 앉았다. 나는 그의 재킷이 의자 등받이 위에서 이루는 형태를 바라보았다. 속을 채워줄 그의 몸이 없으니 축 늘어져 보인다는 생각이 들었다.

"저 제복 좋아해요?" 내가 물었다.

"처음으로 제복을 받았을 때 제가 어땠는지 보셨어야 했는데. 거울에 내 모습을 비춰보면서 거실을 누비고 다녔다니까요." 그는 고개를 설레설레 저었다. "그때는 몰랐죠. 얼마나 무거울지."

"무거워요?"

"엄청나게 무거워요. 입어보세요."

"나한텐 안 맞을 텐데……"

"어서요. 한번 입어봐요."

나는 재킷을 집었다. 그의 말이 맞았다. 상당히 묵직했다. 나는 엄지와 검지로 모직 천을 문질렀다. "약간 거치네요……"

시선이 마주치자 그의 눈이 번뜩였다. "나처럼."

"전혀 그렇지 않아요."

잠시 침묵이 흘렀다. 우리 둘 다 눈길을 돌리지 않았다.

나는 재킷을 등에 걸치고 소매를 찾느라 팔을 버둥거렸다. 너무 컸지만—허리가 한참 아래로 내려가고 어깨는 너무 남았다—아직 그의 온기가 남아 따뜻했다. 석탄산과 소나무 향 탤컴파우더 냄새가 강렬하게 풍겼다. 까슬까슬한 목깃이 목을 자극해 몸이 부르르 떨렸다. 팔에 코를 묻고 옷을 더 단단히 여민 채로 그의 냄새를 들이마시고 싶었다. 그의 온기를. 하지만 대신 나는 무릎을 살짝 굽혔다 편 뒤 약간 힘없이 말했다. "좋은 저녁입니다, 여러분."•

그가 웃음을 터뜨렸다. "그런 말 하는 사람 처음 봤어요. 현실에서는."

나는 재킷을 벗고 진을 한 잔 더 따랐다. 그런 다음 소파로 가, 엄두가 나는 선에서 최대한 가까이 그의 곁에 다가앉았다.

"내가 그림 모델로 괜찮나요?" 그가 물었다. "좋은 초상화가 나올까요?"

나는 술을 홀짝였다. 그가 대답을 기다리게 했다. 내 강약격 심장이 가슴속에서 퍼덕거렸다.

나는 돌아보지 않았지만 그가 움직이는 느낌이 들었다. 살짝 한숨을 쉬더니 팔 하나를 쭉 뻗었다. 그 팔이 체스터필드

• 1955년에서 1976년까지 방영된 경찰 드라마 〈독 그린 경찰서의 딕슨〉에서 유행한 주인공 딕슨의 대사 "Evenin', all."

소파의 등받이 위로 뻗어 왔다. 내 쪽으로.

창밖의 하늘은 검었다. 보이는 거라곤 가로등 불빛 몇 개와 유리에 비쳐 희미하게 드러나기 시작하는 방의 반영뿐이었다. 이성적으로 따져보려 애썼다. 경찰관이 여기 내 아파트에 와 있어, 나는 생각했다. 이 사람이 계속 이렇게 행동한다면 나는 곧 그를 만질 수밖에 없겠지. 하지만 빌어먹을, 그는 경찰이고 이보다 더 위험한 일은 없을 거야. 뭔가 아는 듯한 재키의 말도 기억해야 해. 그리고 미시즈 에즈미 오언스도, 그리고 나폴레옹에서 그 청년에게 일어났던 일도……

이런 생각을 하면서도 내 감각은 온통 체스터필드 소파 등받이에 있는, 그리고 이제 내 어깨에 아주 가까워진 그 팔의 온기를 향해 있었다. 그에게서 풍기는, 빵 냄새 비슷한 에일 맥주의 냄새. 그가 살짝 더 가까이 손을 움직일 때 벨트에서 나는 끼익 소리.

"멋진 초상화가 될 거예요." 나는 말했다. "굉장히 멋진."

그때 그의 손가락 끝이 내 목을 스쳤다. 여전히 나는 그를 보지 않았다. 눈에서 힘을 풀자 창문에 비친 방의 반영이 뒤틀려 빛과 어둠의 부드러운 덩어리가 되었다. 모든 것이 뒤틀렸다. 방 전체가 뒤틀리면서 내 머리에 닿는 내 순경님의 손가락 감촉으로 모여들었다. 이제 그는 내 목덜미를 잡아 감쌌고 나는 거기에, 그 크고 유능한 손에 머리를 기대고 싶었다. 단단하고 놀라우리만치 확고한 손길이었지만, 내가 마침내 고개를 돌려 처다본 그의 얼굴은 창백했고 숨결도 거칠었다.

"패트릭……" 속삭임에 지나지 않는 목소리로 그가 말을 시작했다.

나는 탁상 스탠드를 끄고 손으로 그의 아름다운 입을 덮었다. 그가 숨을 들이쉴 때 윗입술의 도톰한 감촉이 느껴졌다. "아무 말도 하지 마." 나는 말했다.

한 손을 그대로 그의 입에 댄 채 다른 손으로 그의 사타구니를 눌렀다. 그가 눈을 감고 한숨을 내쉬었다. 경찰복 바지의 거친 모직물 위를 문지르자 그는 마른침을 크게 삼켰고 내 손가락은 그의 숨결로 축축해졌다. 성기가 나를 향해 솟아오르는 느낌이 들었을 때 나는 손을 떼고 그의 넥타이를 풀었다. 그는 아무 말 없이 계속 숨을 몰아쉬었다. 내 심장은 거꾸로 된 박동으로 쿵쾅댔고, 빠른 손놀림으로 그의 셔츠 단추를 풀었을 때 그가 내 손가락 하나를 가볍게 핥기 시작했다. 그러다 드러난 그의 목에, 이어 가슴에 입을 댔을 땐 내 손가락을 탐욕스럽게 빨았다. 배꼽까지 올라온 가느다란 체모에 입 맞추자 그는 손가락을 세게 깨물었다. 나는 계속 키스했고 그는 계속 깨물었다. 그러다 내가 그의 입에서 손을 빼내고 얼굴을 감싼 뒤 그에게 키스했다. 긴장한 그의 혀를 놓아주며 아주 부드럽게. 그가 작은 소리를, 부드러운 신음을 냈고, 나는 손을 아래로 뻗어 그의 성기를 잡은 채 귀에 대고 속삭였다. "너는 정말 멋질 거야."

잠시 후, 내가 그의 무릎을 베고 누운 채 우리는 말없이 함께 있었다. 커튼이 여전히 열려 있어 바깥의 가로등 불빛에 방 안이 흐릿하게 드러났다. 자동차 몇 대가 지나가는 소리가 들렸다. 늦게까지 남아 있는 갈매기들이 울부짖는 소리가 밤하늘로 울려 퍼졌다. 나의 순경님은 체스터필드 소파 등받이에 머리를 기댄 채 손으로 내 머리를 어루만졌다. 몇 시간처럼 느껴질 만큼 오래도록, 둘 다 아무 말도 하지 않았다.

마침내 나는 무슨 말인가 해야겠다는 마음에 고개를 들었다. 하지만 말을 할 수 있기도 전에 그가 먼저 일어나 바지 앞섶의 단추를 잠그고 외투에 손을 뻗으며 말했다. "다시 오지 않는 게 낫겠죠?"

질문이었다. 선언이 아니라 질문.

"당연히 와야지."

그는 대답이 없었다. 벨트 버클을 잠그고 재킷을 입은 뒤 저만치 걸어가기 시작했다. 나는 덧붙였다. "네가 원한다면."

그가 문가에서 멈췄다. "그렇게 간단한 일이 아니잖아요."

매주 수요일 밤, 마이클과 그랬듯이. 작별. 문이 쾅 닫히면 그걸로 끝. 지금 이런 대화는 하지 말자, 나는 생각했다. 조금 더 오래 머무르자.

움직일 수가 없었다. 그냥 앉아서 그의 발소리를 들었고, 겨우 입 밖으로 낼 수 있었던 말은 "다음 주에도 같은 시간?"

하지만 그는 이미 현관문을 쾅 닫아버린 뒤였다.

1957년 10월 19일

이번 주 내내 밤마다 나의 꿈을 채운 것은 내 키스에 그가 내뱉던 신음. 내 펼친 손바닥 밑에서 불끈 솟아오르던 그의 성기. 현관문이 쾅 닫히던 소리.

틀림없이 겁을 먹었을 거다. 그는 어리다. 경험이 적다. 그 정도 수준의 멋지고 젊은 남자들 중에는 나보다도 경험 많은 이들이 흔하다는 걸 알고는 있지만. 언젠가 그레이하운드에서 만난 녀석은 열다섯 살도 채 되지 않았을 때 아버지의 친구가 주말농장에서 자기를 범했다고 했다. 지어낸 말이 아니라고 맹세할 수도 있다고, 그리고 자기는 이주 좋았다고. 하지만 나의 순경님에게는 그런 일이 벌어지지 않았을 것 같다. 어쩌면 좀 낭만적인 생각이겠지만, 그는 나와 비슷했을 거라는 생각이 든다. 아주 어린 소년이었을 때부터 오랫동안 남자들을 보면서 그들의 손길을 원했을 것이다. 자신이 소수자라는 걸 마음속으로는 이미 인정하기 시작했을 수도 있다. 어떤 여자도 '치료제'가 되어줄 수 없음을 이미 아는지도 모른다. 그가 알고 있다면 좋겠다. 비록 나는 서른이 다 될 때까지 확실히 깨닫지 못했지만. 마이클과 함께할 때도 마음 한구석으로는 나를 여기서 꺼내줄 수 있는 여자가 있지 않을까 생각했다. 하지만 마이클이 죽었을 때 그게 완전히 어리석은 생각이었음을 알았다. 내가 잃은 것을 표현할 말이 사랑 말고는 없었기 때문이다. 거봐. 결국 그 단어를 썼구나.

하지만 나의 순경님은 나 이전에 누군가가 만지지 않았을 거라는 생각이 든다. 그가 손으로 다른 남자의 머리를 받친 적은 없었을 거라는 생각이 든다. 그의 행동은 과감했다—그래서 나는 놀랍기도 하고 기쁘기도 했다. 하지만 그런 행동만큼 자기 감정에도 확신이 있을까? 그가 실제로 얼마나 겁을 먹었는지 나로서는 알 길이 없다. 그 웃음, 그 빛나는 눈은 훌륭한 보호 장치다. 세상으로부터, 그리고 그 자신으로부터의.

1957년 10월 25일

브라이턴 범죄 수사과에 관한 어마어마한 추문이 막 신문에 보도되었다. 심지어 전국 일간지인 〈더 타임스〉에도 관련 기사가 나온 모양이다. 경찰서장과 경위 한 명이 공모 혐의로 조사받고 있다. 아직 자세한 내용은 알려지지 않았지만, 이 두 사람이 〈버킷 오브 블러드〉*에 나올 법한 다양한 범죄자들과 상호 이득을 위한 거래를 벌인 일과 관련된 것만은 분명하다. 〈아거스〉에서 경찰서장과 다른 두 경찰관 기소라는 헤드라인을 보았을 때 가슴이 벅차올랐다는 말을 하지 않을 수 없다 ─ 마

* 1959년에 개봉한 미국의 코미디 호러 영화.

침내 이 나라 경찰들도 사회적 수치와 어쩌면 수감까지 겪는 처지가 되었구나. 동시에 이 사건이 나의 순경님에게 어떤 영향을 미칠까 생각하니 가슴이 철렁했다. 윗선이 저지른 비행의 대가를 경찰 조직의 평범하고 정직한 일원이 치러야 할 것이다. 지금 그들이 어떤 압박을 받고 있을지는 안 봐도 뻔하다.

하지만 이 상황에서 내가 할 수 있는 일은 아무것도 없다. 그가 돌아오기를 기다리는 수밖에. 내가 해야 할 일은 그것뿐이다.

1957년 11월 4일

오늘 아침에는 보도에 서리가 반짝였다. 바야흐로 추운 계절에 접어들었다.

그는 3주 가까이 오지 않았다. 그날 저녁 함께한 기억이 날마다 조금씩 상실로 굳어진다. 아직도 그의 입술을 느낄 수 있지만 콧대의 사마귀가 정확히 어떤 모양이었는지 기억이 잘 나지 않는다.

박물관에 가면 재키는 안경 뒤에서 나를 주시하고, 휴턴은 박물관장과 자문 위원회 이사들의 심기를 자극하지 않도록 지나치게 튀는 일을 자제할 필요성에 대해 끊임없이 지껄인다. 초상화 프로젝트에 대해서는 말이 더 나오지 않았다. 하지만 나는, 어쩌면 20대 초반의 청년을 유혹할 수 있다는 자신감에 자극을 받아서인지, 개혁안들을 밀어붙이고 있다. 이제는 어린 학생들을 우리 박물관으로 보내 나의 수상한 영향권에 둘 의지가 있는 학교를 찾아내기만 하면 된다.

오늘 저녁 런던에 가서 찰리를 만나야 한다는 느낌이 들었다. 이미 꽤 늦은 시간이었지만 돌아오는 마지막 기차를 타기 전까지 두어 시간은 볼 수 있을 듯했다. 나의 순경님에 대해 찰리에게 이야기하고 싶은 마음이 간절했다. 말하고 싶었다. 그의 이름을 외치고 싶었다. 그가 옆에 없는 지금, 그의 존재 다음으로 좋은 것은 찰리에게 그를 묘사함으로써 그에게 숨결을 불어넣는 일이겠지. 게다가, 인정하자, 조금은 자랑하고 싶은 마음도 있었다고. 학창 시절 이후 어떤 청년의 짜릿하리만치 멋진 어깨선에 대해 이야기하는 쪽은, 밥 혹은 조지 혹은 해리가 자기를 다정하게 올려다보고, 자기 이야기에 매료되고, 침대에서 완벽한 만족을 준다고 이야기하는 쪽은 늘 찰리였다. 이젠 내게도 나만의 이야기가 있었다.

찰리는 내 방문에 놀라지 않았지만—나는 미리 알리고 가는 법이 없다—나를 현관 앞 계단에 잠시 세워두었다. "저기," 찰리가 말했다. "지금 누구랑 같이 있거든. 내일 다시 오면 안 될까?"

그는 하나도 변하지 않은 것이다. 너와 달리 나는 내일 출근해야 한다고, 그러니 지금이 아니면 다음은 없다고 내가 말했다. 그가 문을 열어주었다. "그러면 들어와서 짐을 만나는 게 좋겠다."

찰리는 최근 핌리코의 타운하우스를 완전히 수리했다. 수많은 거울과 금속 재질의 스탠드, 날렵해 보이는 가구, 현대적인 태피스트리 벽걸이. 깨끗하고 밝고 보기에도 무척 편안하다. 아닌 게 아니라, 찰리의 새 소파에 앉아 우드바인 담배를 피우고 있는 짐에게는 완벽한 배경이었다. 맨발. 더할 나위 없이 편안한 모습. "만나서 반가워요." 그는 일어나지도 않은 채 매끄럽고 흰 손을 내밀었다.

우리는 악수를 했고 그는 황갈색 눈으로 나를 똑바로 쳐다보았다.

"짐은 나를 위해 일해." 찰리가 말했다.

"그래? 무슨 일?"

두 남자가 서로를 보며 실실 웃었다. "잡다한 일." 찰리가 말했다. "아주 큰 도움이 되지, 누군가 들어와서 살고 있으면 말이야. 술?"

진 토닉을 달라고 했더니 놀랍게도 짐이 벌떡 일어났다. "나는 늘 마시던 걸로, 달링." 찰리가 방 밖으로 나가는 그를 보며 청했다. 짐은 키가 작지만 비율이 좋았다. 긴 다리와 작고 통통한 엉덩이.

찰리를 쳐다보자 그는 웃음을 터뜨렸다. "표정이 왜 그래?" 그가 깔깔거렸다.

"저 친구는 너의…… 시종?"

"내가 원하는 모든 것이 되지."

"저 친구도 그걸 알고?"

"물론 알지." 찰리는 벽난로 옆 의자에 앉아 검은 머리를 손으로 쓸어 넘겼다. 이제 흰머리가 몇 가닥 생겼지만 여전히 숱이 풍성했다. 학교에 다닐 때 찰리는 제 머리칼이 가윗날을 망가뜨릴 만큼 억세다고 시도 때도 없이 말했고, 이는 충분히 믿을 만한 말이었다. "정말이지 끝내줘. 서로에게 만족스러운 방식이지."

"관계가 얼마나……"

"얼마나 됐냐고? 아, 한 넉 달쯤. 곧 지겨워지겠지, 계속 생각해. 아니면 저애가 지겨워할 거라고. 하지만 아직 그런 일은 일어나지 않았어."

짐이 술을 가지고 들어와, 우리는 한 시간쯤 기분 좋게 어울렸다. 대개는 찰리가 내가 오랫동안 보지 못한 사람들이나 한 번도 만난 적 없는 사람들에 대해 이야기했다. 상관없었다. 짐이 있어서 나의 순경님 이야기를 꺼내기가 꺼려지긴 했지만, 서로 그렇게 편안히 지내는 두 사람이 무척 보기 좋았다. 찰리가 가끔 짐의 목을 만지면 짐은 그의 손목을 잡았다. 그들을 보며 나는 약간의 환상을 품었다. 나의 순경님과 이렇게 살 수도 있겠다. 저녁에 친구들과 이야기를 나누고, 술을 한 잔으로 나눠 마시고, 마치 우리가, 음, 결혼한 부부인 양 행동하는 것이다.

어쨌든, 나를 배웅할 때는 찰리 혼자 나와 다행스러웠다.

"만나서 정말 좋다." 그가 말했다. "그리고 넌 그 어느 때보다 좋아 보이네."

나는 미소를 지었다.

"자, 그 남자 이름은 뭐지?" 찰리가 물었다.

나는 말해주었다. "경찰관이야." 내가 덧붙였다.

"맙소사." 찰리는 말했다. "그렇게나 조심스럽던 헤이즐우드는 어떻게 된 거야?"

"땅에 묻어버렸지."

찰리가 등 뒤로 문을 당겨 닫고는 계단을 내려와 거리에 섰다. "패트릭," 그가 말했다. "네 부모라도 되는 양 굴고 싶진 않다만……" 찰리는 말을 멈추고 내 목에 살며시 팔을 걸어 얼굴을 가까이 당겼다. "경찰관?" 그가 나직하게 외쳤다.

나는 웃음을 터뜨렸다. "알아. 하지만 우리가 아는 그런 경찰관은 아니야."

"그렇겠지."

짧은 침묵이 흘렀다. 찰리가 팔을 풀고 담배 두 대에 불을 붙였다. 우리는 난간에 함께 기대어 밤공기 속으로 연기를 내뿜었다. 학교 다닐 때 자전거 보관 창고에서 딱 이랬지, 나는 생각했다.

"어떤 사람인데?"

"20대 초반. 밝아. 운동선수 스타일. 금발."

"죽이네." 그가 활짝 웃었다.

"바로 이거야, 찰리." 나도 주체할 수가 없었다. "정말로 이거라고."

찰리가 눈살을 찌푸렸다. "이번엔 진짜로 부모처럼 굴어야겠다. 서두르지 마. 조심하고."

파르르 화가 치밀었다. "왜 그래야 하지?" 나는 물었다. "너는 안 그러잖아. 네 애인은 너랑 함께 살잖아."

찰리는 배수로에 담배를 휙 던졌다. "그래, 하지만…… 그건 달라."

"어떻게 다른데?"

"패트릭. 짐은 내 피고용인이야. 우리 관계의 규칙은 모두가 이해해. 우리도, 그리고 나머지 세상도. 그는 내 집에서 살고, 나는 그의…… 서비스에 대해 돈을 지불하는 거지."

"금전적인 계약에 불과하다는 말이야? 그 이상은 아니라고?"

"물론 그렇진 않아. 하지만 바깥 사람들 눈에는 그렇게 보이겠지. 그리고 이런 방식이 더 명확하잖아. 그 외에 다른 건······ 젠장, 그런 건 불가능하다고. 너도 알잖아."

둘이 인사를 나눈 뒤 찰리가 계단을 올라 집으로 들어가려 할 때 나는 외쳤다. "두고 봐. 내년 이맘때 난 그 친구와 함께 살고 있을 거야."

그리고 그 순간, 나는 그 말을 진심으로 믿었다.

1957년 11월 12일

여전히 보도에 깔린 서리, 사무실로 연기를 누출하는 가스 히터, 재킷 안에 스웨터를 꺼입은 나, 기회 있을 때마다 춥다고 요란스레 몸서리를 치는 재키. 그리고 그가 돌아왔다.

시간: 7시 30분. 요일: 화요일. 나는 아파트에서 굴라시 접시를 비우던 중이었다. 갑자기 아래층 현관 초인종이 비명을 질렀다. 둥-두 하고 심장이 뛰었지만 딱 한 번이었다. 이제 그가 거기 있으리라는 기대는 거의 버렸다.

하지만 있었다. 문을 열었을 때 그는 아무 말도 하지 않았다. 겨우 시선을 잠깐 붙들었지만 그는 금방 눈을 내리깔았다.

"화요일이잖아요?" 그가 말했다. 차분하고 조금은 냉정한 목소리였다.

그를 안으로 들였다. 그는 이번엔 제복을 가져오지 않았고 긴 회색 코트를 걸쳤는데, 아파트로 들어온 뒤 내가 코트를 벗기자 순순히 허락했다. 그 옷은 덮개로 쓸 수도 있을 만큼, 그 밑에 대피할 수도 있을 만큼 컸다. 나는 잠시 서서 코트를 팔에 걸친 채, 내가 권하지도 않았는데 예비 침실로 걸음을 옮기는 그를 바라보았다.

얼마 전에 발작적으로 그 방을 청소하면서 이젤과 물감을 치워버렸고 그가 포즈를 잡고 앉았던 의자는 침대 옆 제자리로 되돌려놓은 터였다.

그는 방 한가운데서 걸음을 멈추더니 몸을 휙 돌려 나를 바라보았다. "나 안 그릴 거예요?" 늘 발그레했던 그의 볼이 창백했고 눈빛은 냉정했다.

나는 여전히 코트를 들고 있었다. "네가 좋다면……" 그렇게 말하며 코트 둘 곳을 찾아 주위를 둘러보았다. 침대에 올려놓자니 좀 뻔뻔스러운 것 같았다. 마치 운명을 시험하는 느낌이랄까.

"나는 여기서 우리가 하는 일이 그거라고 생각했는데. 초상화 작업. 화요일 저녁마다. 평범한 사람들의 초상화. 나처럼 평범한 사람들 말이죠."

나는 코트를 의자에 걸쳤다. "난 그릴 수 있어, 너만 좋다면……"

"내가 좋다면? 그건 당신이 원하는 거라고 생각했는데."

"계략 같은 건 없어. 다만—"

"여긴 화실도 아니죠?"

나는 그 말을 무시했다. 짧은 정적을 흘려보냈다. "거실에 가서 이야기하면 어떨까?"

"거짓 핑계로 날 이리 끌어들인 거예요?" 그의 목소리는 낮았고, 분노로 미세하게 떨렸다. "당신도 교묘하게 사람 유인하는 성범죄자, 뭐 그런 거야? 날 여기에 데려온 목적은 단 하나뿐이었잖아, 안 그래?"

그가 입술을 핥았다. 소맷부리를 밀어 올렸다. 내게 한 발짝 다가왔다. 그 순간 그는 속속들이 험악한 경찰관의 모습이었다.

나는 뒷걸음질로 침대에 가 앉아 눈을 감았다. 주먹질을 각오하고 있었다. 그 큰 주먹이 내 광대뼈에 박히기를 기다렸다. 네가 자초한 혼란이야, 헤이즐우드, 나는 생각했다. 이런 거친 놈들은 다 똑같아. 학교 때 밤에는 날 겁탈하고 낮에는 패던 톰슨 그 녀석처럼.

"대답해봐요." 그가 다그쳤다. "대답할 말이 없는 건가?"

나는 눈을 뜨지 않은 채 최대한 부드러운 목소리로 말했다. "용의자들을 이런 식으로 취급하나?"

도대체 뭐에 씌어서 그를 이렇게 몰아붙였는지 나도 잘 모르겠다. 신뢰가 조금은 남아서였을 것이다. 그가 느끼는 두려움이 지나갈 거라는 믿음이 조금은 있어서.

긴 침묵이 흘렀다. 우리는 여전히 가까이 있었다. 그의 숨소리가 느려졌다. 눈을 떴다. 그는 바로 앞에 우뚝 서 있었지만, 평소의 불그레한 안색을 되찾은 모습이었다. 눈은 강렬한 파란색이었다.

"널 그릴 수 있어." 나는 그를 올려다보며 말했다. "그리고 싶어. 초상화를 완성하고 싶어. 거짓말 아니야."

그의 턱이 말을 억누르려는 듯 느리게 움직였다.

그의 이름을 불렀다. 내가 손을 내밀어 허벅지 뒤를 감쌌을 때 그는 비켜나지 않았다. "단 하나의 목적으로 널 여기 데려왔다고 생각한다면 유감이야. 그건 절대로 진실일 수 없어."

그의 이름을 한 번 더 불렀다. "오늘은 자고 가." 나는 말했다.

내 손에 잡힌 그의 허벅지가 단단해졌다.

잠시 뒤 그가 숨을 내쉬었다. "날 이리로 부르지 말아야 했어요."

"네가 오고 싶었던 거야. 자고 가."

"모르겠어요······"

"알아야 할 건 없어. 너와 내가 해야 하는 이런저런 일들이 있을 뿐이야." 내 볼은 이제 그의 사타구니 근처에 있었다.

그는 내 손길을 뿌리쳤다. "다시는 못 온다고 말하려고 온 거예요."

긴 침묵. 계속 그를 응시했지만 그는 나를 마주 바라보지 않았다.

마침내 내가 말했다. 목소리에 웃음기가 섞이기를 바라면서. "그 말을 하기 위해 꼭 와야 했어? 문 밑에 쪽지를 쑥 넣고 갈 수도 있었잖아."

그가 대답하지 않아 할 수 없이 덧붙였다. "대충 이런 식의 내용이면 되었을 것 같은데. 패트릭에게, 당신을 알게 되어 좋았어요. 하지만 우리의 우정을 끝내야겠어요. 왜냐면 나는 아주 점잖은 경찰관이고 게다가 겁쟁이니까―"

그가 한쪽 팔을 휘둘렀다. 나는 본능적으로 움츠러들었으나 주먹질은 없었다. 실망에 가까운 감정이 들었다. 수치스럽게도, 어떻게든 그의 손이 내게 닿기를 바랐다고 인정할 수밖에 없다. 그의 주먹은 내 볼에 닿는 대신 제 관자놀이로 옮겨갔고, 그는 손가락 관절로 그곳을 짓눌렀다. 그러더니 이상한 소리를 냈다―입안을 가시는 소리와 흐느낌 사이의 어떤 소리. 그의 얼굴이 끔찍한 붉은 가면처럼 구겨지고, 눈과 입이 꽉 닫혔다.

"그러지 마." 나는 일어서서 그의 팔에 손을 얹었다. "제발 그러지 마."

그가 거친 숨을 가다듬는 동안 우리는 한참을 함께 서 있었다. 마침내 그가 팔을 얼굴로 가져가 눈을 문질렀다. "술 한 잔 줄래요?" 그가 물었다.

내가 술을 가져와, 우리는 각자 브랜디를 한 잔씩 들고 소파에 함께 앉았다. 내내 안심시킬 말을 생각해내려고 애를 썼지만 공허한 말밖에 떠오르지 않아 침묵을 지켰다. 천천히, 그의 얼굴이 차분해지고 어깨에서 긴장이 풀렸다.

나는 내 잔을 한 번 더 채운 다음 조심스럽게 입을 열었다. "넌 겁쟁이가 아니야. 여기에 온 것만으로도 용감해."

그는 잔을 들여다보았다. "어떻게 하는 거예요?"

"뭘?"

"이런 생활…… 말이에요."

"아." 나는 말했다. "그거."

어디서부터 시작할까? 갑자기, 자리에서 일어나 법정 변호사처럼 이리저리 서성거리며 그가 말한 이런 생활에 관한 한두 가지 진실을 늘어놓고 싶다는 충동이 일었다. 이런 생활. 나의 삶을 뜻하는 말. 타자들의 삶을 뜻하는 말. 도덕적으로 방종한 사람들, 성범죄자들을 가리키는 말. 사회가 고립과 두려움과 자기혐오의 나락으로 밀어낸 사람들을 가리키는 말.

하지만 자제했다. 어린 그를 겁주고 싶지 않았다.

"내겐 선택지가 별로 없어. 그럭저럭 살아가고 있을 뿐……" 나는 말하기 시작했다. "시간이 지나면 터득하게……" 말끝을 흐렸다. 뭘 터득한단 말인가? 모든 낯선 사람들을 두려워하고 심지어 가까운 사람들까지 불신하는 법을? 가능할 때마다 가식적으로 자신을 감추는 법을? 철저한 외로움이 불가피하다는 사실을? 8년을 사귄 연인과도 하룻밤 이상 함께 지낼 수 없을 것이고, 계속 멀어지기만 할 것이고, 그러다 결국 그의 방문을 따고 들어가 침대 위에서 토사물을 뒤집어쓴 채 널브러진 싸늘한 잿빛 시신을 발견하게 될 거라는 사실을?

아니, 그건 아니다.

그러면, 그 모든 어려움을 겪으면서도 정상성이라는 개념을 떠올리면 진저리가 나도록 싫다는 사실을?

"음. 가능한 방식으로 사는 법을 터득하게 되지." 이어 브랜디를 길게 들이켜고 덧붙였다. "한계를 받아들이면서." 나는 머릿속에서 마이클의 영상을 모조리 몰아내려 애썼다. 정말 끔찍했던 건 그곳의 냄새였다. 약물로 인한 죽음의 달짝지근하고 부패한 냄새가 답답하게 갇혀 있던 그곳. 너무 진부해. 그때도 그렇게 생각했다. 그의 불쌍하고 아름다운 몸을 내 품에 안고서. 그들이 이겼다. 마이클이 그들을 이기게 해주었다.

그걸 생각하면 아직도 마이클에게 분노가 치민다.

"결혼할 생각은 안 해봤어요?"

웃음이 나올 뻔했지만 그의 표정은 진지했다. "아는 여자가 있었어." 나는 말했다. 다른 생각을 할 수 있어서 차라리 다행이었다. "우린 잘 지냈지. 아마 그런 생각이 머리를 스치긴 했을 거야…… 하지만 아니야. 난 알았어. 불가능하다는 걸."

앨리스. 정말로 오랜만에 그를 떠올린다. 어젯밤에는 나의 순경님에게 별것 아닌 양 말했지만 기억이 전부 되살아났다. 옥스퍼드에 다닐 때, 앨리스와 결혼하는 것이 최선의 해법일지도 모른다고 생각했던 순간이. 함께 있으면 즐거웠다. 함께 춤을 추러 가기도 했다. 비록 몇 주가 지나고 앨리스가 춤 다음에 무언가, 나로서는 해줄 수 없는 무언가가 있기를 바란다는 걸 알아차리긴 했지만. 앨리스는 쾌활하고 상냥하고 개방적이기까지 해서, 그를 아내로 삼으면 소수자 지위에서 벗어날 수 있을지도 모른다는 생각이 들었다. 수월하게 품위를 유지할 수 있을 거라고. 너무 큰 요구를 하지 않으면서 나를 돌봐줄 누군가를 얻게 될 거라고. 심지어 내가 가끔 일탈하더라도 이해해줄지 모르는 누군가를…… 그리고 나는 앨리스를 좋아했다. 그보다 덜한 것에 기댄 결혼 생활도 흔하다는 것을 알고 있었다. 그러다 마이클과 연인이 되었다. 불쌍한 앨리스. 나를 앗아 간 것이 무엇인지―혹은 누구인지―앨리스는 알았을 것이다. 하지만 그는 못 볼 꼴을 보이지 않았다. 못 볼 꼴을 보이는 건 앨리스답지 않았고, 그건 내가 좋아한 그의 장점 중 하나였다.

"난 결혼을 할 계획이에요." 나의 순경님이 말했다.

"계획이라고?" 나는 숨을 들이쉬었다. "약혼했다는 의미인가?"

"아뇨. 하지만 생각은 하고 있어요."

나는 술잔을 내려놓았다. "다들 생각은 하지." 나는 웃으려 애썼다. 내가 가볍게 넘기면 그 화제를 밀어낼 수 있으리라 생각했다. 그리고 그 화제를 빨리 밀어낼수록 그는 이 모든 헛소리를 더 빨리 집어치울 테고, 그러면 우리는 침대로 갈 수 있을 거라고. 지금 그가 뭘 하고 있는지 알 것 같았다. 전에도 몇 번 겪어보았다. 성교 후 이성애자 타령. 나는 동성애자가 아니야. 당신도 알잖아, 그렇지? 집에 아내와 아이들이 있다고. 이런 일은 지금껏 한 번도 없었어.

"생각하는 것과 실제로 하는 건 완전히 다른 문제지." 나는 그의 무릎 쪽으로 손을 뻗었다.

하지만 그는 듣고 있지 않았다. 말하고 싶어했다.

"얼마 전에 상사가 불러서 갔어요. 그런데 내게 뭐라고 한 줄 알아요? 언제 좋은 아가씨를 데려다 점잖은 경찰관의 아내로 삼을 생각인가?"

"무례하긴!"

"그런 말 처음도 아니에요…… 미혼자는, 그 사람이 말했죠. 미혼자는 우리 과에서 진급에 어려움을 겪은 사례가 종종 있었어."

"그래서 뭐라고 했지?"

"별말 안 했어요. 지금은 다들 우리를 못 잡아먹어 안달이니까. 경찰서장이 조사를 받고 그래서…… 모두가 티끌만 한 오점도 없어야 해요."

그 사태가 우리에게 좋지 않으리라는 건 나도 알고 있었다. "난 결혼하기에 너무 어리다고, 그리고 그건 꼰대가 상관할 바 아니라고 말하지 그랬어."

그가 웃음을 터뜨렸다. "뭐예요. 꼰대라니."

"꼰대가 뭐 어때서?"

그는 고개를 설레설레 저었다. "나보다 훨씬 이른 나이에 결혼하는 사람들도 많아요."

"그래서 그들이 어떻게 살고 있는지 봐."

그가 어깨를 으쓱이고는 나를 곁눈질로 쳐다보았다. "그리 나쁘진 않을 것 같은데."

짐짓 무심한 말투로 보아 마음에 둔 누군가가 있구나 싶었다. 이미 계획하고 있구나. 아마 내가 이카로스를 보여준 날 얘기한 교사일 거라고 추측했다. 아니라면 그 여자를 왜 언급했겠는가? 내가 정말이지 너무 멍청했다.

그래서 최대한 명랑하게 말했다. "저번에 말한 그 여자?"

그는 마른침을 삼켰다. "지금은 그냥 친구 사이예요. 진지한 관계 아니고."

거짓말이었다.

"음. 그때 얘기한 대로야. 그 친구 만나보고 싶어."

내겐 선택의 여지가 없다, 나도 안다. 여자의 존재를 무시하면서 그를 완전히 잃을 위험을 감수하느냐, 아니면 이 괴로운 상황에 직접 뛰어들어 그의 일부라도 지키느냐.

게다가 그를 여자에게서 떼어놓는 작업을 해볼 수도 있겠지.

그래서 우리는 조만간 박물관에서 그 여자를 만나기로 했다. 그가 잊고 넘어갈지도 모른다는 한심한 희망을 품으며 날짜는 일부러 확정하지 않았다.

그리고 그는 초상화를 완성할 때까지 계속 모델을 서기로 했다. 무슨 일이 있더라도 나는 그를 화폭에 옮길 것이다.

1957년 11월 24일

　일요일 아침, 우리의 피크닉을 위해 음식을 챙겼다. 잘 들으시길. 우리.

　어제는 브램프턴스에서 우설을 샀다. 그를 위한 맥주 몇 병, 질 좋은 로크포르 치즈 한 덩어리, 올리브 한 병, 그리고 아이싱을 입힌 빵 두 개도 샀다. 그것들을 고르며 우리 순경님이 어떤 음식을 좋아할지도 생각했지만, 내가 그에게 무얼 먹어보게 하고 싶은지도 생각했다. 냅킨과 샴페인 한 병을 포함할지 말지 망설였다. 결국 둘 다 넣기로 했다. 좋은 인상을 주려고 애쓰면 좀 어떤가?

　그 모든 게 어처구니없는 짓이다. 올해 들어 가장 추운 오늘 아침에는 더더욱. 해는 멀찍이 물러났고 비를 머금은 안개가 해변 위에 걸려 있는 데다 이른 아침 화장실에서는 입김이 눈에 보일 정도였다. 하지만 그는 12시에 올 테고 나는 그를 피아트에 태워 커크미어 헤이븐까지 달릴 것이다. 정말이지 차를 담은 보온병과 따뜻한 담요 몇 개도 필요할 듯하다. 차 밖으로 나갈 수 없을 경우에 대비해 그것들도 챙겨야겠다.

그렇지만 우리만의 오붓한 시간을 위해서는 궂은 날씨가 좋은 징조다. 수상쩍은 눈길로 힐끔대는 사람들만큼이나 나들이를 망치는 것도 없으니까. 상황에 어울리게끔 그가 산행 장비 같은 거라도 갖추고 나와주면 좋겠다. 마이클은 트위드로 된 옷이라면 그 어떤 종류도 입지 않았고 투박한 산보용 신발은 단 한 켤레도 없었다—우리가 대개 실내에 머물렀던 이유 중 하나. 물론 시골엔 인적 드문 곳이 있긴 해도 일단 누군가 나타나면 대개는 좀 모자란 이들이라, 자신과 좀 달라 보인다 싶은 사람은 누구든 비바람에 거칠어진 그 눈으로 노려보곤 한다. 어느 정도는 무시하는 법을 터득하게 되지만 우리 순경님이 그런 독기 어린 시선에 더럽혀지는 건 내가 견딜 수 없다.

내려가서 피아트에 시동이 잘 걸리는지 확인해봐야겠다.

그는 제시간에 도착했다. 평소와 같은 청바지에 티셔츠, 그리고 앵클부츠. 그 위에 긴 회색 코트. "왜요?" 내가 위아래로 훑어보자 그가 물었다. "아니야." 나는 웃으며 말했다. "아무 것도 아니야."

나는 난폭하게 차를 몰았다. 기회가 있을 때마다 그를 훔쳐보았다. 모퉁이를 거칠게 돌았다. 가속기 위에 올린 발이 내게 주는 권력의 감각에 웃음이 터져 나오려 했다.

"차를 너무 빠르게 모네요." 시내를 나와 해변 도로에 들어섰을 때 그가 말했다.

"날 체포하실 건가요?"

그는 짧게 웃었다. "그런 타입이 아닐 거라고 생각했을 뿐이에요."

"겉모습이란," 나는 말했다. "기만적일 수 있지."

그에게 자기 얘기를 전부 해달라고 말했다. "맨 처음부터 시작해." 나는 말했다. "너에 대해 모든 걸 알고 싶어."

그는 어깨를 으쓱했다. "말할 만한 게 별로 없는데."

"사실이 아니라는 거 알아." 나는 애정이 듬뿍 담긴 눈길을 보내며 졸랐다.

그는 창밖을 바라보았다. 한숨을 쉬었다. "당신도 이미 대부분 아는 얘기예요. 내가 다 말했잖아. 학교. 쓰레기였고. 군대 생활. 지루했고. 경찰. 그리 나쁘지 않고. 그리고 수영……"

"가족은 어때? 부모님은? 형제자매는?"

"뭐가 어떻냐는 거지?"

"어떤 사람들이야?"

"다들…… 그러니까, 괜찮아요. 평범해요."

방향을 바꿔봤다. "인생에서 원하는 게 뭐야?"

그는 잠시 말이 없다가 이렇게 대답했다. "내가 원하는 건, 당장은, 당신에 대해 아는 거. 그걸 원해요."

그래서 내가 이야기를 했다. 그가 귀를 기울이는 것이 피부로 느껴지는 듯했다. 그는 내가 하는 말을 간절히 듣고 싶어했다. 물론 그건 최고의 아첨이다. 열심히 듣는 귀. 그래서 나는 옥스퍼드에 다니던 시절, 화가로 먹고살려고 노력했던 몇 년, 박물관에서 일하게 된 사연, 미술에 대한 신념 따위를 계속 이야기했다. 오페라 공연에, 로열 페스티벌 홀에서 하는 연주회에, 그리고 런던에 있는 모든 주요 미술관에 데려가겠다고 약속했다. 그는 내셔널갤러리에는 이미 가봤다고 말했다. 학교에서 소풍으로. 그곳에서 본 작품 중 무엇이 기억나느냐고 물었더니 카라바조의 〈엠마우스에서의 만찬〉을 언급했다. 수염을 말끔히 깎은 예수. "눈을 뗄 수가 없더라고요." 그가 말했다. "수염이 없는 예수라니, 정말 이상했어요."

"멋지다는 의미로?"

"아마도요. 뭔가 안 맞는 느낌이었지만, 거기에 있는 다른 어떤 그림보다 더 진짜 같았어요."

나는 동의했다. 그리고 다음 주에 함께 가보기로 계획을 세웠다.

시퍼드 근처에서 안개가 더 심해졌고 커크미어 헤이븐에 도착할 무렵에는 바로 앞 도로가 완전히 사라진 듯했다. 우리의 피아트가 주차장에 있는 유일한 차량이었다. 나는 꼭 걸어야 하는 건 아니라고 말했다. 그냥 이야기만 나눠도 된다고. 그리고 음식을 먹고. 그 외에 아무거나 하고 싶은 것을 하면 된다고. 하지만 그는 단호했다. "이렇게 멀리까지 왔는데요." 그가 차 문을 열고 나가며 말했다. 꽤 실망스러웠다. 그가 더 이상 내게 잡혀 있지 않고 그렇게 훌쩍 멀어지는 걸 보자니.

바다로 굽이굽이 천천히 흘러나가는 강은 안개에 뒤덮여 보이지 않았다. 눈에 들어오는 거라곤 오솔길의 회색 석회암과 한쪽에 솟은 산들의—꼭대기가 아니라—기슭이었다. 가끔 안개 사이로 양의 두루뭉술한 형체가 설핏 보이기도 했다. 하지만 그게 전부.

나의 순경님은 주머니에 손을 넣고 살짝 앞에서 성큼성큼 걸었다. 걷는 동안 우리는 편안한 침묵에 빠져들었다. 조용하고 너그러운 안개가 쿠션처럼 우리를 감싸주는 것 같았다. 다른 사람은 한 명도 보이지 않았다. 오솔길에 닿는 우리의 발소리 외에는 아무 소리도 들리지 않았다. 나는 돌아가야 한다고 말했다—이건 소용없는 짓이다, 강도 구릉지대도 하늘도 전혀 안 보이지 않느냐, 그리고 난 배가 고프다, 도시락을 싸 왔으니 그걸 먹고 싶다. 그는 돌아서서 나를 보았다. "먼저 바다를 봐야 해요."

한참 뒤, 해변은 보이지 않았지만 해협의 바닷물이 밀려왔다 빠져나가는 소리가 들렸다. 나의 순경님은 발걸음을 재촉했고 나는 그 뒤를 따라갔다. 그곳에 도착한 우리는 가파른 자갈 제방 위에 나란히 서서 잿빛 안개를 바라보았다. 그가 숨을 깊게 들이쉬었다. "여기에서 수영하면 좋겠다."

"다시 오자. 봄에."

그가 나를 보았다. 입술에 떠오르던 그 미소. "아니면 더 일찍. 밤에 오면 되죠."

"추울 텐데." 내가 말했다.

"은밀할 거예요." 그가 말했다.

그의 어깨를 만졌다. "해가 나와 있을 때 오자. 따뜻할 때. 그럼 함께 수영할 수 있을 거야."

"하지만 난 이런 상태가 좋아요. 우리와 안개만 있는."

나는 웃음을 터뜨렸다. "너 경찰관치고 참 낭만적이구나."

"당신은 예술가치고 참 겁이 많고."

그에 대한 답으로 나는 그의 입에 거세게 키스했다.

1957년 12월 13일

　우리는 그가 휴식 시간을 길게 쓸 수 있는 점심때 가끔 만났다. 하지만 그는 학교 선생을 잊지 않았다. 그리고 어제, 처음으로 그 여자를 데려왔다.

　매력적이고 다정한 사람처럼 보이려고 얼마나 애를 써야 했던지. 둘은 한눈에 봐도 너무 안 어울려서 함께 있는 그들의 모습에 웃지 않을 수 없었다. 여자는 키가 거의 이 친구만큼이나 큰데 굳이 작아 보이려는 노력도 하지 않았고(굽이 있는 구두를 신었다) 외모는 그의 발끝도 따라오지 못했다. 하지만 그건 내 생각이겠지.

　그렇긴 해도, 뭔가 특이한 구석이 있는 여자였다. 아마 그 붉은 머리칼 때문일 것이다. 구릿빛이 어찌나 강렬한지 누구라도 시선을 빼앗길 것 같다. 아니면 그 태도 때문인가. 다른 많은 젊은 여자들과 달리 시선이 마주쳐도 눈을 피하지 않는다.

　박물관에서 두 사람을 만나 클락 타워 카페로 데려갔다. 가끔 그런 푸짐하고 단순한 음식이 당길 때 나의 순경님과 함께 가서 우리의 단골 식당이 된 곳이다. 어쨌거나 박물관의 건조한 적막 속에 있다가 기름기 밴 그 공간에서 식사를 하면 기분이 좋아진다. 더하여, 미스 매리언 테일러를 감명시키려는 노력을 전혀 하지 않겠다는 나의 결심이 워낙 굳건하기도 했고. 은식기와 식탁보가 갖춰진 식사를 기대할 것을 알았기에 클락 타워로 데려간 것이다. 보는 눈이 있을 때 학교 선생님이 가고 싶어하지 않을 만한 곳. 그 굽 있는 구두만 보아도 그 여자가 계층 이동을 지향하며, 자신과 함께 나의 순경님도 끌어올리고 싶어한다는 사실을 알 수 있었다. 작은 주방과 텔레비전과 세탁기를 갖춘 집에 그의 미래를 설계하겠지.

　하지만 이런 내 생각은 공정하지 않다. 그 여자에게 기회를 줘야 한다는 사실을 잊어선 안 된다. 최선의 전략은 여자를 내 편으로 삼는 거라는 사실도. 여자의 신뢰를 얻는다면 그를 계속 만나기가 더 쉬워질 것이다. 그쪽에서 나를 신뢰하지 않을 이유가 뭔가? 어쨌거나 우리는 둘 다 나의 순경님에게 가장 이로운 것을 진심으로 중시한다. 그가 행복하기를 그 여자도 분명 바랄 것이다. 나처럼.

　내가 들어도 그다지 설득력 없는 소리다. 사실은, 그가 그 여자의 붉은 머리칼과 자신감 있는 태도에 끌린 건가 싶어 약간 두렵다. 내가 줄 수 없는 무언가를 그 여자는 줄 수 있다는 생각에 두렵다. 일단은, 안전. 그리고 품위(본인은 깨닫지 못할지 몰라도 그 여자에게 넘쳐나는 그것). 그리고 어쩌면 승진까지.

　매리언 테일러는 확실히 자격 있는 라이벌 같아 보인다. 나의 순경님이 카페의 문을 열어 잡고 있기를 기다리는 태도에서 꿋꿋함을─아니 고집일까?─느낄 수 있었다. 그리고 그가 말할 때마다 진짜 의미를 알아내려 애쓰는 사람처럼 얼굴을 주의 깊게 바라보는 태도에서도. 미스 테일러가 다부진 여성이라는 점은 의심의 여지가 없다. 매우 진지한 여성이기도 하고.

　걸어서 박물관으로 돌아오는 동안 미스 테일러는 나의 순경님 팔을 단단히 잡아 앞으로 이끌었다.

　"평소처럼," 나는 그에게 말했다. "다음 화요일 저녁?"

　그가 "그럼요"라고 대답할 때 그 여자는 커다란 입을 일자로 다물고 그를 유심히 바라보았다.

　나는 나의 순경님 어깨에 손을 얹었다. "그리고 새해에는 두 사람 다 나랑 오페라 공연에 갔으면 해. 코번트 가든에서

〈카르멘〉을 보자고. 내가 접대하지.”

그가 환하게 웃었다. 하지만 미스 테일러는 새된 소리로 말했다. “그럴 수는 없죠. 그건 너무······.”

“당연히 그럴 수 있어요. 그럴 수 있다고 매리언에게 네가 말해.”

그가 미스 테일러를 향해 고개를 끄덕이고는 말했다. “괜찮아, 매리언. 우리도 돈을 좀 내면 돼.”

“그런 소리는 하지도 마.” 나는 여자를 등지고 그의 얼굴을 똑바로 보았다. “자세한 얘기는 화요일에 하지.”

나는 잘 가라고 인사한 뒤 본드 스트리트를 따라 걸어가며, 내가 팔을 어떻게 흔들고 걷는지 그 여자가 보고 있기를 바랐다.

1957년 12월 16일

어젯밤 아주 늦은 시간에 그가 내 아파트로 왔다.

"그 애 마음에 들었죠, 그렇죠?"

잠기운에 정신없이, 파자마 차림으로, 여전히 반쯤은 그의 꿈을 꾸면서 침대에서 나왔는데 눈앞에 그가 있었다. 긴장한 표정, 밤이슬에 젖은 머리칼. 그가 문가에 서 있었다. 내 의견을 묻고 있었다.

"세상에, 어서 들어와." 나는 날카롭게 속삭였다. "이웃들다 깨겠다."

앞장서서 위층으로 올라가 거실로 들어갔다. 탁상 스탠드를 켜며 시간을 봤다. 새벽 1시 45분.

"술 마실래?" 장식장을 가리키며 물었다. "아니면, 차가 나으려나?"

그는 처음 내 집에 왔을 때처럼 러그 위에—꼿꼿하고 불안하게—선 채, 전에 본 적 없는 강렬한 눈빛으로 나를 노려보았다.

나는 눈을 비볐다. "뭔데?"

"내가 물었잖아요."

또 시작이군, 나는 생각했다. 용의자와 심문자 역할극. "좀 늦은 시각 아닌가?" 목소리에 짜증이 묻어났지만 개의치 않고 내가 물었다.

그는 아무 말도 하지 않았다. 기다렸다.

"자, 차 한잔 마실까? 난 아직 잠이 덜 깨서."

그에게 따질 틈을 주지 않고 가운을 가져와 부엌으로 들어간 다음 주전자를 불에 올렸다.

그가 따라왔다. "그 애가 맘에 안 들었던 거야."

"가서 좀 앉을래? 난 차를 좀 마셔야겠어. 그런 다음에 얘기하자."

"왜 말을 안 하려고 해요?"

"할 거야!" 나는 웃음을 터뜨리며 가까이 다가갔지만, 그가 서 있는 자세—금세라도 튀어 오를 듯 미동도 없이 꼿꼿한 모습—가 그를 만지려던 내 손길을 막았다.

"그저 생각을 정리할 시간이 필요해서ー"

주전자의 비명이 끼어들었다. 분주하게 차를 계량하고 물을 붓고 차를 젓는 내내, 나는 움직이기를 거부하는 그를 의식하고 있었다.

"앉자." 내가 찻잔을 내밀었다.

"차 필요 없어요. 패트릭……"

"네 꿈을 꾸고 있었어." 나는 말했다. "그걸 궁금해할지 모르겠지만 말이야. 그런데 여기 네가 있잖아. 좀 이상해. 그리고 아주 좋아. 그리고 많이 늦었지. 어서. 좀 앉자."

그는 누그러들었고 우린 체스터필드 소파의 양쪽 끝에 각각 앉았다. 그렇게 초조하고 고집스러운 모습을 보니 내가 뭘 해야 할지 알 것 같았다. 그래서 말했다. "정말 멋진 여자야. 운 좋은 여자이기도 하고."

즉시 그의 얼굴이 밝아지고 어깨의 긴장이 풀렸다. "정말?"

"그래."

"난 당신이 그 애한테, 뭐랄까, 호감을 못 느끼는 것 같다고 생각했어요."

나는 한숨을 쉬었다. "내 마음대로 할 문제가 아니잖아, 안 그래? 그건 네 결정……"

"둘 사이가 안 좋은 상황은 생각하기도 싫어요."

"우리 사이 괜찮지 않았어?"

"그 애는 당신 좋대요. 나한테 그랬어. 당신이 진짜 신사라고."

"그랬구나."

"진심이었어요."

어쩌면 너무 늦은 시간이어서, 어쩌면 미스 테일러가 나를 좋게 봤다는 말 때문에, 더 이상 짜증을 숨길 수 없었다. "이봐," 나는 쏘아붙였다. "내가 너한테 그 여자 만나지 말라고 할 수는 없어. 그건 나도 알아. 하지만 그렇다고 해서 상황이 달라질 거라고 생각하지 마."

"어떤 상황?"

"우리 둘의 상황."

우리는 오랫동안 서로를 쳐다보았다.

그러다 그가 미소를 지었다. "정말로 내 꿈 꾸고 있었어요?"

내 승인 도장을 받은 뒤 그는 후한 보상으로 답해주었다. 처음으로 내 침대로 왔고, 밤새 머물렀다.

잠에서 깨어나 눈을 뜨기도 전, 몸에 닿는 매트리스의 형태와 시트의 온기만으로 아직 연인이 거기 있음을 알 때의 기쁨을 나는 거의 잊고 있었다.

나는 잠에서 깨며 그의 멋진 어깨를 보고 감탄했다. 그의 뒤태는 정말이지 훌륭하다. 수영으로 단련되어 탄탄하고, 척추 아래쪽 끄트머리에는 부드러운 털 한 무더기가 생기다 만 꼬리처럼 나 있다. 가슴과 다리는 뻣뻣하고 곱슬곱슬한 금색 털로 덮여 있다. 어젯밤에는 그의 배에 입을 대고 거기 있는 털을 살짝살짝 깨물었다가 잇새에 느껴지는 그 거친 질감에 깜짝 놀랐다.

나는 숨결에 따라 움직이는 그의 어깨를, 커튼 사이로 스며드는 햇빛에 환해지는 그의 피부를 바라보았다. 내가 목을 만지자 그는 깜짝 놀라며 잠에서 깨더니 벌떡 일어나 앉아 방 안을 둘러보았다.

"잘 잤어?" 내가 말했다.

"오, 하느님."

"하느님 아닌데." 나는 미소를 지었다. "그냥 패트릭이야."

"오, 하느님." 그가 다시 말했다. "지금 몇 시예요?"

그는 다리를 침대 밖으로 휙 내리더니 경이로운 조각상 같은 나체를 온전히 감상할 시간도 제대로 주지 않은 채 팬티를 입고 바지를 당겨 올렸다.

"8시는 지난 것 같은데."

"젠장." 그가 더 크게 외쳤다. "6시에 근무 시작인데. 젠장!"

그가 껑충껑충 뛰면서 밤에 벗어 던진 잡다한 옷가지를 찾는 사이 나는 가운을 입었다. 다정한 분위기를 되살리는 건 고사하고 대화를 해보려는 노력조차 소용없을 게 분명했다.

"커피?" 내가 문으로 다가가며 물었다.

"난 맞아 죽을 거야."

거실로 나가 코트를 집어 드는 그의 뒤를 따라갔다.

"기다려."

멈춰서 나를 보는 그에게 팔을 뻗어 뭉쳐진 머리카락을 정돈해주었다.

"얼른 가야一"

나는 입에 세게 키스하며 그를 더 붙잡아두었다. 그러고는 문을 열어 주위에 아무도 없는지 확인했다. "그럼 이제 가." 나는 속삭였다. "무사하길 빌어. 계단에서 사람들 눈에 띄지 말고."

그 시간에 그를 내보내는 건 그야말로 무모한 짓이었다. 하지만 나는 다시 그런 상태가 되어 있었다. 무엇이든 가능해 보이는 상태. 그가 가고 난 뒤 레코드플레이어로 〈나 홀로 길을 갈 때〉*를 틀었다. 음량을 최대로 올렸다. 혼자서 왈츠를 추며 집 안을 휩쓸고 다녔더니 아찔하게 들뜬 기분이 들었다. 어머니가 잘하는 말. 들떠서 어질어질해. 정말이지 근사한 기분이다.

• 푸치니의 오페라 〈라보엠〉에 나오는 아리아.

286

다행히도 오늘 아침은 조용히 지나갔다. 오전 시간 대부분을 사무실에 틀어박혀 창밖을 내다보고 우리 순경님의 손길을 떠올리면서 보낼 수 있었다.

그러느라 시간 가는 줄도 몰랐는데, 2시쯤 문득 그를 언제 다시 볼 수 있을지 알지 못한다는 사실을 깨달았다. 어쩌면 처음으로 함께 밤을 보낸 어제가 마지막이 될지도 몰라. 나는 생각했다. 출근해야 한다며 급히 나갔지만, 어쩌면 그건 핑계였을지도 몰라. 내 아파트에서, 내게서, 그리고 지금까지 일어난 일로부터 최대한 빨리 도망치는 방식인지도. 그를 잠깐이라도 봐야 했다. 그러지 않는다면 너무 비현실적이어서 이미 꿈같기만 한 이 모든 것이 와르르 무너질 것 같았다. 그런 일이 일어나게 둘 수는 없었다.

그래서 재키가 들어와 차를 마시겠느냐고 물었을 때 나는 급한 회의가 있어서 나갔다가 바로 퇴근할 거라고 말했다. "미스터 휴턴에게 말씀드릴까요?" 재키가 한쪽 입꼬리를 살짝 말아 올리며 말했다.

"그럴 거 없어요." 나는 다른 질문이 나오기 전에 그를 지나쳐 가며 대답했다.

밖에 나오니 화창하고 추운 오후였다. 강렬한 햇빛을 보니 내가 옳은 결정을 했다는 확신이 들었다. 파빌리언은 진한 크림색으로 빛났다. 스틴 광장의 분수들도 반짝거렸다.

상쾌한 공기를 마시자 절박함이 어느 정도 잦아드는 듯했다. 얼굴에 닿는 싸늘한 바람을 즐기며 해안가를 따라 총총히 걸었다. 섭정양식의 눈부시게 흰 테라스들을 바라보았다. 이 도시에 살게 되어 얼마나 운이 좋은지. 몇 번째인지도 모를 생각을 다시 한번 했다. 브라이턴은 영국 땅의 끝자락이고, 이곳에서 우리는 완전히 다른 나라에서 살고 있는 듯한 느낌을 받을 때가 많다. 사방이 막힌 것만 같은 서리 특유의 음침함이나, 축축하고 움푹 꺼진 옥스퍼드의 거리에서 멀리 벗어난 곳. 여기에서는 다른 데서 일어날 수 없는 일들이 잠깐이나마 일어날 수 있다. 여기에서 나는 나의 순경님을 만질 수 있을 뿐 아니라, 내 다리를 매트리스에 단단히 내리누르는 그의 육중한 허벅지를 느끼며 밤새 함께할 수도 있다. 그런 생각이 얼마나 충격적이고 터무니없는지, 그러면서도 또 얼마나 현실적인지, 나는 머린 퍼레이드의 보도 한복판에서 웃음을 터뜨렸다. 맞은편에서 오던 여자가 미치광이의 비위를 맞추듯 미소를 지어 보였다. 나는 계속 실실 웃으며 벌링턴 스트리트로 빠져나가 블룸즈버리 플레이스를 향해 걸어갔다.

옥외 화장실보다 더 클 것도 없는 파출소가 나타났다. 푸른 등이 햇빛에 어슴푸레하게 빛났다. 기쁘게도 건물 앞에 자전거가 세워져 있지 않았다. 밖에 자전거가 있다는 건 경사가 들렀다는 의미라고 그가 전에 말해줬다. 그런데도 나는 멈취 서서 거리 양쪽을 훑었다. 사람은 보이지 않았다. 멀리 바다에서 파도가 부드럽게 부서졌다. 파출소의 불투명한 유리창을 통해서는 무엇도 알 수 없었다. 하지만 나는 그가 거기 있다고 믿었다. 나를 기다리고 있다고.

밀회를 위해 이보다 이상적인 장소가 있을까. 나는 생각했다. 우리는 안에 숨으면서도 공공장소에 있게 되는 셈이다. 파출소에서는 은둔과 흥분이 모두 가능하다. 더 이상 바랄 것이 없다. 파출소에서의 사랑. 우편으로만 주문할 수 있는 페이퍼백 소설의 멋진 소재가 될 만하다.

아찔하게 들뜬 기분. 무엇이든 가능할 것 같았다.

나는 문을 크게 두드렸다. 둥-두, 내 심장이 고동쳤다. 둥-두. 둥-두. 둥-두.

경찰. 표지판에 쓰여 있었다. 응급 상황 발생 시 호출.

정말이지 응급 상황인 기분이었다.

문이 열리자마자 나는 말했다. "용서해줘." 고해성사를 청하는 천주교도 소년이라도 된 듯한 환상을 품고서.

그가 이게 다 무슨 일인지 가늠하는 사이, 잠시 모든 것이 멈추었다. 이윽고, 먼저 안전한 상황인지 확인한 다음, 그가 내 옷깃을 잡아 안으로 끌어당기며 문을 쾅 닫았다. "도대체 여기서 뭐 하는 거예요?" 그가 나직이 쏘아붙였다.

나는 옷을 툭툭 털어 정돈했다. "알아, 알아⋯⋯"

"내가 지각했다고 맞아 죽을 뻔한 걸로 부족해요? 일을 더 꼬이게 만들어야겠어요?" 그는 볼을 불룩하게 부풀리며 이마에 손을 얹었다.

나는 사과를 하면서도 계속 웃었다. 내 등장에 놀란 가슴을 진정시킬 시간도 줄 겸 실내를 둘러보았다. 약간 칙칙한 곳이었지만 구석에 전기히터가 있었고 선반에는 샌드위치 통과 보온병이 놓여 있었다. 문득 그의 어머니가 흰 빵에 미트페이스트를 발라 세모꼴로 자르는 장면이 떠올랐고, 그러자 새삼스레 그를 향한 애정이 샘솟는 느낌이었다.

"차 한잔 권하지도 않을 생각이야?" 나는 물었다.

"근무 중이잖아요."

"아," 내가 말했다. "나도 마찬가지야. 음, 근무 중이어야 하는데, 사무실에서 빠져나왔지."

"그건 완전히 다르죠. 당신은 규칙을 깰 수 있을지 몰라도, 나는 안 돼요." 그 말을 하며 그는 부루퉁한 소년처럼 고개를 살짝 숙였다.

"알아." 나는 말했다. "미안해." 손을 뻗어 그의 팔을 만지려 했지만 그가 팔을 치웠다.

잠시 침묵이 흘렀다. "이걸 주려고 왔어." 내 아파트 열쇠 꾸러미를 내밀었다. 사무실에 여분 열쇠가 있었다. 충동. 핑계. 그의 마음을 얻기 위한 수단. "이러면 네가 원할 때마다 올 수 있잖아. 내가 거기 없을 때라도."

그는 열쇠를 보고서도 받으려는 움직임이 없었다. 그래서 그걸 선반 위 보온병 옆에 놔두었다. "그럼 갈게." 나는 한숨을 쉬었다. "오지 말아야 했어. 미안해." 하지만 돌아서서 문으로 걸어가는 대신 그의 재킷 맨 위 단추를 잡았다. 그것을 꽉 쥐고서 손가락 사이로 차가운 감촉을 느꼈다. 단추를 풀지는 않았다. 단추가 손에서 따뜻해질 때까지 잡고 있었을 뿐이다.

"그냥," 나는 바로 아래 단추로 손을 옮겨 꽉 잡으며 말했다. "도저히 안 돼서……"

그가 움찔하지도, 소리를 내지도 않아서 그다음 단추로 손을 옮겼다. "……생각을 멈출 수가 없어서……"

다음 단추. "……네가 얼마나 아름다운지."

손이 아래로 내려가는 동안 그의 호흡이 빨라지더니, 맨 아래 단추에 이르렀을 때 그가 내 손을 잡았다. 내 손가락 두 개를 조심스레 입에 넣었다. 그 추운 날에도 그의 입술은 뜨거웠다. 그는 손가락을 빨고 또 빨았고, 나는 숨을 헐떡거렸다. 그는 탐욕스럽게 나를 원한다. 나는 안다. 내가 그를 원하는 만큼이나 탐욕스럽게.

그러다 그가 입술에 있던 손을 자신의 사타구니로 가져가 꽉 누르며 물었다. "공유할 수 있어요?"

"공유?"

"나를 공유할 수 있어요?"

그가 단단해지는 것을 느끼며 나는 고개를 끄덕였다. "그래야만 한다면. 그래. 공유할 수 있어."

그러고서 나는 그의 앞에 무릎을 꿇었다.

3장

피스헤이븐, 1999년 11월

창밖에 내리는 비를 바라보는 당신을 보며, 나는 당신이 톰과 내가 결혼하던 날을, 영원히 그치지 않을 듯하던 그 비를 기억하고 있을까 생각한다. 아마도 당신에게는 그날이 오늘보다 더 현실처럼 느껴지겠지. 20세기의 끝자락, 11월 어느 수요일, 저 음울한 하늘도 창가에 몰아치는 바람도 피할 길 없는 이곳 피스헤이븐의 오늘. 분명 내게는 오늘이 더 현실처럼 느껴진다.

1958년 3월 29일. 내 결혼식 날에는 비가 끝도 없이 내렸다. 옷이 살짝 젖고 얼굴이 시원해지는 봄비 정두가 아니라 무지막지한 장대비. 나는 지붕을 두드리고 홈통을 따라 요란하게 흘러내리는 빗소리에 잠에서 깼다. 그때는 행운 같다고 생각했다. 새로운 삶으로 들어가는 세례식 같다고. 침대에 누운 채로 만물을 정화하는 급류를 떠올렸고, 낯선 해안에 상륙해 과거의 삶은 다 흘려보내고 멋진 신세계를 맞이하는 셰익스피어 희곡의 여주인공들을 생각했다.

우리는 채 한 달이 못 되는 매우 짧은 약혼 기간을 거쳤다. 톰은 모든 일을 빨리 처리하고 싶어 안달인 듯했고 당연히 나도 마찬가지였다. 종종 그때를 돌아보며 그이가 왜 그리 서둘렀을까 생각하곤 했다. 그렇게 어질어질해질 정도로 급한 결혼이 당시에는 짜릿했고, 내심 으쓱하기도 했다. 하지만 지금 생각하니, 그이는 자기 마음이 바뀌기 전에 얼른 해치워버리고 싶었던 것 같다.

교회로 가는 길, 비단 구두 밑 오솔길은 위태로웠고 원통형 모자와 짧은 베일은 날 전혀 가려주지 못했다. 수선화 꽃봉오리들이 비에 젖어 축 늘어진 데다 아버지는 그나마 비를 막아줄 바깥 현관까지라도 빨리 가려고 조바심을 냈지만, 나는 허리를 똑바로 세우고 여유 있게 오솔길을 걸어갔다. 현관에 이르렀을 때 아버지가 무슨 말인가 할 거라고, 자랑스러움이나 두려움 같은 감정을 드러낼 거라고 생각했는데 아버지는 말이 없었다. 내 베일을 정돈해주는 아버지의 손이 떨렸다. 지금 생각해보니, 나는 그 순간의 의미를 알았어야 했다. 아버지가 내 인생에서 가장 중요한 남자는 자신이라고 주장할 수 있는 마지막 순간이라는 걸. 나쁜 아버지가 아니었는데. 나를 때린 적도 없고 목소리를 높인 적도 많지 않았는데. 내가 그래머스쿨에 진학한다는 이유로 엄마가 울음을 멈추지 않을 때도 아빠는 내게 장난스러운 눈짓을 보냈다. 내게 착하다거나, 못됐다거나, 그도 저도 아닌 어떤 딸이라거나 하는 말을 한 번도 한 적이 없었다. 아버지에게 나는, 무엇보다도 잘 이해되지 않는 자식이었던 것 같다. 하지만 그렇다고 나를 벌하지도 않았다. 다른 남자와 새로운 인생을 막 시작하려는 그 순간에 나는 아버지에게 무슨 말이든 했어야 했다. 하지만 물론 톰이 나를 기다리고 있었고, 내가 생각할 수 있는 사람은 오직 그이뿐이었다.

예배당의 중앙 통로를 걸어가는 동안 당신만 빼고 모든 사람이 돌아보며 웃음을 지었다. 하지만 난 상관없었다. 구두가 완전히 젖었고, 스타킹에는 진흙이 튀었고, 당신은 약간의 분란을 일으킨 끝에 결국 로이 대신 신랑 들러리 자리를 차지하고 서 있었지만, 내겐 다 상관없었다. 톰이 경찰 제복 대신 당신이 사준 양복(당신 것은 진갈색이고 그이 것은 회색이라는 차이가 있을 뿐 둘이 똑같은 양복)을 입었다는 사실도 난 제대로 알아차리지 못했다. 톰에게 다가갔을 때 당신이 그이에게 건네준 반지로 나는 미시즈 톰 버지스가 되었으니까.

예식이 끝난 뒤 교회 강당에서 맥주와 샌드위치를 즐기는 행사가 이어졌다. 그곳에선 세인트루크 학교와 비슷한 냄새—아이들의 운동화와 너무 익힌 소고기 냄새—가 났다. 이제 정말로 아이를 가진 실비는 체크무늬 원피스 차림으로 구석에 앉아 담배를 피우며 로이를 쳐다보고 있었고, 로이는 피로연이 시작되기 전부터 이미 취한 것 같았다. 줄리아도 초대했다. 우리가 확고한 친구 사이가 되어간다고 확신했으니까. 줄리아는 청록색 투피스 차림으로 환히 웃고 있었다. 패트릭, 당신도 줄리아와 대화를 나누었던가? 기억이 나지 않는다. 그저 줄리아가 해리 오빠와 대화를 시작하려는데 해리는 줄리아 너머로 실비의 가슴만 보고 있었다는 것만 떠오른다. 톰의 부모님도 당연히 거기 계셨다. 그이의 아버지는 모든 사람의 어깨를 다소 세게 때리며 다녔다(톰의 습관이 어디서 생긴 것인지 그제야 알았다). 그이 어머니의 선반 같은 가슴은 그 어느 때보다 커서 꽃무늬 블라우스를 꽉 채웠다. 예식이 끝난 뒤 그분이 내 볼에 입을 맞췄는데, "가족의 일원이 되어 반갑구나"라고 말하며 눈물을 훔칠 때 살짝 퀴퀴한 립스틱 냄새가 났다.

　나는 이제 막 내 남편이 된 그이와 그곳을 빠져나가고만 싶었다.

　축사를 할 때 당신은 무슨 이야기를 했던가? 처음에는 아무도 열심히 듣지 않았다. 다들 런천미트 샌드위치와 하비스

맥주가 놓인 곳에 가느라 정신이 없었다. 하지만 당신은 강당 앞쪽 자리에서 일어나 개의치 않고 축사를 이어나갔고, 톰은 불안하게 주위를 둘러보았다. 얼마 뒤 당신의 옥스브리지*식 모음 발음과 깊고 부드러운 목소리가 주는 완전한 새로움이 사람들의 귀를 자극했다. 당신이 톰과 처음 만난 사연을 얘기할 때 그이는 얼굴을 살짝 찌푸렸다. 자전거 탄 여자에 관한, 나는 처음 듣는 그 이야기에 당신은 심취해 있었다. 톰이 그 여자를 약간 제정신이 아닌 아주머니라고 했다고 되풀이해 말할 때는 희극적인 효과를 위해 잠시 멈추기도 했는데, 그때 내 아버지는 폭소를 터뜨렸다. 당신은 톰과 내가 경찰관과 교사로서 완벽한 교양인 부부가 될 거라고도 말했다. 사회에 진 빚을 갚지 못한다며 우리를 비난할 사람은 아무도 없을 것이며, 톰이 거리를 활보하고 내가 어린이들의 교육을 담당하고 있다는 것을 알면 브라이턴 주민들 모두 두 다리를 쭉 뻗고 잘 수 있을 거라고. 그때도 나는 당신이 얼마나 진지한지 확신할 수 없었지만 그런 말을 들으니 살짝 자랑스럽긴 했다. 당신은 잔을 들어 축배를 청하고 흑맥주 반 파인트를 몇 모금 만에 비우더니, 내겐 들리지 않는 무슨 말인가를 하며 톰의 팔을 토닥인 뒤 내 손에 단호히 입을 맞추곤 그곳에서 나갔다.

• 옥스퍼드와 케임브리지를 함께 일컫는 말.

결혼식 전날 밤, 나는 실비의 아파트에 갔었다. 요즘 사람들은 이런 걸 '처녀 파티'라고 부르는 것 같다. 톰도 경찰서의 동료들과 어울리러 나간 터였다.

포츨레이드에 있는 로이 어머니의 집에서 마침내 분가한 실비 부부의 아파트는 엘리베이터와 커다란 창문이 있고 공설 시장이 내다보이는 새 고층 건물에 있었다. 입주가 시작된 지 몇 달밖에 되지 않아 복도에서는 아직도 젖은 시멘트와 새 페인트 냄새가 났다. 하지만 그 번쩍이는 엘리베이터에 들어갈 때는 문이 아주 부드럽게 열렸다.

실비네 집 벽지와 거실 커튼에는 붓꽃 무늬가 있었다. 노란 점이 찍힌 진한 파란색 꽃. 하지만 다른 모든 것은 현대적이었다. 나지막하고 팔걸이가 가느다란 소파의 커버는 대체로 비닐 소재였을 미끈하고 차가운 직물이었다. "아빠가 우리를 불쌍히 여겨서 거금을 쓰셨어." 가스 벽난로 위에 놓인 해 모양 나무 시계를 힐끔거리는 내게 실비가 말했다. "양심의 가책이 겠지."

실비의 아버지는 결혼식 이후 몇 달간 딸을 보지 않으려 했다.

"매커슨 맥주 줄까? 좀 앉아."

실비는 몸이 이미 꽤 무거웠다. 가늘고 각졌던 몸매가 둔해지고 있었다. "나처럼 아이를 빨리 갖진 마, 알았지? 얼마나 끔찍한지 몰라." 실비는 내게 잔을 건네고 소파에 앉았다. "정 말 짜증 나는 건," 그가 말을 이었다. "로이에게 거짓말할 필요 도 없었다는 사실이야. 결혼 직후에 어쨌거나 임신했으니까. 로이는 내가 임신 6개월째라고 생각하지만 이 아기가 좀 늦게 나오리라는 걸 나는 알지." 실비는 나를 쿡 찌르며 키득거렸다. "실은 꽤 기대되기도 해. 꼭 껴안을 수 있는 나만의 아기라니."

결혼식 날 실비가 제 마음대로 살 수 있으면 좋겠다고 말 한 기억이 났고 무슨 일이 있었기에 생각이 바뀌었는지 궁금 했지만 나는 그저 말했다. "집이 참 좋네."

실비는 고개를 끄덕였다. "나쁘지 않지? 공영주택위원회에 서 건물이 완공되기도 전에―벽지도 마르기 전에―입주를 시 켜버리긴 했지만, 그래도 이렇게 높은 데 사니까 좋아. 구름 속 에 있는 셈이잖아."

구름 속이라고 하기엔 지상에서 겨우 네 층 위일 뿐이었지 만 나는 빙긋 웃었다. "딱 네가 있어야 할 곳이야, 실비."

"너도 그래. 내일 결혼하잖아. 신랑이 쓸모없는 내 오빠이 긴 하지만." 실비가 내 무릎을 꽉 쥐었고, 나는 얼굴이 달아오 를 정도로 기분이 들떴다.

"톰을 정말 사랑하는구나?" 실비가 물었다.

나는 고개를 끄덕였다.

실비는 한숨을 쉬었다. "톰은 날 보러 오지도 않아. 신랑 들러리 문제로 로이랑 완전히 틀어진 건 알지만, 로이가 없을 때 올 수도 있잖아, 안 그래?" 그가 크고 또렷한 눈으로 내 얼굴을 들여다보았다. "한번 오라고 좀 전해줄래, 매리언? 모르는 사람처럼 굴지 말라고 얘기해줘."

나는 그러겠다고 했다. 톰과 로이의 불화가 그 정도로 심각한 줄은 몰랐다.

흑맥주를 함께 마시면서 실비는 아기 옷에 대해 이야기했고 아파트 안에서 기저귀를 말릴 일이 걱정스럽다고도 했다. 실비가 술을 더 가져와 수다를 이어가는 사이 내 생각은 다음 날 있을 일로 흘러갔다. 톰의 팔을 잡고 붉은 머리에 햇빛을 받으며 서 있는 내 모습을 상상했다. 우리는 색종이 조각을 뒤집어쓰고, 톰은 나를 마치 처음 보는 듯 강렬하게 바라보겠지. 눈부셔. 그것이 그이의 머릿속에 떠오를 말이리라.

"매리언, 몇 년 전에 내가 톰에 대해 했던 말 기억나?" 실비는 흑맥주를 세 잔째 마시는 중이었고 나와 아주 가까이에 앉아 있었다.

나는 숨을 멈추고 그저 시선을 돌리기 위해 술잔을 소파 팔걸이 위에 내려놓았다. "무슨 말?" 그렇게 묻는 내 심장박동이 살짝 빨라졌다. 실비가 어떤 말을 뜻하는지 나는 아주 잘 알고 있었다.

"내가 그랬잖아, 톰은, 그러니까, 다른 남자들과 다르다고……"

그때 한 말은 그게 아니었다고 나는 생각했다. 실비는 그렇게 말하지 않았다. 정확히 그렇게는.

"기억해, 매리언?" 실비가 끈질기게 물었다.

나는 장식장의 유리문에 시선을 고정했다. 안에 놓인 물건이라고는 측면에 "캠버 샌즈 해변에서 보내는 인사"라고 쓰여있는 파란색 항아리와 액자도 끼우지 않은 실비와 로이의 결혼식 사진뿐이었다. 사진 속에서 눈을 아래로 내리깐 실비는 안 그래도 어린 제 나이보다도 더 어려 보였다.

"잘 모르겠네." 나는 거짓말을 했다.

"음, 그럼 다행이다. 네가 그 말을 잊었으면 했거든. 사실 우리 가족은 톰이 결혼을 안 할 거라고 생각했는데, 너희가 이런 사이가 됐고……"

잠시 침묵이 흐르는 동안 나는 실비의 결혼사진에 집중하며 겨우 마음을 안정시킨 뒤 말했다. "그래, 우리가 이런 사이가 됐어."

실비는 한숨을 내쉬는 것 같았다. "톰이 바뀌었나 봐. 아니면 우리가 잘못 생각했거나. 어쨌든 넌 그냥 잊어버리는 게 좋겠어, 매리언. 그런 말을 해서 기분이 너무 안 좋아."

나는 실비를 보았다. 불그레하고 오동통하지만 여전히 매력적인 그 얼굴을 보며 그날의 벤치로 돌아가 실비의 말을 듣고 있었다. 로이가 제 몸을 만진 얘기를 들려주던, 그리고 자기 오빠의 애정을 얻겠다는 희망을 버리라던 실비의 말을.

"네가 뭐라고 했는지 기억도 안 나, 실비." 나는 딱 잘라 말했다. "그러니까 그 얘긴 그만하자, 알았지?"

우리는 한참을 말없이 앉아 있었다. 실비가 적당한 말을 찾느라 애쓰고 있다는 걸 느낄 수 있었다. 결국 그가 생각해낸 말은 이것이었다. "이제 곧 우리 둘 다 유부녀가 되어 해안가를 따라 유아차를 밀고 다니겠구나." 그런데 무슨 이유에선지 그 말에 더 짜증이 치솟았다.

나는 일어섰다. "사실 내가 학교에서 계속 일할 생각이라 아마 아이 갖는 건 잠시 미룰 거야." 진실을 말하자면, 톰과 결혼하는 상상 속에 아이들은 전혀 등장하지 않았다. 그런 가능성은 생각한 적도 없었다. 유아차를 미는 나 자신은 상상하지 않았다. 그저 그의 팔에 기댄 나를 상상했을 뿐.

결혼식을 준비하려면 일찍 일어나야 한다는 핑계를 대면서 코트를 가져왔다. 실비는 아무 말도 하지 않았다. 그저 냉기 어린 복도까지 따라 나와, 엘리베이터를 기다리는 나를 말없이 바라볼 뿐이었다.

엘리베이터 문이 열렸을 때도 나는 돌아보고 인사를 건네지 않았지만, 실비가 외쳤다. "톰한테 좀 오라고 말해줘, 알았지?" 나는 여전히 돌아보지 않은 채로 알겠다고 웅얼거렸다.

"그리고, 매리언?"

엘리베이터를 붙잡고 기다릴 수밖에 없었다. "왜?" 1층이라고 적힌 버튼만 바라보며 내가 물었다.

"행운을 빌게."

우리의 '신혼여행'은 올드 십 호텔에서 보낸 하룻밤이 다였다. 나중에 웨이머스에 며칠 다녀오자고 막연히 얘기를 나눴지만, 톰이 한동안 휴가를 낼 수 없어서 좀 기다려야 했다.

그랜드 호텔만큼 근사하지는 않았지만 올드 십에는 일종의 절제된 화려함이 있었고, 당시의 내겐 그게 굉장히 인상적이었다. 유리 회전문을 밀고 로비에 들어선 순간 우리 둘 다할 말을 잃었다. 두꺼운 카펫이 깔린 바닥에서 안정적으로 울리는 삐걱 소리에 정말로 '낡은 배old ship' 같다는 말이 나오려는 걸 억눌렀다. 톰의 아버지가 결혼 선물로 숙박비와 저녁 식사 비용을 대신 치러주었다. 우리 둘 다 호텔에서 처음 자보는 거라 그런 곳의 예법을 모른다는 생각에 살짝 공황에 빠졌던 것도 같다. 영화에서 보면 짐을 대신 들어주는 벨 보이와 개인 정보를 묻는 안내 데스크 직원도 있던데, 그날 올드 십에서는 사방이 조용했다. 내 손에 들린 작은 여행 가방 안에는 그날을 위해 특별히 장만한 나이트가운이 들어 있었다. 가장자리가 레이스로 장식된 연한 살구색 잠옷이었다. 나는 이미 웨딩 드레스에서 청록색 모직 스커트와 카디건 세트, 그리고 짧은 부클레 재킷으로 갈아입은 상태였고, 그만하면 충분히 세련된 차림이라 생각하고 있었다. 구두는 새것이 아니고 코 부분이 심하게 긁혔지만 너무 신경 쓰지 않으려고 애썼다. 톰은 캔버스 가방 하나만 들고 있었는데, 더 그럴듯해 보이도록 그이도 여행 가방을 가져왔으면 좋았겠다는 생각이 들었다. 하지만 남자들이 다들 그렇지, 하며 마음을 고쳐먹었다. 남자들은 여행할 때 짐을 가볍게 꾸리니까. 까다롭게 챙기지 않으니까.

"누구라도 여기 있어야 하지 않나?" 톰이 인적을 찾아 주위를 둘러보며 말했다. 그이는 안내 데스크로 다가가 반짝이는 표면에 양손을 올렸다. 그의 손 가까이에 금색 벨이 하나 있었지만 그는 거기에 손을 대지 않았다. 그저 목제 상판을 손가락으로 두드리면서 데스크 너머 유리가 끼워진 문에 시선을 고정한 채 기다렸다.

나는 그의 뒤에서 거닐며 저녁 식사 메뉴(화이트 와인 소스를 곁들인 가자미 요리, 레몬 타르트)와 그다음 주에 열릴 회의와 무도회 목록이 적힌 알림판을 읽었다. 등받이가 높은 가죽 안락의자가 여러 개 있었지만 누가 와서 음료를 주문하라고 할까 봐 감히 앉을 엄두는 내지 못했다. 여전히 톰은 기다리고 있었다. 여전히 아무도 오지 않았다.

계속 빙빙 돌아다니기가 싫어서 안내 데스크 앞으로 가 벨을 손으로 세게 눌렀다. 맑고 낭랑한 소리가 로비에 울려 퍼지자 톰이 움찔했다. "그건 나도 할 수 있었어." 그가 조용히 쏘아붙였다.

번쩍이는 검은 머리에 풀 먹인 흰 재킷을 입은 남자가 곧바로 나타났다. 그는 톰과 나를 거듭 번갈아 쳐다보다가 겨우 미소를 지었다. "기다리시게 해서 정말 죄송합니다, 미스터 그리고 미시즈……"

"버지스." 톰이 나보다 먼저 말했다. "토머스 버지스 부부입니다."

톰의 아버지의 결혼 선물에 바다 전망까지는 포함되지 않았다. 우리 방은 호텔 뒤편이라 직원들이 모여 잡담을 하고 담배를 피우는 마당이 내다보였다. 안에 들어가서도 톰은 앉으려 하지 않았다. 이리저리 돌아다니며 창을 거의 다 가린 묵직한 진홍색 커튼을 들추는가 하면 적갈색 깃털 이불을 어루만졌다. 패트릭 당신의 아파트에 함께 갔을 때처럼 호화로운 물건들을 보며 감탄을 하기도 했다(수도꼭지에서 냉온수가 다나와!). 그가 자물쇠를 붙들고 한동안 낑낑거린 끝에 목제 창문이 끔찍한 끼익 소리를 내며 열리자, 오후 갈매기들의 울음소리가 안으로 들어왔다.

"괜찮아?" 내가 물었다. 정말로 하려던 말은 그게 아니었다. 창가에서 그만 돌아와 키스해줘. 내가 하고 싶은 말은 그거였다. 아무 말도 하지 말까, 그냥 옷을 벗기 시작할까도 잠시 생각했다. 아직 오후 5시도 안 된 시각이었지만 우리는 신혼부부였다. 호텔 안이었다. 그곳은 브라이턴이었다. 그런 일들이 늘일어나는 곳.

톰이 사랑스럽게 활짝 웃었다. "최고야." 그가 다가와 내 볼에 키스했다. 톰의 머리칼을 향해 손을 올리고 있는데 그는 어느새 다시 창가로 가서 커튼을 휙 젖힌 뒤 밖을 내다보았다. "우리 말이야," 그가 말했다. "좀 재미있는 일을 해야겠어. 신혼여행이잖아."

"아, 그래?"

"휴가객인 척하고 돌아다녀도 좋겠지." 톰이 재킷을 걸치며 말을 이었다. "저녁때까지 시간이 많잖아. 부두로 가자."

여전히 비가 내리고 있었다. 부두에 가는 것, 아니 어디든 밖에 나가는 것은 내가 제일 하고 싶지 않은 일이었다. 나는 우리가 한 시간쯤 친밀하게—서로 애무도 하고 신혼부부가 된 기분에 대해 다정하게 얘기도 나누며—쉬다가 저녁을 먹고, 그런 다음엔 곧장 침대로 갈 거라고 상상했다.

패트릭, 당신이 들으면 내가 오직 한 가지에만 집착한 것으로 여길 수도 있을 것 같다. 1958년에 어서 첫 경험을 하고 싶어 안달을 내는 스물한 살 여자를 떠올리며 조금 놀랄지도 모르겠다. 요즘에야 그런 일이, 훨씬 더 어린 나이에도 흔하다. 하지만 진실을 말하자면, 나는 1958년에도 좀 늦은 편이었을 거라는 생각이 든다. 이제 곧 톰과 자게 된다는 사실에 조금은 겁을 먹어야 자연스럽지 않나 생각했던 건 분명히 기억난다. 내게 약간이라도 경험이 있었던 건 아니고, 그 행위 자체에 대해서도 몇 년 전 실비가 어디에선가 몰래 가져와 함께 읽어본 〈부부의 사랑〉이라는 잡지에서 대충 본 내용 말고는 잘 몰랐다. 하지만 난 소설을 아주 많이 읽었고, 그래서 톰과 내가 이불 속으로 들어가는 순간 어떤 낭만적인 안개가 내려앉으면서 '황홀경'이라고들 부르는 불가사의하고 신비로운 상태가 따라오리라 기대하고 있었다. 아픔과 쑥스러움 같은 건 내 머리에 들어오지도 않았다. 그가 뭘 해야 할지 알 거라고, 나는 몸과 마음 모두 다른 세계로 옮겨질 거라고 믿었다.

톰이 웃으며 내게 손을 내밀 때, 나는 어쨌든 불안에 떠는 척해야 한다는 걸 알았다. 착하고 순결한 신부는 소심할 것이다. 남편이 침대로 곧바로 뛰어들지 않고 나가서 산책하자고 하면 안도감을 느낄 것이다.

그래서 몇 분 뒤 우리는 팔짱을 끼고 팰리스 부두의 소음과 불빛 속으로 걸어갔다.

내 부클레 재킷이 얄팍해서, 나는 그의 팔에 매달린 채 호텔에서 빌린 우산으로 비를 피했다. 다행히도 남은 우산이 하나뿐이라 둘이 함께 쓰게 되었다. 우리는 킹스 로드를 급히 건너갔고, 지나가던 버스가 튀긴 빗물을 뒤집어썼다. 톰이 입장료를 낸 뒤, 함께 회전식 가로대를 밀고 들어갔다. 바람이 우산을 바다로 날려버릴 듯했지만 그이가 손잡이를 꽉 잡고 있었다. 파도가 부두의 철제 다리 주위로 거품을 일으키고 해변의 자갈을 육지 쪽으로 밀어 올렸다. 우리는 물에 젖은 간이의자들, 점쟁이들, 도넛 가게의 좌판들을 힘겹게 지나갔다. 내 머리는 바람에 헝클어졌고 톰의 손 위쪽으로 우산대를 붙잡은 손이 얼얼했다. 톰의 얼굴과 몸은 결연하게 찌푸린 채 날씨에 대항하고 있는 듯했다.

"돌아가……" 내가 말하기 시작했지만 바람이 목소리를 앗아 갔는지 톰은 그대로 힘겹게 나아가며 소리쳤다. "미끄럼틀탑?* 아니면 하데스의 집? 유령 기차?"

그때 나는 웃기 시작했다. 달리 뭘 할 수 있었을까, 패트릭? 신혼여행 중에, 호텔 방이―말끔히 정돈된 침대 그대로―코앞에 있는데, 나는 비바람에 엉망이 된 몰골로 팰리스 부두에 있고 나의 신랑은 놀이 기구를 고르라고 말하고 있었다.

• 높은 탑 둘레로 나선형 미끄럼틀이 설치되어 꼭대기에서 빙글빙글 돌며 타고 내려올 수 있는 놀이 기구.

"미끄럼틀 탑을 탈게." 나는 대답하고 파란색과 빨간색 줄무늬가 있는 탑을 향해 달려갔다. 그동안 그 나선형 미끄럼틀―그때는 '조이 글라이드'라고 불렀다―을 수도 없이 봤지만 실제로 타본 적은 한 번도 없었다. 갑자기 그걸 타면 좋을 거라는 생각이 들었다. 발이 흠뻑 젖어 얼어붙을 듯했는데 움직였더니 온기가 조금은 돌아오는 것 같았다. (톰이 추위를 느끼지 않는다는 걸 당신도 알았을까? 결혼하고 조금 더 지난 뒤에는 그이가 바다 수영을 너무 많이 해서 물개처럼 표피 바로 아래에 지방층 보호막이 생긴 건 아닐까 생각했었다. 그래서 내 손길에 그토록 반응이 없는 건지도 모른다고. 나의 굳세고 아름다운 바다 생물.)

매표소에 있던―검은 머리를 양 갈래로 땋고 입술에 연분홍 립스틱을 바른―여자가 돈을 받은 뒤 매트를 두 장 주었다. "한 사람당 하나씩이에요." 여자가 명령하듯 말했다. "매트 하나로 같이 타면 안 돼요."

바람을 피해 나무로 만든 탑에 들어가니 더욱 편안했다. 톰은 내 뒤에서 계단을 올라왔다. 열몇 단씩 올라갈 때마다 바깥의 잿빛 하늘이 언뜻언뜻 보였다. 높이 올라갈수록 바람이 울부짖는 소리는 더욱 커졌다. 꼭대기까지 절반쯤 올라갔을 때, 무엇 때문인지 나는 걸음을 멈추고 말했다. "저 여자 말은 무시해. 매트 하나로 같이 탈 수 있어. 우린 신혼부부잖아." 그러고는 내 매트를 계단 아래로 던졌다. 매트는 톰의 놀란 얼굴을 아슬아슬하게 피해 요란한 쿵 소리와 함께 바닥에 떨어졌다. 톰이 불안하게 웃었다. "자리가 될까?" 나는 그 말을 무시한 채 꼭대기까지 나머지 계단을 한 번도 쉬지 않고 달려 올라갔다. 좁은 바닥의 마룻장들이 바람에 덜그럭거렸다. 나는 소금기 머금은 공기를 크게 들이마셨다. 거기에 서니 올드 십 호텔의 방마다 불이 켜지는 모습이 보였고, 그러자 다시 두꺼운 이불과 미끄러울 정도로 완벽히 다림질된 시트가 깔린 우리의 침대가 떠올랐다.

"서둘러." 내가 외쳤다. "너 없이는 못 내려가."

톰이 나타났을 때 그는 무척 창백해 보였다. 나는 깊이 생각하지 않은 채 앞으로 나아가 그의 얼굴을 양손으로 쥐고 차가운 입에 키스했다. 짧은 키스였지만 그의 입술은 뻣뻣해지지 않았다. 잠시 후 톰이 숨을 고르려는 듯 내 어깨에 머리를 기댔다. 그는 몸을 살짝 떨었고, 나는 안도의 한숨을 내쉬었다. 마침내. 톰이 내게 반응했다.

그때 그가 말했다. "매리언. 날 겁쟁이라고 생각하겠지만, 사실 난 높은 곳을 별로 좋아하지 않아."

나는 일렁이는 바다를 바라보며 그의 말을 이해하려 애썼다. 바다 수영을 하는 경찰관 톰 버지스가 미끄럼틀 탑 꼭대기에 서서 두려움을 느낀다니. 그 순간까지 그는 전적으로 유능하고 전혀 동요하지 않는 사람 같았다. 그런데 여기 이런 약한 면이 있었다. 그리고 여기 내가 그를 돌볼 기회가 있었다. 나는 그를 꼭 끌어안아 새 양복 냄새를 맡았고, 이렇게 춥고 비바람에 노출된 곳에서도 그의 몸이 따뜻하다는 사실에 놀랐다. 그냥 계단을 걸어 내려가자고 제안할 수도 있었지만 그러면 그의 자존심이 상할 거라는 생각이 들었다. 나 역시 나의 신랑과 한 매트에 앉아 서로 꼭 끌어안은 채 미끄럼틀을 타고 내려갈 기회를 포기하고 싶진 않았다. "그럼 어서 내려가는 게 좋겠다, 그렇지?" 나는 말했다. "내가 앞에 탈 테니까 넌 뒤에 앉아."

내 얼굴에 시선을 고정한 채 난간을 꽉 붙들고 있는 그를 보며, 나는 그에게 제안만 하면 어떤 행동이든 하게 만들 수 있다는 걸 알았다. 살살 달래는 듯하면서도 단호한 교사의 목소리로 계속 얘기하면 그는 내가 요구하는 무엇이든 할 거라고. 그는 멍하니 고개를 끄덕이며 내가 까슬까슬한 매트 위에 앉는 모습을 지켜보았다. "어서." 나는 말했다. "잠깐이면 내려갈 거야."

톰이 뒤에 앉아 팔로 내 허리를 감쌌다. 그에게 기대자 등허리에 그의 벨트 버클이 느껴졌다. 주위에서 바람이 몰아쳤고 30미터 아래에서는 바다가 거품을 일으키고 있었다.

"준비됐어?"

그의 허벅지가 나를 숨 막히게 조였다. 신음 비슷한 소리가 나기에 '응'이라는 대답으로 알아듣고 최대한 힘차게 아래로 돌진했다. 움직임이 시작되자 톰이 더욱 힘껏 나를 붙들었다. 첫 번째 굽이에서 속도가 붙기 시작했고 두 번째 굽이에서는 너무 빨라져 미끄럼틀 옆을 뚫고 나가 바다 위를 날 수도 있겠다는 생각까지 들었다. 부두의 스피커에서 나오는 요란한 음악이 우리의 움직임에 따라 휘고 굽이치는 동안 그날의 음울한 기운이 상쾌한 공기의 폭발로, 또 아래쪽에 언뜻 보이는 일렁이는 파도로 변해갔다. 잠시 우리와 저 깊은 바다 사이에 네모난 라피아 매트 말고는 아무것도 없는 것만 같았다. 나는 즐거운 비명을 내질렀고, 톰의 다리가 나를 옥죄자 비명은 더욱 높아졌다. 바닥 가까이 내려왔을 무렵에야 소리를 내는 사람이 나만이 아니라는 걸 깨달았다. 톰도 고래고래 비명을 내지르고 있었다.

우리는 미끄럼틀 끄트머리를 넘어 훨씬 더 멀리까지 날아가 매트들을 둘러싼 울타리에 부딪쳤다. 서로의 팔다리가 저마다 말도 안 되는 방식으로 엉킨 와중에도 톰은 여전히 내 허리를 꽉 붙들고 있었다. 나는 미친 듯이 웃기 시작했다. 내 젖은 뺨이 그의 뺨에 닿아, 목에 그의 거친 숨결이 느껴졌다. 그 순간 마음이 완전히 풀어지면서 나는 생각했다. 다 잘될 거야. 톰에겐 내가 필요해. 우리는 결혼했고 다 괜찮아질 거야.

톰이 내게서 떨어져 양복을 털었다.

314

"한 번 더 탈까?" 내가 펄쩍펄쩍 뛰며 물었다.

톰이 얼굴을 문질렀다. "어휴, 안 돼……" 그가 신음했다. "제발 다시 타라고 하지 마."

"난 네 아내야. 이건 우리 신혼여행이고. 그리고 난 다시 타고 싶어." 나는 웃으면서 그의 손을 잡아당겼다. 톰의 손가락은 땀으로 미끈거렸다.

"그냥 차나 마시러 가면 안 될까?"

"절대 안 돼."

톰은 내가 농담을 하는 건지 확신할 수 없는 듯 머뭇거리며 나를 바라보았다. "네가 다시 타고 나는 보고 있으면 어떨까?" 그렇게 제안하더니 매표소 옆 우산꽂이에서 우산을 가져왔다.

"네가 없으면 재미가 없지." 나는 부루퉁하게 말했다.

이렇게 거침없이 애교를 부리는 기분이 새롭고 즐거웠지만, 톰은 어떻게 반응해야 할지 몰라 혼란스러운 것 같았다.

잠시 가만히 있던 톰이 입을 열었다. "남편으로서 명령한다. 나와 함께 호텔로 돌아가도록." 그러더니 내 허리에 팔을 둘렀다.

우리는 한 번, 아주 부드럽게 키스했고, 나는 말없이 그를 따라 올드 십으로 돌아갔다.

저녁을 먹는 내내 나는 사소한 일에도 미소와 웃음을 멈출 수 없었다. 결혼식이 끝났다는 안도감 때문일 수도, 미끄럼틀을 타고 내려오며 느낀 흥분 때문일 수도, 어쩌면 곧 다가올 일에 대한 기대 때문일 수도 있었다. 이유가 뭐였든, 무언가를 향해 앞뒤 살피지 않고 곧장 돌진하는 듯한 숨 가쁜 기분이었다.

톰은 활짝 웃고, 고개를 끄덕이고, 내 긴 독백이 끝났을 때는 키득키득 웃기도 했다. 이 호텔이(삐걱이는 바닥, 퍼덕대는 문, 창문을 때리는 바람, 약간 멀미를 앓는 듯 보이는 직원들까지) 정말로 오래된 배처럼 느껴진다는 내 말에 대한 반응이었다. 하지만 나는 그가 살짝 발작적인 내 기분이 잠잠해지기를 기다리고 있을 뿐이라는 인상을 받았다. 그래도 나는 계속 돌진해, 음식에는 손도 대지 않은 채 버건디 와인만 잔뜩 마셨고, 웨이터의 뒤뚱거리는 걸음걸이를 보며 거침없이 웃음을 터뜨리기도 했다.

방에 돌아와 톰이 침대 옆 스탠드를 켜고 재킷을 거는 사이 나는 킬킬 웃으며 침대에 쓰러졌다. 톰이 스카치 두 잔을 방으로 주문해둔 터라 객실 직원이 작은 쟁반을 들고 문가에 나타났다. 톰이 내가 그에게서 들은 가장 고상한 말투로(분명 당신에게서 배웠겠지) 감사를 표하자 나는 더욱 키득거리며 웃었다.

톰은 침대 가장자리에 앉아 위스키를 마시며 물었다. "왜 자꾸 웃는 거야?"

"행복해서 그런가 봐." 나는 불타는 듯한 스카치를 목구멍으로 넘기며 대답했다.

"좋네." 그러곤 이어서, "잘 준비 할까? 시간이 늦었어." 그말의 앞부분은 좋았다. 잔다고 했으니까. 하지만 그 뒤는 수면을 권하는 실용적인 분위기 때문에 싫었다. "욕실 쓸래?" 그가 물었다.

여전히 톰은 아까 문가에서 직원에게 했던 것처럼 나직하고 끝을 길게 끄는, 살짝 상류층 분위기가 나는 말투를 쓰고 있었다. 똑바로 일어나 앉았더니 머리가 약간 어질어질했다. 아니야. 나는 말하고 싶었다. 아니야, 난 욕실 쓰기 싫어. 네가 내 옷을 벗겼으면 좋겠어, 여기, 이 침대에서. 내 스커트의 지퍼를 내리고, 새로 산 레이스 브래지어를 풀고, 맨살의 내 아름다운 가슴을 보고 숨을 헉 들이마셨으면 좋겠어.

물론 그런 말은 하지 못했다. 대신 욕실로 가서 문을 쾅 닫고, 욕조 가장자리에 앉아 킬킬 웃고 싶은 충동을 억눌렀다. 심호흡을 몇 번 했다. 문 저편에서 톰은 옷을 벗고 있을까? 슬립만 입고 방으로 뛰어들어 그이를 놀래줄까? 거울에 비친 내 모습을 보았다. 볼이 울긋불긋하고 입술은 와인 때문에 갈색으로 얼룩져 있었다. 이제 결혼했으니 내가 달라 보이려나? 아침에는 달라 보일까?

호텔에 막 도착했을 때 나는 새로 산 살구색 레이온 잠옷을 욕실 문 뒤편에 걸어두었다. 톰이 그걸 보기를, 깊게 파인 목선과 다리 한쪽 옆의 긴 트임을 보고 애를 태우기를 바라면서. 나는 스커트와 카디건 세트를 바닥에 벗어두고 잠옷을 머리 위로 끼워 입은 뒤 머리카락이 바스라지는 소리가 날 때까지 빗질을 했다. 그러고는 이를 닦고 문을 열었다.

방은 어두컴컴했다. 톰은 불을 다 끄고 침대에 누워 자기 쪽 스탠드 하나만 켜두었다. 파자마 상의에 감싸인 그의 어깨가 베개와 시트 사이에 미동도 없이 똑바로 놓여 있었다. 내가 다가가 시트를 젖히고 옆으로 올라갈 때까지 그의 눈길은 나를 좇고 있었다. 그러는 동안 내 심장은 가슴속에서 덜거덕거렸고 웃고 싶은 충동은 완전히 사라지고 없었다. 그이가 불을 끄고 잘 자라고 말한 뒤 등을 돌려버리면 어떡하지? 패트릭, 그랬다면 난 어떻게 할 수 있었을까? 둘 다 꼼짝도 하지 않고 그렇게 침대에 누워 있는데, 내 이가 덜덜 떨리기 시작했다. 그이를 먼저 만질 수는 없었다. 마침내 결혼까지 했건만 내겐 어떤 요구도 할 권리가 없다는 느낌이 들었다. 내가 아는 한, 육체적인 요구는 아내들이 할 수 있는 게 아니었다. 성적 접촉을 애원하는 여자들은 혐오스럽고 부자연스러웠다.

"예쁘다." 톰의 말에 나는 웃으며 돌아봤지만 그가 이미 불을 꺼버린 뒤였다. 몸이 딱딱하게 굳었다. 그래, 이게 전부다.

앞으로 남은 일은 잠이 전부다. 가장 긴 침묵이 흘렀다. 그때 그의 손이 내 볼을 스쳤다. "괜찮아?" 톰이 부드럽게 물었으나 내겐 대답할 말이 없었다.

"매리언? 괜찮은 거야?" 나는 고개를 끄덕였다. 그 움직임을 느꼈는지 톰의 커다란 몸이 나를 향해 뒤척였고 그의 입술이 내 입술에 포개졌다. 너무도 따뜻한 입술. 그때 나는 정신을 놓아버리고 싶었다. 그때껏 읽은 소설들에서 암시된 대로 그 키스가 나를 다른 세계로 옮겨놓기를 바랐다. 그리고 실제로 조금은 그렇기도 해서, 나는 입을 벌려 톰을 더 깊이 받아들이려 했다. 그때 그가 내 잠옷을 잡아당기더니 치맛자락을 손으로 한 움큼 쥐고 허리까지 끌어 올렸다. 나는 몸을 움직여 도우려 했지만 그가 다른 손으로 내 옆구리를 잡아 누르고 있어서 여의치 않았다. 호흡이 가빠지기 시작했다. 나는 그의 얼굴을 쓰다듬으며 속삭였다. "오, 톰." 그렇게 말하고 나니 바로 지금, 바로 여기, 올드 십 호텔의 이 새하얀 침대에서 이 일이 실제로 일어나고 있다는 자각이 들었다. 나의 신랑이 나와 사랑을 나누고 있었다. 톰이 내 어깨 양옆에 팔꿈치를 괴고 내 몸 위로 완전히 올라왔다. 그의 등허리에 손을 올리고 나서야 그가 이미 파자마 바지를 벗었다는 것을 깨달았다. 손을 엉덩이로 내렸을 때, 그 느낌은 상상도 못 할 만큼 부드러웠다. 톰이 몇 번인가 내게로 몸을 밀어붙였다. 목표 지점에 한참 못 미치는 곳이었지만 나는 아무 말도 할 수 없었다. 첫째, 나는 숨을 멈추고 있었고, 둘째, 뭔가 어울리지 않는 말로 상황을 망치고 싶지 않았다.

얼마 뒤, 그가 움직임을 멈추고 숨을 약간 헐떡이며 말했다. "조금만…… 다리를 벌려줄 수 있을까?"

나는 그의 말대로 했다. 아래 깔린 몸을 조금이나마 움직여 다리를 그의 허리에 감을 수 있어서 다행스러웠다. 그는 아무 소리도 없이 내 안으로 들어왔다. 날카로운 통증이 느껴졌지만 곧 지나갈 거라고 속으로 되뇌었다. 이제 다 왔다. 환희가 머지않았다.

톰이 내 안에서 움직이는 동안 땀에 젖은 살을 만지고 내 목에 닿는 뜨거운 숨결을 느끼며 그를 꼭 안고 있는 기분은 근사했다. 믿을 수 없을 정도로 가까이 있는 그의 존재 자체가 경이로웠다.

하지만 패트릭, 그때도 나는—당시엔 인정하지 않았겠지만—알고 있었다. 수영을 가르치며 날 안아줄 때의 그 섬세함은 없다는 것을. 그이가 내 안으로 밀고 들어올 때, 나는 다시 한번 그 장면을 떠올리고 있었다. 내가 바다에 빠지자 톰이 나를 찾아낸 뒤 허리를 붙잡아 그 짜디짠 물 위에 띄워 해변으로 데려가던 장면을.

갑자기 톰이 숨을 멈추더니 마지막으로 한 번 더 깊숙이

들어왔고, 나는 너무 아파서 신음 소리를 낼 뻔했다. 이어 그가 내 옆으로 털썩 쓰러졌다.

나는 톰의 머리를 쓰다듬었다. 그는 숨을 가다듬은 뒤 아주 조용히 물었다. "괜찮았어?" 하지만 나는 대답할 수 없었다. 울고 있었으니까. 소리를 내지도, 움직이지도 않으려고 온몸의 근육을 긴장시킨 채 울고 있었다. 모든 것이 다행스러워서, 경이로워서, 그리고 실망스러워서. 그래서 나는 질문을 못 들은 척했고, 그는 내 손에 입을 맞춘 뒤 돌아누워 잠이 들었다.

패트릭, 이 모든 얘기를 털어놓는 건 나와 톰 사이가 어땠는지 알려주기 위해서다. 우리 사이에 고통만이 아니라 다정함도 있었다는 걸 당신이 알도록. 우리 둘 다 실패했지만 우리둘 다 노력했다는 걸 알도록.

오늘 우리는 피곤하다. 나는 어젯밤 거의 내내 글을 썼고, 지금 오전 11시 30분이 되어서야 겨우 커피 한 잔을 들고 자리에 앉기까지 당신을 씻기고, 옷을 입히고, 아침을 먹이고, 창문을 볼 수 있도록 몸을 움직여주었다. 그래봐야 당신은 한 시간 안에 잠들어버리겠지. 비는 그쳤지만 바람이 세게 불어 난방을 켜자, 마음을 편안하게 해주는 건조하고 텁텁한 냄새가 온 집 안에 풍긴다.

솔직히 말해, 과연 우리에게 이 이야기를 마칠 수 있는 시간이 남아 있는지 잘 모르겠다. 그리고 너무 늦지 않게 당신과 대화하라고 톰을 설득할 시간이 있을지도 잘 모르겠다. 간밤에는 톰도 잠을 잘 자지 못해서 그이가 일어나는 소리를 세 번 넘게 들었다. 우리가 오랫동안 각방을 써왔다는 사실이 당신에겐 놀랍지 않을 것이다. 톰은 낮 동안 밖에 나가 있고 나는 이제 그이가 어디에서 무얼 하는지 묻지 않는다. 묻기를 멈춘 지가 적어도 스무 해는 된다. 진작에 예상하던 대답을 들은 다음부터였다. 그날 톰은 출근하는 길이었고, 내 기억엔 보안 요원 제복을 입고 있었다. 광택이 도는 직물에 은색 단추와 견장, 버클이 커다란 허리 벨트로 장식된 제복이었다. 경찰 제복을 어설프게 본뜬 것이었지만 톰이 입으니 아주 근사했다. 당시 그이는 야간 근무조였다. 내가 일하러 나간 낮 동안에는 뭘 하는지 물었더니 그는 내 얼굴을 똑바로 보며 말했다. "낯선 사람들을 만나. 때로 술을 마시고. 때로 섹스도 해. 나는 그런 걸 하고 다녀, 매리언. 부탁인데 다시는 묻지 말아줘."

그 말을 듣고 마음 한편에서는 안도감이 들었다. 내가 남편을 완전히 무너뜨린 건 아니라는 사실을 알았으니까.

어쩌면 톰은 여전히 낯선 사람들을 만나고 있을지 모른다. 잘 모르겠다. 월터를 데리고 구릉지대로 긴 산책을 나가는 날이 대부분이라는 건 안다. 내가 화요일마다 지역 초등학교에서 어린이들의 독서를 돕는 자원봉사를 했기에 그날은 톰이 집에 머무르곤 했다. 하지만 당신이 온 뒤로 나는 더 일할 수 없다고 학교에 말했고, 그래서 이제 톰은 매일 밖에서 돌아다닌다. 톰은 분주한 사람이다. 늘 분주한 일상을 잘 유지했다. 지금도 아침마다 바다에서 수영한다. 15분이 넘지는 않지만, 그래도 텔

스컴 절벽으로 차를 몰고 나가 얼음처럼 차가운 물에 들어간다. 그의 몸이 예순셋 먹은 남자치고 놀라우리만치 탄탄하다는 사실을 당신에게 굳이 말할 필요는 없겠지. 그는 절대로 긴장을 놓지 않는다. 늘 체중을 재고, 술은 거의 마시지 않으며, 수영을 하고, 개를 산책시키고, 저녁에는 다큐멘터리 방송을 본다. 실생활의 범죄와 관련된 내용은 뭐든 흥미롭게 보는데, 예전에 일어난 일을 생각하면 나는 그게 늘 놀랍다. 그리고 그이는 누구에게도 말을 걸지 않는다. 특히 나에게는.

사실 톰은 당신이 여기에 오는 걸 원하지 않았다. 이건 내 아이디어였다. 내가 밀어붙였다. 당신은 믿기 어렵겠지만, 마흔 해 넘게 결혼 생활을 해오면서 이번만큼 내 주장을 밀어붙인 적이 없다.

매일 아침, 나는 내 남편이 집에서 나가지 않기를 바란다. 하지만 내가 패멀라 간호사의 말마따나 "가족 식탁"에 당신을 앉히려 했던 날 이후로 톰은 심지어 아침 식사조차 우리와 함께하지 않는다. 오래전 그 일이 일어난 뒤로 나는 그이가 없을 때 차라리 마음 편하기도 했지만, 지금은 여기 내 옆에 있어주면 좋겠다. 그리고 톰이 당신 곁에도 있어주면 좋겠다. 잠시라도 당신의 방에서 우리와 함께 있으면 좋겠다. 여기로 와서 당신을 바라보고 — 진정으로 바라보고 — 내 눈에 보이는 것을 보았으면 좋겠다. 그동안 무슨 일이 있었든 당신은 아직도 톰을 사랑한다는 사실을 말이다. 그래서 그의 침묵이 깨졌으면 좋겠다.

　당신은 우리에게 나흘간의 웨이머스 여행 대신 와이트섬에 있는 당신의 오두막에서 학기 중간 방학을 보내라고 제안했다.
　나는 왠지 마음에 걸렸지만, 경찰 사택 자리가 나오기를 기다리며 잠시 들어가 살던 톰의 부모님 집에서 각방을 쓰는 생활을 벗어나고 싶은 마음이 간절했기에 그러자고 했다. (톰이 자기 방에 더블 침대가 들어갈 공간이 없다고 해서 나는 결국 실비가 쓰던 방에서 지내게 되었다.) 나흘간 톰과 단둘이 지내고 마지막 사흘간 당신이 와서 함께 지내며 "주변 지역을 구경시켜주기로" 했다. 일주일을 꽉 채운 여행, 그중 절반이 넘는 시간을 톰과 단둘이 보낼 수 있다는 뜻이었다. 그래서 나는 동의했다.
　오두막은 내 상상과 완전히 달랐다. 당신이 "오두막"이라고 했을 때 나는 그것이 겸손한 표현이겠거니, 실은 '작은 저택,' 아니면 아무리 못해도 '설비가 잘 갖춰진 바닷가 별장'을 뜻하겠거니 추측했다.
　하지만 아니었다. 오두막은 지극히 정확한 표현이었다. 본처치의 컴컴하고 좁은 길가에 자리한 그 집은 바다에서 멀지 않았지만 해안 풍경을 즐길 만큼 가깝지도 않았다. 전체적으로 음습하고 답답한 느낌이 드는 곳이었다. 방은 두 개인데 그 중 천장이 경사진 방에 푹 꺼진 더블 침대가 놓여 있었다. 집 앞쪽에는 풀이 웃자란 뜰이, 뒤쪽에는 옥외 화장실이 있었다. 부엌은 조그맣고 전기도 들어오지 않았지만, 그래도 가스는 연결되어 있었다. 창문이란 창문은 하나같이 작고 지저분했다.

집 근처 길에서는 톡 쏘는 야생 마늘 냄새가 독하게 풍겼다. 집 안에서도 눅눅한 러그와 가스 냄새에 섞여 그 냄새가 났다. 그렇게 냄새가 지독한 것을 어떻게들 먹는지 알 수가 없었다. 내게는 꼭 농익은 땀 냄새처럼 느껴졌다. 지금은 마늘을 꽤 좋아하지만, 당시에는 긴 초록 이파리와 흰 꽃이 핀 둔덕에서 열기와 냄새가 함께 올라오는 그 길을 걷기만 해도 헛구역질이 날 것 같았다.

그래도 일주일 내내 날씨가 화창했고, 단둘이 지내는 동안 톰과 나는 전형적인 휴가객들의 놀이를 마음껏 즐겼다. 블랙 갱 골짜기를 따라 걷고, 벤트너에 가서 인형극 〈펀치와 주디〉를 보고(톰은 경찰관이 나올 때 폭소를 터뜨렸다), 고드실의 축소 모형 마을에도 가봤다. 톰이 연한 복숭앗빛 산호 목걸이를 사주었다. 그이는 아침마다 베이컨과 달걀 요리를 해주고 내가 먹는 동안 그날그날의 계획을 제안했다. 나는 늘 좋다고 했다. 밤에는 침대가 푹 꺼져서 더 좋았다. 둘 다 가운데로 몰려 딱 붙어 자야 했으니까. 나는 몇 시간 동안 깬 채로, 내 몸이 하릴없이 그의 몸에 밀착되어 그의 등 오목한 곳이 내 배로 채워지고 그의 어깨에 내 가슴이 짓눌리는 느낌을 즐겼다. 이따금씩 그를 깨우려고 목덜미에 숨을 가볍게 불기도 했다. 그곳에 도착한 날 저녁에 우리는 결혼 첫날밤에 했던 행위를 반복했다. 아픔은 덜했지만 아주 빨리 끝났다는 기억이 난다. 그래도 난 우리가 나아질 수 있다고 느꼈다. 내가 어떻게든 잘 북돋아주기만 한다면, 설명하지 않으면서 이끌어줄 수만 있으면, 그러면 아마도 우리의 침실 생활이 더 나아질 거라고. 어쨌거나 결혼한 지 얼마 되지도 않았고, 톰도 당신의 아파트에 갔던 날 밤에 말하지 않았던가. 자기는 경험이 거의 없다고.

그러다 당신이 도착했다. 초록색 피아트 스포츠카를 타고 진입로를 올라오는 당신을 보았을 때 난 웃음을 터뜨릴 뻔했다. 당신은 차에서 뛰어내려 색깔을 맞춘 여행 가방들을 꺼냈다. 연한 갈색 양복에 빨간 스카프를 목에 느슨히 맨 당신은 봄철 휴가를 맞은 완벽한 영국 신사의 모습이었다. 나는 침실 창문 밖을 내다보다가, 살짝 찌푸려져 있던 당신의 얼굴이 당신을 마중하러 마당길을 내려가는 톰을 본 순간 미소로 풀어지는 걸 알아차렸다.

부엌에서 나는 당신이 가져온 식료품 상자들을 풀었다—올리브오일, 레드 와인, 오다가 길가에 있는 아기자기한 상점에서 샀다는 신선한 아스파라거스.

"침대가 저래서 정말 미안해." 다 같이 모여 차를 마실 때 당신이 말했다. "너무 오래된 거라 형편없지? 움푹움푹 빠지는 모래밭에서 자는 기분일 거야."

나는 톰의 손을 잡으며 말했다. "우리는 전혀 상관없어요."

당신은 턱수염을 만지작거리다가 식탁을 내려다보더니 다리도 펼 겸 바다로 산책을 가겠다고 말했다. 톰이 같이 가겠다며 벌떡 일어났다. 그러곤 점심시간에 맞춰 돌아오겠다고 내게 알렸다.

깜짝 놀란 내 얼굴을 당신이 보았던 게 분명하다. 곧 톰의 어깨에 손을 올리고 나를 바라보며 이렇게 말했으니까. "사실은 내가 도시락을 좀 싸왔어. 셋이 다 같이 바다에 가서 종일 놀다 올까? 이런 근사한 날씨를 즐기지 않는다면 정말 아쉬울 거야. 안 그래요, 매리언?"

그 배려가 나는 고마웠다.

다음 며칠간 당신은 섬 남쪽의 바닷가 오솔길로 우리를 데리고 다녔다. 함께 걸을 땐 길의 형편이 닿는 대로 나를 당신들 둘 사이에 두려고 신경을 썼고, 그 굳건한 손길로 나를 옆으로 이끌어 잠시도 뒤처지게 두지 않았다. 당신은 풍경 속 돌에 유난히 집착하는 듯했다. 종류가 각기 다른 바위, 자갈, 모래알이 어떻게 형성되는지, 크기와 모양과 색깔 등이 어떻게 다른지 우리에게 알려주었다. 풍경이 조소적이라고 표현하면서, 자연의 팔레트에 대해, 자연이 만들어낸 재료의 질감에 대해 이야기했다.

특히 길었던 어느 산책길에서 발이 구두에 끼어 아프기 시작했을 때 내가 한마디 했다. "당신에겐 모든 게 다 예술 작품인가 봐요."

당신은 걸음을 멈추고 진지한 얼굴로 나를 바라보았다. "당연하죠. 위대한 예술 작품이에요. 우리 모두가 모방하려 애쓰는 작품 말이죠."

톰은 이 대답에 강한 인상을 받은 듯했고, 나는 짜증이 났지만 대꾸할 말이 전혀 떠오르지 않았다.

매일 밤 당신은 부엌에서 몇 시간씩 음식을 준비해 우리에게 저녁을 차려주었다. 그때 먹은 음식이 아직도 기억난다. 어느 밤에는 부르고뉴풍 쇠고기 요리, 다음 날 밤에는 샤쇠르 소스를 얹은 닭고기 요리, 마지막 날 밤에는 올랑데즈 소스를 얹은 연어 요리. 그런 소스를 근사한 레스토랑이 아니라 집에서도 맛있게 만들어 먹을 수 있다는 생각 자체가 내겐 새로웠다. 당신이 요리하는 동안 톰은 식탁에 앉아 당신과 대화했지만 나는 대개 다른 곳으로 가서 소설을 읽을 기회를 노렸다. 나는 사교 활동이 지나치면 피곤해지는 사람이고, 그땐 아직 당신

과 함께 있는 시간이 꽤 즐거운 시기이긴 했지만 그래도 가끔
은 도피가 필요했다.

늘 맛있었던 식사를 마치면 우리는 촛불을 켜두고 앉아 와
인을 마셨다. 톰도 당신이 좋아하는 레드 와인에 맛을 들였다.
당신은 당연히 예술과 문학에 대해 얘기했고, 그러면 톰과 나
는 열심히 들었다. 하지만 당신은 또한 교직에 대해서나 가족
에 대해, 그리고 당신 표현을 빌리자면 "여성의 사회적 위치"
에 관한 견해를 말해보라며 날 부추기기도 했다. 두 번째 날
저녁, 샤쇠르 소스 닭 요리를 먹고 보졸레 와인을 너무 많이
마신 뒤, 당신은 일하는 엄마에 대한 내 의견을 물었다. 일하는
엄마가 가족의 삶에 어떤 영향을 미친다고 생각하는지. 청소
년 비행이 일하는 엄마들의 잘못인지. 그즈음 신문에서 이 문
제에 대한 열띤 논쟁이 벌어지던 참이었다. 한 여성—사실은
학교 선생님—이 아들을 폐렴으로 떠나보낸 뒤 책임 추궁을
당하고 있었다. 그 여자가 집에서 더 오랜 시간을 보냈다면 아
들의 병이 얼마나 심각한지 빨리 알아차렸을 테고, 그러면 아
들의 생명을 구할 수 있었을 거라는 주장이었다.

나는 그 사건에 대해—무엇보다 교사와 관련된 일이라—
흥미롭게 읽었지만 소리 높여 의견을 말할 엄두는 나지 않았
다. 당시 내가 할 수 있는 말은 감정에 관한 것들뿐이었다. 그
때 내겐 그런 사건들에 대해 말할 언어가 없었던 것 같다. 그런

데도 술기운과 당신의 관심 어린 강렬한 표정에 고무되어, 나는 아이가 생기더라도 일을 포기하고 싶지 않다고 인정했다.

당신의 콧수염 아래 살며시 떠오르는 미소가 보였다.

대화가 오가는 동안 바닥에 고인 촛농을 만지작거리느라 여념이 없던 톰이 고개를 들었다. "방금 뭐라고 했어?"

"매리언이 너희에게 아이가 생긴 뒤에도 계속 일하고 싶다고 말했어." 당신이 줄곧 내 얼굴에 시선을 고정한 채 그에게 알려주었다.

톰은 잠시 말이 없었다.

"실질적으로 결정을 내린 건 아니야." 나는 말했다. "우리 둘이서 더 얘기해야지."

"왜 일을 계속하고 싶어할까?" 톰이 말했다. 부드럽게 다듬어 말하는 그런 말투가 조금 위험하다는 사실을 나는 나중에 알게 되었다. 하지만 그때는 이 경고를 이해하지 못했다.

"나는 매리언이 옳다고 생각해." 당신은 톰의 와인 잔을 가득 채웠다. "엄마들은 왜 밖에 나가 일하면 안 되지? 아이들이 학교에 다닌다면 더더욱 왜? 내 어머니에게도 직업이, 어떤 목적이 있었다면 큰 도움이 되었을 거야."

"하지만 당신에겐 보모가 있었잖아. 그리고 학창 시절 대부분 집을 떠나 기숙학교에 다녔고." 톰이 와인 잔을 옆으로 밀었다. "당신한테는 완전히 다른 얘기야."

"불행히도, 그랬지." 당신은 나를 보고 히죽 웃었다.

"내 아이는 절대로……" 톰은 입을 열었지만 이내 말끝을 흐렸다. "아이들에게는 어머니가 필요해." 그가 다시 고쳐 말했다. "넌 밖에 나가 일할 필요가 없을 거야, 매리언. 내가 가족을 부양할 수 있으니까. 그게 아버지의 일이지."

당시 난 톰이 이 문제를 두고 너무 예민하게 굴어서 꽤 놀랐다. 지금 돌아보면 그 감정을 더 잘 이해할 수 있다. 톰은 늘 어머니와 가까웠다. 지금은 10년도 더 지난 일이지만, 어머니가 돌아가셨을 때 톰은 두 주 동안 몸져누웠다. 그때까지 그는 매주 어김없이, 대개는 혼자, 어머니를 보러 갔었다. 결혼 초기 그의 본가에 가면 나는 말을 거의 하지 않았던 반면, 톰은 경찰서에서 최근 어떤 장한 일을 해냈는지 시시콜콜 늘어놓곤 했다. 가끔은 이야기를 지어내기도 했지만 난 굳이 따져 묻지 않았다. 어머니는 톰을 엄청나게 자랑스러워해서 제복 입은 아들 사진을 집 안 곳곳에 걸어두었고, 톰은 큰 옷 카탈로그를 가져가 어머니에게 어울릴 법한 옷을 추천하며 찬사를 되갚았다. 말년에는 직접 어머니 옷을 골라 주문하기도 했다.

"네가 아버지로서 적합한지를 두고 논쟁하는 사람은 없어, 톰." 당신은 달래는 듯한 말투로 부드럽게 말했다. "하지만 매리언이 뭘 원하는지는 생각 안 해?"

"전부 좀 이론적인 얘기 아닌가요?" 나는 그렇게 말하며 웃어넘기려 했다. "우리에게 아이가 생기는 행운이 없을지도 모르고……."

"당연히 있을 거야." 톰이 단호히 말하며 팔을 뻗어 내 손을 따뜻하게 잡았다.

"그런 말이 아니잖아." 당신이 재빨리 말했다. "우린 지금 어머니들이 밖에 나가 일을 해야 하는지에 대해—"

"하면 안 된다는 거죠." 톰이 말했다.

당신은 웃었다. "참 단호하구나, 톰. 네가 이런 문제에 이렇게, 음, 고리타분한 생각을 가지고 있는 줄은 몰랐는데."

또 한 번 당신은 웃었지만 톰은 웃지 않았다. "당신이 뭘 안다고?" 그가 낮은 목소리로 물었다.

"우린 그냥 쟁점에 대해 토론하고 있을 뿐이야, 안 그래? 사람들 입에 오르내리는 문제를 두고 이야기를 나누는 거라고."

"하지만 당신이야말로 이 문제에 대해 아무것도 모르잖아."

이해할 수 없는 긴장이 고조되는 것을 감지하고 나는 일어나 접시를 치우기 시작했다. 하지만 톰의 언성이 점점 높아졌다. "당신은 아이들에 대해서나 부모가 되는 일에 대해 아무것도 몰라. 결혼 생활에 대해서도 마찬가지고."

당신은 애써 미소를 유지했지만 부쩍 어두워진 얼굴로 중얼거렸다. "계속 모르고 살 수 있기를."

나는 디저트를 내오며 당신이 만든 사과 루바브 타르트가 얼마나 맛있는지 쉬지 않고 떠들어댔다(당신의 페이스트리는 늘 내가 만든 것보다 맛있어서 혀끝에서 녹았다). 두 사람이 마음을 가라앉힐 시간을 좀 주고 싶었다. 톰은 기분이 상했다가도 불쾌함을 금방 떨쳐버린다는 것, 그러니 내가 커스터드 크림이나 스푼이나 과일 속재료 따위를 두고 계속 재잘거리면 곧 모든 게 괜찮아지리라는 것을 나는 알고 있었다.

그때도 당신은 내가 왜 그러는지 의아해했을지 모른다. 나는 왜 언쟁이 극에 달하게 내버려두다가 톰과 함께 짐을 싸서 그 집을 나와버리지 않았을까? 왜 내 남편을 방어하지도, 당신을 비난하라고 떠밀지도 못한 채 그리 어정쩡하게 굴고 있었을까? 아직 당신과 톰의 진실을 마음속으로 인정하지 않은 상태였지만, 나는 당신이 너무 쉽게 그의 격정을 자극하고 또 그가 당신의 태도에 전전긍긍하는 모습을 보고 있으면 참을 수가 없었다. 그게 무슨 의미일지는 생각하고 싶지도 않았다.

하지만 내가 그런 반응을 보인 건 당신의 말에 동의하기 때문이기도 했다. 나는 직업을 가진 여자들도 좋은 엄마가 될 수 있다고 생각했다. 당신이 옳고 톰이 틀렸다는 걸 알았다. 그리고 그렇게 느낀 경우는 그 뒤로도 많았다. 비록 그럴 때마다 나는 계속 부정했지만.

섬에서 보낸 마지막 날, 나는 오즈번 하우스에 가겠다는 계획을 관철시켰다. 왕실에 큰 관심은 없었지만 웅장한 저택 구경을 늘 좋아하기도 했고, 빅토리아 여왕의 별장에 가보지 않는다면 와이트섬을 온전히 여행했다 할 수 없을 것 같았다. 당시 그곳은 특정한 날 오후에만 개방했고 방문객 출입이 통제된 방도 많았다. 기념품점이나 찻집은커녕 변변한 정보조차 없었다. 전체적으로 좀 퀴퀴하고 무언가 금지된 분위기가 흘렀다. 어떤 사적인 세계를 엿보는 듯한—비록 오래전에 끝나버린 세계지만—그런 느낌이 나는 좋았다.

그곳에 가자는 얘기에 당신은 부드럽게 반대했으나 전날 밤 나와 의논한 톰은 내 편에 섰고, 당신이 왕실의 끔찍한 안목과 그다지 훌륭하지 못한 실내장식, 그리고 여행객 무리에 섞여 이리저리 끌려다녀야 하는 괴로움 등을 웃으며 주장해도 우리는 무시했다(우리가 다른 여행객들과 다른 점이 뭐냐고 나는 묻지 않았다). 결국 당신은 주장을 굽히고 우리를 차에 태워 데려다주었다.

아무도 당신한테 억지로 오라고 하지 않아, 나는 생각했다. 톰과 둘이서도 충분히 갈 수 있었다. 하지만 당신은 우리와 함께 가서 줄을 서서 표를 샀고, 가이드가 무슨 말만 하면 눈을 치뜨던 짓도 투어 막바지에는 그만두었다.

오즈번 하우스에서 가장 인상적인 부분은 더르바르 룸이

었다. 그 전체가 상아로 이루어진 듯 새하얀 빛에 눈이 멀 것만 같았다. 모든 표면이 장식되어 있었다. 천장은 깊이 파인 격자 모양이었고, 벽에는 정교한 상아 조각이 즐비했다. 그곳에 들어갔을 땐 당신마저 말을 멈추었다. 긴 창문들 밖으로 반짝이는 솔런트해협이 보였지만 실내는 순수한 영국식 인도풍이었다. 우리는 가이드의 설명을 들으며 주위를 둘러보았다. 아그라 카펫, 공작 모양으로 만든 벽난로 테두리와 선반, 그리고 그중에도 가장 멋진 작품이었던, 뼈를 깎아 만든 마하라자 궁전의 축소 모형. 그 안을 들여다보니 양 끝이 위로 올라간 조그만 금색 신발을 신은 마하라자*들이 있었다. 가이드는 여왕이 와이트섬에 인도의 한 부분을 옮겨놓기 위해 이 방을 만들었다고 설명했다. 여왕 자신은 인도아대륙에 직접 가보지 못했지만 앨버트 왕자가 그곳을 여행한 이야기에 완전히 매료되어 인도인 하인까지 고용하게 되었다. 개인 비서로 일하던 그는 여왕과 굉장히 가까웠으나, 다른 모든 하인이 그러듯 군주에게 이야기할 때는 시선을 피해야 했다. 방 안에 있는 사진 속에서 그 하인은 금실로 지은 터번을 쓰고 있었다. 자기 나라에는 금실로 터번을 짓는 풍습이 없는데도 아마 여왕의 주장에 따라 그렇게 했을 것이다. 그의 눈은 크고 진지해 보였으며,

• '대군주'를 뜻하는 인도어.

피부는 빛났다. 나는 사진 속 남자가 터번을 풀어 검은 뱀 같은 머리카락을 보여주고, 그러면 코르셋으로 몸을 조이고 머리는 눈이 당겨져 아플 정도로 꽉 틀어 묶은 50대의 빅토리아 여왕이 그 머리칼을 만지고 싶어 간절히 바라보는 장면을 상상했다. 하인은 정말이지 아름다운 소녀 같았다. 그래서 그들이 턱수염과 칼을 그렇게 좋아했구나, 나는 생각했다.

믿을 수 없을 정도로 경박하고 부도덕한 느낌마저 불러일으키는 방이었지만—그 많은 코끼리의 엄니가 이국적 취향을 지닌 여왕의 즐거움을 위해 동원되었으니까—당신이 경이로울 정도로 무의미한 아름다움이라 표현하며 그곳의 대담함을 치켜세웠을 때 나는 그 말이 무슨 뜻인지 이해했다. 사실 그곳에 너무 몰두한 나머지 당신과 톰이 빠져나가는 걸 알아차리지도 못했다. 수백만 올의 금사로 짠 자수 작품들을 구경하다가 문득 고개를 들어보니 두 사람은 어디에도 보이지 않았다.

그러다 갖가지 모양으로 장식된 정원수 사이에서 당신의 빨간 스카프가 얼핏 눈에 띄었다. 가이드가 방문객들을 밖으로 이동시키기 시작했지만 나는 뒤에 남아 창가에 바싹 붙어 섰다. 높은 관목에 반쯤 가려진 채 주머니에 손을 넣고 서 있는 톰이 그제야 보였다. 당신은 그를 마주 보고 있었다. 둘 다 웃지도, 말을 하지도 않았다. 내가 인도인 하인의 사진을 볼 때만큼이나 강렬한 눈빛으로 서로를 바라볼 뿐이었다. 당신들의 몸은 가까웠고, 시선은 서로에게 고정되어 있었다. 그리고 당신의 손이 톰의 위팔에 닿은 순간, 잠시 내 남편의 눈이 감기고 입이 벌어지는 걸 봤다고 나는 확신했다.

어젯밤 당신이 잠든 사이, 나는 톰과 대화를 나누고 싶어 깨어 있었다. 그러기 위해서는 일상의 규칙이 깨져야 했다. 둘 다 은퇴한 뒤로 우리가 계속 유지해온 일상은 이런 식이었다. 매일 저녁, 나는 당신이 우리 앞에 내놓곤 했던 성대한 식사와 는 거리가 먼 시시한 식사를 준비한다. 반조리 라자냐와 치킨 파이, 아니면 손님들에게 퉁명스럽게 굴면서도 비위를 잘 맞 춰주는 피스헤이븐의 정육점 주인에게서 사 온 소시지 몇 개. 식탁에 앉아 식사할 때는 개나 최근의 뉴스에 대해 가벼운 대 화를 나누고, 식사가 끝나면 내가 설거지를 하는 동안 톰이 월 터를 데리고 나가 동네를 돌며 그날의 마지막 산책을 시킨다. 그런 다음 둘이 한 시간 정도 텔레비전을 본다. 톰은 〈라디오 타임스〉를 매주 구입해 놓치고 싶지 않은 프로그램에 노란색

마커 펜으로 표시해둔다. 집에 위성방송 수신안테나를 달았기 때문에 히스토리 채널과 내셔널 지오그래픽을 볼 수 있다.

톰이 북극곰이라든가 제국을 세운 카이사르라든가 알 카포네를 다룬 다큐멘터리를 하나 더 보는 동안 나는 신문을 읽거나 십자말풀이의 빈칸을 채워 넣는다. 나는 10시 전에 잠자리에 들고, 그이는 적어도 두 시간 정도는 더 텔레비전을 본다.

당신도 알겠지만, 이런 규칙적인 일상은 진정한 대화도 그 어떤 종류의 일탈도 억제한다. 그리고 톰과 나 둘 다 어떤 면에서는 그러한 일상에 안심을 느끼는 것 같다.

당신이 우리와 함께 지내고부터, 나는 톰과 나의 식사에 앞서 반드시 당신을 먼저 챙긴다. 당신이 식사를 할 땐 주위가 어질러지지 않도록 내가 숟가락으로 음식을 떠먹인다. 그리고 복도 끝 방의 침대에 당신이 누워 있는데도 우리는 당신의 존재에 대해 말하지 않는다.

하지만 최근 나는 남편이 텔레비전을 보는 동안 당신과 함께 앉아 있는 습관이 들었다. 그에 대해 톰은 아무 말도 하지 않는다. 난 거실에 있는 그이에게 가는 대신 당신 침대 옆에 앉아 소리 내어 책을 읽는다. 요즘 우리는 『안나 카레니나』를 읽고 있다. 당신이 여전히 말을 하지 못해도 내가 읽는 단어를 전부 이해한다는 건 알 수 있다. 물론 이 소설을 아주 잘 알겠지만, 단지 그래서만은 아니라는 것도 나는 안다. 당신은 눈을 감고 문장의 리듬을 즐긴다. 얼굴이 고요해지고 어깨의 긴장이 풀린다. 내 목소리를 빼면 거실에서 흘러드는 텔레비전의 규칙적인 웅웅거림만이 유일한 소리다. 톨스토이가 여자의 정신을 얼마나 잘 이해하는지, 나는 늘 놀랍다고 생각해왔다. 어젯밤에는 내가 정말 좋아하는 부분을 읽었다. 돌리가 임신과 출산의 괴로움에 대해 곰곰이 생각하는 대목인데, 문득 눈물이 나왔다. 아이가 있었다면 톰과 내가 더 친밀해졌으리라 상상하면서 그 괴로움을 오랫동안 자주 갈구해왔으니까. 나는 확신한다. 그 모든 일에도 불구하고 톰은 아이들을 원했다는 것을. 그리고 그런 일이 일어날 수 없다는 사실을 깨달은 뒤에도, 나는 아이가 있다면 나 자신과 화해하게 되지 않을까 상상하곤 했다.

당신은 울고 있는 나를 바라보았다. 요즘 조금 취한 사람 같던 당신의 눈빛이 그때는 부드러웠다. 나는 그걸 연민의 표정이라고 해석하기로 했다. "미안해요." 내가 말하자 당신은 머리를 살짝 움직였다. 고개를 끄덕였다고 할 수는 없지만, 아마 거의 비슷했을 것이다.

당신의 방을 나올 땐 이상하게도 들뜬 기분이었고, 아마도 그래서 새벽 1시가 넘도록 옷도 갈아입지 않고 침대 가장자리에 앉아 톰이 잠자리에 들기를 기다렸는지도 모르겠다.

마침내 복도의 카펫을 걸어오는 그의 가벼운 발소리와 요란한 하품 소리가 들렸다.

"늦게 자네." 나는 문가에 서서 낮은 목소리로 말했다. 그는 잠시 놀란 듯했으나 이내 피로로 구겨진 얼굴로 돌아갔다.

"얘기 좀 할 수 있을까?" 들어오라는 뜻으로 문을 열어 잡고 있자니 은퇴 전 세인트루크의 교감 선생으로 되돌아간 기분이 들었다. 새로 온 교사에게 운동장 당번 업무를 잘 챙기라고 당부하거나 도움이 더 필요한 아이들과 너무 가까워지면 어떤 위험이 생길지 알려주기 위한 '짧은 담소'를 나눠야 할 때면 꼭 이런 기분이었다.

그이가 손목시계를 봤다. 나는 문틈을 조금 더 벌렸다. "부탁이야." 내가 덧붙였다.

남편은 내 침실에 앉지 않았다. 그곳이 극도로 낯설다는 듯(어떤 면에선 정말 그럴 테지) 계속 서성거렸다. 올드 십 호텔에서 보낸 우리의 첫날밤이 생각났다. 내 침실은 그 방과 아주 다르긴 하지만. 커튼 대신 실용적인 목제 블라인드를 달았고, 자수가 놓인 깃털 이불 대신 다림질이 필요 없는 이불 커버를 쓰니까. 여기로 이사했을 때 침실 가구와 함께 이케아에서 산 것들이다. 모든 과정에 그다지 마음을 쓰지 않았고, 사람들 말마따나 "촌스러운 꽃무늬를 추방"하는 데 이케아가 어느 정도 도움이 되었다. 부모님에게서 물려받은 잡동사니는 죄다

처분했다. 물려받은 물건이 아주 많았던 건 아니고, 가장자리에 술 장식이 달린 플로어 스탠드, 장식 선반이 달린 벽 거울, 흠집 많은 참나무 탁자 정도. 아무튼 그렇게 이케아 스타일이 완성되었다. 나는 아무런 특징 없는 밋밋함을 원했던 것 같다. 새로운 출발을 시도했다기보다 그 과정에 관여하길 거부한 것이다. 이곳에서 나 자신을 완전히 부정하고자 갈망했는지도 모른다. 그러기 위해서 벽은 비스킷 같은 색으로 칠했고 가구는 '블론드'라 불리는 색상의 인조목 재질로 통일했다. 그 단어를 들으면 웃음이 나온다. 옷장을 표현하기에는 정말로 이상한 단어. 블론드. 너무 화려하고 관능적이다. 블론드는 섹시한 여자들이다. 요부들이다. 그리고 물론 톰도. 비록 그의 머리칼은 이제 회색이지만. 여전히 숱은 많아도 젊음의 광택은 없다.

그 방의 유일한 사치품은 바닥부터 천장까지 한쪽 벽 전체를 채운 책장이다. 나는 당신의 치체스터 테라스 집에 있던 책장을 늘 감탄스럽게 바라보았다. 물론 내 책장은 당신 것과는 비교도 안 될 만큼 초라하다. 당신의 마호가니 책장은 가죽 장정이 된 하드커버 책들과 거대한 미술 논문들로 꽉 차 있었다. 그 많은 책은 다 어떻게 되었을까, 가끔 궁금해진다. 서리에 있는 당신 집에도 책의 흔적은 없었다. 한 달 전쯤 거기 갔었는데, 처음에는 당신이 병원에 입원한 걸 모르는 채 당신을 찾으러 갔고, 그다음에는 이곳으로 당신 물건을 좀 가려오려고 갔다. 그 집은 치체스터 테라스와는 아주 다른 곳이었다. 어머니가 돌아가신 뒤로 얼마나 오랫동안 당신 혼자 그곳에서 살아야 했을까? 서른 해가 넘겠지. 그동안 당신이 무엇을 했는지 나는 모른다. 뇌졸중 소식을 전해준 이웃은 당신이 사람들과 잘 어울리지 않았지만 거리에서 만날 때면 건강이 어떤지 자상하게 묻곤 했다고 말해주었다. 그 얘길 들으니 웃음이 나오면서, 내가 찾아낸 패트릭 헤이즐우드가 당신이 틀림없다는 걸 알았다.

톰은 방을 완전히 한 바퀴 돌고서야 걸음을 멈추고 팔짱을 낀 채 블라인드 앞에 섰다.

"패트릭 얘기야." 내가 말했다.

톰의 입에서 나지막한 신음이 새어 나왔다. "매리언," 그가 말했다. "이렇게 늦은 시간에……"

"패트릭이 당신을 찾았어. 얼마 전에. 당신 이름을 말했어."

그는 베이지색 카펫을 내려다보았다. "아니, 그러지 않았을 거야."

"그걸 어떻게 알아?"

"패트릭은 내 이름을 말하지 않았어."

"내가 들었어, 톰. 당신을 찾았다고."

톰은 숨을 내쉬고 고개를 저었다. "심각한 뇌졸중을 두 번이나 겪은 사람이야, 매리언. 의사도 그랬잖아, 재발은 시간문제라고. 저 사람은 말을 못 해. 다시는 말할 수 없어. 그냥 당신 상상이야."

"정말로 많이 좋아졌어." 나는 과장이라는 걸 알면서도 그렇게 말했다. 어쨌거나 톰의 이름을 부른 뒤로 당신의 입에서는 한 마디도 나오지 않았으니까. "격려가 필요할 뿐이야. 당신의 격려가 필요해."

"여든이 다 된 사람이야."

"일흔여섯이야."

그때 톰이 내 얼굴을 똑바로 쳐다보았다. "그 모든 일을 겪었잖아. 애초에 왜 그 사람을 여기로 데려온 건지 난 알 수가 없다. 당신 머릿속에 어떤 이상한 계략이 있는지 모르겠단 말이야." 그가 픽 웃으며 말을 이었다. "보모 놀이를 하고 싶다면 해. 하지만 내가 동참하기를 기대하지는 마."

"저이에겐 아무도 없잖아."

긴 침묵이 흘렀다. 톰은 팔짱을 풀고 피로한 얼굴을 손으로 쓸었다. "이제 자야겠어." 그가 조용히 말했다.

하지만 나는 계속 더듬더듬 말을 이어갔다. "아픈 사람이잖아." 구슬리는 투로. "당신이 옆에 있어줘야지."

톰이 문가에서 걸음을 멈추더니 노기 어린 눈빛으로 나를 돌아봤다. "저 사람 옆에 내가 필요했던 건 오래전이야, 매리언." 그런 뒤 그는 방을 나갔다.

1958년 이른 여름. 이미 더위가 시작되었다. 따뜻한 우유 냄새가 온 학교를 뒤덮었고, 아이들 낮잠 시간은 내게도 아늑하고 나른한 시간이었다. 줄리아가 두 반 아이들을 모두 데리고 우딩딘으로 자연 관찰 소풍을 가자고 제안했을 때 나는 그 기회를 덥석 붙잡았다. 교장과 의논해 금요일 오후로 날을 잡았다. 버스로 우딩딘에 간 다음 캐슬 힐까지 걸어갈 계획이었다. 아이들 대부분이 그랬지만 나도 그곳은 처음이었고, 단조로운 학교의 일상에서 벗어난다는 생각에 아이들만큼이나 들떴다. 우리는 일주일 내내 그날 보게 될 식물과 야생 생물의 그림을 그렸고─산토끼, 종달새, 가시금작화─난 아이들 모두가 자난초, 난초, 앵초 등의 단어를 맞춤법에 맞게 쓸 수 있도록 가르쳤다. 고백하건대, 그런 활동은 와이트섬에서 산책할 때 톰과 내게 식물을 하나씩 짚어가며 가르쳐준 패트릭 당신으로부터 얻은 아이디어였다.

우리는 11시 30분쯤 학교에서 출발했다. 샌드위치 도시락을 들고 두 명씩 짝지어 줄을 선 아이들을 맨 앞에서 줄리아가 이끌고 맨 뒤에서는 내가 뒤따르며 함께 걸어갔다. 바람은 불었지만 따뜻하고 화창한 날이었다. 버스가 경마장을 지나 우딩딘을 향해 달려가는 동안 흐드러진 마로니에 나무들이 촛불처럼 생긴 꽃봉오리들을 우리에게 내밀고 있었다. 출근 첫날 내가 눈을 뗄 수 없었던, 조용하고 깡마르고 검은 곱슬머리가 수북한 여자아이 밀리 올리버는 구릉지대에 도착하기 전부터 멀미를 시작했다. 장화 발자국 모양의 앞머리를 한 남자아이 보비 블레이크모어는 버스 뒤쪽에 앉아 지나가는 차들을 향해 혀를 내밀었다. 앨리스 럼볼드는 제 오빠가 새로 샀다는 오토바이에 대해 내내 요란하게 떠들었는데 줄리아가 몇 번이나 조용히 시켜도 소용없었다. 하지만 아이들 대부분은 버스가 시내를 뒤로하고 달리는 동안 조용히 기대를 품은 채 창밖을 바라보았고, 어느덧 언덕과 바다가 눈에 들어오기 시작했다.

마을 외곽 정류소에 이르러 모두가 버스에서 내린 뒤, 줄리아가 구릉지대 위로 우리를 이끌었다. 줄리아는 늘 활기 넘쳤다. 당시의 나는 그 끝없는 활력이 약간 부담스러웠지만, 요즘에는 오히려 그립다. 줄리아라면 당신을 목욕시키는 일도 금세 해냈겠지. 그날 줄리아는 능직 바지와 가벼운 풀오버 차림에 튼튼한 신발을 신고서도 밝은 주황색 구슬 목걸이와 커다란 대모갑 테 선글라스로 멋을 더했다. 시끌벅적한 아이들 무리가 줄리아의 뒤를 따라갔는데, 가만 보자니 줄리아는 기회가 있을 때마다 아이들과 접촉하고 있었다. 어깨를 도닥여주고, 원하는 방향으로 이끌 땐 등에 손을 얹고, 말을 건넬 땐 무릎을 꿇어 눈높이를 맞추었다. 나도 줄리아와 같은 접근법을 쓰려고 노력해야겠다고 결심했다. 나는 아이들과 접촉을 거의 하지 않았지만 다른 몇몇 교사들처럼 예사로 손찌검하는 일도 없었고, 이후 경력을 쌓으면서도 그런 처벌이 필요하다고 느낀 적은 거의 없었다. 초기에 앨리스 럼볼드의 손바닥을 자로 때려야 했던 일은 기억이 난다. 내가 나무 자로 손바닥을 내리칠 때, 그 아이의 흔들림 없는 검은 눈은 나를 똑바로 응시하고 있었다. 나는 손이 너무 떨려서 무기를 떨어뜨릴 뻔했다. 소심함, 허둥거리는 손에 잔뜩 밴 땀, 그리고 앨리스의 강렬한 눈빛 때문에 나는 그 애의 펼친 손을 더 세게 때리고 말았고, 그 뒤로 몇 주 동안 그러지 말았어야 했다고 후회했다.

바람을 피해 언덕 아래로 내려와 깊은 계곡을 굽어보자니 안도감이 밀려왔다. 평생을 브라이턴에서 살아오면서도 그런 풍경이 내 고향을 둘러싸고 있다는 사실을 온전히 깨닫지 못한 터였다. 언덕은 나무 한 그루 없이 밋밋했지만 그래서 곡선들의 아름다움이 한층 부각되는 것 같았다. 자주색을 띤 갈색에서 황록색까지, 온갖 색채가 맑은 대기 속으로 퍼져나가는 듯했다. 와이트섬에서처럼 종달새가 하늘에서 고집스럽게 울어댔고 풀밭에는 미나리아재비 꽃이 점점이 박혀 있었다. 저 멀리 흰 물보라를 튀기는 바다까지 보였다. 걸음을 멈춘 채 바라보고 있노라니 햇볕이 맨팔을 따뜻하게 내리쬐였다. 이 지역의 바람이 이렇게 강할지 예상하지 못하고 카디건을 교실 의자에 걸쳐두고 온 터라 나를 보호해줄 옷은 분홍색 블라우스뿐이었다.

줄리아가 아이들에게 도시락을 먹어도 좋다고 말했고, 우리 둘은 뒤에 조금 떨어져 앉아 아이들을 지켜보았다. 주변 여기저기 두껍고 삐죽삐죽하게 돋아난 가시금작화가 코코넛 같은 냄새를 풍겨 왠지 휴가의 분위기가 나는 것 같았다.

내가 싸 온 달걀 물냉이 샌드위치를 다 먹자 줄리아가 자기 샌드위치 한 조각을 권했다. "어서요." 그가 선글라스를 머리 위로 밀어 올리며 말했다. "훈제 연어예요. 친구가 싼값에 구해주거든요."

훈제 연어를 먹어본 적이 없어서 입에 맞을지 알 수 없었지만 샌드위치를 받아서 맛을 보았다. 강렬한 맛이었다. 바다처럼 짭짤하지만 기름진 부드러움이 있었다. 곧바로 좋아졌다.

보비 블레이크모어가 자리에서 일어서길래, 나는 모두가 도시락을 다 먹을 때까지 앉아 있으라고 지시했다. 놀랍게도 아이는 즉시 말을 들었다.

"점점 능숙해지네요." 줄리아가 조용히 웃으며 중얼거렸다. 난 기뻐서 얼굴이 붉어지는 느낌이 들었다.

"참, 아직 신혼여행 얘기 안 해줬잖아요." 그가 말했다. "와이트섬 맞죠?"

"네," 내가 말했다. "신혼여행은, 음……" 초조한 웃음이 터져 나왔다. "아주 좋았어요."

줄리아가 눈썹을 올린 채 내 얼굴을 너무 유심히 보고 있어서 나는 계속 말할 수밖에 없었다. "톰 친구 패트릭의 오두막에서 묵었어요. 결혼식에서 신랑 들러리를 한 친구요."

"기억나요." 줄리아가 잠시 말을 멈추고 사과를 베어 씹었다. "정말 후한 분이네요."

나는 손톱을 내려다보고 있었다. 당신이 우리와 함께 있었다는 얘기는 아무에게도 한 적이 없었다. 부모님에게도, 그리고 실비에게는 더더욱.

"그래서 재미있었어요?"

그날의 따스한 청명함 때문이었을까, 다 털어놓고 싶은 마음을 억누를 수가 없었다. 그래서 말했다. "음, 네, 톰이랑 정말 즐거웠어요. 그 사람도 오긴 했지만."

"누구?"

"톰의 친구. 패트릭. 마지막 며칠 동안만." 나는 샌드위치를 한 입 더 베어 물고 줄리아의 시선을 피했다. 그게 얼마나 끔찍한 얘긴지 그 말이 나오자마자 알 수 있었다. 신혼여행에서 어떤 식으로든 셋이 어울리는 걸 참을 수 있는 사람이 있을까? 멍청한 바보나 그러겠지.

"그렇군요." 줄리아가 사과를 다 먹고 나서 가시금작화 덤불에 심을 던졌다. "그래서 싫었어요?"

진실을 말할 수는 없었다. "아니요. 친한 친구거든요. 우리 둘 모두에게."

줄리아가 고개를 끄덕였다.

"사실, 무척 흥미로운 사람이에요." 나는 더듬더듬 말을 이었다. "박물관에서 학예사로 일해요. 늘 우리를 전시회나 공연에 데려가고 비용도 다 대주죠."

줄리아가 미소를 지었다. "나도 그 친구가 마음에 들더라고요. 그 사람, 그런 쪽이죠?"

나는 줄리아가 무슨 말을 하는지 이해하지 못했다. 그는 기대에 찬 눈을 빛내며 나를 보았고, 나는 그 말을 이해하고 싶었지만 이해할 수가 없었다.

혼란스러운 내 표정을 본 줄리아가 몸을 기대며 내게는 좀 크다 싶은 목소리로 말했다. "동성애자 아니에요?"

훈제 연어가 입안에서 변질된 기름 맛으로 변했다. 그 단어를, 마치 별자리나 구두 치수를 묻는 양, 그렇게 아무렇지 않게 언급할 수 있다는 것이 믿기지가 않았다.

내가 공황에 빠진 걸 감지했는지 줄리아는 이렇게 덧붙였다. "내 말은, 그럴지도 모르겠다고 생각했다는 뜻이에요. 그 사람을 만났을 때요. 하지만 내가 잘못 알았나 봐요."

나는 음식을 넘기려 애썼지만 속이 거북했고 입안은 이미 바짝 말라 있었다.

"저런, 선생님." 줄리아가 아이 옆에 무릎 꿇고 앉아 하듯이 내 팔에 손을 얹었다. "나 때문에 많이 놀랐구나."

나는 웃어 보이려 애썼다. "아니, 그건 아니고……"

"미안해요, 매리언. 괜히 그런 얘길 했네."

보비 블레이크모어가 다시 일어났고 나는 그 애에게 앉으라고 빽 소리를 질렀다. 아이가 깜짝 놀라 나를 보더니 털썩 주저앉았다.

여전히 내 팔에 손을 얹은 채 말을 이어가는 줄리아의 목소리가 들렸다. "나도 참 못 말리는 멍청이라니까. 늘 실수나 저지르고. 그냥 난 어쩌면…… 생각을…… 음, 추측을……"

"상관없어요." 나는 일어서며 말했다. "어서 가야죠, 이러다 오후가 다 저물겠어요." 나는 손뼉을 치며 아이들에게 일어나라고 말했다.

줄리아는 조금 안도한 듯 고개를 끄덕이고는 아이들을 이끌어 언덕을 내려가면서 새와 식물이 보일 때마다 손가락으로 가리키고 이름을 이야기했다. 하지만 나는 줄리아를 볼 수 없었다. 풀밭을 무겁게 내디딘 내 발 말고는 그 무엇도 볼 수가 없었다.

패트릭, 내가 그런 생각을 한 번도 해보지 않았다고는 말할 수 없다. 하지만 캐슬 힐에서 맞닥뜨린 그 순간까지는 그 얘길 입 밖에 내는 이가 없었고, 그래서 나 또한 머릿속에서 그런 생각을 힘껏 억눌러 온전히 살펴볼 수 없는 곳에 가둬두기 위해 전력을 다하던 터였다. 그걸 내가 어떻게 인정하려 들겠는가? 당시에 그건 받아들일 수 없는 일이었다. 요즘 말로 게이라 부르는 이들의 삶에 대해 나는 전혀 알지 못했다. 그저 신문 기사의 제목들 정도가 내가 아는 전부였다. 몬터규 사건*이 가장 유명했지만 〈아거스〉에는 그보다 더 소소한 사건들도, 대개 10면에, 이혼 소식과 교통법규 위반자들에 관한 기사들과 함께 종종 실렸다. "중대한 성적 일탈 행위로 기소된 교장" 혹은 "부자연스러운 행위를 저지른 사업가" 따위의 제목으로. 나는 그 기사들을 거의 보지 않았다. 너무 자주 실려서 평범하게 느껴지기까지 했던 그 기사들은 날씨 기사, 라디오 방송 일정과 함께 어느 신문에서나 볼 수 있었다.

지금 이 글을 쓰며 돌이켜보건대, 나도 틀림없이 어느 정도는 줄곧 알고 있었다. 아마 실비가 톰은 좀 다르다고 말했을 때부터 짐작했을 것이고, 오즈번 하우스 뜰에 함께 서 있는 두 사람을 본 순간부터는 확실히 알았을 것이다. 하지만 그때는 전혀 명백한 것이 아니었다—적어도 인정할 수는 없었다. 그리고 지금도, 내가 머릿속에 온전한 그림이 떠오르도록 허용하

---

* 영국 귀족의 일원으로 1954년에 동성애 행위로 재판을 받고 투옥되었으나 그 자신은 혐의를 부인했다.

기 시작한 순간이 정확히 언제였는지 특정할 수 없다. 하지만 캐슬 힐에서 있었던 일은 틀림없는 전환점이 되었다. 그때부터는 당신을, 그로 인해 톰을 새로운 방식으로 생각하는 것을 더 이상 피할 수 없었다. 그 단어가 발설된 이상 돌이킬 수는 없었다.

집으로 돌아갈 즈음—우리는 위아래 층에 방이 두 개씩 있는 이즐링워드 스트리트의 2층집으로 이사를 한 참이었다. 바라던 경찰 사택에는 들어갈 수 없었지만 톰의 경찰 동료가 힘을 써서 그 집을 구할 수 있었다—나는 이제 남편에게 말을 해야겠다고 결심했다. 그러면서 의식적으로 되뇌었다. 남편에게 부인할 기회를 주려는 것뿐이라고, 금세 문제가 해결되고 우리는 우리의 삶을 살아가게 될 거라고.

대화를 시작하며 처음 꺼낼 말을 생각하고 나서는 더 이상 진도가 나가지 않았다. "오늘 줄리아가 패트릭에 대해 아주 고약한 말을 했어." 그다음에는 무슨 말을 해야 할지, 어디까지 밀고 나가야 할지 알 수가 없었다. 처음 몇 마디 빼고는 아무것도 보이지 않아 나는 그 말을 소리 없이 되풀이하며 집으로 걸어갔고, 어떤 이야기로 이어지건 일단 그 말만은 정말로 할 수 있을 거라고 굳게 믿으려 애썼다.

톰은 그 주에 오전 교대조여서 나보다 일찍 집에 와 있었다. 나는 그이가 집에 없기를, 그래서 내가 집에서 안정을 찾고 어떤 식으로든 앞으로 벌어질 일에 대해 마음의 준비를 할 시간이 있기를 바랐다. 하지만 문턱을 넘어선 순간 비누 냄새가 났다. 위층에 욕실이 있고 복도 끝에 화장실이 있는데도 톰은 퇴근하고 들어오면 부엌 싱크대 앞에서 옷을 벗고 씻기를 좋아했다. 개수대에 물을 채우고 주전자를 불에 올린 뒤 얼굴과 목을 닦고 겨드랑이를 비누로 문지르면 어느새 물이 다 끓어서 차를 마실 준비가 끝나 있었다. 나는 그런 습관을 나무란 적이 없었고, 사실 그렇게 씻고 있는 그를 보면 좋았다.

나는 부엌으로 들어가 책 바구니를 내려놓고 그의 맨등을 보았다. 오늘 줄리아가 패트릭에 대해 아주 고약한 말을 했어. 아직 남편의 맨살을 보는 데 익숙하지 않았던 나는 곧바로 그 말을 내뱉는 대신 그대로 멈춘 채, 그이가 수건으로 목을 문지르는 동안 그 근육질 어깨가 움직이는 모습을 감탄 어린 눈으로 바라보았다. 주전자에서 휘파람 소리가 울리며 작은 부엌이 훈김으로 가득 차자 나는 주전자를 불에서 내렸다.

"오늘은 좀 일찍 왔네." 톰이 돌아서서 웃으며 말했다. "자연 관찰 산책은 어땠어?"

걷기에 열정을 보이는 당신과 달리 톰은 늘 물속에서 더 편안해했고 산책은 시간 낭비라고 여겼다. 그에게 걷기는 제대로 된 운동이 아니었다―힘을 충분히 쓰지 않고 위험부담도 별로 없는 운동. 물론 지금은 월터와 함께 구릉지대를 오래 걷지만 예전에는 확실한 목적지 없이 산책하는 일이, 적어도 내가 아는 한 없었다.

"좋았어." 나는 등을 돌리고 차를 준비한답시고 바쁘게 움직이며 말했다. 오늘 줄리아가 패트릭에 대해 아주 고약한 말을 했어. 작은 부엌 창으로 들어오는 오후 햇살에 눈부시게 빛나는 그의 모습을 보자 머릿속이 헝클어졌다. 아무 말도 안 하는 편이 훨씬 쉬울 텐데, 나는 생각했다. 줄리아가 한 말을 짓눌러 실비의 말과 오즈번 하우스 뜰에 서 있던 당신과 톰의 영상이 담긴 내 머릿속 한구석에 가둬버리면 될 텐데. 내 남편이, 내가 그토록 오랫동안 원했던 남자가 우리의 부엌에서 반쯤 벗은 모습으로 내 앞에 서 있었다. 그런 말을 우리의 삶에 끌어들일 수는 없었다.

톰이 내 팔을 두드렸다. "깨끗한 셔츠 입고 올게, 그런 다음 같이 차 마시자."

나는 거실로 차를 가져가 우리가 식사할 때 사용하는 창문 앞 탁자에 올려놓았다. 톰의 어머니가 식탁보를 물려주었는데 두꺼운 벨루어 소재의 그 겨자색 물건이 나는 싫었다. 그걸 보면 양로원이나 장례식장이 떠올랐다. 엽란 같은 보기 흉한 식물을 올려놓기에 완벽한 식탁보랄까. 나는 차가 넘쳐 식탁보가 얼룩지기를 바라며 찻잔을 세게 내려놓았다. 거기 앉아 톰을 기다리며 거실 안을 둘러보자니 생각이 이리저리 정신없이 내달렸다. 오늘 줄리아가 패트릭에 대해 아주 고약한 말을 했어. 그 말을 해야 했다. 나는 리놀륨 바닥을 내려다보며 그 밑에 있는 은색 물고기를 상상했다. 금속성으로 꿈틀거리는 물고기가 거기 숨어 있다는 걸 난 알고 있었다. 커다란 창문이 두 개이고 벽지 대신 페인트를 칠한 우리의 침실은 거리에 면해 환하고 바람이 잘 통하는데, 거실은 대낮에도 어두컴컴하고 조금 눅눅했다. 여길 어떻게 손 좀 봐야겠어, 나는 생각했다. 오늘 줄리아가 패트릭에 대해 아주 고약한 말을 했어. 타이디 스트리트에 있는 중고 상점에서 스탠드를 새로 사도 좋겠지. 이 망할 놈의 식탁보를 큰맘 먹고 없애버릴까. 오늘 줄리아가 패트릭에 대해 아주 고약한 말을 했어. 그 말을 집에 들어오자마자 했어야 했다. 내가 생각할 시간을 아예 없애버렸어야 했다. 오늘 줄리아가 패트릭에 대해 아주 고약한 말을 했어.

톰이 돌아와 맞은편에 앉았다. 그이가 차를 한 잔 따라 쭉 들이켰다. 다 마시고는 한 잔을 더 따르더니 다시 허겁지겁 마셨다. 차를 삼킬 때 그의 목이 수축하고 눈이 감기는 걸 바라보다가, 문득 사랑을 나눌 때 톰의 얼굴을 본 적이 없다는 사실을 깨달았다. 이 무렵 우리는 어떤 종류의 패턴에 정착했고, 한 주 걸러 한 번씩 토요일 밤에는 다른 때보다 살짝 더 순조롭다고 혼자 생각하던 참이었다. 심지어 매달 임신 징후를 찾기 시작해서 생리가 하루라도 늦으면 머리가 어질할 정도로 흥분했다. 하지만 톰은 늘 불을 껐고 대개는 내 어깨에 머리를 묻고 있어서 우리의 가장 친밀한 순간에 그의 표정을 보기란 불가능했다.

너무 부당하다는 생각에 안에서 부글부글 끓어오르는 화를 꽉 붙들었다. 톰이 비스킷에 손을 뻗는 순간 나는 그 말을 입 밖으로 내뱉었다.

"줄리아가 오늘 패트릭에 대해 무슨 말을 했어."

고약한이라는 말은 차마 할 수가 없었다. 세인트루크에 처음 출근한 날과 비슷했다. 목소리가 몸과 완전히 분리된 느낌. 내 목소리가 좀 떨렸는지 톰이 비스킷을 내려놓고 나를 유심히 쳐다보았다. 내가 불안을 진정시키려고 눈을 깜빡이며 그를 마주 보는데, 그이가 아주 차분하게 물었다. "줄리아도 패트릭을 알아?"

패트릭, 톰은 정말로 침착했다. 내가 뭘 예상했는지는 몰라도, 어쨌든 예상한 반응이 아니었다. 나는 톰이 즉각 부인하거나 적어도 방어적으로 나오리라고 막연히 상상했던 것 같다. 하지만 그는 티스푼을 들어 차를 저으며 내 대답을 기다렸다.

"둘이 만난 적이 있으니까. 우리 결혼식에서."

톰이 고개를 끄덕였다. "그럼 아는 사이는 아니군."

이 말을 부정할 수는 없었다. 마치 톰이 조심스럽게, 그러나 단호하게 날 옆으로 밀쳐내는 것 같았다. 어떻게 이어가야 할지 몰라 창밖의 거리를 바라봤다. 남편을 쳐다보지 않으면 내 화를 계속 붙들어놓을 수 있을지도 몰라. 붉은 머리의 성미를 제대로 터뜨릴 수 있을지도 몰라. 내가 원한 갈등이 닥칠지도 몰라.

잠시 후에 톰이 티스푼을 받침 접시에 달가닥 내려놓고 물었다. "그래서, 줄리아가 뭐라고 했는데?"

나는 여전히 창밖을 바라보면서 목소리를 조금 높여 대답했다. "패트릭이…… 그런 쪽이라고."

톰이 조소하듯 살짝 코웃음을 쳤다. 전에는 그에게서 한 번도 들어본 적 없는 소리, 패트릭 당신이 유난히 아둔한 말을 들을 때 낼 법한 소리였다. 하지만 남편을 돌아봤을 때, 그의 얼굴엔 다시 미끄럼틀 탑 꼭대기에서의 그 표정이 떠올라 있다. 창백한 볼, 비스듬히 기운 입술, 커다랗게 뜬 채 나를 빤히 바라보는 눈. 잠시 그가 너무 약해 보여서, 아무 말도 하지 않았더라면 좋았으리라는 생각이 들었다. 팔을 뻗어 그이의 손을 잡고 어리석은 농담이었다고, 아니면 무슨 착오가 있었다고 말하고 싶었다. 하지만 그때 톰이 마른침을 삼켰고, 갑자기 그의 이목구비가 다시 원래대로 정렬되는 듯했다. 그이가 일어서며 큰 소리로 침착하게 따지듯 물었다. "그게 무슨 뜻이지?"

"알잖아." 내가 말했다.

"아니, 몰라."

우리는 서로의 눈을 똑바로 바라보았다. 마치 대질심문을 당하는 용의자가 된 기분이었다. 나는 최근 톰이 대질심문에 몇 차례 참석했다는 걸 알고 있었다.

"말해봐, 매리언. 그게 무슨 뜻이지?"

그 목소리가 어찌나 냉랭한지 내 손이 떨리고 턱이 앙다물렸다. 눈앞에서 내가 가진 모든 것이 사라지고 있는 듯했다. 남편, 집, 가정을 이룰 기회. 그이가 그 모든 것을 한순간에 앗아갈 수 있다는 걸 난 알았다.

"그게 무슨 뜻이야, 매리언?"

나는 그 혐오스러운 겨자색 식탁보에 시선을 고정한 채 겨우 입을 뗐다. "성적으로 전도된 사람이라고."

나는 폭발을 각오했다. 톰이 찻잔을 벽에 던지거나 탁자를 뒤집어엎을지도 모른다고. 하지만 그이는 웃었다. 그다운 우렁찬 웃음은 아니었다. 그보다 피로한 소리, 오래 억눌러온 쓰라린 감정을 토해내는 사람의 소리. "말도 안 돼." 그가 말했다. "정말로 말이 안 돼."

나는 고개를 들지 않았다.

"그 여자는 패트릭을 알지도 못하잖아. 어떻게 그런 말을 할 수가 있지?"

나는 대답할 말이 없었다.

"네가 말한 '성적으로 전도된 사람들' 말이야, 보고 싶다면 보여줄게, 매리언. 매주 경찰서에 잡혀 오니까. 그들은 얼굴에 뭘 발라, 립스틱 같은 거. 장신구도 달고. 한심하지. 그리고 걸음걸이도 달라. 멀리서 봐도 한눈에 알 수 있다고. 풍기단속반은 똑같은 사람들을 계속해서 잡아들여. 새 서장이 이곳 거리에서 그런 부류를 싹 다 치워버리라고 하거든. 그 문제에 늘 신경을 곤두세우고 있어. 풍기단속반은 그런 사람들을 플러머로디스의 남자 화장실에서 잡아들인다고. 네가 그런 걸 알아?"

"알았어." 나는 말했다. "무슨 말인지 알겠어⋯⋯"

하지만 톰은 이제 그 주제에 열의를 보이며 거침없이 이야기를 이어갔다. "패트릭은 그런 부류가 아니잖아. 손목을 살랑거리며 과장된 몸짓을 하는 남자. 패트릭은 아니잖아." 이번에는 더 부드럽게, 그가 다시 웃었다. "점잖은 직업도 있고. 패트릭이 네가 말한 뭐 그런 거라면 지금 그 자리에 있을 수 있겠어? 게다가 그는 우리한테 정말로 잘해줬잖아. 결혼식 때도 얼마나 많은 도움을 줬는지 보라고."

당신이 톰의 양복값을 내준 건 사실이었다.

"네가 그 친구한테 사실을 똑바로 말해주는 게 좋을 것 같아. 그런 말을 하고 다니다간 정말 큰일 난다고."

그 매끈한 경찰관의 목소리가 더는 듣기 싫어서 나는 식기를 치우려고 일어섰다. 하지만 부엌으로 쟁반을 가져가는 나를 톰이 바로 뒤에서 따라왔다.

"매리언," 그가 끈질기게 말했다. "그 친구 말이 얼마나 터무니없는 소린지 너도 알지? 그렇지?"

나는 톰을 무시한 채 찻잔을 개수대에 넣은 뒤 냉장고에서 베이컨을 꺼냈다.

"매리언, 그 사람한테 똑바로 말하겠다고 네가 약속해주면 좋겠어."

나는 뭔가를 내던지기 직전이었다. 냉장고 문을 쾅 닫고 그이에게 그만하라고 소리 지르기 직전이었다. 내가 모른 척할 수는 있다고, 하지만 어떤 경우에도 나를 그렇게 얕보게 두지는 않겠다고 말하기 직전이었다.

그때 톰이 손을 올려 내 어깨를 꽉 쥐었다. 그 손길에 나는 숨을 내쉬었다. 그이가 내 뒤통수에 입을 맞췄다.

"약속할 거지?" 그가 다정하게 묻고는 나를 자기 쪽으로 돌려 볼을 어루만졌다. 투지는 모두 사라지고 피로만 남았다. 그의 얼굴에도 보였다. 눈가에 자리 잡은 피로가.

나는 그러겠다고 고개를 끄덕였다. 그이가 웃으면서 "오늘 우리 감자튀김 먹어? 내가 제일 좋아하는 게 감자튀김인데. 특히 네가 해주는 거"라고 말했지만, 저녁 내내 우리 사이엔 아무 대화도 없으리라는 걸 알 수 있었다. 하지만 그날 밤 잠자리가 그토록 격렬해지리라고는 예상하지 못했다. 아직도 기억난다. 그이가 딱 한 번 내 옷을 벗긴 날이었다. 한 손으로 내 스커트를 당겨 바닥에 떨어뜨리고 침대로 날 밀어붙였다. 그의 몸에 새로운 의지 같은 것이 있었다. 무언가 작정한 듯한 느낌이었다, 패트릭. 딱 하루, 그날 밤뿐이었을지언정 나는 줄리아의 말을 잊을 수 있었고, 일이 끝난 뒤에는 톰의 가슴에 기대어 꿈도 없이 깊은 잠에 빠졌다.

몇 주가 흘렀다. 7월에 톰은 당신이 아직 초상화를 완성하지 못해서 매주 화요일 저녁 말고도 두 주에 한 번 토요일 오후에도 당신에게 가야 한다고 말했다. 나는 딴지를 놓지 않았다. 목요일에는 가끔 당신이 우리 집으로 왔다. 늘 와인을 가져와 최신 연극이나 영화에 대해 쾌활하게 이야기했다. 어느 날 저녁 내가 만든 좀 질긴 스테이크 파이를 먹으며, 당신은 마침내 상관을 설득해 어린이들을 위한 오후의 미술 감상 프로그램을 실시할 수 있게 되었다면서 우리 반 아이들을 최초의 수혜자로 데려오겠느냐고 물었다. 나는 그러겠다고 했다. 톰을 기쁘게 해주려는, 내가 줄리아의 말을 잊었다는 확신을 주려는 마음이 컸지만, 당신을 따로 만날 기회를 만들려는 의도도 있었던 것 같다. 당신에게 그 문제를 거론할 수야 없겠지만, 톰이 없으면 내가 직접 당신을 가늠해볼 수 있으리라 생각했다.

박물관에 가는 날 오후는 화창했다. 버스를 타고 시내로 나가는 동안, 괜히 당신의 계획에 동의했다는 후회가 들었다. 학기 말이 다가오고 있었다. 아이들은 더위에 지쳐 제멋대로였고, 나는 당신 앞에서 교사로서의 능력을 보여야 해서 불안했다. 보비 블레이크모어나 앨리스 럼볼드가 내 말을 거역하거나 밀리 올리버가 혼자 사라져버려 박물관 곳곳을 수색해야 하면 어떡하나 걱정스러웠다.

하지만 거리의 땡볕에서 벗어나 안으로 들어가 어두컴컴하고 서늘한 그곳에 있으니 마음이 편해졌고 조용한 분위기에 아이들의 소란도 잦아들었다. 이번에는 아주 다른 기분이었다. 예전처럼 어딘가 금지되고 비밀스러운 느낌은 들지 않았다. 내가 여기 있을 권리를 지녔다고 자신해서였을 것이다. 아름다운 모자이크 바닥이 눈앞에서 구불거렸고, 어디를 보아도—주로 창문 둘레나 문틀의 나무 부재에—반달 모양 장식과 밖에 있는 파빌리언을 모방한 작은 탑 모양 장식이 눈에 띄었다.

아이들도 멈춰서 열심히 바라보았지만 모두 둘러볼 시간은 없었다. 놀랍게도 당신이 거의 곧바로 나와 우리를 맞이했기 때문이다. 위층 창문에서 내다보며 우리가 도착하기를 기다리고 있던 것 같았다. 당신은 웃으며 다가와 두 손을 내밀고 우리가 와줘서 얼마나 기쁘고 영광스러운지 모르겠다고 말했다. 가벼운 양복 차림에 언제나처럼 비싼 향기를 풍겼다. 내 손을 붙잡은 당신의 손은 서늘하고 건조했다. 그곳에서 당신은 완벽한 편안함을 느끼며 주위를 전적으로 통제하는 듯했다. 타일에 닿는 당신 발소리는 내 발소리보다도 더 크게 울렸고, 아이들에게 신기한 걸 보여주겠다며 복도를 따라 안내할 때도 당신은 거리낌 없이 목소리를 높이고 크게 손뼉을 쳤다. 그 신기한 것이란 물론 돈 먹는 고양이였다. 당신은 반짝이는 동전을 넣어 고양이를 작동시켰다. 아이들은 고양이의 배에 불이 들어오는 걸 직접 보려고 서로 떠밀고 젖히며 앞으로 나아갔고, 당신은 동전을 여러 개 써가며 아이들 모두가 그 신기한 구경을 할 수 있게 해주었다. 밀리 올리버만이 그 악마 같은 눈에서 뒤로 물러났는데, 나는 그 아이가 개중에 가장 분별 있는 아이라고 생각했다.

오후가 깊어가며 나는 당신이 아이들과 함께 있어서 진심으로 즐거워한다는 걸 알 수 있었고, 그 때문인지 아이들도 당신을 좋아했다. 아이들을 데리고 다니며 전시물들을 골라 보여줄 때 당신의 얼굴에서는 실제로 빛이 났다. 우리는 새 뼈와 동물 이빨로 장식된 코트디부아르의 나무 가면을 포함해 여러 전시물을 보았는데, 허리받이를 댄 빅토리아 시대의 검은 벨벳 드레스 앞에서 여자애들은 더 자세히 보겠다고 다들 유리에 코를 들이댔다.

투어가 끝나자 당신은 커다란 아치형 창문이 있는 작은 방으로 우리를 데려갔다. 방에는 여러 개의 탁자와 의자를 비롯해 앞치마, 물감, 풀 그리고 갖가지 보물ー빨대, 깃털, 조개껍데기, 금색 종이 별ー이 담긴 상자들이 준비되어 있었다. 당신은 아이들에게 주어진 판지 견본으로 자기만의 가면을 만들어보라고 했다. 그런 뒤 우리 둘은 가면뿐 아니라 온몸에 별의 별 재료를 붙이고 칠하는 아이들을 감독했다. 가끔 당신의 큰 웃음소리가 들려왔고, 문득 고개를 들면 직접 가면을 써보거나 가면을 더 무섭게 만드는 법을 알려주거나 "무대 소품 느낌으로" 꾸며보라고 조언하는 당신의 모습이 보였다. 제 작품을 "정말로 정교하다"고 칭찬하는 당신을 앨리스 럼볼드가 믿을 수 없다는 듯 빤히 쳐다보았을 땐 애써 웃음을 억눌러야 했다. 확신컨대 앨리스는 그런 단어를 들어본 적도 없을 테고, 혹시 들어봤다 해도 그게 자신이 만든 무언가를 묘사하는 말로 쓰인 경우는 없었을 것이다. 당신이 아이의 머리를 토닥인 뒤 턱수염을 쓰다듬으며 환하게 웃자, 앨리스는 그러한 반응을 어떻게 해석해야 할지 여전히 모르겠다는 듯 나를 쳐다봤다. 앨리스의 상당한 미술적 재능은 이어 계속 드러났다. 나는 전혀 알아보지 못했던 재능을 당신은 또렷하게 보았다. 톰이 초기에 당신에 대해 했던 말이 떠올랐다. 그는 상대의 겉모습을 보고 함부로 판단하지 않아. 그 순간 나는 그 말이 사실이라는 걸 깨달았고, 나 자신이 조금 부끄러워졌다.

내가 막 떠나려 할 때 당신은 내 팔꿈치를 잡고 말했다.

"고마워요, 매리언. 이렇게 즐거운 오후를 보내게 해줘서."

우리는 그늘진 복도에 서 있었고, 제각각 가면을 들고 내 주위로 모여든 아이들은 집에 가고 싶은 마음에 모두 유리문 쪽을 보고 있었다. 이미 늦은 시각이었다. 너무 재미있어서 시간을 확인하는 것마저 잊은 것이다.

즐거운 오후였다. 그 사실을 부인할 순 없다.

그때 당신이 말했다. "톰을 베네치아에 보내준다면서요? 당신은 정말 착해. 톰이 고맙게 생각할 거예요."

그 말을 하는 동안 당신은 내게서 눈길을 돌리지 않았다. 말투에 수치심이나 악의의 흔적은 없었다. 그저 사실을 있는 그대로 이야기할 뿐이었다. 눈빛은 진지했지만 미소는 환했다. "톰이 얘기했죠?"

"선생님, 밀리 울어요."

캐럴라인 미어스의 목소리가 들렸지만 무슨 말인지 잘 알아들을 수 없었다. 나는 여전히 당신의 말을 이해하려 애쓰고 있었다. 정말 착해. 톰. 베네치아.

"오줌 쌌나 봐요, 선생님."

돌아보니 밀리가 다섯 명쯤 되는 아이들에게 둘러싸여서 모자이크 바닥에 앉아 울고 있었다. 지저분한 얼굴에 검은 곱슬머리를 늘어뜨리고, 볼에는 작은 흰 깃털을 붙이고, 가면은 옆에 던져놓은 채였다. 나는 아이들의 소변에서 나는 식초 같은 냄새에 익숙했다. 학교에서라면 큰 문제가 아니었다. 아이가 너무 창피해서 오줌 지렸다는 말을 하지 않고, 또 바닥이나 의자가 지나치게 젖지 않으면 나는 대개 모르는 척했다. 아이가 말을 하거나 악취가 참을 수 없는 정도라면 보건교사에게 보냈다. 보건교사는 쉬는 시간에 화장실에 가지 않을 경우 발생할 위험에 대한 상냥하고도 효율적인 경고의 말과 더불어, 좀 낡긴 했지만 깨끗한 팬티를 무더기로 구비해두고 있었다.

하지만 이곳에 보건교사는 없었다. 의심의 여지가 없는 악취와 함께 누런 웅덩이가 밀리의 주변으로 퍼져나갔다.

"아, 저런." 당신이 말했다. "내가 어떻게든 도울 수 있을까요?"

나는 당신을 봤다. "있죠." 나는 아이들이 다 들을 수 있을 만큼 큰 소리로 대답했다. "이 아이를 화장실에 데려가 젖은 엉덩이를 닦아주고 깨끗한 팬티를 마술처럼 만들어내면 돼요. 그게 좋은 시작이 되겠죠."

당신의 콧수염이 움찔거렸다. "내가 그런 걸 할 수 있을지……"

"못 해요? 그렇다면 이만 가야겠네요." 나는 밀리의 팔을 잡아 일으켰다. "괜찮아." 미끈거리는 모자이크를 밟으며 내가 말했다. "여긴 미스터 헤이즐우드가 치워주실 거야. 이제 그만 울어도 돼. 애들아, 미스터 헤이즐우드에게 감사 인사 해야지."

아이들이 힘없는 목소리로 감사하다고 말했고, 그 말에 당신은 환히 웃었다. "나도 고마워요, 어린이 여러—"

나는 당신의 말을 잘랐다. "캐럴라인이 앞장서. 집에 갈 시간이 지났구나."

아이들을 문밖으로 데리고 나가며 나는 뒤돌아보지 않았다. 당신이 번들거리는 밀리의 오줌 옆에 서서 그 티 없이 깨끗한 손을 내민 채 내 악수를 기다리고 있다는 걸 알면서도.

집에 돌아왔는데 톰이 없어서 나는 부엌 저편으로 다과용 접시를 내던졌다. 결혼식 날 그이 어머니가 우리에게 준 접시를 골라 내던지니 특히 속이 시원했다. 선홍색 점무늬로 장식된 얇은 도자기였다. 접시가 박살 나는 열광적인 소리와 그것을 내던질 때 내 안에서 길어낸 강한 힘이 무척이나 흡족스러워 즉시 하나를 더 던지고 또 하나를 던졌다. 마지막 접시가 창문을 살짝 빗나가는 바람에 내가 바라던 이중의 폭발음 대신 와장창 한 번으로 끝나자 실망감이 느껴지며 흥분이 조금 가라앉고 호흡도 차분해졌다. 땀이 심하게 난다는 사실을 깨닫고 보니 블라우스의 등이 축축했고 스커트 허리 부분에 피부가 쓸리고 있었다. 구두를 벗어 던지고 블라우스 단추를 풀어놓은 채 집 안을 활보하면서, 마치 그러면 분이 풀릴 것처럼 창문을 모조리 열어젖혀 초저녁 바람을 맨살에 맞아들였다.

침실에 들어가 톰이 쓰는 쪽 옷장을 헤집고 그의 셔츠와 바지와 재킷을 옷걸이에서 마구 끌어내리며 이미 오를 대로 오른 화를 더욱 돋울 만한 무언가를 찾기 시작했다. 신발을 흔들어 보기도 하고 둥글게 말아놓은 양말을 풀어헤치기도 했다. 그렇게 찾아낸 거라곤 오래된 영수증과 영화표 몇 장뿐이었고, 그중 우리가 함께 보지 않은 영화는 단 한 편밖에 없었다. 그보다 더 좋은 증거를 찾지 못할 경우 필요할지도 몰라 그 영화표를 주머니에 넣은 다음 침대 옆 톰의 서랍장을 뒤져 반쯤 읽은 존 골즈워디의 소설 한 권과 오래된 시곗줄, 선글라스 하나, 바다 수영 클럽에 관한 〈아거스〉의 기사 그리고 경찰 임관식 후에 시 청사 앞에서 찍은 톰의 사진 한 장을 찾아냈다. 그의 양옆에는 꽃무늬 원피스를 입은 어머니와 어쩐 일인지 인상을 찌푸리지 않은 아버지가 서 있었다.

뭘 찾기를 바랐는지, 혹은 찾지 않기를 기도했는지 모르겠다. 〈피지크 픽토리얼〉* 잡지? 당신이 보낸 연애편지? 둘 다 터무니없는 생각이었다. 톰은 절대로 그런 위험을 감수하지 않았을 것이다. 모든 것이 밖으로 나왔고, 내 주변 러그 위에 흩어진 톰의 물건들을 둘러봐도 문제가 될 만한 것은 없었다. 그런데도 나는 집요하게 침대 밑의 잔해를 헤치며 한 짝씩 돌아

* 근육질 남자의 몸을 주로 다룬 도색잡지.

370

다니는 양말이나 상자째 둔 새 손수건들을 밀쳐냈다. 블라우스가 몸에 들러붙고 손은 먼지로 시커멓게 되었는데도, 내 분노를 더욱 돋울 만한 물건은 찾을 수 없었다.

그때 톰의 열쇠가 현관문에 꽂히는 소리가 들렸다. 수색은 멈췄지만 도무지 움직일 수가 없어서 나는 계속 침대 옆에 무릎을 꿇은 채 내 이름을 부르는 그이의 목소리에 귀를 기울였다. 그의 발걸음이 부엌 문가에서 멈추는 소리를 듣고 산산조각으로 바닥에 흩어진 다과 접시들을 보는 그의 놀란 얼굴을 상상했다. 그의 목소리가 급박해졌다. "매리언? 매리언?"

나는 내가 일으킨 파괴의 현장을 둘러보았다. 셔츠, 바지, 양말, 책, 사진이 온통 방 안에 널려 있었다. 활짝 열어젖힌 창문. 텅 빈 옷장. 바닥에 흩어진 침대 옆 서랍장 속 내용물.

톰은 여전히 나를 부르고 있었지만, 무엇을 발견하게 될지 약간 두려운 듯 이제는 천천히 계단을 올라오고 있었다.

"매리언?" 그가 불렀다. "무슨 일이야?"

나는 대답하지 않았다. 머릿속이 완전히 백지가 돼 어떤 핑계도 생각해낼 수 없었다. 톰의 자신 없는 목소리를 들으니 내 안의 모든 분노가 쪼그라들어 단단히 뭉쳐지는 것 같았다.

톰이 방으로 들어온 순간 숨을 헉 들이쉬는 소리가 들렸다. 나는 계속 바닥에 앉아 러그를 응시하며 단추가 풀린 블라우스를 손으로 단단히 여미고 있었다. 그 모습이 무척 딱해 보였는지 그이가 한층 부드러워진 목소리로 입을 열었다. "세상에, 괜찮은 거야?"

거짓말을 할까 생각도 했다. 집에 누가 침입했었다고 말할 수도 있었다. 어떤 깡패가 들어와 돌아다니며 접시를 박살 내고 침실에서 그의 물건들을 내던지며 나를 위협했다고.

"매리언, 무슨 일이야?"

내 옆에 무릎을 꿇고 앉은 톰의 눈빛이 너무나 따뜻해서 아무 말도 할 수가 없었다. 대신 나는 울기 시작했다. 패트릭, 이런 여자만의 도피법을 쓸 수 있어서 내가 얼마나 안도했는지. 톰이 나를 부축해 침대 위로 이끌었고, 이제 나는 거기 앉아 입을 크게 벌리고 굳이 얼굴을 가리지도 않은 채로 요란한 흐느낌을 쏟아냈다. 톰이 한 팔로 나를 감싸주어 나는 젖은 볼을 그의 가슴에 기대는 호사를 마음껏 누렸다. 그 순간 내가 원한 건 그게 다였다. 남편의 셔츠에 쏟아내는 눈물이 주는 망각. 그이는 아무 말 없이 내 정수리에 턱을 올리고 천천히 어깨를 문질렀다.

내가 조금 진정이 되자 톰이 다시 물었다. "그래, 무슨 일인데?" 상냥하면서도 조금은 엄격한 목소리였다.

"패트릭이랑 베네치아에 간다며?" 나는 고개를 숙인 채 그의 가슴에 대고 말했다. 부루퉁한 어린애처럼 보이리라는 건 알았다. 제가 싼 오줌 위에 앉아 있던 밀리 올리버처럼. "왜 말

안 했어?"

내 어깨를 문지르던 그의 손이 움직임을 멈췄고 긴 침묵이 흘렀다. 나는 마른침을 삼키며 기다렸다. 아니, 반쯤은 바랐다. 그의 분노가 폭발하는 열기처럼 나를 때리기를.

"이게 다 그것 때문이라고?" 그는 또 경찰관의 목소리를 내고 있었다. 일전에 당신을 두고 나와 실랑이를 벌일 때 내던 것과 똑같은 목소리였다. 평소 그의 입에서 나오는 모든 말 뒤에 실리던 웃음기를 억누른 그 어조. 패트릭, 당신도 알겠지만 그이에겐 그런 능력이 있다. 말에서 완전히 자신을 제거하는 재능. 한 곳에 자리한 채 말하고 반응하면서도 실제로는―감정적으로는―전혀 거기에 있지 않을 수 있는 재능. 당시 나는 그것이 경찰관 훈련의 일부라고 생각했고, 톰은 이래야 할 필요가 있다고, 그도 어쩔 수 없는 거라고 한동안 스스로를 타이르곤 했다. 자신을 제거하는 것이 업무에 대응하는 그의 방식이며, 그것이 삶에도 배어나는 거라고. 하지만 지금은 그게 그의 천성이 아닌가 싶다.

나는 똑바로 앉았다. "왜 나한테 말하지 않았어?"

"매리언. 이런 짓 그만둬야 해."

"왜 말하지 않았어?"

"이건 파괴적이야. 너무나 파괴적이야." 톰은 이제 앞을 응시하면서 높낮이가 없는 침착한 어투로 말을 이었다. "모든 걸 즉시 얘기해야 해? 네가 기대하는 게 그거야?"

"아니, 하지만…… 우린 결혼한 사이고……" 나는 중얼거렸다.

"자유는 어떻게 된 거야, 매리언? 어떻게 된 거냐고. 나는 우리가, 그러니까, 이해한다고 생각했어. 우리 결혼 생활은…… 현대적이라고 생각했어. 너는 일할 자유가 있잖아. 나는 내가 원하는 사람을 만날 자유가 있어야지. 우리는 우리 부모님들과 다르다고 생각했다고." 톰이 일어섰다. "오늘 밤에 말하려고 했어. 패트릭이 내게 물은 것도 겨우 어제 일이야. 업무차 베네치아에 가야 한대. 무슨 회의인가가 있다고. 단 며칠이야. 같이 갈 사람이 있으면 좋겠대." 그는 말하면서 바닥에 널린 자기 옷을 주워 침대 위에 차곡차곡 접어놓았다. "뭐가 문제인지 난 모르겠다. 친구랑 며칠 다녀온다는 것뿐인데. 세상을 좀 둘러볼 기회를 네가 막을 거라곤 생각 못 했어. 정말로 그럴 줄 몰랐어." 그이가 러그 위에 널린 침대 옆 서랍장의 내용물을 집어다가 원래 자리로 되돌려놓았다. "이런 짓을 할 필요가 없단 말이야. 이런 걸 뭐라고 불러야 할지도 모르겠다. 발작적인 행동. 질투. 뭐 그런 거야? 넌 그런 거라고 말할래?"

톰은 내 대답을 기다리는 동안에도 계속 방을 치우고, 창문을 닫고, 재킷과 바지를 옷장에 걸며 내 시선을 피했다.

완벽히 침착한 그 말투를 듣고 내 분노의 증거를 깔끔히 정돈하는 그 모습을 보면서 나는 몸을 떨기 시작했다. 그의 차분함이 공포스러웠고, 그가 바닥에서 물건을 하나씩 주울 때마다 정신 나간 여자처럼 집을 쑥대밭으로 만들었다는 수치심만 쌓여갔다. 나는 정신 나간 여자가 아니었다. 나는 경찰관과 결혼한 교사였다. 나는 발작적인 사람이 아니었다.

내가 겨우 입을 뗐다. "이게 뭔지 알잖아, 톰. 이건 줄리아가 말했던……"

톰은 자기가 가진 가장 좋은 재킷, 우리가 결혼하던 날 입으라고 당신이 사준 그 재킷을 매만졌다. 소맷부리를 쥐면서 그가 말했다. "그 문제는 정리한 걸로 아는데."

"정리했지, 그래 정리―"

"그런데 왜 또 거론하는 거지?" 마침내 그이가 돌아서서 나를 보았다. 목소리는 여전히 완벽히 침착했지만 낯빛은 분노로 타오르고 있었다. "난 궁금해지기 시작했어, 매리언. 네 머릿속이 지저분한 건 아닌지."

톰이 옷장 문을 쾅 닫고, 침대 옆 서랍장을 닫고, 러그를 정돈했다. 그러더니 문가로 성큼성큼 걸어가다 잠시 멈췄다. "이렇게 하자." 그가 말했다. "그 얘기는 이제 그만하는 거야. 난 아래층에 내려갈게. 넌 어서 씻어. 우린 저녁을 먹을 거고, 이 문제는 잊을 거야. 알았지?"

나는 아무 말도 할 수 없었다. 그 어떤 말도.

지금쯤이면 당신도 알겠지. 내가 당신과 톰 사이를 모른 척하려고 몇 달간 갖은 애를 다 썼다는 걸. 하지만 줄리아가 그의 기질에 구체적인 이름을 붙인 뒤로 내 남편과 당신의 관계는 공포스러울만치 선명해졌다. 그런 쪽. 그 말만으로도 끔찍했다. 나로선 볼 수 없는 어떤 것이 누군가에게는 당연한 듯 파악된다는 의미 같았다. 두 사람의 진실에 너무나 큰 충격을 받은 나머지, 난 아무리 눈을 돌리고 싶어도 늘 곁에 있는 두 사람의 환영을 너무 자세히 보지 않으려 애쓰며 하루하루를 최대한 아무렇지 않게 버텨내는 것 말고는 무엇도 할 수 없었다.

오래전에 그래머 스쿨에서 미스 몽크턴이 지적했던 바로 그 자질들이 내게는 부족하다는 생각이 들었다. 선생님이 옳았다. 막대한 헌신과 상당한 기개, 그것이 내게는 없었다. 결혼 생활과 관련해서는. 그래서 나는 겁쟁이의 도피법을 택했다. 톰에 관한 진실을 이제는 부인할 수 없었지만, 더 이상 맞서지 않고 침묵하기로 했다.

나를 구출하려고 노력한 사람은 줄리아였다.

학기 마지막 주의 어느 오후, 아이들이 모두 집으로 돌아간 뒤 교실에 남아 물감 통을 씻고 아직 덜 마른 그림들을 줄에 매달고 있었다. 그럴 목적으로 일부러 창문에 줄을 걸어두었다. 어릴 때 엄마가 빨래를 마친 뒤 줄에 널린 깨끗한 흰 기저귀들이 햇볕에 펄럭이는 걸 보며 느꼈을 법한 만족감이 느껴졌다. 무사히 끝난 업무. 보살핌을 잘 받은 아이들. 그리고 모두가 볼 수 있도록 걸어둔 그 증거.

줄리아가 말없이 안으로 들어와 한 책상에 앉았다. 키가 거의 나만큼이나 큰 줄리아의 긴 팔다리가 놓이자 책상이 어이없을 정도로 작아 보였다. 줄리아는 두통을 누그러뜨리려는 양 이마에 손을 얹고 말하기 시작했다. "별일 없어요?"

줄리아는 할 말을 끌지 않고 곧바로 내뱉는 편이었다. 빙빙 돌려 말하는 법이 없었다. 나는 줄리아의 그런 점을 고맙게 여겼어야 했다. 하지만 나는 살짝 놀라 대답했다. "다 괜찮아요."

줄리아가 이제 이마를 톡톡 두드리며 웃었다. "선생님이 날 피한다는 좀 우스꽝스러운 생각을 했거든요." 그의 연청색 눈이 나를 똑바로 보았다. "아이들 데리고 캐슬 힐에 다녀온 뒤로 우리 거의 대화를 안 했잖아요. 선생님이 너그러이 이해하셨기를 바라요, 내 투박한……"

질문을 담은 줄리아의 얼굴을 보지 않아도 되도록 그림 하나를 더 걸면서 나는 말했다. "물론 이해했죠."

잠시 침묵이 흐른 뒤 줄리아가 벌떡 일어나서 내 뒤에 섰다. "참 좋네요." 그가 그림 하나의 모서리를 잡고 찬찬히 뜯어보았다. "교장 말로는 박물관 견학이 굉장히 성공적이었다던데. 다음 학기에 우리 반도 데려갈까 생각 중이에요."

견학이 어땠는지 교장이 물었을 때, 나는 당신이 예술적 허세만 가득할 뿐 한 방 가득한 아이들을 어떻게 다뤄야 하는지조차 모르는 상류층 바보라고 말할까도 생각해봤다. 하지만 패트릭, 그날 막바지에 그런 일이 일어났더라도 거짓말을 할 수는 없었다. 그래서 그날의 활동에 대해 짧지만 긍정적인 보고를 하고 아이들의 창작물 일부를 보여주었다. 교장은 특히 앨리스의 가면에 감탄했다. 당연히, 밀리가 오줌을 쌌다는 얘기는 아무에게도 하지 않았다. 그렇지만 이젠 더 이상 당신에게 공을 돌릴 마음이 없었다. "괜찮았죠." 나는 말했다. "특별할 건 없었지만"

"우리 한잔하러 갈까요?" 줄리아가 물었다. "한잔 마실 자격이 있는 것 같은데. 어서, 여기서 나가요." 그는 문 쪽을 가리키며 활짝 웃었다. "선생님은 어떤지 몰라도 난 좀 센 걸로 얼른 마시고 싶네요."

우리는 퀸스 파크 주점의 별실에 앉았다. 줄리아가 주문한 포트 앤드 레몬*은 그의 손에 어쩐지 어울리지 않아 보였다. 흑맥주 반 파인트라든가 샷으로 마시는 무언가를 주문하지 않을까 했는데, 줄리아는 자신이 그 달콤한 술의 노예라면서 내 것도 샀다고, 마셔보면 좋아할 거라고 장담했다.

그렇게 화사한 오후에 무거운 초록색 커튼과 거무스름한 목재 벽판으로 장식돼 어둡고 좀 칙칙한 주점에 들어가 있자니 어쩐지 하면 안 되는 짓을 하는 듯 들뜬 기분이 들었다. 우리는 사람이 거의 없는 별실에서도 아주 컴컴한 자리를 골랐는데, 그곳에 우리 외에 다른 여자는 없었다. 바에 나란히 앉은 중년 남자 몇몇이 술을 주문하는 우리를 빤히 쳐다보았지만 의외로 신경 쓰이지 않았다. 줄리아가 내 담배에 불을 붙여준 다음 자기 담배에 불을 붙였고, 우리는 연기를 불어내며 키득키득 웃었다. 다시 여학생이 되어 실비의 방으로 돌아간 기분이었다. 그 시절의 나라면 담배는 절대로 피우지 않겠지만.

"재미있었어요." 줄리아가 말했다. "캐슬 힐에서요. 교실 밖

---

* 포트와인과 레모네이드를 섞은 칵테일.

으로 나가니 좋더라고요."

나는 맞장구를 치고 칵테일을 몇 모금 마셨다. 느글느글한 단맛을 극복하니 무릎에서 힘이 빠지고 목구멍이 따뜻해지는 느낌을 즐길 수 있었다.

"난 가능하면 자주 아이들을 데리고 나가려고 해요." 줄리아가 이어 말했다. "주위에 이렇게 훌륭한 풍경이 있는데, 아이들 대부분이 프레스턴 파크 외에는 가본 데가 거의 없죠."

줄리아에게는 믿고 털어놓아도 될 것 같았다. "나도 마찬가지예요."

그는 그저 눈썹을 치올릴 뿐이었다. "그러지 않을까 생각은 했어요. 기분 나쁘게 듣지는 마시고요."

나는 고개를 저었다. "왜 그렇게 안 나가봤는지는 모르겠지만……"

"남편이 야외 활동을 즐기는 편이 아닌가 봐요?"

나는 웃음을 터뜨렸다. "사실, 톰은 바다 수영 클럽에서 활동해요. 매일 아침에 바다에 가죠. 새벽 교대조일 때만 빼고요. 그럴 땐 퇴근 후에 가죠."

"자기 관리가 철저한 사람 같네요."

"오, 정말 그래요."

줄리아가 내 쪽을 살짝 곁눈질했다. "선생님은 같이 안 가요?"

나는 톰이 파도 속에서 나를 안고 물가로 데려가던 순간을 생각했다. 그의 품에서 몸이 얼마나 가볍게 느껴졌는지. 그러다가 블라우스를 풀어헤치고 손은 거뭇하게 얼룩진 채로 침실 바닥에 흩어진 그의 물건들 사이에 있던 나를 생각했다. 술을 한 모금 더 들이켠 뒤 나는 말했다. "저는 수영을 잘 못해서요."

　"설마 나보다 더 못할까. 나는 개헤엄밖에 할 줄 몰라요." 줄리아는 술잔을 내려놓고 양손을 들어 손목을 축 늘어뜨리더니 허공에 대고 미친 듯이 허우적대는 시늉을 하며 얼굴을 처량하게 찡그려 보였다. "내 귀가 더 크고 꼬리만 달렸으면 누군가 막대기를 던져줬을걸요. 한 잔 더 할래요?"

　나는 바 위에 걸린 누리끼리한 시계를 보았다. 5시 30분. 지금쯤 톰은 집에 와서 내가 어디에 있는지 의아해하겠지. 기다리게 놔두자, 나는 마음먹었다. "네," 내가 말했다. "안 될 거 없죠."

　줄리아는 바 아래 길게 설치된 황동 가로대에 발 하나를 올리고 서서 술이 나오기를 기다렸다. 치아가 몇 개 남지 않은 남자가 그를 빤히 쳐다보다가 줄리아가 자신을 향해 고개를 까닥여 보이자 눈길을 돌렸다. 그런 다음 줄리아는 나를 보며 히죽 웃었는데, 무척이나 강인해 보이는 그의 모습이 내게는 인상적으로 다가왔다. 줄리아는 어떤 일에도, 어떤 사람에게도 대처할 수 있다는 듯 바 앞에 서 있었다. 검은 직모와 빨간 립스틱 때문에 어디를 가도 눈에 띄었지만 특히 이곳에서 그는 봉화의 불빛 같았다. 술을 주문하는 또렷한 목소리가 별실 안의 모든 사람에게 들릴 만큼 큰데도 줄이지 않았다. 자기 본연의 환경과 완연히 달라 보이는 이 장소에 대해 줄리아는 진짜로 무슨 생각을 할까 궁금했다. 맥주로 얼룩진 주점과 어울리는 사람 같지는 않았다. 적어도 이런 곳과는 다른 세상에 태어난 사람이었다. 나는 줄리아가 주말이면 승마를 하고, 인솔자가 이끄는 캠프에 참여하고, 가족과 함께 스코틀랜드 서쪽의 작은 섬에서 휴가를 보내며 자랐을 거라고 상상했다. 그런데 재미있게도 내겐 우리 둘이 자라온 환경의 차이가 전혀 거슬리지 않았다. 줄리아의 독립적인 성향, 다르게 보이거나 행동하기를 두려워하지 않는 그의 태도를 보면서 나 역시 그렇게 되고 싶었다.

줄리아가 술을 탁자에 내려놓으며 쾌활하게 물었다. "자, 매리언. 당신의 정치관은 어떻죠?"

하마터면 입에 머금은 칵테일을 줄리아의 무릎에 뱉어낼 뻔했다.

"미안해요." 줄리아가 말했다. "부적절한 질문인가요? 술 몇 잔 더 마실 때까지 기다렸다가 물었어야 했나?" 줄리아는 나를 보며 웃었지만 나는 어떤 식으로든 시험에 들었다고 느꼈고, 그건 내가 간절히 합격하고 싶은 시험이었다. 패트릭, 나는 와이트섬에서 저녁 식사를 하며 나누던 우리의 대화를 떠올리며 술 반잔을 급히 넘긴 뒤 단호히 말했다. "음, 일단 나는요, 어머니들이 가정 밖에서 일할 수 있어야 한다고 생각해요. 평등에 전적으로 찬성해요. 양성평등 말이에요."

줄리아는 고개를 끄덕이며 동의한다고 웅얼거렸지만 더 많은 것을 드러내기를 기다리는 것 같았다.

"그리고 수소폭탄 실험 같은 건 정말 끔찍하다고 생각해요. 공포스럽죠. 반대 운동에 참여할까 생각 중이에요." 완전한 진실은 아니었다. 적어도 말을 하기 전까지는 진실이 아니었다.

줄리아가 담배 한 대를 더 꺼내 불을 붙였다. "난 부활절에 열린 가두 행진에 나갔어요. 시내에서 정기 모임도 열려요. 선생님도 함께 가셔야죠. 현실을 알리기 위해서는 도움의 손길 하나하나가 소중해요. 언제라도 재앙이 닥칠 수 있는데, 대개의 사람들은 빌어먹을 왕실 사람들이 무슨 옷을 입었는지에 더 관심이 많다고요."

줄리아는 내게서 눈길을 거두고 바 쪽을 바라보며 연기를 위로 내뿜었다.

"다음 행진은 언제죠?" 내가 물었다.

"토요일."

나는 잠시 아무 말도 하지 않았다. 톰이 이번 토요일은 당신과 만날 차례인데도 그날 오후 나랑 외출하기로 약속한 터였다. 그이가 한 제안이었고, 그것이 베네치아 여행에 대한 보상이라는 걸 나는 알았다. 여행 일정은 8월 중순으로 확정됐는데, 톰은 그때까지 매주 토요일을 나와 함께 보내겠다고 했다.

"물론," 줄리아가 말했다. "페어 아일 스웨터 차림에 파이프를 들고 나오지 않으면 끼워주지 않을 거예요."

"그럼 전력을 다해 그 물건들을 구해봐야죠." 나는 말했다. 우리는 서로를 보고 웃으며 술잔을 들었다.

"저항을 위하여." 줄리아가 말했다.

그날 저녁 톰이 내게 어디에 갔었느냐고 물었을 때 나는 사실대로 말했다. 힘든 하루를 보냈고, 줄리아와 한잔하며 학교 얘기를 나눴다고. 줄리아가 당신에 대해 그런 말을 했는데도 톰은 내 대답에 안도하는 것 같았다. "친구를 만난다니 정말 다행이다." 그이가 말했다. "외출도 하고 말이야. 실비도 더 자주 만나."

토요일의 계획에 대해서는 톰에게 말하지 않았다. 정치 집회에 간다고 하면 그이가 찬성하지 않을 것을 알았다. 경찰관의 아내에게 기대되는 행동은 아니니까. 그보다 얼마 전 교장이 모든 교직원은 핵 공격에서 살아남는 법을 가르쳐야 한다고 발표했을 때 내가 얼마나 충격을 받았는지 얘기하자 그이는 이렇게 대꾸했었다. "대비하지 않을 이유가 뭐야?" 그러더니 버터 바른 빵을 다 먹고, 내가 착하고 헌신적인 아내임을 증명하기 위해 식탁에 올린 케이크를 먹기 시작했다.

이 무렵 내게 그 모든 것이 혼란스러웠다는 사실을 패트릭 당신은 알 수 있을 것이다. 내가 유일하게 확신한 감정은 줄리아와 닮고 싶은 마음이었다. 학교에서 함께 점심을 먹을 때 줄리아는 예전에 참가했던 행진에 대해 들려주었다. 온갖 부류의 사람들이—기독교인, 비트족, 학생, 교사, 공장노동자, 무정부주의자까지—목소리를 내기 위해 함께 모인 순간을 설명할 때 그의 볼은 발그레했다. 그 추운 봄날, 그들은 행렬에 합류해 런던에서부터 원자력 연구소가 있는 올더매스턴까지 걸어갔다. 줄리아는 함께 행진한 리타라는 친구 얘기도 했다. 날씨가 궂었고 막바지에는 이곳 대신 주점에 앉아 있다면 얼마나 좋을까 싶었는데도 둘은 끝까지 걸었다. 줄리아는 웃으며 말했다. "그들 중에는 너무, 뭐랄까, 고지식하리만치 진지한 사람들도 있어요. 하지만 멋진 일이에요. 행진을 하면 행동하고 있다는 기분이 들어요. 우리 모두가 함께 참여한다는 기분."

마법 같은 이야기였다. 완전히 다른 세계 같았다. 당장 들어가고 싶은 세계.

토요일이 왔고, 나는 톰에게 당신을 만나러 가라고, 당신을 실망시키면 안 된다고, 내게는 그다음 주에 보상해달라고 말했다. 그이는 혼란스러운 표정이었지만 어쨌든 갔다. 문가에서 톰이 내 볼에 키스했다. "고마워, 매리언." 그가 말했다. "무슨 일에든 이렇게 잘해줘서." 일견 관대함으로 보이는 나의 태도를 정말 이용해도 될지 자신 없는 듯한 표정으로 그는 내 얼굴을 유심히 바라보았다. 나는 웃음 띤 얼굴로 그를 배웅했다.

그이가 나간 뒤 위층에 올라가 핵무기 감축 운동의 지역 집회에 입고 갈 적당한 옷이 무엇일지 고민했다. 7월의 더운 날이었지만 내가 가진 가장 좋은 여름옷—연한 주황색 바탕에 크림색 기하학무늬가 있는 원피스—은 더없이 부적절할 게 뻔했다. 옷장에 있는 옷 전부 행사에 어울릴 만큼 진지해 보이지 않았다. 신문 기사에서 올더매스턴 행진 사진을 봤는데, 줄리아가 말한 페어 아일 스웨터와 파이프 얘기가 완전히 농담은 아니란 걸 알게 되었다. 안경, 긴 스카프, 더플코트가 남녀 가릴 것 없이 행진에 나선 모두의 제복 같았다. 파스텔 색조와 꽃무늬가 즐비한 옷장을 보자 나 자신이 역겨워졌다. 왜 바지가 한 벌도 없을까? 결국 학교에 갈 때 자주 입는 옷으로 결정했다. 무늬 없는 남색 스커트와 연분홍 블라우스. 거기에 커다란 파란색 단추가 달린 크림색 카디건을 들고 줄리아를 만나러 나갔다.

프렌즈 모임의 집회소에 도착하고서야 너무 튈까 봐 걱정할 필요는 전혀 없었다는 걸 알았다. 줄리아도 그런 걱정 따위는 없는 듯했다. 그가 입은 청록색 원피스와 주황색 구슬 목걸이는 군중 속에서도 눈에 잘 띄었다. '군중'이라고 썼지만, 사실 집회소의 강의실에 모인 사람들은 서른 명이 넘지 않았다. 벽을 흰색으로 칠한 강의실 한쪽 끝에 높은 창문들이 나 있어서 햇볕이 실내를 따뜻하게 채웠다. 뒤쪽 종이 식탁보를 씌운 가대식 탁자에는 찻잔과 찻주전자가 놓여 있었고, 앞에는 "브라이턴 반핵운동"이라는 글씨를 덧댄 커다란 현수막이 걸려 있었다. 내가 도착했을 땐 턱수염을 짧게 기른 남자가 발언을 하려고 일어서는 중이었다. 빳빳한 흰 셔츠 소매를 팔꿈치까지 깔끔하게 접어 올린 모습이었다. 줄리아가 나를 보더니 자기 옆자리 벤치에 앉으라고 손짓했다. 최대한 조용히 줄리아에게 다가가며 굽 있는 구두를 신지 않아 다행이라고 생각했다. 줄리아는 환하게 웃으며 내 팔을 두드린 뒤 다시 심각한 표정으로 앞쪽을 보았다.

강의실은 그리 종교적인 장소처럼 보이지 않았지만, 그 토요일 오후에는 조용한 경외감이 흐르고 있었다. 연사가 연단은커녕 발판도 없이 서 있는데도 창문에서 쏟아져 들어오는 햇살이 그의 등 뒤로 비치며 극적인 분위기를 자아내, 사람들은 그가 연설을 시작하기도 전에 조용해졌다.

"프렌즈 회원 여러분. 오늘 이 자리에 와주셔서 고맙습니다. 몇몇 새로운 얼굴들이 보여서 특히 기쁘군요……" 그가 내 쪽으로 눈길을 돌렸고, 나는 어느새 미소를 짓고 있었다. "아시다시피, 우리는 평화를 위한 노력에 힘을 모으기 위해 여기에 모였습니다……"

남자가 연설을 이어가는 동안 나는 그의 상냥하지만 단호한 목소리와 자연스러우면서도 긴급한 분위기를 자아내는 태도에 주목했다. 등을 살짝 젖힌 채 미소 띤 얼굴로 청중을 둘러보며, 내가 예상했던 극적인 손짓이나 고함 없이 연설의 내용을 드러내는 방식이 그런 느낌을 주는 것 같았다. 그는 조용한 확신에 차 있었고, 강의실 안에 모인 다른 사람들도 마찬가지인 듯했다. 그의 말 또한 너무나 명백히 합리적이어서, 누구든 왜 반대하는지 이해할 수가 없었다. 당연히 생존은 민주주의나, 심지어 자유보다도 우선되어야 했다. 당연히 핵 공격이 가져올 파괴 앞에서 정치적인 논쟁은 무의미했다. 당연히 암을 유발할 수 있는 수소폭탄 실험은 곧바로 중지되어야 했다. 그는 영국이 모범을 보임으로써 세계를 선도할 수 있다고 말했다. "결국, 우리가 가는 곳으로 다른 이들이 따를 것입니다." 그의 선언에 모두가 박수를 보냈다. "수많은 훌륭한 인물들이 우리를 지지합니다. 벤저민 브리튼, E. M. 포스터, 바버라 헵워스를 비롯한 많은 분들이 우리의 운동에 목소리를 보태주었음을 자랑스럽게 알려드립니다. 하지만 느긋하게 안주해서는 성공할 수 없습니다. 여러분과 같은 보통 사람들의 지지가 필요합니다. 그러니 전단을 최대한 많이 가져가 최대한 널리 배포해주시기 바랍니다. 주점, 교실, 교회에 가져다 두세요. 여러분이 없다면 아무것도 이룰 수 없습니다. 여러분이 있으면 많은 것이 가능합니다. 변화는 가능하고, 반드시 올 것입니다. 우리가 폭탄을 막아낼 것입니다!" 그가 말하는 동안 사람들이 활기차게 고개를 끄덕이고 중얼거리며 수긍하고 동의하는데, 한 여자만이 큰 소리를, 그것도 이상한 순간에 질러댔다. "차 탁자 옆에 있는 패멀라에게서 전단을 받으시고……" 하는 말에 여자가 "잘 들어요, 잘 들어!" 하고 고함을 지르자 연사의 얼굴에 괴로운 표정이 스쳤다. 패멀라는 손을 살짝 흔들어 보인 뒤 빽빽한 곱슬머리를 가볍게 쓰다듬으며 덧붙였다. "물론 차를 먼저 드시고 나서요." 그 말에 모두가 웃음을 터뜨렸다.

이렇게 저명한 작가와 예술가들이 관여한 일에 내가 참여했다는 걸 알면 당신이 얼마나 기뻐할까, 잠시 나는 생각했다. 연사가 언급한 사람들의 작품을 톰과 내게 소개한 사람이 바로 당신이니, 여기 앉아 이 연설을 듣고 있는 나를 보면 자랑스럽게 여길 것 같았다. 나 나름의 소소한 방식으로 신념에 따라 행동하는 것을 자랑스러워하리라는, 심지어 톰에게도 이것이 자랑스러운 일이라고 얘기해줄지 모른다는 생각이 들었다.

하지만 우리 둘 사이에 그런 대화와 이해가 불가능하다는 것도 알고 있었다. 나는 당신에게 이날에 대해 절대 말하지 않을 작정이었다. 이건 내 비밀이었다. 당신과 톰에게는 비밀이 있고, 이제 내게도 비밀이 생겼다. 사소하고 해롭지 않은 비밀이지만, 나만의 비밀이었다.

전단을 받은 뒤 줄리아가 해안가를 따라 걷자고 제안했다. 바다가 가까워지자 놀러 나온 사람들에게 상품을 권하는 판매원들의 외침이 시끄럽게 쏟아졌다. 두꺼운 소시지 샌드위치, 껍데기를 깐 생굴, 새조개, 총알고둥, 외설스러운 엽서, 아이스크림, 햇빛 차단용 모자, 막대 사탕, 짓궂은 문구가 새겨진 화장지 걸개. 산책로에 다다른 우리는 난간에 기대어 아래쪽 해변의 풍경을 바라보았다. 햇빛이 부드러웠던 집회소에서와 달리 그곳에서는 높이 떠오른 태양이 얼굴을 후려치는 느낌이었다. 방풍림 뒤에서 가족들은 샌드위치와 크림 케이크를 먹느라 바빴고, 바다에 들어가겠다고 울던 아이들은 이내 다시 나오겠다고 울었다. 색색의 셔츠를 입은 젊은 남자들이 모여 맥주를 마시고, 검은 옷을 입은 젊은 여자들은 이글거리는 햇볕 속에서 소설을 읽으려 했다. 치마를 속바지 허리춤에 끼워 넣은 어린 소녀들이 물가에서 놀며 소리를 질러댔다. 머리에 스카프를 쓴 부인들은 보도에 줄줄이 놓인 간이의자에 말없이 앉아 모든 광경을 주시하고 있었다.

톰에게 수영 수업을 받은 첫날 아침에 본 것과는 무척 다른 광경이었다. 소음이 끊이지 않았다. 전자오락실에서 동전이 짤랑대는 소리, 사격장에서 터져 나오는 총격음, 채트필즈 바에서 흘러나오는 웃음과 음악, 미끄럼틀 탑에서 들리는 비명. 그곳 계단 꼭대기에 창백한 얼굴로 아이처럼 서 있던 톰의 모습이 다시 떠올랐다. 그이가 내게 진정으로 약한 모습을 보여준 건 그때가 유일하다는 생각이 들었다. 옆을 돌아보니 줄리아는 이마에 손을 얹어 해를 가린 채 웃으며 해변의 대혼란을 바라보고 있었다. 갑자기 줄리아에게 모든 걸 말하고 싶은 충동이 일었다. 내 남편은 높은 곳을 두려워해요. 그리고 성적 취향이 남달라요. 이런 말을 해도 줄리아는 충격을 받거나 역겨워하지 않을 것 같았다. 우리의 우정이 끝나리라는 두려움 없이 그런 말을 할 수 있을 것 같았다.

"이제 물가로 가죠." 줄리아가 전단이 가득 든 가방을 다시 어깨에 메며 말했다. "발이 너무 뜨거워서 금방이라도 폭발할 것 같아요."

밝은 햇빛에 시야가 흐릿한 상태로 나는 줄리아를 따라 자갈밭에 들어섰다. 우리는 서로의 팔꿈치를 잡아 중심을 잡으며 비틀비틀 물가로 걸어갔다. 줄리아는 샌들 끈을 풀었고 나는 거센 빛을 반사하는 파도를 바라보았다.

문득 바다로 멀리 걸어나가 물밑으로 들어가고 싶었다. 바다가 다시 나를 붙잡아주기를, 해변의 모든 소음을 쓸어내주기를, 그 차가운 물로 내 뜨거운 피부를 얼얼하게 적시고 생각을 멈춰주기를 바랐다. 신발을 벗어 던진 뒤 무심코 치마 아래로 손을 넣어 스타킹 후크를 풀었다. 이미 물속에 들어가 첨벙거리고 있던 줄리아가 나를 돌아보며 웃음을 터뜨렸다. "이런 말괄량이! 학교 애들이 보면 어쩌려고?"

하지만 나는 줄리아의 말을 무시한 채 반짝거리는 바다에만 마음을 모았다. 물속으로 걸어 들어가는 동안 해변의 불협화음이 점점 멀어졌다. 나는 돌을 밟고 휘청대지도, 톰과 함께 있을 때처럼 머뭇거리지도 않았다. 곧장 바다로 걸어 들어갔다. 차가운 바닷물이 닿을 때의 충격도 거의 느껴지지 않았다. 치맛단이 점점 젖어들고 물이 허리까지 차오르는데도 수평선에 시선을 고정한 채 계속 나아갔다.

"매리언?" 줄리아의 목소리가 아주 멀게 들렸다. 점점 더 깊이 걸어가는데, 바다가 나를 한쪽으로 쓰러뜨리거나 아래로 완전히 가라앉힐 수도 있다는 생각이 들었다. 물결이 다리를 휘감으며 나를 앞뒤로 흔들었다. 하지만 이번에는 전처럼 무섭지 않았다. 놀이 같았다. 나는 몸에서 힘을 빼고 파도와 함께 흔들렸다. 그날 물 위로 가볍게 튀어 오르는 듯하던 톰의 모습이 떠올랐다. 그의 몸은 바다와 함께 움직였다. 어쩌면 나도 그렇게 할 수 있을까?

바닥에서 발을 떼면서 생각했다. 그이가 내게 수영을 가르쳐줬어. 하지만 그게 다 무슨 소용이람? 물속에 아예 들어가지 않았다면 더 좋았을 거야.

다시 줄리아의 목소리가 들렸다. "매리언! 뭐 하는 거예요? 매리언! 돌아와요!"

발이 다시 바닥에 닿았고, 얕은 물가에서 이마에 손을 올리고 서 있는 줄리아가 보였다. "돌아와요." 그가 불안하게 웃으며 외쳤다. "무섭잖아요." 손을 내미는 줄리아를 향해 걸어갔다. 젖은 치마가 허벅지에 들러붙었고, 줄리아의 손을 맞잡을 땐 손가락에서 물이 뚝뚝 떨어졌다. 줄리아가 손을 힘껏 끌어당겨 뜨거운 팔을 내게 둘렀다. 숨결에서 달콤한 차향을 풍기며 그가 말했다. "수영을 하고 싶으면 수영복을 입어야지. 안 그러면 인명 구조대가 쫓아온다고요."

나는 웃으려 했지만 그럴 수 없었다. 숨을 헐떡거리고 몸을 떨면서 줄리아의 어깨에 머리를 얹었다. "괜찮아요." 줄리아가 말했다. "내가 잡고 있어요."

당신은 베네치아에서 엽서를 보냈다. 앞면의 사진은 산마르코 광장이나 리알토 다리 같은 고전적인 풍경이 아니었다. 운하나 곤돌라를 젓는 사공도 보이지 않았다. 대신, 당신은 카르파초의 '성 우르술라의 전설' 연작 중 〈영국 대사들의 도착〉을 복제한 그림을 보내주었다. 엽서에는 토마토색 타이츠를 신고 옷깃에 모피가 달린 재킷을 입은 젊은 남자 둘이 구불구불 화려한 머리카락을 어깨까지 늘어뜨린 채 난간에 기댄 모습이 묘사되어 있었다. 그중 한 명은 팔에 송골매를 얹고 있었다. 그 둘은 구경꾼이면서 동시에 구경의 대상이 되는 사람, 밖을 바라보고 있지만 틀림없이 자신들을 향한 시선을 의식하는 사람이라는 느낌이 들었다. 뒷면에 당신은 이렇게 썼다. "이 화가는 여기 사람들이 먹는 차가운 쇠고기 요리에 자기 이름을 내줬어요. 짜릿할 정도로 빨갛고 피부처럼 얇은 생고기. 베네치아는 너무 아름다워서 묘사가 불가능해요. 패트릭." 그 아래 톰이 썼다. "긴 여정이었지만 괜찮아. 훌륭한 곳. 보고 싶다. 톰." 당신은 모든 것을 그토록 능숙하게 이야기했지만, 톰의 말은 완전히 텅 비어 있었다. 너무나 대조적인 둘의 글을 보고 웃음이 나올 것 같았다.

엽서는 당신들이 돌아온 뒤 한참 지나서 도착했고, 나는 즉시 그것을 태워버렸다.

당신들은 8월 중순의 금요일 아침에 떠났다. 톰은 당신의 여행 가방 하나를 빌려 물건들을 넣고 꺼냈다가 다시 넣어가며 일주일 내내 짐을 쌌다. 결혼식 때 입었던 양복도 거기 들어갔는데 마지막 순간에 몰래 넣은 것 같았다. 그이가 떠난 뒤, 3월부터 그 양복이 걸려 있던 자리에 남은 빈 나무 옷걸이를 만져보고서야 나는 그 옷이 우리의 옷장에서 사라졌다는 걸 알아차렸으니까. 그이는 도서관에서 이탈리아 여행안내서도 빌렸다. 나는 이탈리아에 여러 번 가본 당신이 안내서 노릇을 해줄 테니 그 책은 소용없을 거라고 톰에게 말했다. 전부터 우리 둘에게 운하의 근사한 소형 증기선이나 아카데미아 미술관에서 꼭 봐야 할 작품들에 대해 여러 번 이야기했다는 건 당신도 기억하겠지?

그럼에도 나는 그 책에서 베네치아 부분을 훑어보았다. 톰은 당신들이 어디에서 묵을지, 거기에 가서 뭘 하게 될지 모른다고 했다. 그런 건 당연히 당신에게 맞춰야 한다고. 그이는 웃으며 말했다. "나는 혼자 주변을 돌아다니기나 할 것 같아. 패트릭은 일을 해야 하니까." 하지만 내가 아는 한 당신은 그런 일이 벌어지도록 놔두지 않을 것이었다. 안내서를 훑어보면서, 나는 당신이 첫날 톰에게 주요 명소들을 꼭 보여주려 하리라 생각했다. 어쩌면 산마르코 광장의 종탑에 올라가기 위해 줄을 설지도 모르지. 안내서에 기다릴 가치가 있다고 써 있으니까. 그리고 카페 플로리안에서 커피를 마실 테고, 당신은 안내서를 보지 않더라도 오전 11시 이후에는 카푸치노를 시키면 안 된다는 걸 알겠지. 당신은 리알토 다리에서 톰의 사진을 찍을 테고, 둘은 하루의 마무리로 곤돌라에 올라 나란히 앉아서 안내서가 "이 도시의 장엄한 물길"이라 부르는 운하를 따라 흘러가겠지. 안내서에는 이렇게 적혀 있었다. "곤돌라를 타지 않고는 여행을 완전히 즐겼다고 할 수 없다. 신혼여행 중인 커플이라면 더더욱."

그 이후에 나도 베네치아에 가봤다. 실은 올해 9월, 버스를 가득 채운 생면부지의 동행들과 함께 베로나로 오페라 감상 여행을 떠났을 때. 대부분 내 또래에 나처럼 혼자 여행하는 사람들이었다. 오랜 세월 톰과 나는 따로 휴가 여행을 떠났고, 나는 여행 중 남편은 어디 있느냐는 질문을 받으면 웃음으로 얼버무리려고 늘 유의한다. 나는 말한다. 아, 남편은 오페라를 싫어해서요. 혹은 정원들을. 혹은 역사적인 저택들을. 그때 여행지가 어디냐에 따라서.

톰에게는 베로나 여행 중 베네치아를 하루 거쳐 가는 일정이 있다는 말을 하지 않았다. 당신이 그이를 그곳에 데려간 뒤로, 베네치아는 우리가 서로 앞에서 절대 입 밖에 내지 않는 수많은 단어들 가운데 하나가 되었다. 그동안 난 베네치아를 수없이 상상했으면서도 그곳의 세부를 보면 어떤 기분이 들지 미처 예상하지 못했다. 모든 것이 아름다웠다. 심지어 지붕의 홈통과 뒷골목과 수상버스까지, 모든 것이. 그 도시를 홀로 거니는 동안 내 머릿속은 당신들 두 사람의 모습으로 꽉 찼다. 산타루치아역에 도착한 두 사람이 기차에서 내려 영화배우들처럼 햇빛 속으로 들어서는 모습을 보았다. 둘이 함께 다리를 건너갈 때 다리 아래 물에 비친 당신들의 모습이 불안하게 일렁거리는 것을 보았다. 선창에서 둘이 딱 붙어 선 채 소형 증기선을 기다리는 모습도 보았다. 칼레*와 소토포르테고**를 지날 때마다 내게 등을 보인 채 서로에게 머리를 기댄 두 사람을 떠

• 베네치아의 좁은 골목길.
•• 베네치아에서 건물들 아래로 뚫린 좁은 길.

올렸다. 이 낯설고 화려한 도시에서 당신은 새삼스레 강렬한 눈빛으로 톰을 바라보았겠지. 가무잡잡하고 날렵한 베네치아 사람들 사이에서 도드라져 보이는 금발과 우람한 팔다리에 한층 더 감탄하면서. 산타마리아 델라 살루테 성당의 차가운 계단에 앉아서 울고 싶어진 순간도 있었다. 현실의 젊은 남자 커플이 안내서의 페이지 가장자리를 각기 한 쪽씩 다정히 잡고 읽으며 정보를 나누는 모습을 보았을 때였다. 전에도 숱하게 그랬듯이 나는 당신들이 어디에 갔고 어떤 일이 있었는지 궁금했다. 심지어 아카데미아 미술관에 가서 카르파초의 작품을 찾아 영국 대사 그림 속 두 남자를 오래 바라보기도 했다. 그 그림에 대해 톰에게 설명하는 당신의 목소리가 들리는 것만 같았다. 그 설명을 온통 다 빨아들이는 톰의 진지한 표정까지 떠올릴 수 있었다. 땀이 흐르고 발이 아픈데도 계속 걸어 다니며 나는 내가 도대체 뭘 하고 있나 의아해했다. 낯선 도시에서 남편과 그 연인의 발자취를 홀로 되짚어가는 60대 초반의 여자, 그게 나였다. 이건 일종의 순례였을까? 아니면 1958년의 유령들을 영원히 쫓아내려는 배설 행위였을까?

결국은 둘 다 아니었다. 그것은 오히려 기폭제였다. 오래 지연되었고 어쩌면 너무 늦어버렸을지 몰라도, 그것은 기폭제였다. 그 뒤 곧바로 나는 오랜 세월 하고자 했던 일을 행동에 옮겼다. 당신을 찾아 나섰다. 그리고 다시 데려왔다.

두 사람이 떠난 뒤 나는 뜬눈으로 밤을 새우고 토요일에는 거의 온종일 이불 속에 누워 있었다. 안내서의 문구와 사진들이 머릿속을 스쳐 갔다. 온전히 물 위에 지어진 이 도시의 고요함은 경험하지 않고는 믿기 힘들다. 잠깐씩 깜빡 잠이 들었을 땐 내가 곤돌라를 타고 먼바다로 나아가는 꿈을 꾸었다. 당신들 둘은 해변에서 내게 손을 흔들고 있었다. 당신들에게 다가갈 방법은 없었다. 꿈속에서 나는 수영도 못하고 물을 두려워하던 처음으로 돌아가 있었다.

6시쯤 억지로 일어나 옷을 입었다. 옷장 속 톰의 양복이 있던 빈자리나 평소 그가 신발을 놓아두는 문 옆을 보지 않으려 애썼다. 엄청난 의지력을 끌어모아ー어쩌면 피로해서 그랬을 뿐인지도 모르지만ー나를 기다리는 포트 앤드 레몬 칵테일만 생각했다. 느글거리는 첫 한 모금, 이어 타는 듯한 뒷맛. 줄리아와 퀸스 파크 주점에서 한잔하기로 미리 약속하면서 실비도 오라고 초대했었다. 내가 묻자 실비는 흥분한 표정을 지었다. 태어난 지 몇 주 안 된 딸아이 캐슬린을 처음으로 시어머니에게 맡기고 저녁 외출을 할 기회였다. 캐슬린은 로이의 검은 머리와 살짝 튀어나온 눈을 닮았는데, 나는 아이를 보러 갔을 때 실비가 이미 딸에게 실망했다는 느낌을 받았다. 실비는 마치 아기의 인격이 완전히 형성되어 의도적으로 엄마의 뜻을 거스를 수 있다는 식으로 이야기했다. 내가 안자 캐슬린이 울기 시작했고, 그때 실비는 말했다. "오, 조그만 게 관심을 끌려고 그러는 거야." 처음부터 실비와 딸 사이에는 고집 싸움이 벌어지고 있었다.

나는 일부러 일찍 주점으로 갔다. 빤히 쳐다보는 단골들의 시선을 견디며 혼자 앉아 있어야 했지만, 톰은 어디 있냐는 실비의 질문에 대답할 수 있으려면 미리 술을 마셔두어야 했다. 학교에서 퇴근한 뒤 줄리아와 함께 왔을 때 앉았던 칸막이 자리를 골라 구석으로 들어갔다. 첫 모금을 마시고 다시 햇빛 화사한 테라스에서 스파게티를 먹고 있을 당신들을 상상했다. 내가 톰을 보냈다, 나는 속으로 말했다. 내가 그를 보냈다. 그러니 이제 감수해야 한다.

실비가 들어왔다. 그 자리를 위해 특별히 머리를 단장했다는 걸 알 수 있었고―허투루 삐져나온 머리카락이 한 올도 없었다―화장도 진했다. 은빛 광택을 띤 연청색으로 눈두덩을 칠했고 입술에는 펄이 들어간 복숭앗빛 립스틱을 발랐다. 피로한 기색을 감추려고 그런 듯했다. 따뜻한 저녁이었는데도 실비는 벨트가 달린 흰색 방수 외투에 몸에 꽉 끼는 레몬색 스웨터 차림이었다. 실비가 걸어오는 모습을 보면서 그가 줄리아와 얼마나 다른지 새삼 깨달았고, 두 사람이 잘 어울리지 못하면 어쩌나 문득 걱정이 들었다.

"뭘 마시고 있어?" 실비가 의아한 눈길로 내 잔을 바라보며 물었다. 그러더니 내 대답을 듣고 웃음을 터뜨렸다. "우리 거트 이모가 포트 앤드 레몬을 무척 좋아했던 것 같은데. 하지만 뭐 어때? 나도 마셔봐야지."

실비는 내 맞은편에 앉아 잔을 들어 내 잔에 부딪쳤다. "건배는…… 탈출을 위하여."

"탈출을 위하여." 나도 맞받았다. "캐슬린은 어때?"

"로이의 어머니한테서 제가 원하는 관심을 실컷 받고 있지. 사실 어머니는 아기가 태어난 뒤로 나를 아주 좋아해. 아들을 낳았다면 더 좋아했겠지만. 그래도 캐스가 로이를 너무 빼닮아서 그건 별로 문제가 안 돼." 실비가 다시 잔을 들었다. "여자들을 위하여, 어때?"

"여자들을 위하여."

우리는 함께 술을 들이켰다. 이어 실비가 말했다. "줄리아는 어떤 사람이야? 내가 학교 선생님들을 별로 안 만나봤잖아. 물론 너는 빼고."

"괜찮을 거야, 실비." 나는 실비의 질문을 일축하고 잔을 비운 뒤 말했다. "한 잔 더 할래?"

"이거 아직 덜 마셨어. 근데 맛이 끔찍하다. 다음에는 흑맥주 시켜야겠다."

바에 가려고 일어서는데 실비가 내 손목을 잡았다. "괜찮아? 톰이 어디 갔다고 들었는데. 그 사람, 패트릭이랑 말이야."

나는 실비를 빤히 쳐다보았다.

"아빠가 얘기하더라."

"무슨 얘기?"

"난 그냥 물어본 거야. 좀 어처구니없어서 그런 거라고. 너만 혼자 남겨두고 간 것 말이야."

"남자가 친구랑 며칠 여행도 못 가니?"

"누가 뭐래? 그냥 네가 좀…… 기분이 안 좋아 보여서."

그때 줄리아가 도착했다. 활짝 웃는 얼굴로 팔을 가볍게 흔들며 우리를 향해 성큼성큼 걸어오는 줄리아를 보고 나는 숨을 길게 내쉬었다. 줄리아가 내 팔을 살짝 건드린 뒤 실비에게 손을 내밀었다. "실비 맞죠? 만나서 반가워요."

실비는 줄리아의 손을 잠시 쳐다보다가 느슨하게 맞잡았다. "안녕하세요."

줄리아가 나를 돌아보았다. "그럼, 술을 가져올까요?"

"나는 흑맥주 반 파인트로 할래요." 실비가 말했다. "이건 맛이 소름 끼치네요."

모두가 술을 가지고 자리에 앉은 뒤 줄리아가 캐슬린에 대해 묻자 실비는 딸이 얼마나 골칫거리인지 신나게 이야기했다. "그런데 말이죠," 실비가 막바지에 덧붙였다. "남편에 비하면 딸은 아무것도 아니에요……" 그러더니 이번엔 로이의 단점을 다시 줄줄이 늘어놓았다. 하나하나 내게 수도 없이 얘기하며 다듬어진 내용이었다. 그는 게으르다. 술을 너무 많이 마신다. 육아를 돕지 않는다. 직장에서 돋보이려는 노력을 하지 않는다. 자동차 말고는 아무것도 모른다. 자기 어머니와 애착이 너무 깊다. 하지만 로이를 흉볼 때마다 실비는 환하게 미소 띤 얼굴로 쾌활하게 이런 말들을 늘어놓았고, 그래서 나는 실비가 바로 그런 단점들 때문에 로이를 사랑한다는 걸 알았다.

줄리아는 가끔 고개를 끄덕거려 맞장구치며 그 모든 말을 들었다. 실비아가 이야기를 마치자 줄리아는 얼핏 듣기에는 해맑지만 숨은 뜻이 담긴 듯싶은 목소리로 물었다. "그러면 왜 그 사람과 결혼했어요, 실비?"

실비는 멍한 얼굴로 줄리아를 바라보았다. 그러다가 남은 술을 비우곤 목 근처에서 구불거리는 머리 타래를 잡아당기며 낮은 목소리로 말했다. "진실을 알고 싶어요?"

줄리아가 그렇다고 대답하자 실비는 더 가까이 오라는 듯 손가락을 까닥거렸고, 그래서 우리는 허리를 앞으로 숙였다. "그이는 아주, 아주, 사려 깊거든요," 실비가 말했다. "침대에서 말이에요."

처음에 줄리아는 약간 당황한 듯했으나, 내가 키득키득 웃기 시작하고 실비가 입을 틀어막아 웃음을 억누르는 것을 보더니 너무 큰 소리로 웃음을 터뜨려 주점 안의 몇 사람이 고개를 돌려 우리를 쳐다볼 지경이었다.

"그이에겐 저항할 수가 없어. 안 그러니, 매리언?" 실비가 조금은 슬픈 눈빛으로 술잔을 응시하며 말을 이었다. "너도 알 잖아. 한번 사로잡히면 되돌릴 수가 없다고."

줄리아가 똑바로 앉았다. "없다고요? 좋지 않다는 걸 깨달아도?"

"정말이야. 되돌릴 수가 없어요." 실비가 나를 똑바로 보며 말했다.

폐점 시간이 가까워졌을 때 로이가 주점 별실의 문가에 나타났다. 실비보다 내가 먼저 그를 보았다. 세 여자가 칸막이 자리에 앉아 빈 잔을 잔뜩 늘어놓은 채 술에 취해 킬킬거리는 광경을 보자 그의 얼굴이 어두워졌다.

"여기 성대한 파티가 벌어졌군." 로이가 실비의 어깨에 손을 얹으며 말했다.

실비가 놀라 펄쩍 뛰었다.

"실비. 매리언." 로이가 내게 고개를 끄덕였다. "근데 이분은 누구시지?" 그가 궁금한 표정으로 줄리아를 바라보았다. 로이를 향해 내미는 줄리아의 손이 살짝 흔들리는 것을 나는 알아차렸다. 하지만 줄리아는 완벽히 침착한 목소리로 말했다. "줄리아 하코트예요. 만나서 반가워요. 그런데 누구신지……"

"실비의 남편입니다."

"아!" 줄리아가 놀란 시늉을 하며 말을 이었다. "실비가 남편분에 대해 모든 걸 얘기하고 있었어요."

로이는 그 말을 무시한 채 실비를 돌아보았다. "어서. 집에 데려가려고 왔어."

"술 안 마시게?" 실비가 살짝 혀가 꼬인 말투로 물었다. "맨날 마시잖아."

"로이, 잘 지냈어?" 내가 분위기를 가볍게 바꿔보려 물었다.

"끝내줘. 고마워, 매리언." 로이는 여전히 아내만 쳐다보고 있었다.

"캐슬린도 잘 있고?"

"작은 보물이지. 안 그래, 실비?"

실비는 술을 길게 한 모금 들이켜고 말했다. "젠장, 아직 문 닫을 시간도 안 됐잖아."

로이는 어쩔 수 없다는 듯 양손을 펼쳐 보였다. "하지만 내가 왔잖아. 어서, 코트 입어. 네 딸이 기다려."

이제 실비의 얼굴은 밝은 분홍색으로 변했다.

"로이, 우리랑 한잔하는 건 어때?" 내가 다시 시도했다. "딱한 잔만 더 마시고 다 같이 일어나는 거야."

"내가 주문할게요." 줄리아가 일어서며 말했다. "뭘 드시겠어요, 로이?"

로이가 옆으로 움직여 줄리아를 막아섰다. "괜찮아요, 아가씨. 어쨌거나 고맙고."

줄리아와 로이가 서로를 쳐다보았다. 로이에 비해 줄리아가 너무 커 보여서 나는 웃음을 억눌러야 했다. 줄리아를 한번 막아보시지, 나는 생각했다. 그 모습 좀 보고 싶네.

실비가 술잔을 쾅 내려놓았다. "미안해, 친구들." 실비는 중얼거리며 코트를 입기 시작했다. 소매에 팔을 꿰려고 몇 번 허둥거렸지만 아무도 돕지 않았다. 나를 쳐다보는 실비의 눈이 너무 흐릿해서 곧 울려는 건가 싶었다.

로이가 아내의 팔을 붙잡고 내게 돌아서서 말했다. "너의 톰은 베네치아에 갔다며? 좋겠어, 그런 친구가 있어서. 여기저기 데리고 다녀주는 사람 말이야."

실비가 로이의 어깨를 밀쳤다. "얼른." 실비가 말했다. "가려면 빨리 가." 문가에서 실비는 줄리아와 나를 향해 체념 어린 손짓을 해 보였다.

두 사람이 나간 뒤 줄리아가 술잔을 들여다보며 씁쓸한 웃음을 지었다. "저 사람은 좀…… 강압적이네요, 안 그래요?"

"로이는 실비에 대해 아무것도 몰라요." 그렇게 내뱉고서 나는 앙심이 서린 내 목소리에 깜짝 놀랐다. 갑자기 로이의 행동에 화가 치밀었다. 둘을 뒤따라가 소리를 지르고 싶었다. 실비가 널 덫에 가뒀어. 결혼할 때 임신한 상태도 아니었다고! 어쩌면 그렇게 멍청할 수가 있어?

하지만 줄리아가 내 팔에 손을 얹으며 말했다. "글쎄요. 꽤 잘 어울리는 부부 같은데요. 그리고, 어쨌거나 저항할 수 없는 남자가 맞네요."

나는 웃으려 했지만 금방이라도 눈물이 쏟아질 것 같아서 입을 움직일 수가 없었다. 내 괴로움을 알았는지 줄리아가 말했다. "우리 집에 가서 한잔 더 할래요? 공원을 가로질러 걸어가면 돼요."

밖에 나오니 밤은 훈훈하고 조용했다. 포트와인을 너무 마셨더니 별 힘을 들이지 않아도 다리가 저절로 언덕을 내려가는 것 같았다. 정교한 주랑을 지나 걸어갈 때 줄리아의 맨팔이 내 팔을 감았다. 퀸스 파크의 컴컴한 오솔길을 따라 걷는 사이 이따금씩 갈매기들이 지붕 위에서 울어댔다. 인동 꽃과 오렌지 꽃의 터무니없이 달콤한 향이 공원 쓰레기통에 담긴 오래된 음식과 맥주 냄새와 뒤섞였다. 우리는 메마른 여름 풀밭을 말없이 걸어가다가 장미 정원에 멈춰 섰다. 몇 개 안 되는 공원의 전등 중 한 곳에서 나오는 흐린 빛을 받아 꽃들이 어두운 진홍색을 띠었고, 나는 사람의 몸속도 저런 빛깔일 거라고 생각했다. 아마도 나의 몸속처럼. 불가사의하고 계속 변화하는 그곳처럼. 줄리아가 꽃송이 하나를 얼굴로 당겨 향기를 들이

켰다. 나는 꽃잎이 입술과 만날 듯 말 듯 줄리아의 창백한 피부에 닿는 모습을 지켜보았다.

"줄리아." 내가 다가서며 말했다. "톰을 어떻게 해야 할지 모르겠어요."

우리는 서로를 바라보았다. 줄리아가 고개를 저으며 살짝 웃었다. "남편분도 선생님을 잘 모르는 거죠?" 그가 조용히 물었다.

"저번에 선생님이 한 말," 나는 서두를 뗐다. "패트릭에 대해……" 하지만 더는 말할 수가 없었고 잠시 침묵만 흘렀다.

"원하지 않으면 얘기하지 않아도 돼요, 매리언."

"저번에 한 말," 나는 눈을 감고 심호흡을 하며 다시 시도했다. "그거 사실이에요. 그리고 톰도 마찬가지인 것 같아요."

"내게 말할 필요는 없어요."

"두 사람 지금 베네치아에 있어요. 함께."

"아까 들었어요." 줄리아가 한숨을 쉬었다. "남자들은 그런 자유가 있군요. 결혼한 남자들까지도."

나는 땅만 쳐다보았다.

"어디 좀 앉죠." 줄리아가 그렇게 말하고 나를 버드나무 아래 검은 풀밭으로 데려갔다. 나는 울지 않았다, 패트릭. 이상하게도 가벼운 기분이었다. 말했다는 사실만으로도 마음이 가벼워졌다. 그리고 일단 이야기를 시작하자, 그 말들을 밖으로 내

보내고 나자 멈출 수가 없었다. 풀밭에 함께 앉아 줄리아에게 모든 것을 말했다. 톰과의 첫 만남, 수영 수업, 당신의 아파트에서 받은 프러포즈, 와이트섬에서 서로를 바라보는 두 사람을 본 일. 실비의 경고. 모든 것이 쏟아져 나왔다. 반쯤 얘기했을 때 줄리아가 드러누워 팔을 머리 위로 뻗어 나도 똑같이 했지만 이야기를 멈추지는 않았다. 내 말이 어둠 속으로 흘러나왔다. 말을 해버리니, 모든 걸 저 위쪽 버드나무 가지들 사이로 띄워 보내니 정말로 기분이 좋았다. 말을 하는 동안 한 번도 줄리아를 보지 않았다. 그러면 말을 더듬거나 거짓말을 하게 될 것을 알았기 때문이다. 대신 나는 나뭇잎 사이로 반짝이는 달빛을 보았다. 그리고 모든 것이 전부 말로 나올 때까지 계속 이야기했다.

이야기를 마쳤을 때 줄리아는 오래도록 말이 없었다. 줄리아의 어깨가 내 어깨에 닿는 느낌이 들어 반응을 바라며 그쪽을 돌아보았다. 줄리아는 나와 시선을 마주하지 않은 채 내 손을 잡고 말했다. "가엾은 매리언."

줄리아가 해변에서 나를 힘껏 붙잡아준 일을 떠올리며 다시 그렇게 해주기를 바랐다. 하지만 그는 되풀이해 말할 뿐이었다. "가엾은 매리언."

그러더니 일어나 앉아서 내 눈을 똑바로 들여다보았다. "그 사람은요, 변하지 않을 거예요."

나는 입을 벌린 채 줄리아를 빤히 쳐다보았다.

"이런 말 해서 미안하지만, 사실 이게 내가 할 수 있는 가장 친절한 행동이에요." 줄리아의 목소리는 엄중하고 명료했다.

나는 반쯤 몸을 일으켜 팔꿈치로 지탱한 채 반박하려 했지만 줄리아가 말을 막았다. "내 말 들어요, 매리언. 당신은 남편에게 기만당했고 그건 고통스러운 일이지만, 그는 변하지 않을 거예요."

줄리아가 그토록 냉정하게 반응하다니 믿을 수가 없었다. 다른 사람은 고사하고 나 자신에게도 고백할 수 없던 일을 전부 털어놓았는데 위로해주기는커녕 내게서 등을 돌리고 있는 것만 같았다.

"힘들다는 거 알아요. 하지만 선생님이 그 사실을 받아들일 수 있다면 두 사람 모두에게 더 좋을 거예요." 줄리아는 저 멀리 어둠 속을 바라보았다.

"하지만 그건 톰의 잘못이잖아요!" 나는 말했다. 눈물이 쏟아질 것 같았다.

줄리아가 부드럽게 웃었다. "어쩌면 그 사람은 선생님과 결혼하지 말았어야······"

"아니요." 나는 말했다. "당연히 했어야죠. 톰이 나와 결혼해서 기뻐요. 그이가 원한 일이에요. 우리 둘 다 원한 일. 그리고 그이는 바뀔 수 있어요." 나는 식식거리며 말을 이었다. "안 그래요? 내가 톰의 옆에 있으면. 그리고 또…… 도움을 받을 수도 있잖아요? 내가 도울 수도 있고……"

줄리아가 일어섰고 그제야 나는 그의 손이 떨리고 있다는 걸 알아차렸다. 아주 조용한 목소리로 그가 말했다. "제발 그런 말 말아요, 매리언. 전혀 사실이 아니니까."

나도 일어나 줄리아를 마주 봤다. "선생님이 뭘 알아요?"

줄리아가 땅을 내려다보았다. 하지만 나는 이미 울화를 터뜨리며 언성을 높이고 있었다. "톰은 내 남편이에요! 난 그이의 아내라고요. 뭐가 맞고 뭐가 틀리는지는 내가 알아요."

"그럴지도 모르지만―"

"이 모든…… 거짓말. 이건 옳지 않아요, 톰이 하는 짓들. 잘 못된 사람은 그이라고요."

줄리아가 크게 한숨을 쉬었다. "정말로 그렇다면," 그가 말했다. "그럼 나도 잘못됐네요."

"선생님이?" 내가 물었다. "그게 무슨 뜻이죠?"

줄리아는 아무 말도 하지 않았다.

"줄리아?"

그가 무겁게 한숨을 쉬었다. "미치겠네. 몰랐어요?"

나는 말을 할 수가 없었다. 그 순간 내 기분이 어떤지조차 알 수가 없었다.

"정말이에요, 매리언. 눈을 좀 뜨라고요. 눈을 감고 있기엔 당신은 너무 환한 사람이잖아요. 얼마나 아까워요."

　그러고서 줄리아는 내게서 멀어졌다. 팔을 옆에 딱 붙이고 고개를 숙인 채로.

줄리아. 그가 날 용서해주기를 바라며 지금까지 여러 번 편지를 썼다. 내가 해온 모든 일들에 대해서도 알려주었다. 적어도 줄리아가 좋게 받아들일 만한 것들은 전부. 세인트루크의 교감이 되었다는 것. 교내 반핵운동 단체를 출범시켰다는 것. 여성운동에 대한 내 생각도 알렸다. (행진에 나가거나 브래지어를 태우지는 않았지만 서식스 대학에서 여성주의와 문학에 대한 야간 강의를 들었고 무척 흥미롭다고 생각했다.) 톰이나 당신 얘기는 하지 않았다. 하지만 무슨 일이 벌어졌는지 줄리아는 알 거라고 생각한다. 내가 무슨 짓을 했는지 알 거라고. 그게 아니라면 줄리아의 답장이 지금까지도 왜 그리 형식적이겠는가? 편지를 쓸 때마다 난 줄리아의 개인적인 얘기를 듣게 되기를, 내가 그리도 좋아했던 번득이는 유머를 보게 되기를 기대한다. 하지만 돌아오는 거라곤 최근의 산책이나 집과 정원 수리 공사 얘기, 그리고 자신도 교직이 그립다는, 공감은 느껴지지만 결국 형식적인 언급뿐이다.

　내가 더 용감했다면 줄리아가 아직도 가까운 친구로 남아 여기로 와서 당신을 적절히 보살필 수 있도록 도와줬을지 모른다는 생각이 들 때도 있다. 이대로는 당신을 변기에 앉히고 다시 안아 올리는 일이 내게 불가능하다. 당신이 나보다 몸무게가 덜 나갈 텐데도 그렇다. 당신의 팔은 어린 소녀의 것처럼 가늘고, 다리에는 온통 뼈밖에 남지 않았다. 그러니 나로서는 위험을 무릅쓸 수 없다. 나는 매일 아침 5시 30분에 일어나 당신이 밤이고 낮이고 입고 있는 방수 바지와 기저귀를 간다. 패멀라 간호사는 이 끔찍한 옷을 밤 동안에만 입혀야 한다고 말하지만, 그는 톰에게 이 일을 거들 의사가 거의 없다는 사실을 알지 못하고 나 역시 그런 사실을 얘기할 생각이 없다. 간호사가 안다면 우리 집이 당신의 간병 장소로 적절한지 의문을 품을 테니까. 패트릭, 나는 당신을 안아 올릴 만큼 힘이 세지 못해도 다른 면에서는 유능하다고 느낀다. 이 일을 감당해낼 수 있다는 걸 안다. 내 몸 역시 노쇠 직전에 와 있겠지만 평생 운동이라곤 해본 적 없는 신체치고는 상당히 잘 작동한다. 아이들을 가르치며 꽤 활동적인 삶을 살아서 그렇지 않을까 싶다. 최근에는 이곳저곳—관절, 사타구니, 발목 뒤쪽—이 아프고

뻐근하긴 하다. 하지만 당신을 돌보느라 힘을 써서 그런 거겠지. 날마다 시트를 갈고, 당신 몸을 돌려 씻기고, 새 파자마로 갈아입히거나 입에 음식을 넣어주느라 팔을 뻗어야 하니까. 이 모든 움직임 때문에 탈이 생긴 것이다.

일요일 새벽 4시 30분, 나는 톰 어머니의 흉측한 식탁보가 깔린 창가 탁자 앞에 앉아 있었다. 창밖에서 갈매기가 불만스레 끼룩끼룩 울어대고, 피부에서는 마른땀과 알코올 냄새가 풍기고, 목은 바짝 말라 아프고, 톰이 없어서 집은 조용하고, 머릿속에서는 줄리아의 말이 맴돌았다. 나는 편지를 써서 규격 봉투에 넣어 밀봉한 뒤 앞면에 주소를 적고 우표를 붙인 다음, 마음이 바뀌기 전에 거리 모퉁이에 있는 우체통까지 한달음에 걸어가 기다란 구멍 너머로 떨어뜨렸다. 낙하는 깔끔했다. 편지가 다른 우편물 위로 부드럽게 떨어져 자리 잡는 소리가 들렸다. 내가 쓴 글의 결과에 대해서는 생각하지 않았다. 그 후로 오랜 세월, 난 그저 당신을 겁주려 했던 것뿐이라고 속으로 되뇌었다. 아마도 당신이 상관에게서 경고를 받고, 견학 온 아이들을 만나지 못하게 되고, 최악의 경우 직장을 잃을 거라고 상상했다. 하지만 나는 물론 신문에 실리는 성 관련 사건들에 대해 알고 있었다. 그리고 지역 경찰이 그해 초의 부패 추문으로 얼룩진 평판을 회복하고자 갖은 애를 쓰고 있다는 것도 알고 있었다.

하지만 나는 정말이지 너무 피곤했고, 집에 돌아가 뜨거운 차를 마시겠다는 것과 톰이 올 때까지 부드러운 침대에 푹 파묻혀 있겠다는 것 말고는 아무런 생각도 할 수가 없었다.

패트릭, 내가 쓴 편지의 내용은 다음과 같다.

미스터 휴턴,
서양미술관 수석 학예사
브라이턴 미술·박물관
처치 스트리트
브라이턴

미스터 휴턴,

긴급한 문제가 있어 알려드리려고 편지를 씁니다.

귀 박물관의 서양미술 담당 학예사인 미스터 패트릭 헤이즐우드가 현재 박물관에서 아동을 위한 미술 감상의 오후 프로그램을 진행하고 있는 것으로 알고 있습니다. 그래서 저는 미스터 헤이즐우드가 중대한 성적 일탈 행위라는 범죄를 저지른, 성적으로 전도된 인물이라는 점을 반드시 알려드려야 한다고 판단했습니다.

이 문제에 대한 제 우려에 귀하께서도 공감하셔서 어린이

들의 안전과 박물관의 훌륭한 평판을 지키기 위해 최선을 다
해주시리라 확신합니다.

당신의 벗 드림

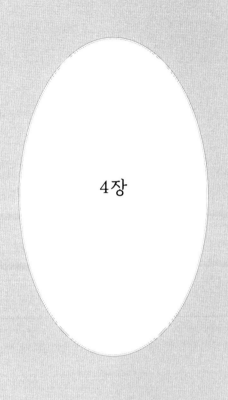

4장

윔우드 스크럽스 교도소, 1959년 2월

손가락이 꽁꽁 얼어 펜을 한 번에 몇 초 이상 쥐고 있을 수가 없다. 한 단어, 다음 단어, 다음 단어, 또 그다음 단어. 그러고 나서는 손을 엉덩이 밑에 넣고 있어야 피가 돈다. 잉크도 곧 얼지 모른다. 잉크가 얼면 펜촉이 터질까? 이곳에서는 펜마저도 흉하게 망가지려나?

하지만 나는 지면에 글자를 적어나간다. 그건 중요하다. 이곳에서 가장 중요한 일에 가깝다.

어디에서 시작할까? 새벽 1시에 찾아온 경찰관이 문을 두드리던 소리? 브라이턴 경찰서 유치장에서 보낸 밤? 법정에서 나를 두고 "상상력이 매우 풍부한 사람"이라 묘사한 미시즈 매리언 버지스? 피고석에서 나가 밴에 오르자 뒤에서 쾅 닫히던 문? 그 뒤로 매번 쾅 닫히던 모든 문?

버트에서 시작하자. 글쓰기 도구를 내게 선사해준 버트.

혹시 감추고 싶은 게 있으면 그게 뭐든 내가 숨겨줄 수 있어, 버트는 말했다. 교도관들은 전혀 눈치채지 못할 거야.

내가 무엇을 원하는지 버트는 어떻게 알까? 그런데 그는 안다. 버트는 모르는 것이 없다. 그의 청회색 눈에는 벽을 뚫고 보는 능력이 있는지도 모른다. 그는 D동에서 가장 막강하고 무서운 재소자이며, 본인이 널리 알린 대로, 나의 친구다.

그건 버트가 나처럼 '가방끈 긴 놈'의 말을 듣기 좋아하기 때문이다.

내가 다른 재소자들과의 교류를 허가받자마자 버트는 제 존재를 내게 알렸다. 소위 '점심'이라 불리는 음식 쓰레기(투명해지도록 삶은 양배추, 흐물거리는 고기 조각)를 배식받던 중, 줄을 선 재소자 한 명이 나를 재촉하며 이렇게 말했다. "빨리 움직여, 호모." 아주 독창적인 욕은 아니어서 나는 얼른 고개를 숙이고 시키는 대로 하려 했다. 지난 석 달간 이 전략 덕에 지나친 충돌 없이 버틴 참이었다. 그때 버트가 내 옆에 나타났다.

"잘 들어, 이 쌍놈 새끼야. 이 사람은 내 친구야. 그리고 내 친구들은 호모가 아니고. 알아들었어?"

그의 목소리는 낮았고, 안색은 창백했다.

처음으로 나는 앞을 똑바로 보며 식탁으로 걸어갔다. 버트의 뒤를 따라갔다. 그는 아무런 말도, 심지어 손짓도 하지 않았지만 어쩐지 내가 그렇게 하기를 원한다는 느낌이 들었다. 우리가 각자 쟁반을 갖고 자리를 잡았을 때, 그가 내 쪽으로 고개를 까닥했다. "자네 사건에 대해 들었어." 그가 말했다. "사악하게 마구잡이로. 나한테 했듯이 자네한테도 마구잡이로 덮어씌웠겠지."

나는 그의 말을 부정하지 않았다. 내가 보란 듯이 '파우더'(주방의 밀가루)와 '매니큐어'(미술 수업에서 쓴 물감)를 바르고 돌아다니지 않으니 버트는 내가 정상이라고 믿을 수도 있다. 이곳에 들어온 소수자들은 굉장히 노골적이다. 여기에 있는 시간을 그마나 잘 활용하는 편이 낫다고 생각하는 것 같다. 동절기에 지급된 회색 모직 케이프는 목에 단추가 있고 허리까지 풍성하게 내려오는 형태인데, 마당에 나갈 때 한쪽을 어깨 뒤로 넘기면 꽤 극적인 효과를 낸다. 그런 케이프 좀 활용하면 안 될 이유가 뭔가? 나 역시 조금은 유혹을 느낀다. 케이프는 교도소 물건들 중 가장 멋진 의상이니까. 하지만 다들 얘기하듯, 오랜 습관은 쉽게 사라지지 않는다. 그래서 다른 사람들은 아니더라도 버트는 속아 넘어갔다. 그리고 버트의 말은 아무도 부정하지 못한다.

버트가 내 앞에 나타나기 전부터 나는 그를 알았다. 그는 교도소의 담배왕이다. 매주 금요일이면 다른 재소자들에게 엄청난 이자를 붙여 '연초'를 나눠주고 수익을 거둔다. 볼품은 없는 작자다. 짜리몽땅한 키, 붉은 머리칼, 굵은 허리. 양팔에 문신이 가득하지만, 젊은 치기로 저지른 실수였다며 지금은 후회한다고 털어놓았다. "피카딜리에서 했어." 그가 말했다. "처음으로 한 건 터뜨린 뒤였지. 그때 1000파운드를 벌었거든. 내가 왕이나 뭐라도 된다고 생각했지."

하지만 버트에겐 타고난 지도력이 있다. 그것은 그의 부드럽고 낮은 목소리에 있다. 모든 것을 보는 얼굴에 있다. 마치 땅을 뚫고 솟아난 양 서 있는 태도, 존재할 권리에 대해 자연 속의 나무만큼이나 확신하는 태도에 있다. 그리고 나처럼 자신을 필요로 하는 사람들과 친분을 맺고 그들을 최대한 활용하는 방식에도 있다. 그래서다. 버트는 이 연습장을 숨겨주기로 했다. 자기는 글을 읽지 못한다고 했다. 그런 얘길 거짓으로 꾸며낼 이유는 없겠지?

그 대가로 버트가 내게 원하는 것은 말하기다. 가방끈 긴 놈처럼 말하기.

면도날을 자주 생각한다. 손가락 끝이 뚫린 장갑도. 그 두 가지 생각만으로도 머릿속을 꽉 채울 수 있다는 것을 깨달았다.

손가락 끝이 뚫린 장갑을 생각하는 건, 극도의 추위 때문

에 손이 갈라지고 관절 부분이 벌게지기 때문이다. 옥스퍼드
에 다닐 때 끼던 장갑에 대한 몽상에 잠긴다. 진한 초록색 보
일드 울 장갑. 당시에는 그 장갑 때문에 내 손이 약간 육체노
동자 같아 보인다고 생각했다. 지금은 그게 얼마나 대단한 호
사였는지 안다.

그리고 면도날. 교도소에서 아침마다 주는 면도날은 너무
무뎌서 면도를 제대로 할 수가 없다. 처음에는 그것 때문에 미
칠 것 같았다. 까칠한 수염이 가려워 견딜 수가 없어 종일 얼
굴을 긁고 있거나 긁고 싶어했다. 내 면도기가 말할 수 없이
그리웠다. 셀프리지스 백화점에 들어가 아무 생각 없이 면도
기를 사던 지난날이 자꾸만 떠올랐다.

그런 사소한 것들에 집착하게 되기가 얼마나 쉬운지. 하루
하루가 똑같으니 더더욱 그렇다. 여기서는 기껏해야 배급되는
음식(금요일에는 반죽을 두껍게 입힌 오래된 생선, 토요일에
는 차와 함께 잼이 살짝 얹힌 빵)이나 일상의 규칙(일요일에는
교회, 목요일에는 목욕)에 생기는 작은 차이가 전부다. 더 큰
일에 대해 생각하는 건 미친 짓이다. 조각들을 모아 다시 만든
비누 한 장. 깨끗한 요강. 어제보다 더 예리한 면도날. 이런 것
들이 대단한 의미를 지니게 된다. 겨우 미치지 않고 버티게 해
준다. 톰이 아닌 다른 생각거리를 만들어준다. 나의 순경님을
생각하면 지옥이 펼쳐지니까. 그런 생각을 피하기 위해 무진

애를 쓰고 있다

면도날. 요강. 약간의 잼. 비누.

그리고 공상을 위해서는, 손가락 끝이 뚫린 장갑.

이 감방에 오기 전에는 어떤 공간에서도 면적이라는 걸 이만큼 의식해본 적이 없다. 대략 세로 3.5미터, 가로 2.5미터, 높이 3미터. 보폭으로 재봤다. 벽은 아래쪽 반만 흐릿한 크림색 페인트칠이 되어 있고 그 위는 회칠이다. 바닥은 표면을 연마한 맨마룻장. 라디에이터는 없다. 캔버스를 씌운 간이침대 위에 깔깔한 회색 담요 두 장. 한쪽 구석에는 지금 이 글을 쓰며 사용하는 작은 탁자가 있다. 표면에 안쓰러울 정도로 빽빽하게 글자가 새겨져 있다. 많은 것이 시간에 관한 서술이다. "최대 9개월. 48년 3월 2일." 교도관들에 대한 한심한 조롱. "좆같은 힐스먼 새끼." 내가 가장 흥미를 느끼는 말, 그리고 몇 분이고 엄지로 문지르며 바라보는 말은 "조이JOY"*라는 단어다. 아마도 그리운 여인의 이름이겠지. 하지만 이곳 탁자 위에서 발견하기에는 너무 뜻밖의 단어라 가끔은 그것을 희망의 메시지로 읽고 싶은 유혹을 느낀다.

높은 곳에 딱 하나 나 있는 창은 더러운 유리 서른두 칸으

• '기쁨'을 의미하는 단어.

로 나뉘어 있다(내가 세봤다). 아침마다 나는 문의 잠금장치가 풀리기 한참 전에 깨어나 그 네모난 유리 칸들의 흐릿한 외곽선을 바라보며 오늘은 햇빛이 저 유리를 뚫고 이 감방 바닥에 보석 같은 빛을 드리워줄 거라 믿으려 애쓴다. 하지만 아직 그런 일은 일어나지 않았다. 그리고 어쩌면 이대로가 더 나을지도 모른다.

지금 정확히 몇 시인지 알 방도가 없지만 곧 전등이 꺼질 것이다. 그러면 고함이 시작된다. 하느님. 하느님. 밤마다 그 남자는 쉬지 않고 외친다. 하느님. 하느님. 하느니임! 마치 충분히 큰 소리로 외치면 정말로 이곳에 신을 불러낼 수 있을 것처럼. 처음엔 다른 재소자가 좀 닥치라고 소리를 지르겠거니 생각했다. 일단 불이 꺼지면 아무도 다른 재소자에게 고통을 부정하라고 강요하지 않는다는 사실을 알기 전이었다. 우리는 그저 말없이 듣거나 우리 자신의 슬픔을 불러온다. 문을 두드리며 독방에 가둔다고 위협하는 것은 교도관들의 몫이다.

문을 두드리는 소리가 들렸다. 새벽 1시 15분. 요란하게 두드리는 소리. 대답할 때까지 멈추지 않을 기세로 두드리는 소리. 대답해도 멈추지 않을 듯한 소리. 한밤중에 모든 이웃에게 누군가 나를 찾아왔고 나를 만나기 전에는 절대로 떠나지 않을 거라고 알릴 요량인 소리.

쾅. 쾅. 쾅.

누군가 내 집 문밖에 있었다. 내가 자느라 건물 입구 초인
종 소리를 듣지 못한 모양이었다. 톰일 리는 없었다. 그에게는
열쇠가 있으니까. 하지만 문밖에 다른 경찰관이 와 있을 줄은
몰랐다.

문을 열었을 때 경찰관의 손은 아직 허공에 떠 있었다. 헬
멧 아래의 얼굴은 우스울 정도로 작고 불그스름했다. 톰이 있
나 보려고 그의 뒤를 살폈다. 잠에 취해 정신이 없어서 무슨
장난을 치고 있는지도 모른다고 생각했던 것이다. 그런데 경
찰관 세 명이 더 있었다. 그중 둘은 문을 두드린 사람과 마찬
가지로 제복 차림이었다. 사복을 입은 한 명은 멀찍이 물러나
계단을 내려다보고 있었다. 나는 다시 살펴보았다. 하지만 톰
의 얼굴은 없었다.

"패트릭 프랜시스 헤이즐우드?"

나는 고개를 끄덕였다.

"로런스 세드릭 콜먼과 중대한 성적 일탈 행위를 저지른
혐의로 체포합니다."

"누구요?"

얼굴이 붉은 경찰관이 비웃었다. "다들 그렇게 말하죠."

"이거, 무슨 장난인가요?"

"다들 그 말도 하죠."

"여기까진 어떻게 올라왔어요?"

그가 웃었다. "아주 협조적인 이웃들을 두셨더군요, 미스터 헤이즐우드."

흔히 듣던 그 말을 그가 읊조리는 동안—당신의 모든 발언은 법정에서 불리하게 적용될 수 있으며, 기타 등등—나는 아무 생각도 할 수 없었다. 그의 턱에 깊이 파인 보조개를 빤히 바라보며 도대체 무슨 일이 벌어지고 있는지 이해하려 애쓸 뿐이었다. 그때 그의 손이 내 어깨에 얹혔고, 경찰관의 장갑이 닿는 느낌이 들자 눈앞에서 일어나고 있는 현실이 머릿속에 스며들기 시작했다. 첫 번째로 떠오른 생각은 이것이었다. 사실은 톰 때문이구나. 나와 톰의 관계를 저들이 알았구나. 무슨 사정으로—경찰의 어떤 규정 때문에—그들은 톰의 이름을 발설하지 못하지만 어쨌든 아는구나. 그게 아니라면 어떻게 저들이 여기에 있겠는가?

그들은 내게 수갑을 채우지 않았다. 나도 소란을 덜 피울수록 톰에게 피해가 덜 가리라는 생각에 조용히 따라갔다. 나중에 알고 보니 이름이 슬레이터라는, 얼굴이 붉은 남자가 수색영장에 대해 무슨 말인가 했다. 나는 그런 문서를 보지 못했지만 슬레이터가 나를 끌고 가는 사이 제복 입은 경찰관 두 명이 내 아파트를 급습했다. 아니다. 급습이라는 말은 너무 극적이다. 그들은 히죽거리며 안으로 들어갔다. 침실 책상 위에 일기장이 펼쳐져 있었다. 그들이 그것을 찾기까지는 시간이 별로 걸리지 않을 터였다.

슬레이터는 이런 일이 좀 지겨운 듯했다. 경찰차를 타고 시내를 가로질러 가는 동안, 그는 사복 차림의 동료에게 다른 사건에서 범죄자를 "후려갈긴" 일에 대해 떠들기 시작했다. 그에게 맞은 이는 "내가 경찰이 된다고 말했을 때 우리 엄마가 그런 것처럼" 울었다고 했다. 두 사람은 어린애들처럼 낄낄거렸다.

접견실에 들어갔을 때 로런스 콜먼이 누군지 분명해졌다. 썩 잘 나오진 않은 그 청년의 사진이 탁자 위에 탁 놓였다. 이 청년을 아는가? 이 청년의 진술대로, 블랙 라이언 화장실 앞에서 "5파운드로 그를 유인"했는가? 언급한 공중화장실 안에서 이 청년과 중대한 성적 일탈 행위를 저질렀는가?

안심이 된 나머지 웃음이 나올 뻔했다. 톰이 아니라 아가일에서 만난 검은 머리 청년과 관련된 문제였다.

아니다, 나는 대답했다. 그런 적 없다.

슬레이터가 피식 웃었다. "당신에게 더 이로운 방법은," 그가 말했다. "진실을 말하고 유죄를 인정하는 거예요."

지금 기억나는 것은 모서리가 떨어져 나간 탁자 위에 묻은 차 얼룩의 개수, 슬레이터가 의자 모서리를 붙잡고 몸을 앞으로 숙이던 모습. "유죄를 인정하면," 그가 말을 이었다.

"힘든 일을 덜 겪게 되는 경우가 많아요. 본인에게 힘든 일. 그리고 본인과 관련된 사람들에게 힘든 일." 볼의 홍조는 잦아들었고 천장의 거센 불빛에 입가 주름이 또렷이 드러났다. "이런 사건에서는 가족과 친구들이 다치는 경우가 많죠." 그가 고개를 저었다. "그렇게 쉽게 피할 수 있는데도 말이죠. 마음이 아프네."

공포가 밀려와 가슴이 싸늘해졌다. 어쩌면 정말 톰과 관련된 일인가, 그리고 슬레이터는 친구이자 동료인 톰을 구하려고 이러는 건가 싶었다.

그의 눈을 바라보았다. "알아들었어요." 나는 말했다. "생각해보니, 그 젊은이를 정말로 만났고, 바로 그곳 화장실에서 섹스를 했고, 우리 둘 다 굉장히 즐겼습니다."

슬레이터의 얼굴에 번뜩 미소가 스쳤다. "그러면 배심원단의 일이 아주 쉬워지죠."

오늘 아침 9시, 교도관 버킷이 내 감방에 왔다. 버킷이 가학적인 사람이라는 소문을 듣긴 했는데 나로선 아직 그 증거를 보지 못했다. 키가 크고 호리호리한 몸에 갈색 눈이 커다랗고 턱수염을 짧게 기른 그는 아예 없다시피 한 아래턱만 아니라면 준수했을 외모다. 버킷은 잠시 아무 말도 없이 그저 내 앞에 선 채 박하사탕 껍질을 천천히 벗겼다.

그런 다음 말했다. "헤이즐우드, 서둘러. 자전거 곡예사*를 만나러 간다."

"자전거 곡예사요?" 나는 아직 교도소 용어를 다 이해하지 못한다. 어떤 것들은 섬뜩하긴 해도 인상적일 만큼 창의적이다. 알몸 수색을 뜻하는 '마른 목욕'이라는 말은 특히 적확한 표현 같다.

버킷은 박하사탕을 입안에 넣고 내 어깨를 살짝 밀었는데 내게 설명해줄 필요는 느끼지 못하는 듯했다. 걸어가는 동안 그가 뒤에 딱 붙어 따라오며 말했다. "너 같은 호모들은 이곳에서 지내기가 참 수월하지? 일거리가 많잖아." 그가 입을 내 귀에 바짝 들이대고 있어서 숨결의 달콤한 박하 향이 풍겼다. 이래서 그런 명성을 얻은 모양이군. 나는 생각했다. 그는 교도소의 담배를 피우면 사냥개 궁둥이 같은 맛과 느낌이 남는다는 걸 알고 그 상쾌한 박하 향으로 우리를 고문하는 것이다.

우리는 D동 밖으로 나갔다. 긴 복도를 따라 잠긴 문 여러 개를 통과하고 마당으로 나간 다음 다시 잠긴 문 하나를 더 통과하자 기적과도 같은 장소가 나왔다. 병원이 있는 별관. 이 깨끗한 새 건물이 있다는 소문을 들었고, 어떤 재소자들은 잠시라도 이곳에 머물기 위해 주방에서 뜨거운 기름을 제 팔에 살

---

* 정신과 의사를 뜻하는 속어.

짝 붓는 등 별짓을 다 한다는 것도 알고 있었다.

흰 벽 안으로 들어서자마자 새 회칠 냄새가 코를 찔렀다. 삶은 양배추 냄새, 그리고 공포와 때에 찌든 남자들 수백 명의 퀴퀴한 땀 냄새를 맡으며 지내다가 이 새로운 냄새를 맡으니 눈물이 핑 돌았다. 거의 빵 냄새를 맡는 기분이었다. 회칠을 막 마친 벽을 핥으면 어떤 맛이 날지 궁금했다. 사방은 또 어찌나 밝은지. 복도를 따라 창문이 계속 나 있어서 실내가 온통 빛으로 말갛게 씻긴 듯했다.

버킷이 내 등 한가운데를 손가락으로 찔렀다. "올라가."

계단 맨 위에 있는 문에 닥터 R.A. 러셀이라는 글씨가 현대적인 은색 서체로 적힌 명판이 붙어 있었다. 버킷은 박하사탕을 하나 더 꺼내 껍질을 벗겨 빨면서 계속 나를 빤히 쳐다보았다. 그러다가 그가 문을 두드렸다.

"들어와요."

쇠 살대 너머에서 불이 이글이글 타올랐다. 발밑에는 새 카펫이 깔려 있었다. 합성섬유로 짠 얇고 흉한 물건이었지만—감청색 바탕에 여러 빛깔의 정육면체 무늬—신발 밑에 느껴지는 감촉이 근사했다. 거기 서 있으니 갑자기 몸이 바닥 위로 떠오르는 느낌이었다.

책상 너머에서 한 남자가 일어섰다. "패트릭 헤이즐우드?"

"네."

"난 닥터 러셀입니다."

그는 스물여덟 살이 될까 말까 해 보였다. 넓은 볼에 팬 보조개. 단추를 채우지 않은 넉넉한 블레이저. 폭신해 보이는 허리에 두른 새 벨트가 살을 파고들었다. 전혀 위협적인 사람 같지 않았지만 내가 어떤 치료를 위해 그곳에 보내졌는지는 여전히 알 수 없었다.

"고마워요, 버킷." 그가 인상을 쓰고 있는 교도관에게 환히 웃으며 말했다.

"밖에 있겠습니다." 그렇게 말하며 버킷은 문을 쾅 닫았다.

러셀이 나를 보았다. "앉아요."

명령조의 그 말이 내겐 뜻밖이었다. 아마도 카펫과 벽난로와 어린애 같은 러셀의 볼에 현혹되어 더 공손한 말을 기대했었던 것 같다.

그는 사무용 가죽 의자에 앉아 만년필을 집어 들었다. 실내는 안락했지만 내가 앉을 곳은 익숙한 나무 의자였다. 내 실망스러운 시선을 눈치챘는지 그가 말했다. "그건 해결할 생각이에요. 학교 의자에 앉아서 자유롭게 이야기하기를 바란다는 건 터무니없죠. 교사에게 비밀을 말하는 사람은 없잖아요?"

그렇군, 나는 생각했다. 정신과 의사구나. 긴장이 좀 풀렸다. 의사들이 어떤 식으로든 '치료'를 해줄 수 있으리라 믿은 적은 없지만 정신과에 찾아가면 어떨지 늘 궁금하기는 했다.

"자, 일단 지금 기분이 어떤지부터 말해봐요."

나는 아무 말도 하지 않았다. 그의 책상 뒤 벽에 걸린 마티스의 〈춤〉 복제화에 정신이 팔린 터였다. 석 달 만에 처음으로 보는 미술 작품이었다. 그 밝은 색조가 얼마나 아름다운지 음란하게 느껴질 정도였다.

러셀이 내 시선을 좇았다. "예쁘죠?" 그가 물었다.

1분 넘게 아무 말도 할 수 없었다. 그는 펜을 돌리고 또 돌리며 기다렸다. 그때 내가 불쑥 물었다. "그림으로 환자를 고문해 고백을 받으려고 저걸 걸어두었습니까?"

그는 무릎에서 있지도 않은 보풀을 튕겨냈다. "난 고백을 받으려고 여기 있는 게 아니에요. 고백이라면 매주 일요일에 기꺼이 들어주는 성직자가 있잖아요. 종교가 있나요?"

"그토록 많은 이들을 지탄하는 신은 믿지 않습니다."

"그토록 많은…… 당신 같은 부류의 사람들?"

"모든 부류의 사람들."

한참 침묵이 흘렀다.

"저 그림을 보며 왜 고문당한다고 느끼는지 궁금하군요."

"보면 당연히 알 수 있을 것 같은데요."

러셀이 눈썹을 치올렸다. 그러곤 기다렸다.

"아름다움을 상기시키니까요. 이 벽 바깥에 있는 것들의 아름다움."

그가 고개를 끄덕였다. "그렇군요. 하지만 어디서든 아름다움을 찾을 수 있는 사람들도 있죠."

"이곳에는 별로 없어요."

다시 한동안 침묵. 그는 펜으로 메모장을 세 번 툭툭툭 두드리더니 느닷없이 미소를 지었다. "치료되기를 원하나요?" 그가 물었다.

나는 코웃음을 칠 뻔했다. 하지만 러셀의 진지한 눈빛이 너무 강렬해 자제했다.

대답하기 쉬운 질문이었다. 이 밝고 따뜻한 방에서 러셀과 잡담이나 나누며 오래도록 벽난로 옆에 앉아 있고 싶은가? 아니면 감방으로 떠밀려 돌아가고 싶은가?

"원하죠." 나는 말했다. "네, 원해요."

우리는 일주일에 한 번씩 만나기로 했다.

톰을 생각하지 않으려고 별짓을 다 한다고 말하지만, 물론 거의 항상 톰을 생각한다. 그리고 그건 지옥과 같다. 그를 생각하면 할수록 우리가 함께할 수 없었던 이유가 기억나지 않아서 더욱 그렇다. 그를 생각하면 할수록 잘못된 일이나 힘들었던 일은 잘 기억나지 않는다. 내가 기억하는 건 그의 다정함뿐이다. 그게 가장 견디기 힘들다. 하지만 내 정신은 자꾸만 그런 기억으로 되돌아간다. 자꾸만 베네치아로 되돌아간다. 특히 한

밤에 수상 택시를 타고 석호를 건너 시내로 나갔던 날로. 우리는 반짝이는 목제 선실에 올라 배 뒤편에 함께 앉았고 선장은 우리 둘만 있을 수 있도록 문을 닫아주었다. 그런 다음 물결을 헤치고 빠르게 나아갈 때, 까만 물 위를 과감히 누비는 그 작은 배가 놀라워 우리는 웃음을 멈출 수가 없었다. 부웅, 하고 우리는 나아갔다. 부웅. 우리의 허벅지가 서로 닿았다. 배의 속도에 우리의 몸이 뒤로 젖혀졌다. 그러다가 배가 갑자기 속도를 늦추었고, 작은 창문 밖에 베네치아의 아름다움이 펼쳐졌다. 톰이 숨을 헉 들이쉬었다. 경이로워하는 그를 보니 웃음이 나왔다. 그러나 내게 경이로웠던 것은 호텔까지 가는 동안 우리만의 공간이었던 그 선실에서 내 손에 얹혀 있던 그의 손의 감촉이었다.

이런 일들을 겪는 많은 사람들이 그러겠지만, 나는 체포를 거쳐 재판을 받은 뒤 이곳에 와서 처음 며칠을 보낼 때까지 내내, 곧 누군가 나타나 말도 안 되는 실수가 있었으니 관련된 모든 사람의 사과를 받아달라고 부탁할 거라고 진심으로 생각했다. 그래서 내 앞에서 쾅 닫혔던 모든 문이 다시 열리고, 지금 내 인생이 맞닥뜨린 이 이상한 연극 같은 현실에서 벗어나 깨끗한 공기가 있는 곳으로 나가게 될 거라고 생각했다.

하지만 열세 주가 지난 지금은 대부분의 다른 재소자들처럼 이곳의 일상에 익숙해졌다. 그리고 그들과 똑같이 멍하고 체념 어린 눈빛으로 그 일상을 수행한다. 오전 6시 30분, 버저가 울리며 기상 시간을 알린다. 7시, 지극히 태연한 태도로 금속 요강을 들어 조심스레 바깥으로 내놓는다. 찬물을 가져다 각자에게 할당된 무딘 면도날로 수염을 깎는다. 재소자간 교류를 허가받은 뒤로는 전처럼 매끼를 감방 안에서 혼자 먹지 않고 다른 사람들과 '외식'을 할 수 있다. 하지만 음식은 똑같아서, 설거지물 같은 차와 오래된 빵에 눈곱만큼 바른 마가린, 그리고—맛있다고도 할 수 있는—오트밀 죽 한 그릇이다. 어쩌면 오트밀 죽은 애초에 형편없는 음식이라 더 이상 망칠 여지가 별로 없는지도 모른다. 그다음에는 도서관에서 일을 한다. 덕분에 연습장과 펜을 손에 넣을 수 있게 되었지만 그 장소를 '도서관'이라고 묘사한다는 게 조금은 농담 같다—책은 하나같이 (문자 그대로의 의미로) 더럽고 한물간 것들이다. 서가 한 줄마다 몇 권 정도 꽂혀 있는 페이퍼백 서부극을 제외하면 재소자가 정말로 읽고 싶은 책을 찾기란 불가능하다. 도서관은 더럽긴 해도 교도소의 다른 장소보다 약간 더 따뜻하다. 라디에이터 한 대가 제대로 작동하기 때문이다. 담당 교도관 오브라이언은 은퇴할 나이가 다 된 것 같은데, 재소자의 요청은 깡그리 무시하고 거의 종일 구석에 앉아 조용히 하라고 고함만 질러댈 뿐이다. 하지만 귀가 어두운지 소음이 어느 정도

커지기 전에는 고함을 지르지 않는다. 그래서 재소자들은 목소리를 많이 낮추면 꽤 자유롭게 대화를 나눌 수 있다.

주된 업무는 공공 도서관들에서 보낸 책들을 받아 정리하는 일이다. 늘 순전히 찌꺼기들만 우리에게 온다. 어제 도착한 책을 예로 들면, 1930년대에 생산된 노턴 오토바이 정비 안내서, 라이프 마을의 역사를 다룬 책, 중동 조폐 제도에 관한 책, 라트비아의 복식에 관한 책 그리고—모든 책 중에서 조금이라도 관심이 가는 유일한 책으로—1905년에 저술된 오라네 공 빌럼의 전기가 있었다.

나와 함께 도서관에서 일하는 사람은 데이비스다. 회색 눈에 몸집이 크고 말수가 적은 남자로, 아내에게 극심한 신체적 폭행을 가해 이곳에 들어왔다는 것 같다. 사실 그런 범죄를 저지를 가능성이 이보다 더 없어 보이는 사람을 상상하기란 불가능하다. 하지만 이곳에선 죄목에 대해 너무 자세히 묻지 말아야 한다는 걸 배우게 된다. 함께 일하는 다른 한 명은 모와트로, 주근깨가 많은 금발의 젊은이다. 일하며 입술을 핥는 버릇이 있다. 모와트는 이곳의 대다수 재소자들처럼 소년원을 거친 청년이다. 다음에 해치울 "22캐럿짜리 식은 죽" 얘기를 자주 한다. 내가 이해하기로, 이는 환상적일 정도로 대규모에 위험부담이라곤 전혀 없는 도둑질을 저지를 거라는 의미다. 그는 발이 지나치게 긴 사람처럼 걷는다. 발을 들고 다시 내려놓는 동작이 어찌나 조심스러운지 내 팔을 잡으라고 권하고 싶어진다.

어제는 새로 들어온 책을 분류하는데 모와트가 통 말이 없었다. 처음에는 그가 평소처럼 석방만 되면 밖에서 자신을 기다리는 쌈박한 계집애랑 접선한 다음 숨겨둔 거금을 찾아 스페인에서 새로운 인생을 시작할 거라는 등 머릿속 환상을 주절거리지 않아 다행이라고 생각했다. 하지만 나중에 보니 책등에 얹힌 그의 손이 평소보다 더 떨렸고, 걸을 때도 발이 지나치게 길 뿐 아니라 어마어마하게 무거운 양 움직였다. 마침내 데이비스가 귀띔했다. "가족 면회가 있어." 그가 속삭였다. "내일. 머리에 바를 오일 값은 모았다는데, 신발 상태가 엉망이라고 걱정이 이만저만이 아니야. 내가 그랬지. 내 건 못 빌려준다고. 빌려주면 돌려받지 못할 테니까."

오늘 아침 도서관 탁자에 모여 앉았을 때, 나는 끈을 미리 풀어둔 신발을 벗어서 모와트 쪽으로 찼다. 반응이 없었다. 그래서 한물간 신학 교재 한 권을 밀어 한쪽 모서리로 그의 갈비뼈를 쿡 찔렀다. "이봐요!" 그가 소리치자 오브라이언이 고개를 들었다. 하지만 내가 모와트의 손을 아주 부드럽게 잡아 조용히 시키자 귀가 어두운 늙은 교도관은 우리를 내버려두었다.

모와트는 한참을 아무 말도 못 하고 내 손만 내려다보았다. 나는 탁자 아래쪽을 가리키며 발로 그의 신발을 더듬었다.

곧 그도 어떻게 된 일인지 이해했다. 나를 보는 그의 눈빛이 어찌나 따뜻한지 하마터면 웃음이 터져 나올 뻔했다. 온통 쓸모없고 잊힌 책들만 가득한 그 냄새나고 추운 방에서, 입을 벌린 채 요란하게 웃음을 터뜨릴 뻔했다.

러셀의 따뜻한 안식처를 다시 방문했다.

"어린 시절 얘기로 시작하면 어떨까요?"

"정신과 의사가 정말로 그렇게 말할 줄은 몰랐네요."

"아무거나 하고 싶은 얘기부터 시작하세요."

처음에 충동적으로 떠올린 생각은 이야기를 지어내자는 것이었다. 아홉 살 때 러시아인 삼촌이 우리 집 놀이방 흔들 목마 위로 나를 거칠게 안아 올린 다음부터 남자들에게 이끌리게 됐어요, 선생님. 혹은, 다섯 살 때 어머니가 꽃무늬 원피스를 입히고 립스틱으로 볼을 발갛게 칠해준 뒤부터 강한 남자를 침대로 끌어들이고 싶었어요, 선생님. 하지만 그러는 대신 나는 진실이라 할 수 있는 이야기를 했다. 행복한 어린 시절을 보냈다. 내 안락한 자리를 빼앗은 형제나 누이도 없었다. 정원에서 오래 놀며 목가적인 시간을 보냈다(홉스라 이름 붙인 선원 인형과 함께 놀았지만, 어쨌거나 밖에서 놀았으니까). 아버지는 다른 아버지들이 으레 그렇듯 집에 없을 때가 많았지만 지나치게 이해하기 힘들거나 폭력적인 사람은 아니었으며, 다만 나이 들어 외도가 잦긴 했다. 어머니와 나는 늘 잘 지냈다. 방학 때 집에 돌아오면 항상 함께 즐겁게 어울리며 시내에 나가 연극을 보거나 박물관이나 카페에 갔고…… 그러다 고삐가 풀린 나는 어머니와 포트넘스 카페에 갔을 때 옆자리의 낯선 사람이 어머니에게 샴페인 한 잔을 사주려 했던 일까지 이야기했다. 어머니는 미소를 지으며 매우 단호하게 그를 물리쳤다. 나는 무척 실망했다. 그 남자는 파란색 실크 넥타이를 맸고, 집게손가락에 사파이어 반지를 끼었으며, 금발이 멋지게 곱슬거렸다. 그는 세상의 모든 비밀을 아는 듯한 눈으로 나를 바라보았다. 그곳에서 나올 때 어머니는 뻔뻔한 남자라고 열을 내며 말했지만 그날 오후 내 어머니의 온 존재가 한 번도 본 적 없는 화사함으로 빛났다. 몸의 움직임이 가벼웠고, 내 유치한 농담에 웃음을 터뜨렸을 뿐 아니라, 계획에 없던 별의별 물건들을 사들였다. 어머니가 쓸 새 스카프, 내 몫인 가죽 장정 노트. 나는 지금도 가끔 그 남자를 떠올린다. 커피를 홀짝이던 모습이라든가 어머니의 거절을 가볍게 받아들이던 태도 같은 것들. 나는 그가 눈물을 흘리거나 화를 냈으면 했지만, 남자는 그저 찻잔을 내려놓고 고개를 끄덕이며 "아쉽군요"라고 말했을 뿐이었다.

"시간이 다 됐네요." 러셀이 말했다.

나는 의사의 논평을 기다렸다. 내가 어머니의 상황에 나 자신을 투사했다고, 사실 그건 매우 건전하지 못하다고, 내가 중대한 성적 일탈 행위로 교도소에 와 있는 것도 전혀 이상할 게 없다고 말하기를. 하지만 그는 그런 말을 하지 않았다.

"나가기 전에," 그가 말했다. "당신이 바뀔 수 있다는 걸 알았으면 해요. 하지만 문제는 이거죠. 본인이 정말로 바뀌고 싶은가?"

"지난주에 말했잖아요. 난 치료를 원해요."

"그 말을 못 믿겠어요."

나는 아무 말도 하지 않았다.

그가 긴 한숨을 내쉬었다. "이봐요, 솔직하게 말하죠. 어떤 사람들에게는 상담 치료가 특정…… 성향을 극복하는 데 도움이 되기도 해요. 하지만 그건 힘든 작업이고 시간이 오래 걸립니다."

"얼마나 걸립니까?"

"아마도 몇 년쯤."

"난 이제 여섯 달밖에 안 남았는데요."

러셀이 아쉽다는 듯 웃었다. "개인적으로," 그가 몸을 앞으로 숙이고 목소리를 낮추었다. "참 멍청한 법이라고 생각해요. 성인 둘이 자기들만 있는 데서 뭘 하든 그건 그들 맘이죠." 그는 매우 진지한 얼굴로 나를 바라보았다. 보조개가 팬 그의 볼이 상기되어 있었다. "그래서 내 말은, 당신이 변하기를 원한다면 상담 치료가 도움이 될 수 있다는 겁니다. 하지만 원하지 않는다면……” 그가 양 손바닥을 위로 쳐들며 미소를 지었다. “그러면 정말로 이런 노력을 할 가치가 없어요.”

내가 손을 내밀자 그는 내 손을 잡았고, 나는 그에게 솔직히 말해줘서 고맙다고 했다.

“이제 벽난로 앞 잡담은 끝이군요.” 내가 말했다.

“이제 벽난로 앞 잡담은 끝이죠.”

“정말 아쉽네요.”

버킷이 나를 다시 감방으로 데려갔다.

나는 〈춤〉의 이미지를 머릿속에 잡아두려 애쓰고 있다.

러셀처럼 진실한 사람은 이곳에서 오래 버티지 못할 것 같다.

베네치아에서 우리는 오전 내내 침대에 있다가 호텔 테라스에서 오랫동안 점심을 먹고 도시를 산책했다. 기분 좋은 자유. 아무도 우리를 흘낏거리지 않았다. 리알토 다리에서 톰의 팔을 잡아 여행객 무리 사이로 이끌 때도 마찬가지였다. 어느 오후에 우리는 후끈한 여름 대기를 벗어나 산타마리아 데이 미라콜리 성당의 기분 좋은 서늘함 속으로 들어갔다. 그 작은 성당 사방에서 보이는 연한 빛깔들은 언제나 내 마음을 끈다. 파스텔조의 회색, 분홍색, 흰색 대리석 벽과 바닥을 보면 마치 설탕으로 만든 성당인가 싶을 정도다. 우리는 앞줄 신도

석에 함께 앉았다. 아무도 없이 우리 둘이서. 그리고 키스했다. 그 많은 성인과 천사 앞에서 우리는 키스했다. 나는 기적의 성모─익사한 남자를 되살려냈다고 알려진─그림이 있는 제단을 바라보며 말했다. "우린 여기 살아야겠다." 베네치아의 가능성을 단 이틀 맛보았을 뿐이지만 나는 그렇게 말했다. "우린 여기 살아야겠다." 그리고 톰의 대답은 이랬다. "우린 달로 날아가야겠다." 하지만 그의 얼굴엔 미소가 떠올라 있었다.

편지는 두 주에 한 번, 한 통씩만 받고 답장할 수 있다. 지금까지 대부분은 어머니에게서 온 편지였다. 타자기로 작성된 걸 보니 어머니가 불러주고 니나가 타이핑한 모양이다. 어머니는 건강에 대해서는 아무 말 없이 날씨와 이웃과 니나가 저녁 식사로 만들어준 음식 얘기만 늘어놓는다. 하지만 오늘은 미시즈 매리언 버지스에게서 온 편지가 있었다. 면회를 허락해달라는 짧고 형식적인 편지. 처음에 나는 거절하겠다고 단호히 마음먹었다. 하고많은 사람 중에 왜 그 여자를 만나겠는가. 하지만 곧 마음을 바꿨다. 그 여자는 톰과 이어진 유일한 고리다. 톰은 완벽히 침묵을 지키는 중이고, 나는 그 의미를 감히 생각해볼 엄두도 내지 못한다. 체포된 뒤로 톰에게서는 한마디 말도 들을 수 없었다. 처음에는 오로지 톰을 다시 보고 싶다는 생각에 그가 웹우드 교도소에 와서 복역하기를 바라는 마음까지 품을 뻔했다.

그 여자가 온다면 톰도 올지 모른다. 아니면 톰이 보낸 편지를 가지고 올지도 모른다.

법정은 내가 막연히 예상한 실내장식과는 거리가 먼, 작고 답답한 방이었다. 법률의 전당이라기보다는 학교 강당에 가깝달까. 심리가 시작될 때, 숙녀들이 들으면 불쾌한 내용이 재판에 포함될 수 있으니 원한다면 지금 나가도 좋다는 경고가 방청석에 나갔다. 여자들은 하나같이 출구로 향했다. 딱 한 명만이 약간 아쉬운 표정을 지었고, 나머지는 이마 끝까지 얼굴을 붉히고 있었다.

원고 측 변호인 존스 ─ 눈은 래브라도를 닮았는데 목소리는 암컷 비숑 프리제 같은 자 ─ 가 나의 유죄를 입증할 논거를 제시하는 내내 콜먼은 단 한 번도 내 눈을 마주 보지 않은 채 증인석에 서서 덜덜 떨고 있었다. 파란 플란넬 양복을 입은 모습이 우리가 마지막으로 만났을 때보다 나이 들어 보였다. 콜먼이 증인신문을 받는 동안, 그가 곤경에서 벗어나기 위해 거짓 주장을 했다는 사실이 ─ 적어도 내게는 ─ 분명해졌다. 그는 사소한 절도 사건에 연루되었음을 인정했다. 하지만 사정을 깨닫고도 나는 멍한 상태에서 깨어나지 못했다. 법정에 있는 모든 사람이 기계적으로 움직이고 있는 것 같았다. 가끔 하품을 하는 경찰, 무감하게 쳐다보는 판사. 그리고 나도 다르지 않았다. 피고석에 서 있는 내내, 나는 내 뒤에 앉아 멍하니 손톱을 물어뜯는 제복 차림의 남자를 의식하고 있었다. 그가 손톱을 물어뜯는 순간순간, 법정에서 진행되는 심리보다 그의 입 안에 고인 침 소리에 더 귀를 기울였다. 속으로는 계속 혼잣말을 했다. 조금만 있으면 판결이 나올 것이다. 내 미래가 결정된다. 하지만 어쩐지 내게 무슨 일이 일어나고 있는지 이해할 수가 없었다.

그러다 모든 것이 바뀌었다. 내 법정 변호사, 상냥하지만 무능한 미스터 톰슨이 변론을 시작했다. 그는 매리언 버지스를 불렀다.

나는 이 상황에 대비하고 있었다. 톰슨이 내 성격 증인으로 추천할 사람을 말해달라고 했었다. 그도 지적했지만, 내가 떠올린 이들 중에는 여성이면서 기혼자인 사람이 없었다. "아는 사람 중에 따분한 여자들은 정말 없는 거예요?" 그가 물었다. "사서? 수간호사? 학교 선생님?"

유일한 선택지가 매리언이었다. 그리고 나는 매리언이 나와 톰의 관계에 대한 진실을 안다 해도(아내는 모른다고 톰이 늘 나를 안심시켰지만 내가 보기에 매리언은 영리해서 오랫동안 눈치채지 못하지는 않을 것 같았다) 나를 고발하면 자기 남편이, 그리고 연쇄적으로 자기 자신이 피해를 입기 때문에 그런 위험을 감수하지는 않으리라 계산했다.

매리언은 너무 헐렁한 연두색 원피스 차림이었다. 마지막으로 만난 뒤로 살이 많이 빠졌고, 그래서 그 큰 키가 더 커 보였다. 붉은 머리칼을 완벽히 고정된 형태로 매만진 모습이었다. 그는 허리를 똑바로 세운 채 흰 장갑을 손에 꼭 쥐고 서 있었다. 선서를 하고 이름과 직업을 밝히는 등 형식적인 절차를 거치는 동안에는 그의 목소리가 잘 들리지 않았다. 이윽고 매리언은 피고인과의 관계에 대한 질문을 받았다.

"미스터 헤이즐우드는 친절하게도 제 학급 학생들을 박물관의 미술 감상 프로그램에 초대해주셨습니다." 매리언이 말했다. 갑자기 달라진 말투였다. 그 전까지 나는 매리언의 브라이턴 억양이 톰보다 훨씬 약한 것이 아마 교직 생활을 하면서 많이 다듬어졌기 때문이리라 추측했는데, 그날 증인석에서 그는 로딘 스쿨˙ 출신 같은 말투로 이야기하고 있었다.

매리언은 그때 내가 업무를 철저히 수행했다고, 자신은 다음에도 망설임 없이 나를 찾아갈 거라고, 내가 공중화장실에서 중대한 성적 일탈 행위라는 범죄를 저지를 만한 사람이 아니라고 공언했다. 그러자 원고 측 변호인이 일어서더니 미시즈 버지스와 피고인은 직업적 역할을 떠나 아는 사이인지 물었다.

˙ 브라이턴 외곽에 위치한 명문 학교.

주근깨가 많은 그의 얼굴에 걱정의 빛이 퍼뜩 스쳤다. 매리언은 아무 말도 하지 않았다. 나는 그가 나를 봐줬으면 했다. 나를 보기만 한다면 눈빛으로 입을 다물게 할 수 있을 것 같았다.

"혹시 피고인은," 존스가 신문을 이어갔다. "증인의 남편 토머스 버지스 순경의 친한 친구 아닙니까?"

그의 이름이 나오자 숨이 턱 막혔다. 하지만 나는 계속 매리언을 주시했다.

"맞습니다."

"법정의 모든 사람이 들을 수 있도록 크게 말씀해주십시오."

"네, 맞습니다."

"두 사람의 관계를 어떻게 설명할 수 있을까요?"

"말씀하신 그대로입니다. 좋은 친구 사이죠."

"그러면 증인도 미스터 헤이즐우드를 개인적으로 아시나요?"

"네."

"그리고 여전히 그가 기소된 항목의 범죄를 저지를 만한 사람이 아니라고 말씀하신다는 거고요?"

"그런 사람이 전혀 아닙니다." 매리언은 존스의 어깨를 보면서 질문에 답했다.

"피고인에게 학생들을 맡길 수 있을 만큼 완전히 신뢰하십니까?"

"완전히 신뢰합니다."

"미시즈 버지스, 패트릭 헤이즐우드의 일기에서 발췌한 내용을 읽어드리죠."

톰슨은 이의를 제기했지만 기각당했다.

"죄송하지만, 다소 현란한 문장입니다. 1957년 10월 일기입니다." 존스는 느릿느릿 안경을 코에 걸친 뒤 목청을 가다듬고 대수롭지 않다는 듯 한 손을 흔들며 읽기 시작했다. "그때였다. 틀림없는 그의 어깨선. 나의 순경님이 거기 서서 머리를 한쪽으로 기울인 채 우리 박물관이 요새 임시 대여 전시 중인, 그저 그런 시슬레 그림을 바라보고 있었다…… 황홀할 정도로 생생하게 살아 숨 쉬는 실물로서 여기 이 박물관에. 지난 며칠간 그를 너무 많이 생각해서인지, 나는 영화 속 여자아이가 눈앞의 광경을 믿을 수 없을 때 그러는 것처럼 손으로 눈을 비볐다." 그러곤 잠시 침묵. "미시즈 버지스, '나의 순경님'은 누구일까요?"

매리언은 턱을 내밀며 허리를 더 곧추세웠다. "모르겠습니다."

꽤 설득력 있는 말투였다. 상황을 감안하건대, 나라도 그보다 더 설득력 있게 대답하지는 못했을 것이다.

"다른 부분을 읽어드리면 기억하시는 데 도움이 될지도 모르겠습니다. 이번에는 1957년 12월 일기입니다." 그는 다시 한 번 목청을 가다듬고 안경을 코에 고정하는 시늉을 한 뒤 읽기 시작했다. "우리는 그가 휴식 시간을 길게 쓸 수 있는 점심때 가끔 만났다. 하지만 그는 학교 선생을 잊지 않았다. 그리고 어제, 처음으로 그 여자를 데려왔다…… 둘은 한눈에 봐도 너무 안 어울려서 함께 있는 그들의 모습에 웃지 않을 수 없었다."

나는 움찔했다.

"여자는 키가 거의 이 친구만큼이나 큰데 굳이 작아 보이려는 노력도 하지 않았고(굽이 있는 구두를 신었다) 외모는 그의 발끝도 따라오지 못했다. 하지만 그건 내 생각이겠지."

존스의 오랜 침묵.

"미시즈 버지스, '학교 선생'이 누굴까요?"

매리언은 대답하지 않았다. 여전히 허리를 쭉 펴고 서서 존스의 어깨를 바라보았다. 벌겋게 달아오른 얼굴. 심하게 깜빡이는 눈.

존스는 배심원단을 향해 발언했다. "이 일기에는 패트릭 헤이즐우드와 '그의' 순경님이 어떤 관계인지를 보여주는 내밀한 세부 묘사가 더 많이 담겨 있습니다. 심히 변태적이라고 표현할 수밖에 없는 관계죠. 하지만 그런 패륜에 대한 이야기는 이 법정에서 더 언급하지 않겠습니다." 존스가 매리언을 향해 돌아섰다. "미시즈 버지스, 증인은 피고인이 누구에 대해 글을 쓰고 있다고 생각합니까?"

"모르겠습니다." 입술 깨물기. "아마도 그 사람의 환상이겠죠."

"환상이라고 하기엔 세부 내용이 너무 구체적입니다."

"미스터 헤이즐우드는 상상력이 매우 풍부한 사람입니다."

"피고인이 자기 동성 연인의 약혼자가 학교 선생님이라고 상상하는 이유가 뭘까요?"

무응답.

"미시즈 버지스, 증인을 난처하게 하고 싶지 않습니다만, 전 패트릭 헤이즐우드가 증인의 남편과 부적절한 관계를 맺고 있었다는 점을 지적하고자 합니다."

매리언은 시선을 떨구었고, 목소리도 희미하게 잦아들었다. "아니에요." 그가 말했다.

"피고인이 동성애자라는 것을 부정하십니까?"

"저는…… 모르겠습니다."

여전히 허리를 꼿꼿이 세우고 선 채였다. 하지만 나는 그의 장갑이 떨리는 것을 보았다. 우리가 처음 만난 날, 매리언이 톰과 함께 노스 스트리트를 걸어가던 모습이 떠올랐다. 내딛는 발걸음마다 뿜어져 나오던 긍지와 확신. 그런 성품을 되돌려주고 싶었다. 매리언은 남편을 절대로 가질 수 없을 것이고 그래서 난 다행스러웠지만, 이런 모습을 보고 싶지는 않았다.

하지만 암컷 비숑 같은 존스는 포기할 생각이 없었다. "다시 한번 묻겠습니다, 미시즈 버지스. 패트릭 헤이즐우드는 중대한 성적 일탈 행위를 저지를 만한 사람입니까?"

침묵.

"대답하세요, 미시즈 버지스." 판사가 끼어들었다.

오랜 침묵이 흐른 뒤 매리언이 나를 똑바로 바라보며 말했다. "아닙니다."

"질문을 마치겠습니다." 존스가 말했다.

하지만 매리언은 계속 말했다. "그는 아이들에게 무척 잘해주었습니다. 사실 더할 나위 없이 잘해줬어요."

나는 매리언에게 고개를 끄덕여 보였다. 그가 작은 고갯짓으로 답했다.

신속하고 감상적이지 않되 온전히 예의를 차린 인사였다.

그 뒤로 내가 생각할 수 있는 것은 단 하나뿐이었다. 톰에게 무슨 일이 일어날까? 이제 저들은 톰에게 어떤 짓을 할까? 그가 내 어리석음을 어떻게 용서할 수 있을까?

하지만 나의 순경님이 다시 언급되는 일은 없었다. 비록 재판 내내, 그리고 이후로도 계속 그의 이름은 내 혀끝에 머물렀지만.

베네치아의 마지막 날 우리는 모자이크를 보러 토르첼로라는 작은 섬에 갔다. 배에 오른 톰은 말이 없었지만, 그도 나처럼 우리 뒤로 사라져가는 도시의 풍경에 마음을 빼앗겼겠거니 생각했다. 베네치아에서는 무엇이 현실이고 무엇이 물그림자인지 확신하기 어렵고, 특히나 작은 증기선 뒤편에 앉아 바라보면 도시 전체가 비현실적인 안개 위에 떠 있는 신기루 같기만 하다. 온갖 종소리, 커피 잔 부딪치는 소리, 가이드들의 외침이 끊임없이 울려대는 산마르코를 떠난 직후 맞이한 토르첼로의 정적은 충격이었다. 바실리카양식의 성당으로 들어서면서 우리는 둘 다 아무 말도 하지 않았다. 내가 너무 문화적인 측면을 강조했나? 톰은 차라리 해리스 바에서 벨리니를 마시며 오후를 보내고 싶어하지 않을까? 우리는 최후의 심판을 묘사한 모자이크의 반짝이는 붉은색과 금색을 바라보았다. 악마의 창이 지옥행 인간들을 아래로 떠밀고 있었다. 어떤 이들은 화염에 타오르고 어떤 이들은 야수에 먹혔다. 가장 운이 나쁜 이들은 남의 힘을 빌릴 것도 없이 스스로 제 손가락을 하나하나 뜯어 먹었다.

톰은 죄인들이 떠밀린 끔찍한 구석을 오래 바라보며 서 있었다. 여전히 아무 말도 없었다. 영국으로 돌아갈 생각을 하니 공포가 밀려들었다. 톰과 떨어져 지낸다는 생각에. 그를 공유한다는 생각에. 나도 모르게 그의 팔을 잡고, 얼굴을 눈으로 좋고, 이름을 부르고 있었다. "우린 못 돌아가." 나는 말했다.

톰이 내 손을 토닥였다. 재미있다는 듯, 하지만 왠지 싸늘한 미소를 지으며. "패트릭," 그가 말했다. "엉뚱한 소리 말아."

"돌아가라고 하지 마."

톰이 한숨을 쉬었다. "돌아가야 돼."

"왜?"

그는 천장을 올려다보았다. "알잖아."

"말해봐. 난 잊어버린 것 같아. 다른 사람들은 그러잖아. 다들 유럽에서 함께 살잖아. 떠나와서 행복한 인생을……"

"영국에서 좋은 직장에 다니잖아. 나도 마찬가지고. 난 이탈리아어도 몰라. 우리 둘 다 친구와 가족이…… 우린 여기에서 살 수 없어."

그는 너무나 차분했고, 너무나 단정적이었다. 그래도 나는 톰이 그 여자를 언급하지 않았다는 사실에 안심했다. 그는 한번도 이렇게 말하지 않았다. 난 결혼한 남자잖아.

어머니에게서 온 편지.

내 소중한 트리키,

나는 결론을 내렸다. 네가 석방되면 여기 와서 나와 함께 살았으면 한다. 예전처럼 지낼 수 있어. 네 아버지가 없으니

오히려 더 좋을 거다. 넌 원하는 모든 자유를 누려도 돼. 단지 식사 시간에 내 옆에 있어주고, 그다음엔 술 한두 잔만 함께 마셔주면 된다. 이웃들이 뒷말을 한다면…… 닥치라고 해.

늙은이가 횡설수설해서 미안하다.

늘 너를 사랑하는

엄마

추신: 의사의 명령만 아니라면 면회에 가고 싶은 마음을 알아주길 바란다. 하지만 네가 걱정할 만한 문제는 전혀 없다.

두려운 점은, 지금으로선 어머니의 제안이 굉장히 반갑다는 사실이다.

오늘 매리언이 면회하러 왔다.

나가지 말고 그냥 돌려보낼까 밤새 고민했다. 올 테면 오라고 하자. 장갑이 떨리고 완벽하게 고정한 머리는 땀으로 눅눅해진 채 기다리라고 하자. 사기꾼들의 짙게 화장한 아내들과 함께, 젊은 깡패들의 악쓰는 아이들과 함께, 성도착자들의 낙담한 어머니들과 함께 기다리라고 하자. 그래서 거절당하고 돌아서서 떠나는 사람이 되게 하자.

하지만 아침이 되었을 땐 내가 그런 일을 하지 않으리라는 걸 알았다.

버킷이 3시에 나를 면회실로 데려갔다. 나는 번듯해 보이려는 어떤 노력도 하지 않았다. 사실 그날 아침에는 특히나 조심성 없이 면도를 했고, 베이고 긁힌 상처가 나자 잘됐다고 생각했다. 그 여자에게 충격을 주려는 좀 한심한 바람이었을 것이다. 심지어 동정심을 바랐는지도 모른다.

그 여자를 보자마자—혼자였고 얼굴은 두려움으로 주름져 있었다—나는 실망에 빠졌다. 톰은 어디 있어? 나는 소리 지르고 싶었다. 왜 너 대신 톰이 오지 않은 거야? 내 연인은 어디 있어?

"안녕하세요, 패트릭?" 그가 말했다.

"매리언."

나는 그 여자 맞은편 금속 의자에 앉았다. 비좁고, 꽤 밝긴 하지만 교도소의 다른 곳 못지않게 추운 면회실에서는 화장실 세정제와 상한 우유 냄새가 났다. 다른 재소자 네 명이 면회객을 만나는 중이었고 버킷이 이들 전부를 감독했다. 매리언은 눈도 한 번 깜빡이지 않고 나를 유심히 바라보았다. 옆에서 어느 남편과 아내가 탁자 밑으로 서로의 무릎을 절박하게 더듬는 장면에는 시선을 주지 않은 채, 교도소에 갇힌 패트릭 헤이즐우드라는 구경거리에만 전적으로 집중하려 애쓰는 듯싶었다. 사생활 보호를 위한 희한한 수단으로 틀어놓은 라이트 프로그램* 라디오의 멍청한 퀴즈쇼에서 작지도 크지도 않은 목

소리가 흘러나왔다. 손가락을 버저에 올려놓으시고…… 첫 질문
나갑니다……

매리언이 장갑을 벗어 탁자 위에 올려놓았다. 손톱에 바른
선명한 주황색 매니큐어를 보고 나는 깜짝 놀랐다. 제대로 뜯
어보니 화장도 평소보다 훨씬 더 진했다. 눈두덩이에 뭔가 반
짝이는 물질을 칠했고, 입술엔 플라스틱 질감을 띤 분홍색 립
스틱을 발랐다. 나와 달리 그는 상당한 노력을 기울인 듯했다.
하지만 전체적인 효과로 보자면 교도소 요부들의 치장보다 크
게 나은 모습이 아니었다. 심지어 그들이 가진 것은 밀가루 반
죽과 포스터물감뿐인데.

매리언은 겨자색 카디건의 소매를 걷어 올리고 목깃을 매
만졌다. 얼굴은 창백하고 침착했으나 목에는 붉은 반점이 얼
룩덜룩했다. "얼굴 보니 좋네요." 그가 말했다.

매리언의 이목구비에 거리를 둔 공손한 동정의 표정이 깃
드는 것을 보고, 톰에게선 아무런 소식도 없다는 것을 알 수
있었다. 그 여자는 내게 줄 것이 아무것도 없었다. 나는 오히려
그쪽이 내게서 뭔가를 원하고 있다는 걸 깨달았다.

"어떻게 말을 꺼내야 할지 모르겠어요." 매리언이 말했다.

나는 거들지 않았다.

• BBC 라디오방송의 예전 명칭.

"이런 일이 일어나서 얼마나 마음이 안 좋은지 몰라요." 그는 마른침을 삼켰다. "법원의 명백한 오판이에요. 당신이 아니라 콜먼이 여기 있어야 하잖아요."

나는 고개를 끄덕였다.

"이건 추문이에요, 패트릭."

"알아요." 나는 불쑥 소리쳤다. "이미 박물관에서 직위 해제 통보를 받았으니까. 집주인도 연락했어요. 내 아파트를 쇼럼 출신의 번듯한 가족에게 임대했다고. 내 어머니만이 나를 수치스럽게 생각하지 않는다고 확실히 밝혔죠. 재밌지 않아요?"

"난 그런 뜻이 아니라…… 당신이 여기 갇혀 있다는 사실 자체가 추문이라는 의미로……"

"하지만 난 동성애자예요. 매리언."

그는 눈을 내리깔고 탁자만 쳐다보았다.

"그리고 콜먼과 섹스를 하고 싶었어요. 그 사람이 법정에서는 좀 한심해 보였어도 나랑 만난 날 밤에는 완전히 달랐다고 장담할 수 있어요. 우리가 실제로 행동에 옮기지는 않았지만 의도는 있었고, 법의 관점에서는 그 정도면 한 남자를 지탄하기에 충분해요. 내 행동은 성관계 종용에 해당해요." 매리언은 계속 탁자만 바라보았고 나는 계속 지껄였다. "지독히 부당하죠. 하지만 원래 그래요. 어떤 위원회든, 청원이든, 로비스트든, 법을 바꾸려는 노력이 진행되고 있을 거라 생각해요. 하지

만 영국인들의 머릿속에서 남자들 사이의 친밀한 관계는 중상
해죄나 무장강도나 심각한 사기와 동급이에요."

매리언은 장갑을 정돈했다. 실내를 둘러보았다. 그런 다음
말했다. "저들이 잘 대해주나요?"

"사립학교랑 좀 비슷해요. 군대랑은 아주 많이 비슷하고.
여긴 왜 왔죠?"

매리언은 놀란 듯했다. "전…… 모르겠어요."

긴 침묵이 흘렀다. 결국 그가 말했다. "음식은 어때요?"

"매리언. 젠장할, 톰 얘기나 해요. 톰은 어떻게 지내죠?"

"톰은…… 잘 지내요."

나는 기다렸다. 그 여자의 어깨를 붙잡고 흔들어 말을 뱉
어내게 하는 상상을 했다.

"경찰을 그만뒀어요."

"왜?"

매리언은 자기가 말하지 않아도 알아야 한다는 듯 나를 쳐
다보았다.

"큰 곤경을 겪었던 게 아니라면 좋겠군요." 나는 중얼거
렸다.

"그이는 그 얘기를 안 하려고 해요. 그냥 밀려나기 전에 제
발로 나왔다고만 했어요."

나는 고개를 끄덕였다. "이제 뭘 한대요?"

"보안 요원. 앨런 웨스트 공장에서요. 벌이는 전만 못하지만 내가 아직 일을 하니까……" 그는 말을 멈추고 주황색 손톱을 유심히 바라보다가 다시 입을 열었다. "내가 여기 온 걸 그이는 몰라요."

"그래요?"

귀에 거슬리는 웃음소리, 위로 쳐들린 턱, 번득이는 금속성 아이섀도. "나도 비밀 하나쯤은 가질 때가 됐죠, 안 그래요?"

나는 아무 말도 하지 않았다.

매리언은 방금 한 말을 지워버리려는 듯 허공에 대고 손을 흔든 뒤 사과했다. "내가 여기에 온 건…… 지나간 일을 따지려는 게 아니에요."

"지나간 일?"

"당신과 톰의 일."

"1분 남았다." 버킷이 고함을 질렀다.

매리언이 장갑을 들고 핸드백을 만지작거리며 다음 달에 다시 온다나 뭐라나 지껄였다.

"오지 말아요." 나는 그의 손목을 붙잡고 말했다. "대신 톰에게 오라고 해줘요."

매리언은 자기 살에 얹힌 내 손가락을 쳐다보았다. "아파요."

버킷이 앞으로 다가섰다. "신체 접촉은 안 돼, 헤이즐우드."

내가 손을 거두자 그는 치마를 털며 일어섰다.

"톰을 만나야 해요, 매리언." 나는 말했다. "부탁인데 톰에게 오라고 해줘요."

매리언이 나를 내려다보더니 눈물을 삼켰고, 나는 그 모습을 보고 깜짝 놀랐다. "물어볼게요. 하지만 안 올 거예요." 매리언이 말했다. "그이가 그럴 수 없다는 걸 아셔야 해요. 미안해요."

버트가 말한다. 어서 얘기해봐.

우리는 저녁 식사를 마친 뒤 휴게실에 있다. 어떤 이들은 이렇게 추운데도 흐늘거리며 탁구를 친다. 다른 이들은 나와 버트처럼 악취 나는 화장실에서 가장 먼 벽에 기대어 이야기를 나눈다. 대부분은 추워서 웅크린 채 어깨에 두른 케이프를 단단히 여미거나 동상에 걸린 손가락에 헛되이 입김을 불어대고 있다. 얼마 전에 데이비스가 말하길, 동상에 걸리면 오줌에 적신 걸레로 감싸는 게 가장 좋은 대처법이란다. 아직 시도해보지는 않았다. 구석에 놓인 라디오에서 라이트 프로그램의 방송이 요란하게 울려 퍼진다. 평소에는 내 위트와 학식과 지식으로 버트를 즐겁게 하는 이 시간이 하루 중 최고의 순간이었다. 하지만 오늘은 그에게 「오셀로」의 줄거리를 읊어줄 기분이 아니다. (잘 알지도 못하는 주제이지만 열의에 넘친 나머지 몇 회에 걸쳐 버트에게 거의 재연하다시피 한) 헤이스팅스 전투에 대해서나 렘브란트의 작품에 대해, 심지어 이탈리아 요리에 대해서도 말하고 싶지 않다(버트는 내 피렌체 여행 이야기를 좋아하고, 토끼 고기 소스로 버무린 탈리아텔레가 얼마나 맛있는지 묘사할 땐 거의 침을 흘릴 지경이었다). 그런 이야기는 전혀 하고 싶지 않다. 머릿속엔 오로지 톰 생각뿐이니까. 나를 보러 오지 않을 톰.

"어서 얘기해봐." 버트가 말한다. "얼른 시작하지 않고 뭐해?"

날선 목소리. 이 남자가 누구인지를 알려주는 목소리다. 교도소의 담배왕. D동의 우두머리. 그는 언제나 원하는 것을 손에 넣는다. 그것 말고는 모른다.

"토머스 버지스라는 사람 얘기 들어봤어요?" 내가 묻는다. "브라이턴의 경찰관인데."

"아니. 내가 왜 그런 얘길?"

"그 사람 이야기가 굉장히 재미있거든요."

"그 더러운 놈들에 대해서는 이미 충분히 알아. 셰익스피어 얘기를 좀 해보는 게 어때? 비극. 나는 비극이 좋아."

"아, 이것도 비극이에요. 가장 재미있는 비극 중 하나죠."

그는 미심쩍어하는 눈치지만 그래도 말한다. "그럼 해봐.

날 놀라게 해봐."

나는 숨을 깊이 들이쉰다. "토머스는—친구들은 톰이라고 부르는데—좀 문제가 있는 경찰관이었어요."

"그러면 그렇지."

"나쁜 경찰관은 아니었고요. 사건 현장에 제때 나타났고, 능력 닿는 데까지 업무에 최선을 다했고, 공정하려고 노력했죠."

"내가 아는 경찰들과는 다르군."

"톰은 다른 경찰들과 다르니까요. 예술과 책과 음악에 관심이 많았죠. 지성적인 사람은 아니었어요. 교육을 많이 받지 않아서 그럴 수 없었죠. 하지만 총명했어요."

"나처럼."

이 말은 무시한다. "그리고 외모가 굉장히 준수했어요. 대영박물관의 그리스 조각상처럼 생겼죠. 바다 수영을 좋아했어요. 몸은 튼튼하고 유연했고요. 머리는 곱슬거리는 금발."

"빌어먹을 호모 같은데."

다른 재소자도 몇몇 모여들어 이야기를 듣고 있다. "맞아요." 나는 변함없는 목소리로 말한다. "그게 톰의 문제였어요."

버트가 고개를 젓는다. "씹할, 더러워. 이 얘긴 더 듣고 싶지 않아, 헤이즐우드."

"그게 그의 문제였지만 또한 기쁨이기도 했죠." 나는 계속

한다. "톰이 아주 좋아하는 남자를, 어떤 형을 만났거든요. 그 남자는 톰을 극장에, 미술관에, 오페라에 데리고 다니며 완전히 새로운 세상을 열어주었어요."

버트의 얼굴 근육이 움직임을 멈춘다. 눈이 번뜩인다.

"톰은 그 남자의 이야기를 듣는 걸 좋아했어요. 당신이 내 이야기를 듣는 걸 좋아하는 것처럼요. 톰은 아내를 맞았지만 의미는 전혀 없었죠. 계속해서 최대한 자주 그 남자를 만났어요. 톰과 그 남자는 서로를 무척 사랑했거든요."

버트가 내게로 바짝 다가온다. "이봐, 그 염병할 얘기는 집어치우고 다른 얘길 하지 그래?"

하지만 나는 이야기를 멈추지 않는다. 멈출 수가 없다. "둘은 서로를 사랑했어요. 하지만 그 남자가 조작된 혐의로 교도소에 수감되었어요. 부주의했거든요. 톰은 자존심과 두려움 때문에 그를 다시는 만나지 않았죠. 그런데도 남자는 톰을 계속 사랑했어요. 그는 언제나 톰을 사랑할 거예요."

내가 말하는 사이 재소자들이 버트의 조용한 분노에 이끌려 계속해서 주위로 몰려든다. 그리고 나는 버트가 내 배를 조용히 가격하고 날 바닥으로 쓰러뜨리는 동안 그들이 교도관의 주의를 다른 데로 돌리리라는 것을 안다. 몸속의 공기가 다 빠져나갈 만큼 주먹질을 당하면서도 나는 계속해서 말한다. 그는 언제나 톰을 사랑할 거예요. 나는 말한다. 말하고 또 말한다. 버트가 내 가슴을 차고 다른 사람이 내 등을 찬다. 나는 주먹으로 얼굴을 가려보지만 가격이 계속되므로 아무 소용이 없다. 그런데도 나는 계속 말한다. 그는 언제나 톰을 사랑할 거예요. 언젠가 톰이 내가 초상화에 대해 거짓말을 했다고 화를 내며 아파트로 찾아왔던 날을 떠올린다. 나를 쉴 새 없이 걷어차는 사람이 톰이라고 상상하며 계속 그의 이름을 속삭인다. 아무것도 느낄 수 없을 때까지.

5장

피스헤이븐, 1999년 12월

　오늘 우리의 주치의 닥터 웰스가 왔다. 그는 꽤 젊은—마흔을 넘기지 않은—남자로, 앞턱만 겨우 가리는 조그맣고 좀 웃기는 수염을 길렀다. 재빠르지만 조심스러운 태도로 거의 소리 없이 방 안을 돌아다니는데, 그런 행동거지가 내겐 어쩐지 좀 불안하다. 그 조용함이 당신도 틀림없이 거슬릴 것이다. 당신을 진찰하면서 대다수의 의사들처럼 쾌활한 말투로 고함을 치지 않는 건 다행이지만("오늘은 좀 어떠십니까?"—마치 병에 걸리면 청력도 잃는 양), 이렇게 살금살금 움직이는 게 오히려 더 나쁜가 싶기도 하다.

　"잠시 의논을 좀 해야겠어요, 매리언." 잠든 당신을 두고 함께 방에서 나온 뒤 의사가 말했다. 그에게 내 이름을 부르라고 한 적은 없지만 그냥 넘어가기로 했다. 우리는 소파 양 끝에 앉았다. 내가 차를 내오겠다 해도 그는 할 말이 급한지 사양했다.

닥터 웰스는 곧바로 본론으로 들어갔다. "안타깝게도 패트릭의 건강이 악화되고 있는 것 같습니다. 제가 보기에는 지난 몇 주 사이 근육의 조정력이나 말하기나 식욕 면에서 실질적인 차도가 없어요. 그리고 오늘은 상당히 나빠 보입니다. 사실 세 번째 뇌졸중이 일어나지 않았나 싶군요."

이 '의논'이 어디로 향하는지 정확히 알아차린 나는 곧바로 당신을 방어하고 나섰다. "패트릭이 말을 했어요. 내 남편의 이름을 불렀다고요. 꽤 또렷하게."

"저번에 말씀하셨어요. 그런데 한참 전 아니었나요?"

"몇 주쯤……"

"다시 그런 일이 있었습니까?"

거짓말할 수는 없었다, 패트릭. 하고 싶긴 했지만. "아니요."

"그렇군요. 다른 변화는요?"

나는 당신이 나아질 거라고 확신했고 그 증거를 더 생각해내려 무진 애를 썼다. 하지만 나도 의사도, 지금까지 당신이 개선의 징후를 거의 보이지 않았다는 사실을 알고 있다. 따라서 내 유일한 대답은 침묵이었다.

닥터 웰스가 턱수염을 만졌다. "부인과 남편분은 좀 어떠십니까? 간병을 한다는 건 상당한 도전이죠."

　당신도 생각해본 적이 있을까. 요즘은 뭐든 걸핏하면 도전이라고 한다는 걸. '어렵다'고 하거나 대놓고 '고역'이라고 하면 안 되는 건가? "우린 잘 대처하고 있어요." 나는 의사가 사회복지사나 사회적 지원망에 대한 이야기를 꺼내기 전에 얼른 대답했다. "사실, 아주 잘 대처하는 중이죠."

　"남편분은 지금 안 계시나요?"

　"가게에 보냈어요." 진실은 그가 아침 일찍 개와 함께 나갔고 지금 어디에 있을지 나는 전혀 모른다는 것이었다. "우유를 좀 사 오라고요."

　"다음번에는 톰과도 얘기를 나누고 싶군요."

　"그러셔야죠, 선생님."

　"좋습니다." 그가 잠시 침묵했다. "이후로 며칠간 차도가 없으면 정말로 요양원을 알아봐야 할 것 같습니다."

　이런 말이 나올 것을 알았고, 그래서 대답도 준비해두었다. 나는 심각하게 고개를 끄덕이며, 단호하지만 상냥한 목소리로 말했다. "닥터 웰스, 톰과 저는 패트릭을 이곳에서 돌보고 싶어요. 선생님이―우리 모두가―바라는 만큼 차도를 보이지는 않지만, 패트릭은 여기서 아주 편안히 지내거든요. 환자가 가까운 사람들과 함께 있으면 회복될 가망이 훨씬 높다고 선생님도 말씀하셨잖아요."

의사의 손가락이 코듀로이 바지로 감싸인 무릎께를 두드렸다. "네, 그렇죠. 하지만 우리가 언제까지 의미 있는 방식의 회복을 기대할 수 있을지 모르겠군요."

"저이가 절대로 회복할 수 없다는 말씀인가요?" 나는 의사가 이 질문에 직접적인 대답을 하지 않으리라는 걸 알았다.

"그건 아무도 알 수 없습니다. 하지만 회복하지 못한다면 머지않아 상황이…… 걷잡을 수 없게 될 거예요." 의사의 말이 빨라지기 시작했다. "예를 들어, 패트릭이 유동식도 삼키지 못하게 되면 어떻게 합니까? 콧줄로 영양 공급을 해야 할 수도 있어요. 가정에서 간병하시는 분들껜 권하지 않는 방식입니다. 까다롭고 괴로울 수 있거든요."

"까다롭고 괴롭기는 지금도 마찬가지예요, 선생님."

그가 언뜻 미소를 지었다. "뇌졸중은 급격히 악화할 수 있으니 대비를 하자는 겁니다. 제 말은 단지 그뿐이에요."

"우린 감당할 수 있어요. 난 저이가 낯선 사람들 틈에서 지내는 걸 바라지 않아요."

"원한다면 요양원에 매일 찾아가셔도 됩니다. 그 편이 더 수월하실 거예요. 남편분께도요."

아, 나는 생각했다. 그거구나. 이 사람은 집에서 밀려난 남편을 불쌍해하는 것이다. 내가 톰을 희생해가며 당신을 돌본다고 생각하는 것이다. 내가 당신에게 푹 빠져 안정된 결혼 생활을 위태롭게 할까 봐 걱정하는 것이다. 웃음이 터져 나올 것 같았다.

"남편분과 얘기해보세요." 그가 소파에서 일어나 서류 가방에 팔을 뻗으며 말했다. "다음 주에 다시 오겠습니다."

어젯밤에 우리는 『안나 카레니나』를 다 읽었다. 한동안 취침 시각을 미루어가며 끝까지 읽었는데, 내가 읽는 동안 정작당신은 잠들어버린 적도 많았다. 마지막 몇 개의 장을 읽을 때도 당신은 분명 잠들어 있었고, 나 역시 그 부분은 빠르게 대충 읽어나갔다. 안나가 기차 밑에 몸을 던지고부터는 흥미가 없어졌다. 그리고 이것을 끝낸 다음 읽을 글에 정신이 팔려 있기도 했다. 닥터 웰스의 말을 듣고, 이제 내가 쓴 글을 들려줄 때가 왔다는 확신이 들었기 때문이다. 사람들이 당신을 데려가버릴지도 모르니까. 그리고 방금 떠오른 한 가지 생각. 어쩌면 내 이야기가 당신에게서 어떤 반응을 이끌어낼지도 모르겠다. 어쩌면 그것이 닥터 웰스가 그토록 보고 싶어하는 움직임이나 손짓을 불러올지도 모르겠다.

미스터 휴턴에게 편지를 보낸 뒤 나는 길고 아주 깊은 잠에 빠졌다. 깨어나보니 내 앞에 톰이 서 있었다. 코가 햇볕에 살짝 그을린 얼굴에 어리둥절한 표정을 띤 채 나를 살피고 있었다.

"환영 파티가 굉장한걸." 그가 말했다. "무슨 일이야?"

나는 꿈인지 생시인지도 알 수 없어서 눈만 껌뻑거렸다.

"여행에서 돌아왔는데도 차 한 잔 얻어 마시지 못하는 남자라니."

아니, 꿈이 아니었다. 그 사람은 현실의 내 남편이 확실했다. 말할 힘을 끌어모으기까지 약간 시간이 걸렸다. "얼마나…… 내가 얼마나 오래 잠들어 있었지?"

"나야 모르지. 네 모습을 보니 내가 떠난 뒤로 계속 잔 사람 같다."

"지금 몇 시야?"

"2시쯤? 왜 아직 침대에 있는 거야?"

나는 벌떡 일어나 앉았다. 머릿속에 지난 며칠간의 사건이 쏟아져 들어왔다. 내 모습을 내려다보니 옷을 다 입은 채로 공원의 흙이 묻은 신발까지 그대로 신고 있었다. 갑자기 헛구역질이 나오려 해서 입을 막았다.

톰이 매트리스 가장자리에 앉았다. "괜찮아?"

그는 흰 셔츠 차림에 목 부분 단추를 풀어놓은 모습이었다. 목깃이 무척 희고 빳빳했고, 소매에는 날카로운 주름이 아래로 길게 잡혀 있었다. 셔츠를 보는 나를 보며 톰이 히죽 웃었다. "호텔 세탁 서비스. 끝내주지."

나는 고개만 끄덕일 뿐 아무 말도 하지 않았다. 하지만 그 셔츠가 새것이며 당신이 준 선물이라는 걸 알았다.

"그래서, 대체 무슨 일인데?" 그가 물었다.

나는 고개를 저었다. "아무것도 아니야. 이렇게 오래 잤다니 믿을 수가 없네. 실비랑 늦게까지 술을 마시고 집에 돌아와 그대로 침대에 쓰러졌는데……"

하지만 톰은 이미 흥미를 잃었다. 내 손을 도닥이며 그가 말했다. "차를 좀 끓일게."

베네치아에서 당신과 어떻게 지냈는지 나는 묻지 않았다. 그이 역시 먼저 알려주려 하지 않았다. 물론 나는 많은 상상을 했다. 하지만 내가 그 주말에 대해 정말로 아는 건 톰이 이탈리아산 수제 셔츠의 호사를 경험했다는 사실뿐이었다.

며칠 뒤 나는 그 셔츠를 늘 그러듯 마구잡이로 빨고 다림질하면서 상당한 쾌감을 느꼈다. 목깃에 풀을 먹이지도 않았고 소매도 일부러 주름선이 뚝뚝 끊기게 다림질했다.

처음에는, 폭풍이 내 머리 위로 휘몰아치기를 기다렸다. 집에 돌아온 톰이 당신이 해고되었다고 말하는 장면을 날마다 상상했다. 충격을 받은 척 반응하고 이유를 묻지만 타당한 답은 듣지 못하는 나를 상상했다. 왜 제대로 설명해주지 않느냐고 화를 내면 톰이 마침내 무너져 내게 사과하는 장면을, 심지어 나는 늘 굳세고 관대한 아내로 남아 있었는데 자기가 좀 약해졌었다고 고백하는 장면까지도 상상했다. 우리는 함께 이겨나갈 수 있어, 여보. 나는 그를 팔에 안으며 말할 생각이었다. 이런 부자연스러운 갈망을 극복할 수 있도록 내가 도와줄게. 나는 그 작은 환상을 즐겼다.

하지만 몇 주가 지나도록 아무 일도 일어나지 않았고, 나는 긴장을 풀기 시작했다. 미스터 휴턴이 내 편지를 무시하기로 했나 보다고, 아니면 우편 실수로 편지가 아예 전달되지 않은 모양이라고 생각했다. 당신은 여전히 매주 목요일에 우리를 찾아왔으며, 변함없이 활력이 넘치고 즐거움을 주고 그래서 보고 있으면 부아가 치미는 당신 모습 그대로였다. 톰은 여전히 당신의 숨결 하나하나에 매달렸다. 나는 여전히 당신들 둘을 지켜보면서 가끔은 도대체 언제 내 편지가 바라던 효과를 내려나 궁금해하다가 또 가끔은 그런 편지를 썼다는 사실을 후회하기도 했다.

톰은 종일 일만 했고 줄리아와 나는 서로를 피했고 실비는 아기 때문에 바빴기에, 남은 8월은 길고 조금은 지루했다고 기억한다. 이제 교사의 일상에 익숙해진 나는 어서 교실로 돌아가 다시 아이들을 만나기를 고대했다. 하지만 무엇보다도 줄리아를 만나고 싶은 마음이 컸다. 처음의 어색한 분위기를 깨는 것이 두렵긴 해도, 예전에 우리가 나누던 대화가 그리웠고 줄리아가 그리웠다. 다시 우정을 이어나갈 수 있을 거라고 생각했다. 줄리아는 화가 났고 나도 속이 상했지만 우리는 극복할 수 있을 거라고. 줄리아가 암시한 개인적인 문제는…… 음, 나는 줄리아가 그에 대해 더 언급하지 않은 채 우리가 예전으로 돌아갈 수 있기를 바랐던 것 같다.

안다, 패트릭. 내가 얼마나 멍청했는지 나도 안다.

학기가 시작된 첫날은 비가 억수로 내렸다. 브라이턴에서 비가 오면 늘 함께 일어나던 바람이 그날은 불지 않았는데도 우산이 아무 소용 없을 정도였다. 학교 정문에 도착할 무렵엔 신발이 푹 젖고 치마 앞쪽에도 거무스름한 물기 얼룩이 번져 있었다.

찌걱찌걱 신발 소리를 내며 복도를 걸어가 교실 문을 열었다. 줄리아가 내 책상 위에 다리를 꼬고 앉아 있었다. 나는 놀라지 않았다. 곧바로 치고 들어오는 그 방식이 줄리아다웠고, 나 역시 이런 식으로 그를 대면해야 하리라 어느 정도 예상한 터였다. 나는 물을 뚝뚝 흘리는 우산을 든 채 문가에 우뚝 멈춰 섰다.

"문 닫아요." 줄리아가 벌떡 일어서며 말했다.

나는 숨을 고르느라 천천히 움직이며 그가 시키는 대로 했다. 그런 뒤 여전히 문을 바라본 상태로 재킷을 벗고 우산을 벽에 기대놓았다.

"매리언." 줄리아는 내 뒤에 바짝 다가와 서 있었다. 나는 마른침을 삼키고 뒤돌아 그를 마주 보았다.

"줄리아."

그가 미소를 지었다. "네, 줄리아예요." 나와 달리 줄리아는 하나도 젖지 않았다. 심각한 목소리였지만 얼굴은 상냥하게 활짝 웃고 있었다.

"정말 반가……" 나는 입을 열었다.

"새 직장을 구했어요." 그가 재빨리 말했다. "노우드에 있는 학교예요. 런던과 더 가까운 곳에서 살고 싶었어요. 실은 거기로 이사도 할 거예요." 줄리아가 숨을 들이쉬었다. "선생님한테 처음으로 알리고 싶었어요. 한동안 계획한 일이거든요."

나는 물에 흠뻑 젖은 신발을 내려다보았다. 발가락이 무감각해지기 시작했다.

"사과해야 하는데," 내가 말을 꺼냈다. "저번에 한 말……"

"맞아요."

"미안해요."

줄리아가 고개를 끄덕였다. "그 얘긴 더 하지 말기로 해요."

오랜 침묵이 흐르는 동안 우리는 서로를 가만히 바라보았다. 줄리아의 얼굴은 창백했고 입매는 단호했다. 내가 먼저 눈을 내리깔았다. 한순간 끔찍한 기분이 들면서 울음이 나올 것만 같았다.

줄리아가 한숨을 쉬었다. "몰골이 이게 뭐야. 홀딱 젖었네. 갈아입을 옷 없어요?"

나는 없다고 대답했다. 그가 쯧쯧 혀를 차더니 내 팔을 잡았다. "이리 와봐요."

줄리아의 교실 한쪽 벽장 문 뒤에 트위드 치마 두 장과 카디건 몇 장이 걸려 있었다. "여분 옷이에요." 그가 말했다. "비상용이죠. 자, 여기요." 줄리아가 둘 중 더 큰 치마를 고리에서 풀어 내 가슴에 안겼다. "이게 맞을 거예요. 좀 흉하게 생겼지만 거지에겐 선택권이 없는 법. 받아요."

전혀 흉하지 않았다. 섬세하게 직조된 옷감에 색깔은 진한 보라색이었다. 내 꽃무늬 블라우스와는 좀 안 어울렸지만 몸에 완벽히 맞아서 허벅지를 감싸고 내려가다가 무릎께에서 밖으로 퍼졌다. 나는 그 옷을 하루 종일, 내 치마가 마른 뒤에도 입고 있었다. 퇴근할 때도 입고 가서 옷장 속 톰의 결혼식 양복 옆에 걸어두었다. 줄리아는 돌려달라고 하지 않았고, 나는 지금도 그 옷을 잘 접어 맨 아래 서랍에 보관하고 있다.

다음 날 저녁에는 몇 시간 더 학교에 남아 수업 준비를 하다가 늦게 집으로 돌아갔다. 부엌 구석에 바구니를 걸어두고 앞치마를 두른 뒤 톰의 저녁을 짓기 위해 감자 껍질을 까고 대구 조각에 밀가루를 묻혔다. 감자를 잘라 물에 담가두고 시계를 봤다. 7시 30분. 그이가 8시에 집에 도착할 테니, 30분쯤 씻고 머리를 정돈하고 책을 읽으며 앉아 있을 수 있었다.

하지만 얼마 뒤 나는 책은 건성으로 읽으며 자꾸만 벽난로 선반 위의 시계를 쳐다보고 있었다. 8시 15분. 30분. 40분. 책을 내려놓고 창가로 간 뒤 창문을 열고 고개를 내밀어 거리를 훑어보았다. 톰의 모습은 보이지 않았다. 나는 어리석게 굴지 말라고 스스로를 다독였다. 경찰은 정시 근무가 힘든 직업이었다. 그이가 자주 그렇게 말했었다. 한번은 여섯 시간이나 늦은 적도 있었다. 그날 톰은 볼에 멍이 들고 눈 위에 상처가 난 채로 돌아왔다. "버킷 오브 블러드에서 싸움이 났었어." 그는 조금 자랑스럽게 말했다. "우리가 불시 단속을 나갔는데 상황이 아주 험악해졌지." 그의 상처를 씻어주며 기분이 좋았다는 건 인정해야겠다. 따뜻한 물을 사발에 담아 와 데톨 한 방울을 탄 뒤 솜뭉치를 용액에 적셔 유능한 보모처럼 그의 피부에 두드렸다. 톰은 기분 좋게 앉아서 내가 법석을 떨게 놔두었고, 멍든 볼에 입을 맞추며 다시는 그런 상황에 휘말리지 말라고 했을 땐 웃음을 터뜨리며 이건 가장 사소한 일에 속한다고 말했다.

오늘 밤도 그날과 비슷한 일일 거야, 나는 생각했다. 그이가 대처할 수 없는 일, 걱정할 만한 일은 아닐 거야. 톰이 돌아오면 그때처럼 다시 돌봐줄 수 있을지도 몰라. 그래서 나는 생선을 다시 냉장고에 넣고 감자를 조금 튀겨서 혼자 먹은 뒤 잠자리에 들었다.

　많이 피곤했었는지 잠에서 깼을 때는 바깥이 밝아오는 중이었고 톰은 침대에 없었다. 나는 벌떡 일어나 그의 이름을 부르며 황급히 아래층으로 내려갔다. 그이가 늦게 들어와 안락의자에서 잠들었을 것이다. 전에도 그런 일이 있었다. 나는 예전 기억을 되살리며 생각했다. 하지만 거실에 톰이 없었다. 그뿐 아니라 문 옆에 신발도 없었고 고리에 재킷도 걸려 있지 않았다. 나는 다시 위층으로 달려 올라가 전날 밤에 바닥에 던져놓은 원피스를 입었다. 집을 나설 때의 계획은 경찰서로 가는 것이었다. 하지만 사우스오버 스트리트를 따라 정신없이 걸어가면서 재킷을 입었어야 했다는 걸 깨닫고―6시도 채 되지 않아 아직 추웠다―마음을 바꿨다. 톰의 목소리가 들리는 것 같았다―뭐 하러 이런 짓을 했어? 사람들이 내가 마누라한테 쥐여 산다고 떠들어대면 좋겠어? 그의 어머니에게 가보기로 했다. 하지만 손에 열쇠만 든 채로 나와서 버스를 탈 돈이 없었다. 걸어가면 적어도 30분은 걸릴 터였다. 나는 뛰기 시작했고, 거리 끝에 다다랐을 땐 어느덧 해안가 쪽으로 방향을 틀고 있었다. 정신은 둔했지만 몸은 무엇을 해야 할지 아는 것 같았다. 그러니까, 나는 톰이 어디에 있는지 알았다. 내내 알고 있었다. 그는 간밤에―밤새―당신과 함께 있었다. 굳이 핑계를 생각해낼 필요도 느끼지 않은 것이다. 톰은 당신의 아파트에 있다.

그렇게 달리다가 옆구리가 쑤시면 속도를 줄여 빠르게 종종걸음을 치면서, 나는 머린 퍼레이드를 따라 나아갔다. 짜릿할 정도로 분노가 차올랐다. 그 순간 내 앞에 톰이 있었다면 틀림없이 그를 흠씬 때리고 아는 욕을 모조리 퍼부었을 것이다. 달리는 동안 상상 속에서 그 행동을 실행에 옮겼다. 흥분으로 들뜨기까지 했다. 어서 두 사람을 잡아 분노를 토해내고 싶어 안달이 났다. 당신과 톰에 대한 분노만은 아니었다. 나는 줄리아도 잃었으니까. 줄리아는 내게 비밀을 말했고, 당연하게도 이제는 나를 믿지 않았다. 친구로서 실패했다는 것을 그때도 이미 알고 있었다. 나는 아내로서도 실패했다. 남편이 옳은 방식으로 나를 원하게 만들지 못했으니까.

반쯤 갔을 때, 문득 톰을 떠나겠다고 말해도 되겠다는 생각이 들었다. 내겐 직업이 있잖은가. 혼자 살 작은 아파트도 구할 수 있다. 생각해야 할 아이들도 없고, 지금처럼 살다가는 앞으로도 아이는 없을 것이다. 비참한 삶은 살지 않겠다고 말해야겠다. 그냥 나가버려야겠다. 그러면 그에게도 교훈이 되겠지. 요리하고 청소할 사람이 없으니까. 빌어먹을 셔츠를 다려줄 사람도 없으니까. 그러다 당신이 그이에게 사준 셔츠 생각이 났고, 난 갑자기 전속력으로 내달리기 시작했다. 급히 달리다 어떤 노인을 쓰러뜨릴 뻔했다. 그의 팔에 철썩 부딪치고 노인이 아파서 소리를 지르는데도 나는 멈추지도, 심지어 돌아보지도 않았다. 당신의 아파트로 가서 함께 있는 두 사람을 찾아 내 결정을 알려야 했다. 이제 지긋지긋했다.

당신의 아파트 초인종을 누르며 문에 이마를 댄 채 숨을 고르려 했다. 대답이 없었다. 이번에는 좀 더 길게 다시 눌렀다. 여전히 대답이 없었다. 당연하지. 둘은 침대에 있겠지. 나라는 걸 당연히 알겠지. 당신들은 숨어 있겠지. 숨어서 웃고 있겠지. 손가락으로 초인종을 1분 가까이 꾹 누르면서 다른 손으로는 커다란 황동 노커를 잡아 문을 두드렸다. 대답이 없었다. 초인종을 눌렀다 떼었다 반복하며 극성스럽게 울려댔다. 삐익. 삐익. 삐익. 삐삐삑. 삐삐삐이익.

대답은 없었다.

곧 고함을 지를 참이었다.

그때 문이 열렸다. 노란색 페이즐리 무늬 잠옷 가운을 입은 중년 남자가 내 앞에 서 있었다. 금테 안경을 썼고 매우 피곤해 보였다. "제발요." 그가 말했다. "건물 사람들 다 깨겠어요. 이봐요, 그 사람 지금 없어요. 그러니까 그 지긋지긋한 초인종 좀 그만 눌러요."

남자가 문을 닫으려 했지만 내가 문 사이에 발을 끼워 막았다. "누구시죠?" 내가 물었다.

그는 나를 위아래로 살폈다. 문득 내가 얼마나 섬뜩해 보일지 깨달았다. 땀범벅이 된 창백한 얼굴, 빗지 않은 머리, 구겨진 원피스.

"그레이엄 본. 꼭대기 층. 완전히 잠에서 깼고, 조금 짜증이 난 상태요."

"그 사람 안에 없는 거 확실해요?"

남자가 팔짱을 끼고 아주 차분하게 말했다. "물론 확실해요. 어젯밤에 경찰이 잡아갔으니까." 그러곤 목소리를 낮췄다. "그 사람이 호모라는 건 다들 알았지. 이 동네에 워낙 많으니까. 그래도 안쓰럽긴 하지만요. 이 나라는 가끔 너무 잔혹해."

당신과 나는 정말로 많이 닮았다, 안 그런가? 전에 와이트 섬에서 육아 이야기를 나누던 중 당신이 톰의 의견을 반박할 때 나는 그걸 알았다. 줄곧 알고 있었지만, 이 글을 쓰며 우리 둘 다 원하는 걸 갖지 못했다는 사실을 깨달은 지금에야 진정으로 실감한다. 사실은 별것도 아니지만—원하는 걸 갖는 사람이 얼마나 될까? 그런데도 우리의 터무니없고 맹목적이고 순진하고 용감하고 낭만적인 갈망이 우리를 하나로 묶은 것 같다. 우리 둘 다 실패를 온전히 받아들이지 못했다고 나는 생각하니까. 텔레비전에서 맨날 나오는 그 말이 뭐였더라? 그래도 앞으로 나아가야 한다. 우리 둘 다 그걸 해내지 못했다.

날마다 나는 징후를 찾고 실망한다. 의사의 말이 맞는다. 당신의 상태는 더 나빠졌다. 의사가 말하기 훨씬 전부터 나는 뇌졸중이 한 번 더 오지 않았나 의심했었다. 몇 주 전에는 숟가락을 잡을 수 있었던 당신의 손가락이 이젠 모든 것을 놓친다. 파스타를 갈아서 컵에 담아 입술에 대주면 대부분은 밖으로 흘러 질척거리며 뚝뚝 떨어진다. 성인용 턱받이를 구입해 꽤 잘 사용하는 중이지만 닥터 웰스가 언급한 콧줄 주입이 자꾸만 생각난다. 그 말을 들으면 빅토리아 시대에 엇나가는 여자들에게 행하던 고문이 떠오른다. 패트릭 당신이 그런 일을 겪게 할 수는 없다.

오후에는 당신이 내내 잠을 자므로, 나는 매일 아침 당신을 휠체어에 앉히고 몸이 한쪽으로 기울지 않게끔 양 옆구리에 베개를 받친다. 우리는 함께 텔레비전을 본다. 대부분이 물건을 사고파는 방송 프로그램이다. 집, 골동품, 음식, 의류, 휴가. 당신이 더 좋아할 라디오3 채널을 틀어도 되지만 텔레비전이라도 켜놓아야 방 안에 어느 정도 활기가 도는 느낌이 든다. 때로는 당신이 짜증에 북받쳐 무슨 말이나 행동을 했으면 싶기도 하다. 어쩌면 내일은 두 손을 쳐들고 내게 명령할 수도 있지 않을까? 이런 쓸데없는 헛소리 좀 꺼버려.

당신이 그러기만 한다면.

하지만 내 말을 들을 수 있다는 건 안다. 내가 **톰**이라는 이름을 말하면 당신은 눈을 빛내니까. 아직까지도.

나는 당신 아파트에서 아무도 찾지 못한 채 실비에게로 갔다.

"무슨 일이야?" 실비가 나를 안으로 들이며 물었다. 나는 여전히 헝클어진 머리에 구겨진 원피스 차림이었다. 빨지 않은 기저귀의 후끈한 냄새가 나를 맞이했다.

"아기는 어디 있어?"

"자고 있어. 드디어. 4시에 일어나서 7시에 자. 이게 다 무슨 미친 짓이람?" 실비가 팔을 위로 쭉 뻗으며 하품을 했다. 그러더니 내 얼굴을 보고 말했다. "아이고. 너 차 한잔 마셔야겠구나."

차를 끓여준다는 말과 동정 어린 실비의 표정에 감격한 나머지 나는 울지 않기 위해 입을 손으로 틀어막아야 했다. 실비가 내 어깨에 팔을 둘렀다. "어서, 좀 앉자, 응? 아침부터 울부짖는 소리는 충분히 들었어."

실비가 차 두 잔을 가져와 우리는 비닐 소파에 앉았다. "세상에, 정말이지 끔찍한 물건이야." 실비가 투덜댔다. "공원 벤치에 앉는 기분이라니까." 그러곤 차를 두 번 요란하게 들이켠 뒤 말을 이었다. "이제 나 하루 종일 차만 마신다. 젠장, 우리 엄마가 딱 그랬는데."

내게 진정할 시간을 주려고 계속 지껄이는 것 같았지만 나는 더 기다릴 수 없었다. 짐을 덜어내야 했다. "너 패트릭 기억하지? 톰의……"

"당연히 기억하지."

"그 사람 체포됐어."

실비의 눈썹이 이마 꼭대기까지 올라갔다. "뭐라고?"

"체포되었다고. 이유는…… 성적 일탈."

잠시 침묵이 흐른 뒤, 실비가 숨죽인 소리로 물었다. "남자
랑?"

나는 고개를 끄덕였다.

"이런 더러운…… 언제?"

"어젯밤에."

"세상에, 어떡하니." 실비가 찻잔을 내려놓았다. "좆같은 새
끼, 안됐네." 그러곤 씩 웃더니 입에 손을 올렸다. "미안."

"문제는," 나는 무시한 채 말을 이었다. "문제는, 나 때문인
것 같다는 거야. 내 잘못인 것 같아." 숨을 몰아쉬느라 말을 고
르게 내뱉을 수 없었다.

실비가 나를 빤히 쳐다보았다. "무슨 말이야, 매리언?"

"내가 익명으로 편지를 썼어. 그 사람 상사한테. 패트릭의
실체가…… 그렇다고."

잠시 침묵이 흐르다 실비가 말했다. "아."

나는 양손으로 얼굴을 가린 채 요란하게 흐느끼기 시작했
다. 실비가 내게 팔을 두르고 머리에 입을 맞췄다. 숨결에서 차
냄새가 났다. "진정해." 그가 말했다. "괜찮을 거야. 다른 뭔가

가 있었겠지. 안 그래? 편지 하나 때문에 사람을 체포하겠니?"

"그럴까?"

"바보." 그가 말했다. "당연하잖아. 그 사람이 뭔가를 하는 걸 잡아야겠지. 안 그래? 현행범으로 말이야." 실비가 내 무릎을 토닥였다. "네 처지였다면 나도 그렇게 했을 거야."

나는 실비를 쳐다보았다. "그게 무슨……"

"매리언, 톰은 내 오빠야. 난 늘 알았어. 물론 톰이 바뀌길 바랐지. 모르겠어, 네가 왜…… 자, 그 얘기는 나중에 하자. 일단 차나 마셔." 실비가 말했다. "식기 전에."

나는 실비가 시키는 대로 했다. 시큼하고 묵직한 맛이 났다.

"톰도 알아?" 실비가 물었다. "편지에 대해?"

"당연히 모르지."

실비가 고개를 끄덕였다. "절대로 말하지 마. 말해봐야 좋을 거 하나도 없어."

"하지만……"

"매리언, 얘기했잖아. 편지 하나로 사람을 체포하진 않아. 네가 학교 선생이고 뭐 그런 건 나도 알아. 하지만 네게 그 정도의 힘은 없어. 안 그래?" 실비가 나를 쿡 찌르며 웃었다. "차라리 잘됐네. 그 사람이 빠지면 너랑 톰은 새로 시작할 수 있잖아."

바로 그때 캐슬린이 뭔가 불편한지 갑자기 소리를 지르

는 바람에 우리 둘 다 화들짝 놀랐다. 실비가 얼굴을 찌푸렸다. "아주 귀부인 나셨다니까. 저런 건 누굴 닮았는지 몰라." 실비가 내 어깨를 꽉 쥐고 말을 이었다. "걱정 마. 네가 내 작은 비밀을 지켜줬지. 이제 나도 네 비밀을 지켜줄게."

실비가 딸을 돌보게 두고 나와 학교로 갔다. 구겨진 원피스나 헝클어진 머리는 신경 쓰지 않았다. 이대로 어떻게든 넘겨야 했다. 아직 이른 시간이라, 책상에 앉아 문 위에 걸린 〈수태고지〉 복제화 속의 순진한 마리아를 바라보았다. 나는 신앙을 가진 적이 없지만 그 순간에는 용서를 구하는 기도를 할 수 있기를, 기도하는 척이라도 할 수 있기를 소망했다. 하지만 할 수 없었다. 우는 것 말고는 아무것도 할 수 없었다. 오전 8시의 고요한 교실 안에서, 나는 책상에 머리를 묻고 출석부를 주먹으로 내리치며 눈물을 흘렸다.

겨우 울음을 그친 뒤 다가올 하루를 준비했다. 머리를 최대한 정돈하고 의자 등받이에 걸어두었던 카디건을 원피스 위에 걸쳤다. 아이들이 곧 도착할 것이다. 적어도 그들에게는 미시즈 버지스가 될 수 있다. 아이들은 대개 내가 답을 알고 있는 질문을 던질 것이다. 보상을 받으면 감사할 테고 꾸지람을 들으면 겁을 낼 것이다. 그들은—대부분의 경우—내가 예상할 수 있는 방식으로 반응할 것이고, 나는 나중에 가서는 그들의 인생에 큰 차이를 만들어낼 사소한 일들로 그들을 도울 수 있을 것이다. 그런 생각을 하니 마음이 좀 편해졌다. 그 뒤로도 오랜 세월 나를 지탱해줄 위안이었다.

그날 저녁 톰이 거실 창가의 탁자에 앉아 나를 기다리고 있었다. 유리창 너머 고통에 찬 그의 얼굴이 언뜻 보였고, 나는 우리 집 현관문을 지나쳐 거리 끝까지 계속 걸어갈 뻔했다. 하지만 그가 나를 봤다는 걸 알기에 집으로 들어가 그를 대면할 수밖에 없었다.

현관문 안으로 들어서자 톰이 벌떡 일어났다. 의자가 뒤로 넘어가려다 겨우 균형을 잡았다. 그의 셔츠는 구겨졌고, 머리를 정돈하는 손이 떨리고 있었다. "패트릭이 체포됐어." 내가 거실로 두 발도 채 내딛기 전에 그가 불쑥 말했다. 나는 고개만 살짝 끄덕인 뒤 부엌으로 들어가 손을 씻었다.

톰이 나를 따라왔다. "내 말 못 들었어? 패트릭이—"

"알아." 손가락에서 물을 튕겨내며 내가 대답했다. "어젯밤에 네가 안 들어왔길래 널 찾으러 그 사람 아파트에 갔어. 패트릭의 이웃이 그렇게 됐다고 신이 나서 알려주더라."

톰이 눈을 끔뻑거렸다. "그 사람이 뭐라고 했는데?"

"어제 밤늦게 경찰이 와서 끌고 갔다고." 나는 부엌 수건을 찾아 톰 옆으로 팔을 뻗었다. "그 거리 주민들 모두 패트릭이 어떤 사람인지 알고 있었대. 전도된 사람이라고 말이야." 나는 톰을 보지 않은 채 말하며 손가락 하나하나를 꼼꼼하게 닦는 일에 집중했다. 수건이 얇고 헤진 데다 표면에 인쇄된 브라이턴 파빌리언 그림도 희미해서 곧 새 수건으로 바꿔야겠다고 생각한 기억이 난다. 이런 걸 보면 톰이 내가 기대한 남편이 되어주지 않은 것도 놀랍지 않다는 생각까지 했다. 내가 이렇게 형편없는 주부가 되었으니까. 헤지고 얼룩이 묻은 수건을 쓰는 주부.

부엌에 서서 그런 생각을 하는 동안 톰은 거실로 가 가구를 부수고 있었다. 나는 문가로 가서 그가 나무 의자를 연거푸 바닥에 내리치는 모습을 지켜보았다. 등받이가 부서지고 다리는 산산조각이 났다. 이윽고 그가 의자 하나를 더 집어 들더니 똑같이 내리치기 시작했다. 나는 톰이 탁자도 박살 내기를, 어쩌면 제 어머니의 끔찍한 탁자보도 갈기갈기 찢어버리기를 바랐다. 하지만 그는 의자 두 개를 망가뜨린 뒤 세 번째 의자에 털썩 주저앉아 손에 얼굴을 묻었다. 나는 문가에 선 채 내 남편을 바라보았다. 어깨가 크게 들썩였고 동물 같은 이상한 신음이 연신 흘러나왔다. 마침내 톰이 고개를 들었을 때 나는 결혼 직후 그가 미끄럼틀 탑에서 지었던 표정을 다시 보았다. 그의 얼굴은 분필처럼 창백했고, 입은 딱히 규정하기 힘든 이상한 모양을 하고 있었다. 톰은 완전히 공포에 질린 상태였다.

"패트릭이 잡혀 왔을 때 나도 경찰서에 있었어." 톰이 커다랗게 뜬 눈으로 나를 보며 말했다. "그를 봤어, 매리언. 슬레이터가 그 사람 손목을 붙잡고 있었어. 그걸 보고 최대한 빨리 자리를 피했지. 패트릭이 날 봐서는 안 됐으니까."

그 순간 나는 갑자기 깨달았다. 패트릭 당신을 망가뜨리려다가 톰을 망가뜨릴 뻔했다는 것을. 미스터 휴턴에게 편지를 쓸 때는 그게 내 남편에게 어떤 영향을 불러올지 단 한 번도 생각하지 않았다. 하지만 이젠 그 결과를 감당할 수밖에 없었다. 나는 당신을 배반했지만, 동시에 톰도 배반했다. 그에게 이런 일을 저질러버렸다.

톰이 다시 손으로 머리를 감쌌다. "난 어떡하면 좋지?"

내가 어떻게 답할 수 있었을까, 패트릭? 도대체 무슨 말을 할 수 있었을까? 그 순간 나는 결정을 내렸다. 다시 미끄럼틀 탑 꼭대기에 서 있던 그 여자, 톰의 약점을 알고 그를 구할 수 있는 여자가 되기로.

나는 남편 옆에 무릎을 꿇었다. "내 말 좀 들어봐, 톰." 내가 말했다. "괜찮을 거야. 다 지난 일로 넘기면 돼. 우리 결혼 생활은 새로 시작하면 돼."

"아, 정말!" 톰이 소리를 질렀다. "이건 우리 결혼 생활의 문제가 아니야! 패트릭은 감옥에 갈 테고 나는 완전히 망했다고! 사람들이 알아낼 거야, 모든 걸. 그러면 다 끝이야."

나는 숨을 들이쉬었다. "아니야." 침착하면서도 권위적인 내 목소리에 나도 놀랐다. "아무도 몰라. 넌 사직하면 돼. 다른 데서 일할 수 있을 거야. 시간이 필요하다면…… 그동안 내가 돈을 벌게."

"무슨 말을 하는 거야?" 톰이 완전히 어리둥절한 표정으로 나를 보며 물었다.

"우린 괜찮을 거야. 새로운 시작이 될 거야." 나는 손을 들어 그의 양 볼을 감쌌다. "패트릭은 너에 대해 아무 말도 하지 않을 거야. 나는 널 떠나지 않을 거고."

그는 울기 시작했고, 그이의 눈물이 내 손가락을 적셨다.

다음 몇 주간 톰은 굉장히 많이 울었다. 잠자리에 들고서도 나는 한밤중에 그의 메마른 흐느낌 소리를 들으며 잠에서 깨곤 했다. 잠결에 훌쩍이기도 해서 나로서는 그이가 깨어 있는지 꿈을 꾸며 우는지 알 수가 없었다. 내가 끌어당기면 톰은 거리낌 없이 다가와 내 가슴에 머리를 묻었고, 나는 그이가 조용하고 잠잠해질 때까지 안아주었다. "쉬." 나는 속삭였다. "쉬." 아침이 오면 우리는 아무 일도 없었던 듯 굴었다. 간밤의 눈물에 대해서도, 그가 의자를 부순 날 나누었던 말에 대해서도, 그리고 당신의 이름도, 우리는 입에 올리지 않았다.

당신 사건이 법정으로 가기 전에 톰은 내가 제안한 대로 했다. 그는 사직서를 냈다. 재판 도중에 경악스럽게도 당신 일기가, 당신이 "나의 순경님"이라 부른 톰과의 관계가 자세히 쓰인 구절들이 크게 낭독되었다. 그 구절들은 이후에도 내내 나지막하지만 끊임없는 울림으로 내 귓가를 맴돌았다. 그 말들이 도무지 떨쳐내지지가 않았다. 둘은 한눈에 봐도 너무 안 어울려서 함께 있는 그들의 모습에 웃지 않을 수 없었다. 특히 그 문장은 잊을 수 없었다. 나를 가장 아프게 한 것은 당신의 무심한 어조였다. 게다가 그게 옳은 말이라는 사실도.

재판이 진행될 무렵에 톰은 미리 통보한 사직 날까지 얼마 남지 않은 상태였고, 당신의 일기가 그를 옭아맬 수도 있었지만 어쩐 일인지 조사는 이루어지지 않았다. 그 문제에 대해 톰은 언급을 피했지만, 경찰에서 그를 조용히 내보내고 싶어했던 것 같다. 고위 간부들의 부패로 언론이 떠들썩한 뒤라 당국에서는 추문이 확대되는 것을 피하고 싶었을 것이다. 또다시 경찰이 피고석에 앉는다는 건 재앙이었을 테니까.

한 달쯤 뒤 톰은 새 직장을 구해 공장의 보안 요원으로 일하기 시작했다. 야간조로 근무했는데 그게 우리 둘 모두에게 맞았다. 우리는 서로를 잘 쳐다보지 못했고, 나는 그에게 할 말을 생각해낼 수 없었다. 딱 한 번 교도소로 당신을 찾아갔던 건 내가 한 짓이 후회스러워서였지만, 당신이 얼마나 고통을 겪고 있는지 직접 보고 싶은 마음이 전혀 없었다고 말한다면 거짓일 것이다. 면회 간 얘기는 톰에게 하지 않았고 톰에게 가보라고 제안하지도 않았다. 당신 이름을 입에 올리기만 해도 그가 문밖으로 걸어 나가 다시는 돌아오지 않을 수도 있다는 걸 알았다. 마치 모든 것이 완전한 침묵을 전제로만 계속될 수 있는 듯했다. 상처에 손을 대고 그 경계가 어디까지인지 더듬어보려 하면 그 상처는 절대로 낫지 않을 것 같았다. 그래서 나는 계속 직장에 나갔고, 식사를 준비했고, 톰의 몸에 닿지 않도록 침대 가장자리에 붙어 잤다. 어떤 면에서는 톰과 결혼하기 전과 똑같아진 셈이다. 그에게 접근하는 길이 너무나 한정되어 있어 나는 그가 존재한다는 증거에 매달리기 시작했다. 그의 셔츠를 빨 때는 체취를 맡으려 옷을 얼굴에 갖다 댔다. 침대 밑에 그의 신발들을 가지런히 놓고 옷장의 넥타이들을 정리하고 서랍에 양말을 짝 맞춰 넣으며 몇 시간이고 흘려보냈다. 그러니까, 톰은 집에서 나갔고 남은 건 그의 흔적뿐이었다.

오늘 저녁에 나는 거짓말을 했다. 늦은 시간, 톰이 부엌에서 식사를 준비하고 있었다. 늘 그렇듯 그는 종일 나가 있었다. 나는 문가에 서서 톰이 치즈와 토마토를 잘라 빵 위에 올려놓는 모습을 바라봤다. 그러고 있자니 우리가 결혼한 직후 주말에 가끔 톰이 점심을 만들어 날 놀래줬던 일이 떠올랐다. 안에 치즈가 녹아 있는 부드러운 오믈렛, 그리고 한번은 프렌치토스트를 만들어 줄무늬가 선명한 베이컨과 메이플 시럽을 곁들여 내온 기억도 났다. 그때껏 메이플 시럽을 먹어본 적 없던 내게, 톰은 당신이 선물로 한 병을 주었다고 자랑스럽게 말했다.

톰이 치즈가 열기에 녹아 부글거리는 그릴을 들여다봤다.

"오늘 닥터 웰스가 왔었어." 나는 식탁에 앉으며 알렸다. 그에게서는 아무런 대답이 없었지만 나는 결연하게 밀고 나갈 생각이었다. 그래서 기다렸다. 남편의 등 뒤에서 거짓말을 하고 싶지는 않았다. 그의 얼굴을 보면서 하고 싶었다.

톰이 접시에 음식을 담고 나이프와 포크를 챙겼을 때 나는 같이 좀 앉자고 말했다. 그는 음식을 거의 다 먹은 뒤에야 입을 닦으며 고개를 들었다.

"의사가 그러는데, 패트릭에게 살날이 얼마 남지 않았대." 나는 침착한 목소리로 말했다.

톰은 남은 음식을 먹으며 접시를 깨끗이 비웠다. 그러더니 의자에 등을 기대고 대답했다. "글쎄. 그건 지금껏 알던 사실이잖아? 그러면 이제 요양원으로 보내야겠군."

"이미 늦었어. 일주일쯤 남았대."

톰의 눈이 내 눈을 마주 보았다.

"길어야 그 정도야." 내가 덧붙였다.

우리는 서로의 시선을 붙들었다.

"일주일이라고?"

"어쩌면 더 짧을지도 모르고." 잠깐 이 정보를 받아들일 시간을 준 다음 나는 이어 말했다. "닥터 웰스는 패트릭에게 계속 말을 거는 게 제일 중요하대. 이제 우리가 할 수 있는 건 그게 다야. 하지만 나 혼자 할 수는 없어. 그래서 어쩌면 당신이 할 수도 있겠다고 생각했어."

"뭘 해?"

"패트릭에게 얘기를 하라고."

침묵이 흘렀다. 톰은 접시를 밀어내고 팔짱을 끼더니 아주 조용하게 말했다. "무슨 말을 해야 할지 모르겠는데."

나는 대답을 준비해두었다. "그럼 글을 읽어. 글을 읽어주면 돼. 패트릭은 반응하지 않겠지만 들을 수는 있어."

톰은 나를 유심히 살펴보고 있었다.

"내가 뭘 좀 썼어." 나는 최대한 덤덤하게 말을 이었다. "당신이 저이에게 읽어주면 좋을 만한 글."

톰은 놀라서 거의 웃다시피 했다. "당신이 글을 썼다고?"

"그래. 두 사람이 다 들었으면 하는 내용이야."

"도대체 뭐 하자는 얘기야, 매리언?"

나는 숨을 깊이 들이쉬었다. "당신 얘기야. 그리고 내 얘기. 그리고 패트릭 얘기."

톰이 신음을 내뱉었다.

"그러니까…… 무슨 일이 있었는지 썼어. 당신들 둘 다 들었으면 좋겠어."

"제장." 톰이 고개를 저으며 말했다. "뭘 위해서?" 그는 완전히 미쳐버린 사람이라도 보듯이 나를 빤히 쳐다보았다. "도대체 뭘 위해서, 매리언?"

나는 대답할 수 없었다.

톰이 일어서서 나가려고 돌아섰다. "자러 가야겠다. 시간이 늦었어."

나는 의자에서 벌떡 일어나 그의 팔을 잡아 내게로 돌려세웠다. "뭘 위해서인지 말해줄게. 누군가는 말을 했으면 해서야. 더 이상 이런 침묵 속에 살 수는 없으니까."

잠시 둘 다 아무 말도 하지 않았다. 톰이 자기 팔에 얹힌 내 손을 내려다보았다. "놔줘."

나는 그 말에 따랐다.

그가 나를 노려보았다. "이런 침묵 속에 살 수 없다 이거지. 그래, 알겠어. 당신은 이런 침묵 속에 살 수 없구나."

"그래, 살 수 없어, 이제 더는."

"당신이 이런 침묵 속에 살 수가 없는데 그걸 내가 깨기를 바란다는 소리군. 나와 저 방에 있는 병든 늙은이에게 분풀이를 하겠다는 거야, 그렇지?"

"분풀이?"

"이게 다 무슨 수작인지 알겠어. 애초에 저 불쌍한 인간을 왜 여기로 끌고 왔는지 알겠다고. 그에게 빌어먹을 호통을 치기 위해서잖아, 학교에서처럼. 전부 글로 썼다고? 잘못의 기록. 형편없는 성적표. 그런 거야, 매리언?"

"그런 게 아니라……"

"이게 당신의 복수지? 바로 그거잖아." 톰이 내 어깨를 붙잡고 세게 흔들었다. "저 사람이 이미 충분히 벌받았다는 생각

안 들어? 우리 둘 다 충분히 벌받았다는 생각 안 드냐고."

"그게 아니라—"

"내 침묵은 어때, 매리언? 그걸 생각해본 적은 있어? 당신은 아무것도 몰라……" 그의 목소리가 갈라졌다. 그는 나를 잡은 손에 힘을 풀며 고개를 돌렸다. "망할. 난 이미 한 번 그를 잃었다고."

우리는 숨을 거칠게 몰아쉬며 서 있었다. 한참 뒤에 내가 겨우 말했다. "복수가 아니야. 고백이야."

톰이 손을 들었다. 제발 그만 하고 말하려는 듯이.

하지만 끝까지 가야 했다. "내 고백이야. 누구도 아닌 내 잘못에 관한 글이야."

그가 나를 보았다.

"패트릭에겐 오래전에 당신이 필요했다고 했지. 맞는 말이야. 하지만 지금도 저이에겐 당신이 필요해. 제발, 패트릭에게 이 글을 읽어줘, 톰."

그는 눈을 감았다. "생각해볼게."

나는 숨을 내쉬었다. "고마워."

큰비가 지나가고 오늘 아침은 싸늘하니 화창했다. 나는 이상하리만치 상쾌한 기분으로 잠에서 깼다. 늦게 잠자리에 들었지만 하루 사이 여러 일을 겪으며 녹초가 된 터라 깊이 잤다. 늘 그렇듯 허리가 아팠는데도 당신이라면 '생기발랄'하다고 표현했을 만한 상태로 아침에 해야 할 일들을 해나갔다. 당신에게 쾌활하게 인사를 건네고, 침대 시트를 갈고, 당신 몸을 씻기고, 위타빅스 시리얼을 유동식으로 만들어 빨대로 먹였다. 내내 수다를 떨면서 이제 톰이 와 당신과 함께 앉아 있을 순간이 머지않았다고 말했다. 그러자 당신은 희망이 어린 눈길로 나를 바라보았다.

당신 방을 나설 때 주전자 물 끓는 소리가 들렸다. 이상하네, 나는 생각했다. 톰은 매일 아침 6시에 수영을 하러 나가고, 그러면 대개 저녁까지는 그를 볼 수 없었다. 하지만 부엌에 들어가보니 그곳에서 톰이 내게 차 한 잔을 내밀었다. 아무 말 없이, 우리는 발치에 월터를 두고 앉아 아침을 먹었다. 톰은 〈아거스〉를 훑어보았고 나는 창 너머 침엽수에서 간밤의 빗물이 뚝뚝 떨어지는 모습을 바라보았다. 당신이 시리얼을 흘린 이후 처음으로 함께 먹는 아침이었다.

식사를 마친 뒤 나는 내—그걸 뭐라 불러야 할까?—원고를 가져왔다. 톰이 우연히 보지 않을까 싶기도 해서 여태 부엌 서랍에 보관해온 원고를 식탁에 올려놓고 부엌을 나왔다.

그때부터 침실에서 여행 가방을 꾸렸다. 몇 가지 필수적인 물건만 챙겼다. 잠옷, 갈아입을 옷, 세면도구, 소설책. 나머지 물건은 톰이 보내줘야 하겠지만 그는 귀찮아하지 않을 것이다. 짐을 꾸리다가도 침대의 단색 이케아 이불 위에 앉아, 당신에게 내 글을 읽어주는 톰의 목소리, 낮게 울려오는 그 소리에 하염없이 귀를 기울였다. 내 생각이 톰의 혀끝에서 소곤거림이 되어 나오는, 기이하고, 무섭고, 멋진 소리. 어쩌면 나는 지금껏 이걸 원해왔는지도 모른다. 어쩌면 이것으로 충분한지도 모른다.

오후 4시에 당신의 방문을 살짝 열고 두 사람을 보았다. 톰은 침대에 바짝 다가앉아 있었다. 평소 이 시긴이면 당신은 대개 잠들어 있지만, 오늘 오후에는 톰이 정돈한 베개들 위로 몸이 편안히 얹히지 않아 한쪽으로 기운 상태로도 눈을 크게 뜨고 톰을 바라보고 있었다. 톰은 내가 쓴 글 위로 머리를(아직도 저렇게 아름답다니!) 숙인 채, 한 문장에서 잠시 더듬거렸다가 이내 계속 읽어나갔다. 날이 어두워져 나는 안으로 살짝 들어가 두 사람이 서로를 더 또렷이 볼 수 있도록 구석의 스탠드를 켰다. 둘 다 내 쪽을 보지 않았고, 나는 둘을 남겨둔 채 조용히 문을 닫고 나왔다.

당신은 이곳을 좋아하지 않았고, 나도 마찬가지였다. 피스헤이븐과 이 단층집에 아쉬움 없이 작별을 고할 것이다. 어디로 갈지 잘 모르겠지만 노우드가 시작점으로 좋을 것 같다. 줄리아는 여전히 그곳에 살고, 나는 그에게도 이 이야기를 들려주고 싶다. 그런 다음 줄리아의 이야기도 듣고 싶다. 내 이야기는 질릴 만큼 했으니까. 지금 내가 정말로 원하는 건 다른 이야기를 듣는 것이다.

당신을 다시 들여다보지는 않겠다. 톰이 당신에게 읽어주기를 바라며 이 글을 식탁에 올려둘 생각이다. 이걸 읽으면서 톰이 당신의 손을 잡아주면 좋겠다. 패트릭, 용서해달라는 말은 차마 못 하겠지만, 내 이야기를 들어달라고는 말하고 싶다. 그리고 안다, 지금쯤이면 이미 끝까지 잘 들어주었으리라는 것을.

이 소설을 쓰면서 많은 자료가 유용했지만 특히 도움이 된 자료는 『강심장: 50년대와 60년대의 브라이턴에서 레즈비언과 게이는 어떤 삶을 살았나*Daring Hearts: Lesbian and Gay Lives in 50s and 60s Brighton*』(브라이턴 아워스토리 프로젝트)와 피터 와일드블러드의 강렬한 회고록 『법을 거스르며 *Against the Law*』, 아울러 탁월함의 수준은 다르지만 여전히 큰 깨우침을 준 루퍼트 크로프트쿡의 『여러분 모두의 평결*The Verdict of You All*』이다. 남동부 영상 기록보관소의 데비 힉모트와 브라이턴 경찰서 유치장 유적박물관의 필립 미슨, 그리고 소설 속 시기와 관련한 기억을 들려주신 나의 부모님과 루스 카터에게도 감사드린다. 초기 원고를 읽고 의견을 전해준 휴 던컬리, 나오미 포일, 카이 메리엇, 로나 소프, 데이비드 스완, 그리고 이 책의 출간에 매진한 데이비드 라이딩과 뛰어난 편집 능력을 발휘해준 포피 햄슨에게도 감사의 마음을 전하고 싶다. 그리고 휴에게, 그 밖의 모든 것에 대해 감사한다.

같은 것의 다른 변주

어떤 사람들에게는 사랑이 죄가 된다. 혐오나 배척이 아니라 사랑이. 누군가를 사랑하고 욕망하는 마음이란 의도나 계획대로 되지 않는데도 마음의 이끌림을 따랐다는 이유로 편견 어린 시선과 고립, 제도적 배제를 견뎌야 하는 사람들이 있다.

『마이 폴리스맨』은 그런 사랑이 사적인 일탈을 넘어 공적인 범죄로서 처벌을 받았던 1950년대의 영국에서 두 남자와 한 여자가 겪는 비극을 그렸다. 배경은 런던에서 멀지 않은 남부 해안의 휴양 도시 브라이턴. 지금은 개방적이고 문화적 관용도가 높은 도시로 유명한 곳이지만 수십 년 전에는 동성애를 죄악시하는 다른 지역과 크게 다르지 않았다.

이 소설은 1950년내 브라이턴의 사회상과 풍광을 배경으로 세 사람의 사랑과 파경, 그리고 오랜 세월이 흐른 뒤에 이루는 화해를 그렸다. 고등학교 때부터 친구의 오빠인 톰을 짝사랑한 매리언. 구불거리는 금발에 푸른 눈, 수영으로 다져진 건장한 몸이 다비드상을 연상시키는 아름다운 남자 톰. 그리고 톰을 우연히 만나 한눈에 사랑을 느끼고 갖은 구실을 마련해 그에게 다가가는 패트릭.

총명하고 집념이 강하고 성격이 불같은 매리언은 오빠가 다른 남자들과 좀 다르다는 친구의 수수께끼 같은 경고를 무시한 채 톰만을 바라보고, 남다른 성적지향을 애써 부인하며 살아온 톰은 교양과 경륜을 갖춘 따뜻한 남자 패트릭에게 빠져들면서도 둘의 관계가 드러날 경우 겪게 될 사회적 지탄과 낙인을 두려워한다.

결국 톰은 자신을 사랑하는 매리언과 결혼해 사회가 요구하는 정상성의 외양을 갖춘 채 패트릭과 은밀히 관계를 이어가는데, 알지도 못하고 동의하지도 않은 채로 타인과 남편을 "공유"하게 된 매리언은 세 사람의 얽힌 관계를 깨달은 순간 이성을 잃고 그들 모두의 삶을 돌이킬 수 없이 무너트리는 보복을 감행한다.

이들의 이야기는 패트릭이 쓴 일기와 수십 년이 흐른 뒤 매리언이 패트릭에게 보내는 편지 속 회상의 형태로 한 장씩 번갈아 서술된다. 그들의 목소리는 각자가 느끼는 설렘과 흥분, 행복과 절망을 생생하게 묘사하며 같은 사람을 두고 두 사